My Cruel Prince

ASHLEY JADE

MY CRUEL PRINCE

ROMAN

Traduit de l'anglais (États-Unis) par
REBECCA DEMONGE

Titre original :
CRUEL PRINCE

HARPERCOLLINS FRANCE
83-85, boulevard Vincent-Auriol, 75646 PARIS CEDEX 13.

www.harlequin.fr

ISBN 978-2-2804-2986-3 — ISSN 2271-0256

« Le chemin de l'enfer est pavé de bonnes intentions. »

Proverbe

Prologue

Jace

Quatre ans plus tôt

— Cette fois, on ne les laissera pas s'en tirer.

Ma sœur cadette leva ses yeux embués vers moi.

— C'est foutu, Jace. Ils ont gagné. Liam est parti.

Une larme sillonna sa joue. Du haut de mes quatorze ans, je ne l'avais jamais vue autant pleurer depuis sa naissance.

— Comme maman.

— Elle a raison, murmura mon frère Cole. On pourrait peut-être persuader papa de déménager.

Il s'était départi de son habituel sourire en coin, ce qui rendait ses yeux noisette à peu près aussi éteints que ceux de Liam tel que je l'avais trouvé dans sa penderie voilà trois jours.

Mon cœur se serra. Le regarder m'affligeait.

En dépit de leurs caractères opposés, Cole et Liam étaient de vrais jumeaux. À cet instant précis, ce détail n'était qu'un rappel de plus que tout avait méchamment déraillé.

Ma famille se décomposait. Et mon père était trop absorbé par sa carrière et le chagrin pour y remédier.

Ce qui ne m'interdisait pas d'intervenir.

Avec Liam, mon petit frère et mon meilleur ami, je ne m'étais pas montré à la hauteur. Mais je ne lâcherais pas le frère et la sœur qu'il me restait.

Je ne laisserais ni cette ville ni ses habitants détruire ma famille.

Un jour, ma mère m'avait dit qu'étant l'aîné, il m'incombait de veiller sur eux. D'être celui sur qui ils pouvaient compter. Les guider dans la vie de sorte qu'elle soit un peu plus facile pour eux.

Désormais, l'unique moyen de les protéger impliquait de bâillonner mon chagrin et de laisser rejaillir la rage qui frémissait au fond de mon âme.

Ma mère et mon petit frère ne reviendraient pas... même si nous versions des torrents de larmes ou implorions Dieu d'effacer l'impensable.

Dieu avait depuis longtemps cessé de nous écouter.

Mon père avait démissionné à l'instant où sa femme avait rendu son dernier souffle.

J'étais tout ce qui leur restait.

Résultat, la tristesse et le deuil n'avaient plus leur place dans mon cœur. Toute émotion envers les défunts était vaine... Charge à moi de prendre soin des vivants.

Au moins, la colère agissait en moteur super puissant. Elle masquait un peu de la culpabilité que j'entretenais en moi.

Je me levai.

— Pas question qu'on parte.

La confusion se peignit sur leurs traits.

Cole ouvrit la bouche pour parler mais je secouai la tête. Son tour viendrait après le mien. Ce que j'avais à annoncer était crucial.

— Nous chasser, c'est justement leur objectif.

Royal Manor grouillait d'arrogants friqués qui préféraient se débarrasser d'un problème plutôt que d'affronter les leurs.

Pas moyen.

Liam était mort à cause d'une bande d'enfoirés de lycéens qui avaient pris un malin plaisir à humilier un ado anxieux qui bégayait.

Et je n'avais pas été là pour le défendre comme j'aurais dû. *À cause d'elle.*

— Ils s'attaquent à la mauvaise famille, dis-je, bras croisés. Le moment est venu de leur faire goûter leur propre poison. Leur rendre ce qu'ils ont infligé à Liam.

La détermination déferlait en moi, si puissante qu'elle m'étouffait presque.

— Et nous n'arrêterons pas avant qu'ils nous craignent tous, jusqu'au dernier.

Bianca tamponna ses larmes avec sa manche.

— Jusqu'à ce qu'ils aient payé.

Le sourire arrogant de Cole reparut.

— Jusqu'à ce que nous dominions cette ville et que chacun de ses habitants nous mange dans la main.

Jusqu'à ce que nous ayons vengé le frère que nous avions perdu.

1

Dylan

Dylan,

J'espère que tu as fait bon voyage. Ton oncle Wayne et moi rentrons de Paris demain matin. Sers-toi dans le frigo. Ta chambre est prête, installe-toi. Oakley te montrera où se trouvent les choses dont tu pourrais avoir besoin. J'ai hâte de te voir.

Je t'embrasse.

Ta tante Crystal qui t'aime.

PS : Je te ferai un double des clés, mais en attendant, utilise celui sous le paillasson.

L'agacement me gagne à mesure que je parcours le post-it rose fuchsia placardé sur la porte d'entrée. Un simple SMS aurait suffi pour indiquer l'emplacement du double des clés.

En plus de présenter moins de *danger*.

Non pas que Royal Manor soit une ville dangereuse. Loin de là.

À vrai dire, le faible taux de criminalité et la qualité des écoles du secteur ont convaincu mes parents de me laisser grandir ici.

Et si ma mère ne s'était pas éteinte quand j'avais huit ans, et si mon père ne s'était pas embringué avec une seconde femme décidée à s'installer dans une localité encore plus cossue de la côte ouest quand j'avais quatorze ans…

Non, je ne dévalerai pas cette pente aujourd'hui. Spéculer sur ce que serait ma vie si ma mère était toujours de ce monde ou déplorer la tournure des événements ne changera pas le passé.

Avec un profond soupir, je hisse mon bagage sur la terrasse et localise le trousseau sous le tapis avant de pénétrer dans ce qui sera mon foyer pour l'année à venir.

À peine ai-je posé le pied sur le parquet en merisier que mon téléphone sonne.

Je devrais nous rendre service et laisser la messagerie me relayer, néanmoins j'accepte l'appel d'un glissement du doigt.

Je suis accablée, furieuse… et pas encore prête à lui parler.

Mais je ne suis pas au-dessus de la mesquinerie.

— Ceci est un appel en PCV de Brian Taylor du centre correctionnel d'Oak Creek. Pour accepter cet appel, faites le cinq. Pour refuser l'appel, faites le zéro.

J'appuie illico sur le zéro et raccroche.

Dégage, papa.

Grâce à un second post-it de ma tante Crystal, je trouve la chambre d'amis préparée à mon intention.

Bon, « préparé » est un grand mot. Exception faite du lit double recouvert d'un boutis rouge, d'un bureau vide et d'un autre post-it promettant de m'emmener en virée shopping dans la semaine… la pièce est dénudée.

Non que cela me dérange. Ma vie entière tient dans un sac de sport et une valise de taille moyenne. Zéro chichi, telle est ma devise.

Moins de raisons de m'attacher.

J'ouvre la penderie pour suspendre mes vêtements quand trois jupes plissées, trois chemises blanches fraîchement repassées et trois blazers bleu marine attirent mon attention.

L'emblème de la Royal Hearts Academy, au-dessus de la poche de poitrine gauche, me nargue quasiment.

Je ne suis pas en position de formuler des exigences, étant donné que ma tante et son mari ont la gentillesse de recueillir la vagabonde que je suis. N'empêche que j'ai insisté sur un seul point : fréquenter l'école publique locale plutôt que la Royal Hearts Academy. Mon père m'a inscrite de force dans le privé, du primaire au collège, expérience qui fut l'une des plus cauchemardesques de ma vie.

L'organe logé dans ma poitrine se contracte. *Hormis rencontrer Jace.*

Naturellement, mon unique vœu fut le seul point sur lequel le mari de Crystal refusa de négocier sous prétexte que mon cousin, techniquement mon cousin par alliance, entre en terminale à RHA.

D'après Wayne, poursuivre ma scolarité avec son fils Oakley me sera bénéfique. Ce dernier pourra m'aider à me débrouiller au sein de l'établissement.

Cela dit, ce cher vieil oncle Wayne n'est pas le plus fin des observateurs. Je n'ai rencontré Oakley qu'une fois, brièvement, au mariage de ma tante quatre ans auparavant, mais un rapide survol de son Instagram laisse penser qu'il sera aussi inutile qu'un poisson rouge dans un concert de Bob Marley.

Inutile, dans le genre *défoncé*.

Ce qui explique sûrement pourquoi il n'est pas venu me chercher à l'aéroport comme cela était prévu, ou pourquoi je n'ai aucun signe de lui… bien que j'aie passé tout l'après-midi et la majeure partie de la soirée chez lui.

Je lui adresse un énième SMS, qui reste sans réponse comme les dix autres que j'ai expédiés depuis mon arrivée.

Pressée par la curiosité, je sors sans bruit de ma nouvelle chambre et m'aventure dans le long couloir. Ma tante a dit que la maison disposait de six chambres. Pourtant, après avoir frappé à plusieurs portes, il est évident qu'Oakley ne se trouve dans aucune d'elles.

Réprimant un grognement, je descends l'escalier d'un pas tranquille et furète dans la cuisine. À l'image du reste de la demeure, la cuisine est spacieuse et tout respire l'aisance. Mais si l'on omet son coût, son aménagement est plutôt traditionnel. Des équipements chromés, une table en verre, un vaste îlot central en granite.

Pas d'Oakley.

Après avoir jeté un œil dans le salon, dans le bureau de mon oncle Wayne et dans la salle de bains du rez-de-chaussée, je m'enfonce dans l'escalier menant au sous-sol.

Bien vite, l'odeur de marijuana s'infiltre dans mes narines.

Je ne suis pas rabat-joie, je n'ai pas de problème avec les fumeurs ; en revanche, ça coince avec ceux qui en abusent au point d'oublier leurs engagements.

Ne serait-ce que répondre aux SMS ou aller chercher sa cousine à l'aéroport.

Le large écran plat, sur lequel deux filles nues se frottent l'une contre l'autre sur un atroce morceau de *mumble rap*, éclaire suffisamment l'espace pour que je discerne le dossier d'un canapé en cuir. La fumée qui dérive vers le ventilateur du plafond m'indique qu'Oakley se trouve probablement sur l'assise.

Partagée entre le rire et l'irritation, je contourne le canapé et le découvre dans les vapes, une main dans le pantalon et l'autre tenant un joint en partie consumé.

Bien que sa casquette de base-ball dissimule largement son visage, il ne fait aucun doute qu'il dort à poings fermés. Comment la maison n'a pas brûlé entre-temps, c'est un mystère.

Je m'apprête à jeter le joint encore incandescent avant de remonter, quand il se met à parler.

— Salut, bébé.

Euh… Bizarre, mais étant donné que des inconnus m'ont traitée avec encore moins d'égards, je laisse couler.

— Salut.

— Tu as mis du temps à descendre, murmure-t-il d'une voix rendue rauque par le sommeil.

Je réprime l'envie de rétorquer que je serais arrivée plus tôt s'il m'avait accueillie à l'aéroport, comme il était censé le faire.

Puisque nous sommes forcés de passer l'année sous le même toit, lui faire des reproches serait un mauvais début à donner à notre relation.

J'ouvre la bouche pour suggérer de sortir manger un morceau dans la soirée, mais il me devance.

— Putain, t'es bandante.

Ce train a officiellement atteint l'arrêt Embarras.

— Hum, merci…

Avant que j'aie pu terminer ma phrase, il abaisse son pantalon de jogging et…

Oh. Mon. Dieu.

La bile remonte dans ma gorge alors qu'il saisit son membre.

— Approche, beauté, grogne-t-il. Arrête de m'allumer et viens t'asseoir dessus.

Je suis sûrement victime d'une défonce passive, car je ne vois pas comment expliquer autrement pourquoi mon cousin m'invite à m'empaler sur lui.

— Gerbant. T'es malade ?

La main devant les yeux, je recule. Malheureusement, je me cogne dans la table basse, si fort que je vois des étoiles.

— Bordel, je crie en tenant ma cheville meurtrie.

— Tu n'es pas Hayley.

Merci d'énoncer l'évidence.

— Sans blague, Sherlock.

Et là, je commets la lourde erreur de relever les yeux.

— Oh ! c'est pas vrai. Tu peux remballer ton oiseau ?

— Sans problème, acquiesce le pervers en s'écartant du canapé. Dès que tu m'auras dit qui tu es et ce que tu fais dans ma maison.

Il plaisante, forcément.

— Sérieux ? Je suis Dylan.

Il incline la tête sur le côté, peinant à comprendre pourquoi mon nom est censé faire tilt.

— Ta cousine, je prononce rageusement.

Il blêmit.

Eurêka.

Je soupire de soulagement quand il remonte enfin son pantalon.

— Je ne t'attendais pas avant samedi.

— On est samedi aujourd'hui.

Il ouvre des yeux ronds.

— Merde, fait-il en glissant le mégot entre ses lèvres avant d'inhaler. Cette beuh est forte, finalement.

Toussant, il me tend son mégot.

— T'en veux ?

Je lui offre un sourire forcé.

— J'apprécie le calumet de la paix, mais je passe mon tour.

— Cool, répond-il sans avoir l'air de s'en offusquer.

L'air soudain grave, il fait tomber la cendre dans une canette de soda.

— Écoute, je te serais reconnaissant de ne pas raconter aux parents que j'ai essayé de te sauter. D'accord ? Ils sont pas mal sur mon dos en ce moment.

Oakley n'a pas de souci à se faire. Je ne parlerai à *personne* de ses avances.

Je valide d'un mouvement de tête.

À quoi il hoche la tête.

Puis un silence embarrassé s'installe.

Captivant, cet échange.

— C'est samedi soir, déclare-t-il brusquement avant de bâiller, les bras étirés au-dessus de sa tête. Christian donne sa grosse teuf de fin d'été, avant la rentrée.

Je ne sais pas qui est ce Christian, mais sortir me tente bien. En fait, rencontrer quelques personnes, me reconnecter avec d'anciens copains avant la reprise m'aidera sûrement pour lundi.

Mon cœur exécute un petit salto. Peut-être que Jace sera à la fête.

J'ai tellement de choses à lui dire.

Et encore plus à lui demander.

D'abord, pourquoi il a bloqué mon numéro. Ou pourquoi il a ignoré les dizaines de messages que je lui ai envoyés sur les réseaux sociaux après mon déménagement.

— Une soirée, super. Je peux…

— Ne m'attends pas pour te coucher, lâche Oakley en me bousculant au passage.

À présent, je sais à quoi m'en tenir. Mon cousin est un gros con, plus gros que l'engin dans son pantalon.

— Avant que j'oublie, crie-t-il dans l'escalier, le lycée est dirigé par des enfoirés. Je doute qu'ils tolèrent ces trucs bleus dans tes cheveux.

Des mèches. Ça s'appelle des *mèches*.

Un sourire affleure mes lèvres. J'espère qu'ils s'opposeront tellement à mes cheveux bleus qu'ils annuleront mon inscription, et que je n'aurai pas d'autre choix que de fréquenter Royal Manor High à la place.

2

Dylan

— Tes *cheveux*, s'exclame ma tante en m'étreignant, le lendemain matin. J'aime bien, mais ce ne sera pas du goût de Royal Hearts. Laisse-moi demander à ma coiffeuse de te recevoir en urgence dans la journée.

Oakley lève les yeux du petit déjeuner qu'il s'apprête à engouffrer.

— J'te l'avais dit.

Comprimée entre les bras de ma tante, je le regarde de travers.

— Bonté divine. Je n'en reviens pas, tu as tellement poussé !

Oakley sourit largement.

— Un vrai petit Schtroumpf.

Je le préférais assommé sur le canapé.

Quand nous nous écartons, ma tante paraît soucieuse. Comme ma mère et moi, Crystal a des cheveux blond clair, des yeux bleu foncé et un métabolisme d'une rapidité ahurissante qui nous donne l'air nettement plus en forme que nous ne le sommes réellement.

Et sa perspicacité a de quoi dérouter.

À son expression circonspecte, il est clair qu'elle a peur que je m'effondre.

— Tu tiens le coup ?

J'ignore le pincement dans ma poitrine. Si je flanchais maintenant, je perdrais tout espoir de survivre aux douze prochains mois.

Me liquéfier ne changera rien au fait que mon père purge une peine de prison pour avoir détourné de l'argent d'une entreprise multimilliardaire dont il était le directeur financier.

À cause de la cupidité de ma belle-mère.

Et de sa peur de la perdre.

Parce qu'à un certain moment, elle a pris plus d'importance que moi dans son cœur. Je déglutis pour dénouer la boule dans ma gorge.

— Je vais très bien. Un peu fatiguée à cause du décalage horaire. Sinon, j'ai la forme.

Ma tentative d'esquiver sa question ne prend sûrement pas, mais par bonheur, l'irruption de mon oncle me sauve la mise.

— Pourquoi ça empeste le cannabis au sous-sol ?

Ou pas.

Wayne n'est pas grand, son fils le dépasse nettement, pourtant il émane de lui quelque chose d'atrocement intimidant.

Ce qui explique probablement pourquoi on le surnomme « le Requin » au tribunal, et qu'il compte parmi les avocats de la défense les plus respectés du pays.

Tous les yeux se tournent vers le principal suspect.

Je me sens mal pour lui. Puis je me souviens qu'il n'a pas été sympa.

Oakley ingurgite une copieuse fourchette d'œufs, sans doute pour gagner du temps.

À la réflexion, mon cousin est moins crétin qu'il n'en a l'air.

— Aucune idée, répond-il en haussant innocemment les épaules avant de me désigner. J'ai passé la soirée chez Christian. *Bleue* est restée à la maison.

Je retire ce que j'ai dit. Il est bête comme ses pieds. Pas seulement en raison de ce vilain surnom mais parce qu'il espère que ma tante tombe dans le panneau.

— Ouaip, fais-je d'une voix chargée d'ironie. Tu m'as démasquée. J'ai débarqué de l'avion, pris un Uber jusqu'ici, défait mes bagages et célébré ma nouvelle vie en me défonçant au sous-sol.

Oakley se lève.

— Vous voyez ? dit-il à ma tante et à mon oncle. Soyez plus vigilants avec les personnes que vous hébergez.

Ma tante lève les yeux au ciel.

— Dylan ne touche pas à la drogue. N'est-ce pas ? s'enquiert-elle, en coulant un regard vers moi.

J'acquiesce.

— Pas mon truc.

— Bon sang, reprend mon oncle en se pinçant l'arête du nez. Oak, nous avons déjà eu cette conversation. Si tu tiens à foutre ta vie en l'air, fais-le chez toi, pas chez moi.

Cheech… ou peut-être Chong[1] pose son assiette dans l'évier.

— Papa, je ne fiche pas ma vie en l'air. Enfin quoi, c'est légal maintenant.

— Légal pour les adultes, pas pour les adolescents.

— Je…

— Tu as dix-sept ans et un mois, vocifère Wayne avec une telle violence que les fenêtres vibrent. Considère cela comme ton premier et ton dernier avertissement. Fume encore une seule fois cette cochonnerie dans ma maison, et je te reprends tout ce que je t'ai acheté avant de t'expédier à l'école militaire.

Oakley semble réellement anxieux. Je ne peux pas le blâmer. Quelque chose me dit que Wayne profère rarement des menaces en l'air.

— Papa…

— Le débat est clos.

Le ton de sa voix ne laisse pas place à la discussion.

— Pourquoi as-tu pris un Uber à l'aéroport ? demande ma tante, le front plissé.

1. Duo de comiques des années 1970 et 1980 qui ont souvent écrit des sketchs sur la marijuana.

Je m'apprête à faire un geste en faveur d'Oakley mais Wayne ne m'en laisse pas l'occasion.

— Parce que ton beau-fils planait tellement qu'il a oublié de venir la chercher, tonne mon oncle avant de se tourner vers moi. Dylan, je te présente mes excuses pour ce raté monumental qu'est mon fils.

Waouh. Un peu dur, quand même.

Ma tante se fait manifestement la même réflexion car elle se radoucit.

— Wayne…

— J'en ai ma claque.

Sans laisser à quiconque le temps de s'exprimer, Oakley s'empare de ses clés sur la table de la cuisine.

Wayne plisse les yeux.

— Où espères-tu aller ?

— Chez Jace, riposte Oakley en frôlant son père au passage. Si cela vous agrée, *Votre Altesse*.

Mon estomac fait une culbute. Oakley est ami avec Jace ? *Mon* Jace ?

Le moment est extrêmement mal choisi mais je dois en avoir le cœur net.

— Jace Covington ? fais-je d'une voix qui dérape dans les aigus.

— Pas tes affaires, balance, lâche-t-il puis s'arrêtant, il me regarde de travers. Un conseil ? Prépare-toi au pire, demain… tu viens de perdre ton unique allié.

Il ricane pour plus d'emphase tandis qu'il s'apprête à sortir.

— T'inquiète. J'informerai Jace que tu as demandé de ses nouvelles.

3

Jace

— J'ai envoyé un chèque au lycée. Il devrait couvrir tous les ennuis potentiels que ton frère et toi vous attirerez cette année.

Avec un profond soupir, mon père repousse son bol de flocons d'avoine.

Par « ennuis », il fait allusion à de sérieux problèmes.

En face de moi, les lèvres de Cole frémissent.

— Ne…

Ce qu'il s'apprête à dire est occulté par l'irruption de Bianca… dans une tenue étriquée, trop petite de deux tailles.

Arborant un sourire satisfait, elle attrape une pomme dans la corbeille et décoche un clin d'œil.

— Et votre sœur.

Cole et moi échangeons un coup d'œil.

Papa ferait mieux de gonfler le chèque pour Royal Hearts. Je sens que nous allons crouler sous les « ennuis » cette année, étant donné que Bianca fait sa rentrée à RHA.

Mon père détourne le regard en bougonnant dans sa barbe.

Comme avec la plupart des gens qu'elle croise, Bianca le mène par le bout du nez.

De cela, ma mère est en partie responsable. Elle faisait des étincelles à Bollywood quand mon père, en voyage d'affaires en Inde avec son propre père, est tombé raide dingue au premier regard et l'a illico emmenée aux États-Unis pour vivre l'amour éternel.

Rumi Covington était la femme la plus resplendissante du monde. Haut la main, y a pas photo.

Mais contrairement à Cole qui tient de mon père ses yeux vert clair et sa pâleur d'Irlandais, ou à moi qui suis une sorte de métissage de mes deux parents, Bianca est le portrait craché de notre mère.

Inutile de préciser que tout était plus simple quand elle était encore au stade du vilain petit canard… avant qu'on lui retire son appareil dentaire, et qu'elle passe aux lentilles de contact. Parmi quantité de choses auxquelles je refuse de penser.

J'agrippe ma fourchette. Ce que mon père doit faire, c'est l'envoyer se changer, et vite… mais il ne dira rien.

Jason Covington excelle quand il s'agit d'éviter toute confrontation avec ses enfants.

Ce qui est ironique étant donné qu'il dirige Trust Pharmaceuticals, l'une des plus grosses entreprises pharmaceutiques du monde, et ne rechigne pas à faire des vagues dans sa vie professionnelle, pourvu qu'il parvienne à ses fins.

Dommage qu'il n'injecte pas la moitié de cette énergie pour gérer sa progéniture, dont il ne se soucie plus depuis longtemps.

D'ailleurs, il nous a pratiquement invités, mon frère, ma sœur et moi, à piétiner son autorité.

— Tu ne sors pas dans cette tenue, dis-je à ma sœur à l'instant où mon ami Oakley fait coulisser la baie vitrée de la véranda et s'invite à l'intérieur.

Ou plutôt, il *essaye*. L'imbécile se prend les pieds à mi-chemin de la table, parce que ses yeux éclatés sont rivés sur Bianca.

Je la scrute.

— T'es sapée comme pour une séance de shopping sur Poufiasse Express.

Elle croque dans sa pomme.

— Oups, j'ai emprunté ma robe à l'une de tes *poufiasses* de copines.

Oakley et Cole éclatent de rire et je les menace du regard avant de reporter mon attention sur elle.

— Monte te changer.

Elle ouvre la bouche pour protester mais je tape du poing sur la table. Je ne suis pas d'humeur à tolérer qu'elle me contrarie.

— Dépêche-toi, sinon…

— OK, c'est bon, souffle-t-elle. J'ai hâte que tu partes à la fac l'an prochain, espèce de tyran.

Cole remue les sourcils pendant qu'elle repart d'un pas lourd.

— T'emballe pas, je serai toujours là pour te pourrir la vie, rétorque mon frère.

Elle lui lance sa pomme à moitié grignotée sur la tête avant de grimper l'escalier.

Indigné, il se masse le crâne.

— Garce.

— Oh ! s'offusque mon père. Ne traite pas ta sœur de garce.

Admirez ça : non seulement Jason participe à une conversation, mais il s'exprime presque comme un parent.

Comme d'habitude, c'est toujours *après* que j'ai pris les choses en main.

Oakley s'affale sur la chaise à côté de moi.

— Tout roule ?

Avant qu'il ait eu le temps de ciller, je lui envoie un uppercut dans le bras.

— T'es malade ? râle-t-il en se tenant l'épaule. Fais gaffe, c'est mon bras spéciale branlette.

— Mate encore une fois ma petite sœur, et je te le brise avant de te l'enfoncer là où je pense. Compris ?

Il grimace.

— Sérieux, c'est ta sœur ? Elle est tellement …

— Mec, intervient Cole. T'aventure pas sur ce terrain. (Il fait un geste entre nous deux.) Aux dernières nouvelles, tu as deux bras et nous sommes deux. La balance ne penche pas de ton côté.

— Détendez-vous, tous les deux, réplique Oak en levant les mains. Je ne viens ni chercher la bagarre ni draguer bébé Covington. Croyez-moi, je croule déjà sous les complications.

Cole et moi échangeons un autre regard. Oak est sympa et tout, mais il est connu pour se faire une montagne d'un rien, ce qui le conduit à des réactions démesurées.

Genre, appeler les flics en pleine soirée parce que quelqu'un lui a piqué sa beuh.

Adossé à ma chaise, je me demande si m'enquérir de ce qui le tracasse ne m'exposerait pas à un surplus d'énervement.

Je suppose que son souci n'est pas étranger à la méga fiesta de la veille, chez Christian. J'avais prévu de m'y rendre mais les projets de Britney Caldwell m'en ont détourné.

Des projets qui impliquaient de me sucer dans la voiture, en chemin vers la soirée, puis de m'implorer de me garer pour la prendre par-derrière.

Par besoin de me divertir, j'ai décidé de satisfaire ma copine.

— Il s'est passé quelque chose à la soirée ?

— Nan. Rien de spécial.

Il mâchonne une cuticule puis prend un air pensif.

— Bon, j'ai failli me taper ma cousine avant de sortir.

Mon père avale son café de travers.

Cole se redresse sur sa chaise.

— Comment ça, tu as failli te taper ta *cousine* ?

— Si vous voulez bien m'excuser, les enfants, déclare mon père en repoussant sa chaise pour se lever. J'ai un coup de fil important à passer.

Il disparaît dans la maison en secouant la tête. De toute façon, son absence n'a pas grande importance. Tout le monde en a l'habitude.

Oakley se passe la main dans les cheveux en soupirant.

— Je ne savais pas qui elle était. J'ai passé la journée à fumer et à me branler. J'ai piqué du nez, j'ai cru que Hayley venait me faire une gâterie.

Hayley est la copine par intermittence d'Oakley. Même si leur relation se conjugue plus souvent au passé qu'au présent. Malgré leurs ruptures répétées, elle revient invariablement en rampant.

Elle a beau affirmer qu'elle déteste ces coups de théâtre, je parie qu'elle est accro au drame.

Comme tout le monde à RHA. Ils ne s'épanouissent qu'à coups de complications.

Cole boit une gorgée.

— Alors, tu étais *stone*, et tu comatais. D'accord, mais ça n'explique toujours pas comment tu as failli la sauter. (Il fait un grand sourire.) À moins que tu n'insinues qu'elle ait joué le jeu.

Oak écarte les bras en croix.

— C'est exactement ce qui s'est produit.

Il détache un grain de raisin dans la corbeille et le gobe.

— Elle était partante… jusqu'à ce que je baisse mon froc.

— La pauvre avait sûrement oublié sa loupe, dis-je avec un sourire en coin.

— Va te faire foutre, Covington. Tu n'es pas le seul type monté comme un étalon, rétorque-t-il en se frappant le torse. Crois-moi. Ton pote est généreusement pourvu.

Je ne sais pas ce qui est le plus troublant : qu'il connaisse les dimensions de mon sexe, ou qu'il éprouve la nécessité de défendre le sien avec véhémence.

Il se met à mâchonner une tige de raisin.

— L'emmerdeuse à cheveux bleus me pourrit déjà l'existence. Je ne sais pas comment je vais survivre avec cette plaie qui va passer toute l'année chez moi *et* étudier à RHA.

L'expression de Cole concorde avec la mienne. C'est la première fois qu'Oakley mentionne une cousine à cheveux bleus hébergée par sa famille, qui fréquentera notre école.

Je n'aime pas les nouveaux venus. Encore moins ceux qui foutent le bordel.

— Rembobine. Pourquoi habite-t-elle chez toi ?

— Surtout, est-elle canon ? questionne Cole, l'air amusé. Finalement, qui s'en soucie ? Une minette qui se tape son cousin a forcément des goûts chelous, alors je suis partant.

Normal. Mon frère a conquis tout ce qui porte une jupe à RHA. Dont les enseignantes.

Oakley secoue la tête.

— Je ne pense pas qu'elle soit du genre dépravé. Plutôt une allumeuse.

Il déloge un joint de derrière son oreille et le rallume avant de préciser :

— Une allumeuse bandante, mais ça s'arrête là.

— Comme toutes les bombes, ajoute Cole en levant les yeux au ciel.

Oakley bat l'air avec son poing.

— C'est clair. Difficile de trouver une bombe qui réclame de passer tout de suite à l'action. (Me regardant, il exhale de la fumée.) À moins de s'appeler Jace Covington. Le salopard qui sème la terreur, mais que toutes les filles rêvent de se taper. Va comprendre.

Il n'a pas tort. Mais contrairement à eux, je sélectionne scrupuleusement les filles avec qui je couche. Je ne me contente pas de la médiocrité, comme la plupart des mecs pour peu qu'ils disposent d'un accès illimité… je préfère la qualité supérieure.

Non que je rejette systématiquement les plans cul. C'est quand même agréable en cas de besoin pressant. Voilà pourquoi j'ai Britney.

Cela dit, elle commence à m'ennuyer. Pour une fois, j'ai envie de défi.

— Sa poitrine, quelle taille ? demande mon frère, interrompant mes pensées.

— Plutôt petite, décrit Oakley avec un soupir, mais fer…

— Comment elle s'appelle ?

Ces deux-là examineraient son corps sous toutes les coutures, alors que je préfère commencer par les questions de base.

Oak inhale sur son mégot. Ses yeux s'étrécissent.

— Dylan. Et ta réputation doit te précéder vu qu'elle m'a parlé de toi.

Les petits cheveux sur ma nuque se dressent immédiatement. Je ne connais qu'une seule fille prénommée Dylan.

Cole fait la moue.

— Comment ta cousine…

Il s'arrête en pleine phrase, et son regard glisse vers moi.

— Merde, alors. Le monde est petit, hein ?

Trop petit. Pourquoi est-elle revenue, merde ? Et de toutes les personnes de cette ville, elle squatte chez Oakley.

Oak, qui n'est jamais le dernier à jaser, ne prend pas la peine de masquer son tout nouveau sujet d'intérêt.

— Mon père dit qu'elle a vécu à Royal Manor. Il y a un passif entre vous, si j'ai bien compris ?

Cole a un rire moqueur.

— Dis plutôt une alchimie.

Je flanque un coup si brutal dans sa chaise qu'il bascule en arrière.

— Ferme ta gueule.

Mon frère sait pertinemment que je ne plaisante pas avec ce sujet. *Il sait ce qu'elle a fait.* De quoi elle est coupable.

La colère couve dans mes entrailles. J'ignore pour quelle raison elle est revenue, et je n'en ai rien à foutre.

Dylan Taylor doit dégager de Royal Manor… *pour de bon.* La salope nous a déjà suffisamment nui, à moi et à ma famille.

Pas question que je lui laisse l'opportunité de recommencer.

La confusion plisse le front d'Oakley.

— Elle a déménagé il y a un bon bout de temps. À quel point vous…

— Peu importe, dis-je en lui arrachant le joint des mains pour tirer longuement dessus. Elle ne restera pas longtemps.

J'y veillerai.

4

Dylan

Passé

Le visage caressé par une douce brise, mon regard s'échappe vers la silhouette assise sous un gigantesque séquoia.

Jace Covington.

Tous les gamins jouent pendant la récré mais comme toujours, il reste seul dans son coin.

Je me dis qu'il se tient à l'écart parce qu'il est nouveau. Non seulement il a été transféré dans mon école récemment, mais en fin de CM2, en plus. Toutefois, en deux mois, il ne s'est pas fait un seul copain.

Non pas que je le juge. Je vis à Royal Manor depuis ma naissance, et je ne me suis jamais adaptée. *Pas sûre que ça s'arrange un jour.*

Ma psy a dit à mon père que j'étais solitaire parce que j'avais perdu ma maman très jeune. Selon elle, perdre quelqu'un d'aussi important accroît mes difficultés à me lier aux autres.

Elle se trompe. Je m'entends très bien avec les gens.

Tant que je ne m'attache pas.

Moins j'éprouve de sentiments pour quelqu'un… moins son absence imminente me fera souffrir.

Bien que je ne me sente pas dans mon élément, je fais quelques pas dans sa direction, puis m'arrête.

Je ne suis pas sûre que ce soit une bonne idée de me rapprocher de lui. Il semble préférer s'isoler, besoin auquel je m'identifie facilement.

Mon cœur se serre. Il a l'air tellement triste. Si *seul* sur une aire de jeux remplie d'enfants.

Laisse-le tranquille.

Mais je ne peux pas.

Jace Covington a quelque chose de dangereusement énigmatique.

Ses traits sont coupants, acérés comme du verre brisé… décourageant quiconque de trop s'approcher.

Tandis que la plupart des gens s'éloigneraient de peur de se couper… je veux fusionner mes fragments brisés avec les siens.

Histoire de voir quelle sorte d'alliance formeraient nos étranges morceaux dentelés.

La tête haute, je marche vers lui. Jace ne le sait pas encore mais il est mon nouveau meilleur ami.

Mon unique ami.

— Salut.

Face à son silence, je croise les bras sur ma poitrine.

— Je m'appelle Dylan.

Silence.

Alors que je m'aventure très loin de ma zone de confort, il m'ignore.

Agacée, je tape du pied.

— Tu es très malpoli.

Rien.

Les mains sur les hanches, je le fusille du regard.

— Recommençons. Salut, je m'appelle…

— Je sais comment tu t'appelles.

Il lève ses yeux noirs profonds vers moi et derrière son rictus mécontent, l'ombre d'un sourire menace d'affleurer. Que le ciel me vienne en aide s'il me sourit, parce que mes genoux commencent à trembler.

Une ombre de méfiance survole son visage.

— Que veux-tu, *Dylan* ?

Je cligne des yeux, faute de savoir quoi répondre.

— Rien. Je peux m'asseoir ? dis-je en montrant le sol, à côté de lui.

Son regard se rembrunit.

— Non. Va-t'en.

Je déglutis. C'était manifestement une erreur.

Je me retourne pour regagner mon coin tranquille près de la clôture.

— Attends, crie-t-il au bout de quelques pas. J'ai changé d'avis.

Il a changé d'avis ?

Je fais volte-face.

— Dommage. Peut-être que tu es trop méchant pour que j'aie encore envie de m'asseoir avec toi.

Et c'est là que ça se produit.

Ses lèvres ourlées s'étirent en un large sourire, révélant deux belles fossettes.

Mon cœur s'élance au galop, s'agite dans ma cage thoracique comme un animal sauvage.

Comment quelqu'un d'aussi sublime peut-il être aussi cruel ? C'est un paradoxe absolu.

— T'as six ans ou quoi ? Qui traite les autres de « méchant » ?

Je m'assois à côté de lui. Hors de question que je laisse mon nouveau meilleur ami m'intimider.

— Moi.

J'examine une sorte de beignet qu'il prend dans sa *lunch box*.

— C'est quoi ?

Comme par l'action d'un interrupteur, son sourire s'évapore et il se renferme sur lui-même.

Nous ne sommes amis que depuis quelques secondes et j'ai déjà merdé.

— Tu n'es pas obligé de répondre.

— Des *kachori*.

Sa voix est si faible que je l'entends à peine.

— Qu'est-ce que c'est ?

Il hausse les épaules.

— Des boulettes que ma mère aimait cuisiner.

Son emploi du passé devrait m'alarmer, au lieu de quoi cela me fait l'effet inverse. *Un effet étrangement familier.* Mais je ne veux pas présumer du pire avant de vérifier.

— Pourquoi elle n'en cuisine plus ?

Ma question jette entre nous une sorte d'odeur nauséabonde, qui me fait aussitôt regretter de l'avoir posée.

Je ne sais que trop bien à quel point les indiscrétions sont agaçantes. Que c'est douloureux d'expliquer que je n'ai plus de mère, qu'elle est partie pour toujours.

Comme gratter la croûte d'une plaie qui ne cicatrisera pas.

— Je suis désolée, dis-je, puis je secoue la tête.

S'excuser est inutile. Cela ne ramène pas les gens.

— Désolée d'avoir dit que je suis désolée. Ma mère… elle est morte quand j'avais huit ans.

Il plonge alors les yeux dans les miens.

— Est-ce que c'est plus facile avec le temps ?

Ma gorge se noue et ma respiration se bloque. Je ne sais pas comment répondre à cette question pleine d'espoir sans alourdir son chagrin.

Peut-être que je devrais lui resservir ce que mon père me disait. Que ma mère est un ange au paradis, que je sentirai toujours sa présence.

Mais ce serait un mensonge. Je ne la sens pas.

Je ne la sentirai plus jamais… parce qu'elle ne reviendra pas.

— Non.

Il hoche la tête et avant que je puisse l'arrêter, il pose son *kachori* sur l'herbe et positionne son pied dessus.

— Je ne comprends pas comment elle était là un jour, et plus là le lendemain. (Il piétine les miettes dans la terre.) Pourquoi Dieu nous donne des personnes à aimer pour ensuite nous les enlever ?

J'aimerais connaître la réponse, mais ce n'est pas le cas. Du coup, je suis ma seule idée. J'écrase les miettes avec lui. Son chagrin est mon chagrin. Et même si je ne peux pas l'atténuer, je peux lui montrer qu'il n'est pas seul.

Il a une amie… que cela lui plaise ou non.

— Mon père… pleure la nuit, dit-il.

Je montre que je comprends d'un hochement de tête. Mon père aussi pleurait la nuit.

— Il pense que je ne l'entends pas… mais il se trompe. (Il marque une pause pour me regarder.) Comment veux-tu qu'on s'en remette si *lui* n'y arrive pas ?

Sans attendre de réponse, il bougonne et tape plus fort du pied. Je suis son exemple.

En un instant, le *kachori* n'est plus qu'un tas de poussière.

— Tu aimes les jeux vidéo ? demande-t-il soudain.

Je hausse les épaules.

— Certains.

— J'ai une Xbox, dit-il avec un regard prudent. En temps normal, je joue avec mes frères, Liam et Cole… mais je crois que je pourrais te laisser jouer avec nous… une fois ou deux.

J'ai envie d'accepter son offre peu enthousiaste, mais d'abord, je dois savoir quelque chose d'important.

— Quel genre de musique tu écoutes ?

La musique est ma thérapie. Si Jace a des goûts douteux, je ne suis pas sûre que notre amitié naissante y survive.

— Du rap.

Je me décompose. Peu de rappeurs gagnent mon attention, les plus respectables étant morts pour la plupart.

— Et le rock ?

Il réfléchit un instant.

— Pas trop. Ça dépend.

Ça dépend ? Je grimace. Heureusement que nous sommes devenus amis. Je peux le reprendre en main à présent.

— T'inquiète pas, Jace. Je vais m'occuper de toi.

5

Dylan

J'inspecte mes mèches bleutées dans le miroir. Malgré son expertise, la coiffeuse de ma tante n'est pas parvenue à parfaitement dissimuler le bleu.

Malheureusement, la nouvelle teinte délavée se remarque moins quand j'enroule mes cheveux en chignon, comme me l'a suggéré ma tante. Associé à l'uniforme bon chic bon genre de RHA que je suis en train d'enfiler, mon look est à vomir.

D'habitude je me rebelle avec fracas contre le conformisme, mais je ne veux pas causer de problèmes à ma tante. Wayne a beau se montrer agréable avec moi, je sais qu'il était peu enthousiaste à l'idée d'héberger une année entière la fille d'un détenu. De son côté, elle s'est sûrement donné du mal pour le convaincre.

Crystal semble soulagée quand je me retourne vers elle.

— Je ne vois presque plus rien. Tu es magnifique.

Lorsqu'elle sourit, j'ai un pincement au cœur. Déjà qu'à vingt-huit ans, Crystal a seulement dix ans de plus que moi mais là, elle me fait atrocement penser à ma mère…

Nope.

Sur une profonde inspiration, je repousse au mieux ma peine.

— Elle serait fière de toi, Dylan.

J'en doute fort. En fait, je suis même sûre que si elle savait que mon père était incarcéré pour détournement de fonds – ce qui, soyons clairs, n'est qu'un terme savant pour *vol* – parce qu'il voulait faire plaisir à sa femme, et que j'avais décidé de ne plus lui adresser la parole de ma vie, elle se retournerait dans sa tombe.

Ou pas. Difficile à dire compte tenu du petit nombre d'années que nous avons partagées.

Crystal m'a un jour décrit ma mère comme solide, sagace, sensible et sarcastique. À quoi je lui avais demandé si elle avait pioché tous ces adjectifs dans le dictionnaire à la lettre S, et riant, elle avait ajouté que j'avais hérité de son sens de l'humour saugrenu.

L'idée que je ne pourrai jamais les comparer m'accable. Mais c'est la vie… des malheurs se produisent, et tout ce que l'on peut faire, c'est les encaisser.

Par besoin de réorienter la conversation, j'évoque mes projets, après les cours.

— Je rentrerai un peu tard, ce soir. Je cherche un petit boulot.

Elle hausse l'un de ses sourcils impeccablement épilés.

— Tu n'as pas à te tracasser pour l'argent. Je t'ai dit…

— Non, je la coupe, la main levée. Je ne peux pas te laisser faire.

J'apprécie qu'elle offre de couvrir tous mes frais de l'année, mais je ne suis pas sa fille.

Je suis son enfant à *lui*.

Et étant donné que mon père croupit derrière les barreaux, et que l'État a saisi sa maison en même temps que tout son argent jusqu'au dernier centime, je n'ai officiellement pas d'autre choix que de me débrouiller seule.

De toute façon, je fête bientôt mes dix-huit ans.

— C'est ton année de terminale, Dylan. Je te souhaite qu'elle soit mémorable, que tu t'amuses et que tu aies du temps pour étudier afin que tu intègres une bonne université, explique-t-elle avec un soupir. De toute façon, je sais que te l'interdire ne fera que te donner encore plus envie de le faire. Optons pour un compromis ?

J'attrape mon sac à bandoulière.

— Je t'écoute.

— Tu peux travailler le week-end plus un jour en semaine. Ça marche ?

Je secoue la tête.

— Personne ne m'embauchera avec un tel planning.

Son regard s'illumine.

— Il se trouve que je sais que Mme Dickinson cherche une assistante en extra à Top of the Muffin. Je peux lui glisser un mot à ton sujet pendant que tu seras en cours.

— Top of the Muffin ?

Connais pas. Sûrement un nouvel endroit.

Elle glousse.

— C'est un salon de thé... pâtisserie. Je ne sais pas précisément, pour tout te dire. Mais Mme Dickinson est une vieille dame ce qu'il y a de plus charmant. Tu vas l'adorer.

Dans un haussement d'épaules, je quitte ma chambre.

— Si tu le dis.

Peu importe où je travaille, ou si mon employeur est aimable. Je récurerais des toilettes si nécessaire. Un boulot est un boulot.

— Oakley.

Faute de réponse, je frappe de nouveau.

— Nous allons être en retard.

— Sa voiture n'est plus dans l'allée, m'indique Crystal derrière moi. Je pense qu'il est déjà parti.

Évidemment qu'il est parti. Le connard.

Elle m'entraîne dans l'escalier.

— Je t'accompagne en voiture.

Je ne sais pas trop pourquoi ma tante s'inquiétait tant à propos de mes cheveux alors que toutes les filles de RHA semblent enfreindre le code vestimentaire de l'école.

Leurs jupes plissées sont plus courtes que le pénis de mon ex.

— Ne stresse pas trop, lance Crystal quand j'ouvre la portière. Je peux t'assurer que tu seras la fille la plus populaire de l'établissement avant la fin de la journée.

Clairement, ma tante ne me connaît pas. Peut-être qu'elle était populaire au lycée, mais ses gènes n'ont pas été transmis à sa nièce.

— À plus tard, dis-je par-dessus mon épaule en sortant de la décapotable.

Sans être d'une nature anxieuse, je déteste m'aventurer en territoire inconnu et être *la nouvelle* m'horripile.

J'ai déjà testé, après mon départ de Royal Manor, et la période d'adaptation n'a pas été facile.

Mais vu comme les choses se présentent… cette fois, l'acclimatation s'annonce encore plus difficile.

La bouche sèche, je traverse le parking vers le bâtiment beige percé de hautes arcades.

Je ne discerne pour l'instant personne que je connaissais avant. Non que cela compte. Je n'étais pas vraiment du genre sociable.

À dire vrai, l'unique véritable ami que j'aie jamais eu…

Mon cœur saute dans ma poitrine et mes genoux faiblissent alors que mon regard se pose sur une longue silhouette appuyée contre une Lexus bleu roi.

Jace Covington.

Le souffle court, je scrute son regard intense, son teint hâlé, ses lèvres charnues et le début de barbe qui ombre son menton saillant.

Jace a toujours été mignon mais maintenant, il est…

Tellement attirant que c'est presque douloureux de le regarder.

Je secoue la tête, me sentant ridicule de le mater bouche bée comme toutes les filles des environs. C'est Jace. *Mon* Jace.

Comme s'il sentait ma présence, il lève les yeux et sourit avec arrogance. Bon sang. Ce sourire est aussi dangereux que lui.

— Salut, dit-il d'une voix rauque qui embrase mes joues. Ça fait un bail.

Soudain, tous mes problèmes, toutes les difficultés que j'ai affrontées et que je garde enfouies en moi n'importent plus.

Il est mon âme sœur. Depuis toujours

Le seul qui sache communiquer avec moi quand tout s'assombrit à l'excès. *Quand la douleur est trop forte.*

Pour la première fois en quatre ans, mon univers se redresse sur son axe.

Je souris si fort que mes joues me tiraillent.

— Je s…

Un boulet de canon m'écarte pour passer.

— Très drôle. J'ai passé la soirée avec toi, imbécile.

Le cœur dans la gorge, je regarde une grande rousse plantureuse se ruer vers sa Lexus en laissant son groupe de copines sur le carreau.

Une vague de nausée me submerge au moment où elle se penche pour l'embrasser. Et quand je percute, je dois rassembler toutes mes forces pour ne pas régurgiter.

C'est *Britney Caldwell.*

Hyper friquée. Hyper populaire. Hyper *poufiasse.*

La fille qui, aidée par sa troupe de clones, ne loupait pas une occasion de me tourmenter à l'école primaire, puis de faire de ma vie un enfer au collège… et à présent ? Elle sort avec Jace.

Jace – qui séchait mes larmes quand elle se moquait de ma mère décédée.

Les poumons en feu, je me force à inspirer à fond. Je m'attendais à ce que des choses aient changé entre-temps, mais pas à ce point.

Par chance, leur baiser est interrompu par une BMW argentée qui déboule sur le parking avant de piler sur la place à côté de Jace.

Comme une scène extraite d'un film, je vois Oakley, un autre gars et le clan des sorcières de Britney former un cercle autour de Jace et de cette dernière.

J'accuse le choc quand mon attention est attirée par des yeux d'un vert perçant et des pommettes sculptées. Évidemment, Jace n'est pas le seul qui a changé. Même s'ils se ressemblent très peu, son frère cadet Cole n'est pas moins séduisant que lui.

À ceci près que, contrairement à Jace qui, adossé à sa voiture, observe tout le monde, Cole drague sans retenue les pseudo-Britney. Au lieu de sembler ennuyées, elles s'en délectent ouvertement.

Puis l'évidence me frappe aussi douloureusement qu'une lame en plein cœur. *Il manque un frère Covington.*

Les détails restent obscurs mais je sais que Liam, le jumeau de Cole, est décédé à peu près au moment où j'ai déménagé.

J'ai bien tenté de contacter Jace après que quelqu'un a publié « *RIP* Liam » sur les réseaux sociaux, mais il a ignoré mes messages.

Mon père avait promis de m'emmener à Royal Manor pour que je m'assure qu'il tenait le coup, mais comme toujours, son nouveau poste et sa nouvelle épouse ont occulté mes besoins.

Même si cela me tue, je ne peux pas blâmer Jace d'avoir coupé les ponts.

Jace veillait sur Liam, ils étaient proches. Le perdre l'a assurément dévasté. Et moi, sa meilleure amie, j'aurais dû être là pour lui.

Mais je n'étais pas présente.

Peu importe pourquoi ou de qui c'est la faute. Tout ce qui compte, c'est que je me suis évaporée peu avant l'épreuve la plus tragique de sa vie. Au moment où il avait le plus besoin de moi.

Les épaules droites, je me dirige vers sa voiture.

Je suis du genre à assumer. Alors même si Jace risque de ne pas accepter mes excuses, cela ne change pas le fait que je lui en doive.

Pas une seule personne ne regarde dans ma direction tandis que j'approche de leur petit cercle, ce qui ne me pose aucun problème.

Je ne suis pas là pour eux.

— Salut.

Comme si j'étais invisible, Jace sort son téléphone de sa poche et entreprend de taper quelque chose.

Ajustant la lanière de mon sac, je m'éclaircis la voix et recommence.

— Écoute, même si tu as l'air occupé, j'espérais te parler en privé, juste une minute.

Rien. *C'est comme si je n'existais même pas.*

L'agacement s'immisce le long de mon échine. Il veut jouer la carte de la rancœur ? Très bien. C'est son droit. Néanmoins, de mon côté, je refuse d'être traitée comme une citoyenne de seconde zone par un garçon que je considérais avant comme mon meilleur ami, auquel je confiais tous mes secrets.

Merde alors, nous allons bientôt avoir dix-huit ans, pas huit.

— Jace.

Mon ton mordant les fait tous réagir.

Sauf *lui.*

— Désolée, trésor. Tu t'es perdue ? crache Britney. De toute évidence, personne ne veut te parler.

J'ouvre la bouche pour répliquer mais quelque chose traverse le regard de Britney.

— Ton visage me dit quelque chose.

Ce n'est pas étonnant qu'une égoïste de sa trempe ne se souvienne pas de son souffre-douleur d'autrefois.

Avant que je puisse informer Britney de mon identité, sa bouche s'élargit de surprise.

— Dylan Taylor.

Elle tourne vers sa bande son regard maléfique avant de revenir à Jace.

— Vous étiez inséparables dans une autre vie, non ?

Mon cœur s'arrête quand les yeux de Jace se connectent enfin aux miens.

— Non.

La douleur serait plus supportable s'il me transperçait le cœur avec un vrai poignard.

— C'est un mensonge et tu le sais, je murmure quand il me bouscule au passage.

Je peux concevoir qu'il soit en colère mais obligatoirement, une infime partie de lui ne s'en fiche pas. Un fragment, sous le bloc de glace auquel j'ai accès.

Il se retourne lentement.

— Tu as raison.

L'angoisse logée dans mon ventre s'intensifie à mesure qu'il rebrousse chemin, refermant la distance entre nous.

— Bon retour parmi nous, *l'amie.*

Son sourire est d'une telle cruauté que je grimace presque.

— Punaise, déclare Cole alors que son frère s'éloigne pour la seconde fois. Être sur la liste noire de Jace, c'est...

Il rit pour lui-même, son bras enveloppant l'épaule d'une fille.

— En fait, pourquoi gâcher l'ambiance ? ajoute-t-il.

Je le fustige du regard. Auparavant, Cole était déjà un petit crâneur, mais de toute évidence, il s'est promu enfoiré de première catégorie.

— Waouh...

— Beurk, se hérisse Britney en regardant avec dégoût son écran de téléphone. Bonjour le désespoir !

J'ignore totalement de quoi il retourne. Et sans que j'aie pu la questionner, elle rejette la tête en arrière puis, gloussant avec ses sbires, elle musarde en direction du bâtiment. Mon ordure de cousin ne se fend même pas d'un regard à mon intention avant de leur emboîter le pas.

Un instant, j'envisage de demander à ma tante de venir me chercher.

Non. Je ne leur offrirai pas la satisfaction de me pousser à bout aussi facilement.

Quel que soit leur problème, ça ne durera pas. Au lycée, les potins ont la durée de vie d'un fruit. Une nouvelle rumeur vient automatiquement voler la vedette à la précédente.

C'est d'un pas assuré que j'entre.

Et puis, que peut-il arriver de grave ?

6

Jace

— Merci de m'avoir prévenu, m'apostrophe Oakley.

Le second cours de la journée est terminé depuis trente secondes. L'info s'est propagée à une vitesse record.

C'est vrai qu'avec Britney les commérages se répandent à toute vitesse… aussi vite qu'elle écarte les cuisses.

Malgré tout, je ne sais pas trop pourquoi Oakley perd son temps et le mien à se plaindre. Il sait pertinemment qu'il a plus de chances d'être frappé à deux reprises par la foudre que d'obtenir des excuses de ma part.

Je claque la porte de mon casier.

— Si je t'avais prévenu, j'aurais enduré tes jérémiades encore plus longtemps.

Il cogite un instant.

— Pas faux, concède-t-il avant de se passer la main sur le crâne. Le hic, c'est que maintenant, Hayley est furax, elle refuse de me parler.

— En quoi est-ce différent des autres jours ?

— Il était sur le point de la persuader de donner son cul, raille mon frère Cole en se joignant à nous.

Oakley soupire, alors que nous empruntons le couloir.

— Tous les deux, vous avez passé un pacte pour me compliquer l'existence aujourd'hui ?

— Arrête de dramatiser. De mon point de vue, tu t'es débarrassé d'une chieuse et tu as gagné une cousine chelou mais canon, souligne Cole.

Bien que la pique soit destinée à Oak, il guette ma réaction.

Je n'en montre pas.

Cole affiche un grand sourire.

— Si tu ne veux pas d'elle, je tente ma chance.

Avant que j'aie pu le rembarrer, une brunette potelée, affublée de lunettes à monture noire et d'une pile de livres, lui rentre dedans.

Cole se renfrogne.

— Ça t'arrive de regarder devant toi quand tu marches ?

— Tous les jours, je chemine sur les pas de mon Seigneur et Sauveur, répond la fille, impassible, en redressant ses lunettes.

Mon frère ouvre la bouche puis la referme, visiblement mal à l'aise.

La fille esquisse un sourire mielleux.

— Il est en pause à cette heure. Va te faire foutre et fais avec, Covington, ajoute-t-elle.

— Purée, ce qu'elle m'insupporte, crache Cole une fois qu'elle s'est éloignée.

— Fais gaffe, se moque Oak. Son Seigneur et Sauveur pourrait t'entendre.

Cole lui adresse un doigt d'honneur sur le seuil de la salle de classe.

— Écoute, dit Oakley quand nous arrivons devant la nôtre. Je vais me rallier à la rumeur, parce que moi aussi je veux que la fille aux cheveux bleus dégage, mais fais-moi une faveur, sois honnête avec Hayley.

Je ne sais pas ce qui lui prend ces temps-ci mais il s'accroche étrangement à elle.

Du moins, quand il n'est pas abruti par l'herbe.

J'opte pour la clémence.

— Entendu.
Je scrute la salle de classe en quête de Dylan. Pas encore là.
— Mais pas avant demain.
D'ici là, elle sera partie depuis un bail.

7

Dylan

Dans un lycée, les toilettes des filles sont semblables à une zone de guerre.

La moitié des filles médisent… l'autre moitié sont des cibles.

Et les quelques-unes qui refusent de se prêter au jeu sont des victimes ; elles ne veulent ni alimenter le drame ni le défendre.

Elles ne demandent qu'à faire pipi en paix.

Je me situe généralement du côté des souffre-douleur. Mais pas aujourd'hui.

En l'état, je suis la fille parée d'une cible dans le dos de la taille du Texas.

Tout cela parce qu'il a fallu qu'Oakley la ramène et raconte à tout le monde que nous avons couché ensemble. Ce qui est vraiment merdique, étant donné que c'est lui qui m'a demandé de passer sous silence son érection de bienvenue.

— Sérieux, cancane une élève dans la cabine voisine. Qui couche avec son cousin ? Beurk.

Les dents serrées, je termine de me soulager.

— Il paraît qu'elle est nouvelle, intervient sa copine. Peut-être qu'elle débarque d'un de ces États de bouseux ?

Je lève les yeux au ciel avec une telle irritation que je suis surprise de ne pas perdre la vue. Je ne sais pas ce qui m'exaspère le plus. Les stéréotypes ou le fait qu'elle me qualifie de *nouvelle*.

— Vous êtes dures avec elle, les filles, modère une troisième.

L'espoir renaît... brièvement.

— Oakley est trop sexy. Et avant que vous me passiez sur le gril, je sais qu'il fume et que c'est une cause perdue... mais cousin ou pas, je ne raterais pas l'occasion de me le taper discrètement.

Dégueu. C'est une bonne chose que je dispose d'une cuvette.

Les rires se répercutent entre les murs.

— T'inquiète, Gina, lui assure une autre. Tu pourras bientôt saisir ta chance. Il fait profiter à tout le monde de sa queue de drogué dès qu'il plaque Hayley, façon distribution de bonbons à Halloween.

Une salve de rires ignobles retentit.

Elles sont tellement douées pour persifler et critiquer qu'elles feraient d'excellentes candidates à une émission de téléréalité.

Je m'apprête à émerger, et à mettre un terme à leurs bavardages, quand la phrase suivante m'arrête.

— À propos de couples. Quel est le topo entre Jace et Britney ?

— Aucune idée, soupire une fille. J'ai l'impression que Brit-Brit a finalement réussi à le coincer pour du long terme. Ils avaient l'air terriblement *proches* ce matin.

Les petits cheveux sur ma nuque se hérissent. *Proches, ils l'étaient, c'est certain.*

— Nan, pas possible. Tout le monde sait que Jace Covington ne s'engage pas... même avec les filles populaires comme Britney.

Sachant comme ils s'embrassaient et roucoulaient ce matin, c'est pour le moins... curieux.

Je range cette bribe d'information dans un coin de ma tête, pour plus tard.

— Exact, dit sa copine dans un bruissement de serviettes en papier. Au moins, il reste Cole. Ce n'est pas Jace, mais de ceux que nous pouvons espérer conquérir, il est ce qui s'en rapproche le plus.

Ces filles sont décidément irrécupérables.

— Je me contenterais de Cole en lot de consolation, conclut-elle sur un petit rire idiot.

— S'il n'était pas en seconde, ou pas aussi dragueur, ce serait sûrement un meilleur parti que Jace.

— Pas f…

Leur expression ahurie me dit que je les cueille à froid.

— La fille qui baise son cousin, lance d'une voix forte Gina.

Sous leurs regards appuyés, je me lave les mains, résolument impassible.

— Je veillerai à glisser un mot en ta faveur à Oakley… vu que nous sommes intimes et tout ça.

Voilà qu'elles n'ont plus l'air curieux mais horrifié.

Certaines personnes s'enfuient en courant au premier signe annonçant un scandale. Pas moi.

Je préfère confronter directement les responsables de cette rumeur ridicule. Voir de quelle étoffe elles sont faites sous leurs extensions capillaires, leurs soutiens-gorge rembourrés et leur maquillage.

— On est en retard pour le cours, déclare la grande blonde avant de se précipiter dans le couloir.

Navrant.

Peu de gens ont le cran de répéter en face les méchancetés qu'ils colportent dans votre dos.

8

Dylan

Passé

— Ce matin, j'ai surpris ton copain en train de mater le décolleté de Britney en sport.

Étant donné que Britney est la seule fille de quatrième qui met des bonnets E, je ne suis pas surprise. Surtout qu'elle ne rate pas une occasion de les mettre en avant dans ses débardeurs étriqués.

On raconte qu'elle a jeté son dévolu sur Jace et décrété qu'il l'inviterait à la fête de fin d'année. De son côté, il affirme qu'elle ne l'intéresse pas.

Ma persécutrice n'a plus qu'à changer de tactique pour attirer son attention.

Ravalant mon agacement, je me tourne vers Tommy DaSilva.

Avec ses yeux sombres en amande, ses cheveux noirs brillants et sa peau cuivrée, hérités de son métissage moitié japonais, moitié brésilien, beaucoup de filles de ma classe craquent sur lui.

Mais pas moi.

Le jour où il s'est moqué de Liam, le petit frère de Jace, il est officiellement devenu l'ennemi juré de Jace.

Ce qui fait automatiquement de lui le mien.

Il sourit fièrement.

— Il compte l'inviter à la fête la semaine prochaine, déclare-t-il.

En dépit du bon sens, mon estomac se noue.

J'ai beau faire tout mon possible pour enfouir mes nouveaux sentiments pour Jace, plus *intenses* qu'auparavant, ils persistent.

Et ne font que se renforcer.

Le regard fuyant, je continue de ranger les pupitres dans le placard de la salle de musique. Conscient que tout ce qui a trait à la musique me passionne, M. Rigo m'autorise à rester remettre de l'ordre après la répétition.

— Tu t'es sûrement perdu, Tommy. Aux dernières nouvelles, les cours de soutien ont lieu dans la cafétéria.

Tommy est beau à regarder, mais pas très futé. Il rame dans la plupart des matières, et plus d'une fois, on l'a pris en train de tricher aux examens.

Sourcils froncés, il croise les bras.

— Pourquoi es-tu toujours aussi peste avec moi ?

Bien qu'il bloque l'entrée, je tente de sortir.

— Tu sais pourquoi.

Sa main saisit mon poignet.

— Parce que ton idiot de mec t'interdit de me parler ?

L'air dégoûté, il me lâche.

— Il t'offre une récompense quand tu fais la belle ?

L'ordure dépasse les bornes.

— Jace n'est pas mon mec, et je ne suis pas son petit toutou. Je ne te parle pas parce que tu n'es qu'un enfoiré.

Il me dévisage.

— Ai-je déjà été méchant avec toi ?

Non, mais peu importe. Il est méchant avec les autres. En particulier, avec Liam.

Depuis le jour où le petit frère de Jace a fait sa rentrée dans notre collège, Tommy le prend pour cible.

Mais Liam est trop timide et trop anxieux pour se défendre, et comme Cole, son jumeau, n'est pas du style à se battre pour les autres, il incombe à Jace de veiller sur lui.

— Tu es ignoble avec Liam.

L'amusement éclaire soudain son visage.

— Ne me dis pas que tu craques pour le baf… baf… bafouilleur ?

Je ne craque pas pour lui mais comme toujours, Tommy est à côté de la plaque.

— Je préférerais passer ma vie dans un placard avec lui que cinq secondes de plus coincée ici avec toi. Maintenant dégage de mon chemin.

Les yeux étrécis, il s'écarte et je le contourne.

— Dylan, attends, souffle-t-il alors que je me dirige vers la sortie. Je ne me moquerai plus d'Histoire.

« Histoire » est le surnom dont Tommy a affublé le frère de Jace. Il dit à tout le monde que c'est parce que l'histoire se répète souvent… comme Liam.

— Ne l'appelle plus comme ça, je siffle.

— D'accord.

Je marque une pause, peu sûre de l'avoir bien entendu.

— Vraiment ?

— Si c'est le prix à payer pour que tu sois sympa avec moi. J'irai même jusqu'à m'excuser, renchérit-il avec un petit sourire.

Je suis totalement abasourdie.

— Tu présenteras tes excuses à Liam ?

Alors qu'il hoche la tête, un sentiment déplaisant s'insinue en moi. Tommy ne m'apparaît pas comme un type susceptible de se comporter décemment sans rien attendre en retour.

— Qu'est-ce…

Il se rapproche un peu trop.

— Je le redis. Si tu es sympa avec moi… je serai gentil avec lui. Compris ?

Je déglutis. Le sous-entendu est limpide. En revanche, je ne saisis pas sa motivation. Je passe une grande partie de mon temps à éviter d'avoir affaire à lui.

— Qu'est-ce que tu ne me dis pas, Tommy ? Pourquoi tiens-tu à ce point à être mon ami ?

Son regard tombe sur mes lèvres.

— Il t'a déjà embrassée ?

Seulement dans mes rêves.

Les joues en feu, je le repousse.

— Ça ne te regarde pas.

Tommy s'esclaffe en prenant la sortie.

— À très bientôt ! lance-t-il.

— Tommy DaSilva est prêt à présenter ses excuses à Liam.

Chez Jace depuis une bonne heure, je guette le moment opportun pour lui raconter mon échange avec son rival.

Quand je perds pour la énième fois au jeu de combats de zombies, je saute sur l'occasion.

Les doigts de Jace s'immobilisent brièvement sur la manette avant qu'il mette sur pause.

— Quand as-tu parlé à Tommy ?

— Aujourd'hui, dis-je en déglutissant. Après les cours.

Je ne suis pas le toutou de Jace comme Tommy l'insinue… mais la loyauté intrinsèque qui m'attache à lui est indéniable. Toutefois, cette loyauté est à double sens. Jace est toujours là pour moi quand j'ai besoin de lui. Je clarifie :

— Après la répétition avec le groupe.

Je ne sais pas trop comment interpréter son expression. Sur ce point, nous sommes aux antipodes. Si je suis un livre ouvert, Jace porte un masque d'acier.

Lequel fait la paire avec le champ de force qui l'entoure.

Celui que je ne parviens toujours pas à pénétrer, bien que nous soyons comme les deux doigts de la main depuis deux ans.

Mais même si son expression reste neutre, la suspicion irradie de lui.

— Tommy ne joue pas dans le groupe.

Je n'ai rien à cacher, je n'ai pas de problème à lui raconter la vérité. Cela dit, je marche sur des œufs, de peur que son animosité ne s'envenime.

— Je sais. Je rangeais le matériel quand il a débarqué dans la réserve.

Ses yeux sombres me transpercent presque.

— Donc, tous les deux, vous vous êtes arrangés pour vous retrouver seuls dans la réserve ?

J'ai l'impression qu'une pierre se coince dans ma gorge.

— Pas vraiment. J'ai pas… C'était pas prévu. Je n'apprécie pas Tommy.

Comment l'apprécier alors que Jace tient mon cœur dans la paume de sa main ?

— Pourquoi étiez-vous seuls dans ce placard… pour parler de mon frère ?

Oh ! bon sang. Je sais avec quelle férocité il défend ses frères et sa sœur mais là, il réagit comme si je l'avais trahi.

— Écoute, quoi que tu t'imagines, arrête. Je rangeais les pupitres dans la réserve, toute seule, quand Tommy s'est pointé. J'ai tenté d'esquiver mais il m'a barré le passage…

— Pardon ?

Il serre tant les poings que les veines de son avant-bras enflent.

— Il t'a piégée, reprend-il.

— Pas du tout. Laisse-moi finir, OK ?

Autant j'apprécie son côté protecteur, autant je refuse qu'il s'attaque à Tommy. L'enfoiré a finalement consenti à laisser Liam tranquille. Sans compter que Jace a déjà été suspendu cette année pour l'avoir tabassé.

Son masque impénétrable retrouvé, il pose la manette à côté de lui.

— Je t'écoute.

Je détache une bouloche de mon jean.

— Tommy m'a demandé pourquoi j'étais désagréable avec lui, à quoi j'ai répondu que je n'acceptais pas qu'il se moque constamment de Liam. (Je lève les yeux vers Jace.) Quand j'ai voulu sortir, il a promis de faire des efforts de gentillesse avec Liam. Il a même proposé de s'excuser.

J'aperçois la mâchoire de Jace se contracter.

— Ça ne ressemble pas à Tommy.

— Je sais. Je me suis fait la même réflexion. Mais quand je l'ai questionné sur son soudain revirement, il a affirmé qu'il tenait à faire la paix avec moi. (Je hausse les épaules.) Je pense qu'il se lasse de faire tout le temps des histoires, qu'il a besoin d'une amie.

Je n'ai pas le courage de mentionner la partie où il a voulu savoir si Jace m'avait déjà embrassée.

Jace ricane.

— Non. Il se fout de toi.

— Dans quel sens ?

Les traits de son visage sont tirés par l'agacement.

— Il te fait croire que tu le branches. (Il reprend la manette.) Il sait que nous sommes amis. Il fait juste semblant de t'apprécier, pour te détourner de moi et m'énerver. Ignore-le la prochaine fois qu'il t'adressera la parole. Je tirerai les choses au clair avec lui demain.

Un étrange sentiment couve dans le fond de mon ventre. Ce n'est pas que Jace se trompe. Il y a fort à parier que Tommy m'utilise.

Mais de là à laisser entendre avec mépris que je ne peux en aucun cas plaire à Tommy…

C'est comme si l'idée que *quiconque* puisse éprouver des sentiments pour moi était grotesque.

— Pourquoi tu ne joues pas ? questionne Jace après quelques minutes.

— Et si tu te trompais ? Et si Tommy m'aimait vraiment bien ?

Jace lève les yeux au ciel.

— Crois-moi, tu ne lui plais pas. C'est impossible.

Touché. Le sentiment déplaisant remonte de mon estomac pour s'enrouler autour de mon cœur.

Je dois partir… avant de me ridiculiser davantage.

Au début de l'adolescence, ma tante Crystal m'a prévenue que les prochaines années compteraient parmi les meilleures mais aussi parmi les plus dures de ma vie.

À ma demande d'explication, elle a répliqué qu'à cette période, les filles connaissaient leurs premiers coups de cœur, leurs premiers baisers, et leur premier amour… suivi du premier chagrin d'amour.

Malgré tout, je me pensais à l'abri car la personne à qui je donnais mon cœur… était mon meilleur ami.

Et les amis proches ne se brisent pas le cœur.

Cela va à l'encontre des règles.

— Bah, alors ? Où vas-tu ? demande Jace quand je me lève. Nous venons juste de passer au niveau suivant de *Zombie Warfare*. Nous approchons de l'apocalypse !

La belle ironie. Nul doute que nous y sommes.

— Est-ce si difficile de croire qu'un garçon s'intéresse à moi ?

La question est régurgitée par mes cordes vocales comme du vomi.

Se massant la nuque, il se lève, aussi mal à l'aise que moi. *Super.*

— Pas du tout… qu'est-ce qui te prend, D ?

Purée, il n'a même pas le moindre soupçon. La vision embrouillée, je ferme les yeux. *Comment pourrait-il savoir ?*

— Est-ce parce que je n'ai pas une énorme poitrine comme Britney ?

Submergée par l'écœurement, je n'arrive pas à arrêter la première larme qui mouille ma joue.

Tout compte fait, il y a pire que l'amour à sens unique.

Prétendre à son corps défendant que cet amour n'existe pas.

Mes sentiments pour Jace me rongent à petit feu… et c'est injuste que je sois contrainte de les étouffer.

Jace, toujours imperturbable et maître de ses émotions, paraît si confus que je me sens presque mal pour lui.

— Quel est le rapport avec les seins de Britney ?

Qu'il fasse l'innocent me donne envie de hurler.

— Si j'avais le physique de Britney, aurais-tu moins de mal à croire que je plais à Tommy ?

L'irritation traverse son regard.

— Tommy te plaît ? C'est pour ça que tu te défoules sur moi ?

Jamais je n'ai eu à ce point envie de frapper quelqu'un. Peut-être que si j'écoutais mes envies, je parviendrais à lui injecter un peu de bon sens.

— Je te l'ai dit, je n'aime pas Tommy. C'est toi que je…

— Bon sang, arrête de tout gâcher. Nous sommes *amis*, Dylan. Nous ne serons jamais rien de plus.

Nous nous examinons pendant ce qui semble une éternité, alors que la portée de notre dispute fait tilt.

Jace ne partage pas mes sentiments. Loin de là.

Putain de merde. Ce serait plus humain si Jace arrachait mon cœur palpitant et le fracassait avec un maillet.

J'essuie mes larmes d'un revers de la main. La seule chose qui soit pire qu'avoir le cœur broyé est de pleurer devant la personne qui l'a déchiqueté.

Le chagrin enflant dans ma poitrine, j'inspire profondément. De mon point de vue, je n'ai que deux options. La première : enterrer mon amour le plus profondément possible. Continuer de faire comme si je ne ressentais rien pour lui.

Mais je ne supporte plus de faire semblant. Et maintenant que tout ce que je contiens depuis des mois affleure à la surface… redescendre n'est pas facile.

Ce chemin est si long à parcourir que jamais je ne retrouverai le lien qui nous unissait.

Notre amitié est condamnée.

Ne reste plus que la seconde option. Découvrir *pourquoi*. Jace ayant clairement réfléchi à la possibilité de faire évoluer notre relation, je mérite d'entendre la liste des raisons qui nous condamnent d'avance.

— Pourquoi ? dis-je dans un murmure.

Ma sensibilité s'effrite… elle ne tient plus qu'à un fil noué à Jace Covington.

Sa pomme d'Adam remonte le long de sa gorge.

— Parce que nous sommes amis.

Je déteste sa façon de souligner le mot « amis ». En une fraction de seconde, il a réussi à rendre négatif quelque chose de positif.

Apparemment, mon cœur ne valide pas. Je dois continuer à creuser.

— Une copine avec qui tu t'entends mal, ce serait mieux pour toi ?

Il secoue la tête.

Je fais un pas vers lui.

— Aimes-tu être avec moi ?

Il hoche la tête. Je me rapproche d'un autre pas.

Mon pouls résonne dans mes oreilles.

— Es-tu heureux quand on passe un moment ensemble ? Est-ce que j'embellis un petit peu ta journée ?

— Non.

Mes poumons se resserrent… jusqu'à ce qu'il m'observe.

— Tu l'embellis immensément.

Si c'est vrai… cela ne peut signifier qu'une chose.

— Je ne suis pas assez jolie pour toi ?

Je ne suis pas sublime comme Britney. Un peu comme ma taille, mes traits sont parfaitement dans la norme. Mon nez est d'une longueur standard. Mes pommettes ne sont pas ciselées dans la pierre. Mes yeux sont bleus, mais pas translucides. Une bande de taches de rousseur parsème l'arête de mon nez et mes joues, mais elle passe inaperçue, hormis quand je prends le soleil.

Tristement, mon unique signe distinctif est la fossette au centre de mon menton.

Celle qui inspire à Britney des surnoms stupides comme Menton-Fesses.

Même dans les rares occasions où je me maquille, je ne fais pas sensation pour autant.

Un jour, ma tante a qualifié notre type de physique de « charme simple ». Elle certifie que c'est une qualité, mais je ne suis pas d'accord.

Je suis une fille médiocre dotée d'une petite poitrine, d'une silhouette mince presque sans formes.

De moyenne à sexy, il y a tout un monde. *C'est juste basique et morne.*

L'embarras me noue l'estomac.

— Tout est dit, pas vrai ?

Jace n'est pas attiré par moi. Mon physique ordinaire est pour lui rédhibitoire.

L'imbécile est plus superficiel que je ne le pensais.

À sa décharge, sa mère était une actrice de Bollywood. J'ai vu des photos d'elle… avant de mourir, elle ressemblait déjà à un ange.

D'ailleurs, dans la famille de Jace, à l'exception du pauvre Liam qui a gardé des cicatrices de l'accident qui a tué sa mère, ils ont tous un physique impeccable.

Normal qu'il ne veuille pas de quelqu'un comme moi. Nous ne jouons pas dans la même catégorie.

— Ce n'est pas ça.

Sa voix est si faible que je l'entends à peine.

Je me rapproche un peu.

— Alors qu'est-ce qui cloche chez moi ?

Je déteste mon intonation désespérée, mais j'ai besoin que mon meilleur ami m'aide à comprendre comment je peux ressentir des sentiments aussi puissants pour lui… alors qu'il n'éprouve rien pour moi.

Le petit espace entre nous se réduit tandis que je pose ma main sur son torse. Son cœur tambourine encore plus fort que le mien.

— Rien.

À peine sa main effleure-t-elle ma hanche que mon souffle s'enraye dans ma gorge.

— Tu es parfaite.

La tension alourdit le silence suspendu entre nous. De toute évidence, Jace lutte, sans que je sache contre quoi.

La chaleur se diffuse dans mes joues, mes paumes s'humidifient. C'est maintenant ou jamais et tant qu'à tomber, autant que ce soit sur un coup d'éclat.

— Je ne t'ai pas donné ton défi.

Jace et moi jouons à ce jeu idiot. Tous les vendredis, avant le dernier cours, nous échangeons un défi inscrit sur un bout de papier, à réaliser avant la fin de la semaine suivante.

La plupart du temps, ils sont inoffensifs et assez dégueus. Genre avaler un insecte, terminer une double pizza entière et deux verres de lait en quatre-vingt-dix minutes.

Le premier qui se défile doit ranger la chambre de l'autre et répondre à une question personnelle, généralement embarrassante, choisie par le gagnant.

Par chance, nous avons tous deux l'esprit de compétition, si bien que nous perdons rarement.

Ces trois derniers mois, je garde dans ma poche un certain défi si brûlant qu'il creuse un trou abyssal… mais je me défile à tous les coups.

Pas aujourd'hui.

Les doigts tremblants, je saisis le papier plié dans ma poche.

La main presse ma hanche.

— Ne fais pas ça, D.

Trop tard. Je déplie le papier et lui tends.

Je te défie de m'embrasser.

Le tourment tord son visage, malgré sa main qui me serre.

— Non.

— Si tu n'étais pas aussi catégorique sur le fait que nous ne serons jamais plus que des amis, un stupide baiser resterait sans conséquence.

Silence.

C'est difficile de contester la logique.

Encore plus de se disputer à propos de jalousie.

— Si la perspective de m'embrasser te rebute autant, je demanderai à Tom…

Je cesse de respirer au moment où ses mains encadrent mon visage.

— Non.

— Pourquoi ?

— Parce que tu n'appartiens pas à Tommy. (Ses narines frémissent.) Pas question qu'il t'ait.

— Donc, tu ne veux pas de moi mais personne d'autre n'est autorisé à m'avoir ? C'est bien résumé ?

Ses longs doigts se déploient derrière ma nuque et me rapprochent de lui.

— Je n'ai jamais dit que je ne voulais pas de toi. (Les traits tirés, il appuie son front contre le mien.) J'ai dit que nous ne pourrions jamais être plus que des amis.

Son discours tourne en rond. Il nous tourmente sans raison. La solution est simple. Littéralement sous notre nez.

— Embrasse-moi, Jace.

— Non.

L'irritation me transperce. Je commence à me lasser de ces signaux contraires indécodables.

— Alors lâche-moi.

Son regard glisse vers mes lèvres, puis il se penche.

— Je ne peux pas.

Avant que j'aie pu cligner des yeux, ses lèvres caressent les miennes avec une douceur infinie.

Puis disparaissent tout aussi vite.

— Je l'ai, déclare Jace en reculant de plusieurs pas.

— Tu as quoi ? interroge Cole, qui m'ôte les mots de la bouche.

Jace lève son doigt puis le frotte sur son pantalon.

— Dylan avait un cil dans l'œil. Tu sais qu'elle flippe dès qu'il est question de globe oculaire.

Cole hoche la tête.

— Jamais vu ça. Elle n'a même pas supporté de regarder *Saw 4* jusqu'au bout sans péter un câble.

Jace rit alors que je leur lance des regards noirs.

Liam m'adresse un sourire compatissant.

— Je ne-n'aim-m-me pas les glob-b-bes oc-culair-r-r-res non plus, D-D-Dylan.

— Ouais, ils sont révoltants, dis-je avant de tourner mon attention vers Jace. Euh, pourrions-nous…

— Tu devais partir, non ? fait-il en esquivant mon regard. J'ai des trucs à faire de toute façon, vaut mieux que tu rentres.

Nous savons tous deux qu'il n'a rien de spécial à faire. *Je vois clair en lui.*

— Bien sûr, dis-je en prenant mon gilet à capuche. À plus.

— At-tt-ends, crie Liam. T-t-t-tu pou-pourrais traîner avec m-moi.

En temps normal, j'accepterais l'invitation de Liam, mais la proximité de Jace me pèse.

— C'est gentil, Liam. Peut-être la prochaine fois.

9

Dylan

Il s'avère qu'à RHA, il y a encore plus épouvantable que les toilettes des filles.

Arriver en retard en classe.

Le dos en sueur, je balaye la salle du regard. À l'avant, la personne que j'identifie comme l'enseignante, à son air renfrogné et tout le bazar, soupire d'exaspération.

— Le cours a débuté depuis trois minutes, râle-t-elle d'un ton sec pendant que je me faufile vers la place libre la plus proche, dans le fond.

Tout le monde m'examinant comme si j'étais un microbe inconnu dans une boîte de Petri, je presse le pas.

— Déso…

— Bouge, bougonne une voix sitôt que mes fesses se posent sur la chaise.

Quand je tourne la tête à droite, je ne sais pas si je dois rire ou pleurer.

Avachi sur son bureau, Jace me jette un regard assassin.

— Trouve-toi une autre place. *Maintenant.*

Respire, Dylan.

Je plante mes yeux dans les siens.

— Nan. Je suis très bien à cette place.

Le regard noir, il se redresse sur sa chaise.

— Pas vraiment. Tu peux me croire. Rends-nous service à tous les deux. Change de place.

— Un problème, monsieur Covington ? interroge la prof.

Il oriente son attention vers elle.

— Ouais. Cette imb…

— Oblige-moi.

Si avant je n'avais pas eu conscience d'avoir attiré tous les regards, ce serait chose faite.

La voix de Jace, basse et suggestive, lacère mon cœur pour une autre raison.

— Cela impliquerait de te toucher. Même pas en rêve.

Un rictus exprime son aversion quand nos regards se rencontrent.

Je m'enjoins de faire comme si sa pique me laissait indifférente. La tête haute, je lui tourne le dos.

— Parfait. Du coup, être assis à côté de moi ne devrait pas te perturber.

Je tente le diable mais tant pis. De toute évidence, il n'est plus le Jace d'avant. *Et l'enfoiré qui le remplace peut aller se rhabiller.*

Je sors ma tablette afin de prendre des notes quand il riposte.

— C'est clair. Mais je pensais que tu préférais t'installer à côté d'Oakley.

Des petits ricanements s'élèvent dans la salle. L'organe dans ma poitrine se tord en réaction à sa trahison.

Jace donne un coup de pied sur le côté. Un Oakley ensommeillé émerge du brouillard.

— C'est fini ? On va chercher des pancakes ?

Les ricanements se muent en éclats de rire… jusqu'à ce que le visage de Jace montre de l'exaspération.

— Je pense que Dylan veut s'asseoir à côté de toi, gros.

Même un sourd percevrait l'implication.

Mon estomac se noue. Je pense que *Dylan* préférerait avaler de la poussière.

— Non…

— Elle peut s'asseoir sur moi, me coupe Oakley. Encore.

Quelques garçons tapent leur poing contre le sien. Des filles consternées secouent la tête, avant de me lancer un regard écœuré.

Oakley récolte des rires et des tapes de félicitations ; et moi, de l'aversion.

Alors que la rumeur qu'*il* a lancée nous impacte tous les deux. *Deux poids, deux mesures ?*

Du coin de l'œil, j'avise le regard que Jace coule dans ma direction. *Dans l'expectative.*

Espérant me voir m'effondrer… ou même, m'enfoncer en bombardant Oakley d'obscénités pour me défendre.

Me donner en spectacle, entretenir le drame.

Car voilà ce que ces personnes aiment par-dessus tout.

La gorge nouée, je baisse les yeux sur ma tablette.

Je ne leur donnerai rien.

Et Jace ne suscitera pas une réaction de ma part tant qu'il n'aura pas utilisé sa bouche médisante pour m'expliquer pourquoi il me hait.

10

Jace

— Comment pourrions-nous être en bonne santé s'ils ne nous servent que des cochonneries, genre des pizzas et des pâtes maison ? geint Britney avant de montrer du doigt son amie attablée en face d'elle. Ne mange pas ça, Hayley. Tu étais molle à l'entraînement de *cheerleading*, hier. Fais une pause avec les glucides.

À la place de Hayley, j'enverrais bouler Britney et lui dirais de me bouffer la chatte. Mais en bonne suiveuse loyale et pathétique, Hayley abaisse sa fourchette débordante de *linguini*.

— Tu as carrément raison.

Elle jette un regard noir à Oakley assis à côté d'elle, et repousse son plateau.

— Je suis ultra-stressée en ce moment.

Stone au possible et moins perspicace qu'une mouche, Oak s'empare de son assiette.

— Ça en fait plus pour moi.

— C'est totalement compréhensible, la rassure Britney d'une voix mielleuse. Mais ce n'est pas parce que ta vie est désastreuse qu'il faut te laisser aller. (Son regard surprend quelque chose, et elle rit.) Tu as un exemple juste devant toi.

Les vieilles habitudes ont la peau dure parce que d'instinct, je suis tenté de remettre Britney à sa place. Par chance, je me ressaisis à temps.

Je dois bien accorder une chose à ma vieille amie : elle a tenu plus longtemps que la plupart.

Je modère une brusque envie de rire en le voyant chercher une place des yeux dans la cafétéria. Même si elle n'est pas encore arrivée à saturation, elle n'a pas l'air dans son élément.

Elle semble surtout anxieuse.

Ses écouteurs, et sa façon distraite d'articuler les paroles de l'une de ses chansons préférées sont des indices incontestables.

The Middle de Jimmy Eat World. Une chanson sortie le jour de sa naissance. *Ou huit ans avant le décès de sa mère.*

Mais personne d'autre ne peut savoir cela sur Dylan.

À moins de la connaître aussi bien que moi. *Enfin, je croyais la connaître.*

Britney grimace.

— Son sac est d'un autre temps, ses Dr Martens sont une calamité vestimentaire d'emo, et cette touffe sur sa tête ressemble à un granité bleu… après que quelqu'un a vomi dedans.

Si tant est que ses critiques soient justifiées, je peux assurer que Dylan se contrefiche de l'avis général sur son apparence.

— Je sais, intervient Hayley. Sérieusement, qui porte des bottes militaires ? Elle ambitionne de s'engager dans l'armée ?

— Si seulement, marmonne Britney en levant les yeux d'un air dramatique.

Son amie Morgan se tord de rire comme si c'était la chose la plus drôle qu'elle ait jamais entendue.

— Cette fille est ringarde. C'est triste qu'elle ne possède rien de plus stylé que son uniforme.

Munie de son téléphone, Britney immortalise Dylan.

— Il faut que je publie ça sur Instagram, fait-elle en souriant à son écran. Dylan Taylor, la fille de RHA qui baise son cousin.

Elle fronce le nez alors que ses copines saisissent leurs téléphones.

— Par pure courtoisie, je l'ai taguée. Ça ne l'embêtera pas, si ?

Je réussis de justesse à retenir le grognement dans ma gorge. D'habitude, quand elles déversent des inepties, je parviens à faire la sourde oreille mais il se trouve que leur conversation concerne la fille que je ne peux pas saquer.

Il me faut presque toute ma force de volonté pour ne pas enfoncer le poing dans la table puis fracasser la tête du premier venu avec.

Au lieu de quoi, je choisis la seconde meilleure option. J'observe Dylan remplir son plateau, payer en regardant le caissier avec des yeux ronds – vu que leur malbouffe maison coûte un bras, même selon nos standards –, puis j'attends qu'elle passe devant moi.

Une seconde avant qu'elle me dépasse, je décale le sac messager de Britney glissé sous la table.

Dylan se prend la gamelle de sa vie.

11

Dylan

Je n'aurais jamais dû commander des spaghettis bolognaise pour le déjeuner.

Aucun doute, la teinte rouge orangé de la sauce tomate dans laquelle je patauge s'accorde à merveille avec ma chemise blanche.

Vie. De. Merde.

Au moins, je peux tirer du réconfort dans le fait qu'une partie de mon repas a éclaboussé le sac Burberry à mille dollars de Britney. *Salope.*

Mais autant j'aimerais lui flanquer une raclée pour le croche-pied, autant je ne lui donnerai pas la satisfaction de laisser paraître mon humiliation.

À la place, je me relève calmement du carrelage de la cafétéria, priant intérieurement pour ne pas glisser. *Une seconde fois.*

Sans surprise, tous les regards sont fixés sur moi.

Bon, tous sauf celui de Jace, qui déguste son repas avec désintérêt. Et Oakley, qui se tord tellement de rire qu'il en tremble.

Bande de cons.

Alors que je me redresse, je détecte une furtive expression de pitié sur quelques visages, pas suffisante pour que quelqu'un tende une serviette en papier à la nouvelle laissée-pour-compte.

Pas grave. Tous des moutons.

Avec un sourire en coin, je détache un spaghettis de ma chemise et le gobe.

— Délicieux. Ça manque tout de même un peu de sel.

— Dégueu. Tu es trop biz…, commence Britney avant de blêmir. C'est pas vrai, espèce de connasse. T'as ruiné mon sac.

Je lèche un peu de sauce sur le bout de mon pouce et hausse les épaules.

— Le karma, pour mon repas gaspillé.

Sur ce, je mets les voiles.

Ce faisant, je récupère les derniers spaghettis sur ma chemise et je les lance dans sa direction.

— Tu me le payeras, rugit-elle à l'instant où je passe la porte.

Pour toute réponse, je lui tends mon majeur.

Je me nettoie dans les sanitaires depuis à peine trente secondes quand la porte s'ouvre. Je me sens observée.

— Prends une photo, ça dure plus longtemps, je lance en frottant vigoureusement ma chemise tachée avec une serviette.

— Pas besoin. Britney en a posté une sur Instagram.

Évidemment.

— Avant ton bain dans la sauce tomate, ajoute la fille.

Levant les yeux de ma tache, je regarde avec hostilité la petite brunette voluptueuse à lunettes à monture noire. Mignonne, mais pas le physique adéquat pour le clan Britney.

Probablement une aspirante.

— Merci pour cet aperçu des coulisses. Tu peux retourner bourdonner autour de la reine des abeilles maintenant.

— C'est un peu hypocrite, tu ne crois pas ? rétorque-t-elle en croisant les bras.

Agacée, je m'arrête de frotter.

— De quoi ?

— De présumer que je fais partie de la troupe de Britney.

Dans une expiration, elle sort un chemisier blanc de son sac.

— Tu perds ton temps, ajoute-t-elle. Ces taches ne partiront jamais.

Je cille, me sentant idiote. Elle vient à mon secours et je la rembarre.

— Je te l'accorde. J'ai été de mauvaise foi. (Je regarde timidement le haut.) Je me sentirais mal de te l'emprunter.

— Aucun souci. J'en garde une autre dans mon vestiaire, deux dans ma voiture ainsi qu'une vingtaine à la maison. (D'un geste large, elle désigne son corps entier.) Tu vas flotter dans ma chemise… manifestement. Alors, si tu ne veux…

Je m'en empare précipitamment.

— Si, avec plaisir. Merci.

Elle approuve d'un bref hochement de tête, puis je m'enferme dans une cabine pour me changer.

Bien entendu, le chemisier est trop grand, mais quelques ajustements remédient au problème.

Quand je sors, la fille patiente devant les lavabos.

Bizarre.

Possible qu'elle attende un geste en retour.

— Je n'ai pas beaucoup d'argent mais…

La main levée, elle me coupe.

— C'est cadeau.

Je triture le bas de la chemise. Je ne suis pas douée pour faire la conversation, pas plus qu'elle, vraisemblablement.

Comme notre échange ne pourrait pas devenir plus gênant, je pose la question qui me taraude.

— Pourquoi gardes-tu toutes ces chemises ?

Elle semble gênée, et l'espace d'un instant, je l'imagine évoquer un problème de transpiration.

— J'ai été transférée à RHA l'an dernier, en seconde. J'étais là depuis à peine une semaine que Britney et ses sbires ont volé mon uniforme dans mon casier, en sport. Ce qui n'aurait pas été dramatique si, pendant que je me douchais, elle n'avait pas piqué ma tenue de sport.

J'ai soudain de la peine pour elle.

— J'avais oublié mon téléphone à la maison, je n'avais aucun moyen d'appeler ma mère. Les vestiaires s'étaient vidés dans l'intervalle. Je n'avais pas d'autre choix que de retourner dans le gymnase en serviette, pour alerter le prof. (Elle se désigne du doigt.) Avec mon physique, tous ceux qui m'ont vue ont ri et meuglé. Le lendemain, Britney a publié sur Instagram une photo de moi parcourant les couloirs en serviette. Inutile de préciser que ma vie n'a pas été rose pendant un certain temps.

Bon sang. C'est vraiment horrible.

— Cette fille est une vraie connasse.

Elle acquiesce de la tête.

— J'ai hâte qu'elle passe son bac. Peut-être que je pourrai au moins profiter de ma dernière année, explique-t-elle avec un haussement d'épaules. Pour tout te dire, j'étais plutôt contente qu'elle trouve une nouvelle cible, mais quand je t'ai vue trempée de sauce, j'ai su qu'il fallait que je t'aide. Non que tu en aies besoin, précise-t-elle avec un sourire en coin. Tu t'en es sortie la tête haute.

Cette dernière remarque suscite un rire de ma part.

— J'endure Britney depuis l'école primaire, je suis aguerrie à ses débilités. Mais maintenant, elle les multiplie.

Sans doute parce qu'elle sort avec Jace.

Visiblement confuse, elle fronce les sourcils.

— Tu étais scolarisée ici ? Tu n'es pas nouvelle ?

Je secoue la tête.

— Non. Enfin, c'est comme si. Je suis partie depuis si longtemps que je ne connais plus grand monde. J'ai déménagé de Royal Manor quand j'étais en quatrième. Me voilà de retour.

Rien n'a changé… *sauf Jace.*

— Ce qui craint royalement, commente-t-elle comme si elle lisait dans mes pensées.

— Pas qu'un peu.

Elle me tend la main.

— Sawyer Church. Élève de première, je conduis un minivan rétro. Je ne suis pas blindée comme tous les bourges de ce lycée mais j'aime étudier, ce qui fait que j'ai décroché une bourse pour RHA. En fait, c'est seulement parce que le principal Ryan est un ami de ma famille. Oh ! et je ne ressens aucune sympathie pour quatre-vingt-dix-neuf pour cent de la population, mais cela ne m'empêche pas de secourir tous les paumés de l'univers à cause de CQFJ.

— CQFJ ? dis-je en secouant la tête. Est-ce un groupe de musique ou je ne sais quoi ?

— Malheureusement, non. Ce serait top. (Elle indique le bracelet à son poignet, gravé des mêmes initiales.) Ce Que Ferait Jésus.

Pas du tout la réponse que j'attendais.

— Oh…

Elle grimace.

— Ne fais pas ça. Je te croyais plus ouverte d'esprit.

Je suis larguée.

— Ne fais pas quoi ?

— Écoute, le fait que je sois croyante ne fait pas de moi une espèce de fanatique de Jésus. Bon, je le suis parce qu'il est formidable, mais je te promets que je suis *normale.*

Elle s'arrête un instant en levant les yeux.

— En fait, pas tout à fait normale, car je jure souvent, je ne respecte pas trop le couvre-feu et je regarde des mauvais films, précise-t-elle en rougissant. J'ai aussi visionné un porno ou deux. Et si Nick Jonas acceptait de passer la nuit avec moi, j'envisagerais sérieusement de renoncer à ma virginité.

— Il me semble qu'il est marié.

— Ne retourne pas le couteau dans la plaie, me prévient-elle en arquant un sourcil. Je ne sais toujours pas comment tu t'appelles.

— Dylan Taylor.

Elle tape du pied.

— Et…

Eh ben. Cette fille est un délire.

— Élève de terminale. J'ai mon permis mais ma voiture a été saisie quand mon…

J'avale la suite, ne connaissant pas suffisamment Sawyer pour lui révéler que mon père s'est fait coffrer.

— C'est une longue histoire.

La tête inclinée sur le côté, elle m'examine.

— Détends-toi, on y arrivera.

— À quoi ?

Elle ajuste ses lunettes.

— Pour résumer, nous sommes deux marginales dans cet enfer. Pourquoi ne pas devenir amies ?

En théorie, sa proposition a du sens, mais les amitiés superficielles, juste pour échapper à la solitude, ne me tentent pas beaucoup.

— Euh, ne te vexe pas…

— Quoi ? Ta meilleure amie a couché avec ton mec ou un truc du genre ?

— Plutôt ma pire ennemie, dis-je sans pouvoir m'en empêcher.

De toute évidence, j'ai davantage besoin d'une amie que je ne le pensais puisque je suis à une chemise de déballer tous mes secrets.

La tristesse voile soudainement son regard.

— Aïe. Voilà qui expliquerait ton problème de confiance, répond-elle avec un sourire. Pour ce que ça vaut, tu n'as pas à t'inquiéter : je ne compte pas coucher avec qui que ce soit d'autre que mon futur mari. Ou avec Nick Jonas, ajoute-t-elle avec une lueur espiègle dans le regard. Que le ciel me vienne en aide, je ne louperais pas une occasion de le chevaucher en avant, en arrière, et sur les côtés.

Je souris, puis je me dis que si nous devons sympathiser, je dois clarifier un point.

— À propos de sexe, juste pour info, je tiens à ce que tu saches que je n'ai pas couché avec mon cousin. Oakley a lancé cette rumeur absurde pour se venger. Il m'accuse d'avoir balancé à son père qu'il fume des joints au sous-sol.

— Que les choses soient claires… tu es en train de me dire que tu n'as *pas* couché avec ton cousin ? rétorque-t-elle en se départant de son sourire. Finalement, je ne suis pas sûre de vouloir devenir ton amie. La pomme a perdu de son lustre, tu comprends ?

J'aime assez qu'elle manie l'ironie avec la même aisance que moi.

— Merde… Tu reconsidérerais la question si tu savais qu'un jour où j'avais trop bu, j'ai fait du frotti-frotta avec mon oncle ?

Un mélange de stupéfaction et de curiosité passe sur son visage.

— Sérieux ?

— Non. Mon père est fils unique.

Elle commence à rire quand la dernière sonnerie nous prend de court.

— Mince.

Sans me laisser le temps de protester, elle me traîne vers la sortie.

— Quel est ton prochain cours ?

— Chimie.

— Mme Beck n'est pas toujours commode, m'apprend-elle avec une grimace, mais je peux t'aider à…

Sa phrase est interrompue par le bruit d'un objet lourd qui rencontre un casier… suivi de cris.

Quand nous nous retournons vers l'origine du tumulte, j'ai le souffle coupé.

Le bras de Jace tient en étau le cou d'un pauvre mec. De leur côté, Oakley et Cole font barrage à une fille furieuse, tellement jolie que je la regarde à deux fois.

— Laisse-le tranquille, Jace. Nous ne faisions que nous embrasser.

Sawyer me tire par le bras.

— Viens. Jace Covington est non seulement un oiseau de mauvais augure, mais il est l'obsession de Britney. Ta vie sera nettement plus simple si tu gardes tes distances avec lui et les ennuis produits en série par la fratrie… surtout maintenant que bébé Covington fait partie du tableau.

Oh ! merde. La dernière fois que j'ai vu Bianca, elle portait un appareil dentaire et regardait encore des dessins animés.

À présent, elle est…

Je vois pourquoi Jace menace de rouer de coups son copain.

— File en cours, Bianca, enrage Jace. Je m'occuperai de ton cas à la maison.

Sans la laisser se défendre, il empoigne le gars par le col et lui frappe la tête contre le casier.

— C'est une première année, pervers.

Le gars veut parler mais Jace le tire en arrière pour ensuite le projeter une seconde fois contre le métal.

— Ma petite sœur, en plus.

Le type semble totalement pétrifié, ce que je ne peux pas lui reprocher.

Jace couve depuis son enfance des problèmes de colère profondément enfouis, mais la plupart des gens ne le devinent pas, parce qu'ils interprètent son silence comme un consentement.

Sauf qu'au fond de lui mijote une rage bouillonnante, comme un volcan mortel sur le point d'entrer en éruption.

Voilà pourquoi je l'ai accosté sur l'aire de jeux, ce fameux jour.

Nous étions les meilleurs amis… mais nos démons étaient des âmes sœurs.

— Je ne savais pas, s'étrangle le gars et quand Jace relâche un peu son bras, il ajoute : Elle m'a dit qu'elle était en terminale, en échange scolaire de l'étranger.

Bianca lui adresse un clin d'œil.

— *Buongiorno.*

Sawyer a beau me faire signe de partir, je ne bouge pas d'un pouce. Certes, Jace est un abruti mais je ne peux me défaire de ce besoin intrinsèque de m'assurer qu'il ne fera rien de stupide.

Comme se suicider au beau milieu du couloir du lycée.

— Tu vois ? crie le garçon innocemment, alors que Jace s'écarte un peu. C'est sa faute. Elle a pratiquement supp…

Sa phrase est stoppée net par le poing de Jace.

— Essaye de pas trop l'amocher, l'avertit Cole alors que Jace lui tord le bras dans le dos, se préparant à replier le second. Le premier match de l'année a lieu vendredi, et Declan fait partie de meilleurs joueurs de la ligne défensive.

Le genou que Jace enfonce dans l'aine de Declan atteste qu'il se contrefiche du futur match de football américain de son frère.

— Bon sang, Covington, gémit le gars quand Jace le cogne à la mâchoire. J'ai capté, d'accord ? Je ne l'approcherai plus.

Bianca lève les yeux au ciel.

— Dégonflé.

Oakley et Cole ricanent, contrairement à Jace. Sa colère semble décupler à chaque seconde.

Ce qui se déroule à présent va au-delà d'une punition infligée au garçon qui flirte avec sa sœur.

— Emmène Bianca en classe, lance Jace d'un ton sec et même *menaçant.* Tout de suite.

— Tu déconnes ? grommelle Bianca pendant que Cole lui fourre son sac dans les bras, et qu'Oakley la prend par le coude. Je ne suis pas un bé…

Jace décoche un violent coup de pied dans l'estomac de son adversaire. Sa brutalité m'arrache une grimace tandis que le type s'avachit contre le casier.

— Relève-toi, bordel de…

— Arrête.

J'interviens avant que Jace enfonce le pied dans le ventre de Declan. Ce gars est déjà à terre, en position fœtale, la lèvre en sang… implorant Jace de mettre un terme au supplice. *Trop, c'est trop.*

— Je suis certaine qu'il a compris cinq sur cinq.

— V…

Ses yeux perçants dardent vers moi.

— Qu'est-ce qu'elle fout ici ? s'écrie Bianca.

Que dire, sinon énoncer l'évidence ? Bianca vient se poster en face de moi.

— Tu n'en as pas assez fait ?

Le fiel qui imprègne ses mots me fait tressaillir. En raison de notre différence d'âge, nous passions peu de temps ensemble mais nous nous entendions bien.

En tout cas, c'est ce que je croyais.

Avant que je puisse riposter, elle referme la distance, se tenant désagréablement trop près de mon visage.

— Ne t'approche pas de mes frères, espèce de serpent. Sinon, je te jure que je…

— Que se passe-t-il ici ? hurle quelqu'un derrière nous. Est-ce que ça va ?

Non loin, une femme au visage strict fulmine. Son regard ne cesse de passer de Declan, à terre, à nous.

— Mince, marmonne Sawyer à voix basse. Mme Beck.

Parfait. Comme ça, elle connaît le motif de mon retard.

Jace tire Bianca par le bras.

— Va en cours. (Puis à Cole.) Allez-y tous les deux. Je gère, termine-t-il en jetant un regard à Declan.

Ils commencent à s'éloigner mais Mme Beck les arrête.

— Personne ne bouge. Je dois d'abord m'entretenir avec le principal.

Elle porte son téléphone à l'oreille.

— Désolée de vous importuner, monsieur Ryan. Je me trouve

face à une urgence dans le couloir, du côté du labo des sciences. Elle implique un élève estropié et les frères Covington.

Elle crache presque leur nom de famille, comme si elle avait avalé un aliment périmé.

— Il ne s'est rien passé de particulier. Je me porte parfaitement bien, conteste Declan avant qu'elle raccroche.

Mais la prof n'est pas dupe.

— Non, tu ne…

— J'étais pressé, je marchais sans regarder où j'allais. Je me suis pris la porte d'un casier ouvert en pleine face, et retrouvé sur les fesses.

Il se relève tant bien que mal.

— Ils se sont arrêtés pour vérifier si j'étais blessé, explique-t-il en désignant Jace, Cole et Oakley du menton.

À quoi les trois *amigos* hochent la tête.

— Il dit la vérité, se récrie Cole dans un haussement d'épaules. Je voulais juste m'assurer que la maladresse de mon coéquipier ne lui causerait pas de blessure *permanente*.

— Vraiment, ce serait dommage qu'il arrive quelque chose au pauvre Declan avant le grand match de vendredi, renchérit Oakley.

— Avant ou *après* le match, prononce rageusement Jace.

Agacée, Mme Beck se tourne vers Sawyer et moi.

— Expliquez-moi ce qui s'est réellement produit.

— Nous ne savons rien de plus, je laisse échapper en désignant ma nouvelle amie. Nous sortons à l'instant des toilettes. Nous n'avons rien vu, rien entendu.

À côté de moi, Sawyer soupire. Je sens presque la déception irradier d'elle.

— Exact… rien à ajouter.

Je n'aime pas mentir, mais j'aime encore moins balancer. Si Declan choisit de taire la vérité, c'est son droit.

Et puis, une infime partie de moi ne souhaite pas que Jace trinque parce qu'il a voulu protéger sa petite sœur. Même s'il est allé trop loin et que, visiblement, elle me déteste.

La prof ne paraît pas convaincue mais le principal et l'infirmière arrivant sur place, cela n'est plus de son ressort. Declan répète qu'il s'est cogné au casier.

— Très bien. Dans ce cas, je ne peux rien faire. Vous êtes tous libres d'aller en cours, déclare le principal, en levant les mains.

Alors que nous nous dispersons, la voix de Bianca retentit.

— Je pensais ce que j'ai dit, salope, mugit-elle en plongeant dans ma direction. Nuis encore à l'un de mes frères, et il faudra ton dossier dentaire pour identifier ton cadavre de traîtresse.

Mon Dieu. C'est plus que de la rancœur… elle projette de m'assassiner.

J'aimerais zapper sa menace, mais comment faire alors que j'ignore la raison de sa haine envers moi ?

Je n'ai jamais fait de mal à Jace. Excepté en déménageant subitement, ce qui n'était pas un choix personnel. J'ai même tout fait pour le contacter mais il m'a fermé sa porte.

Toute cette haine que les Covington nourrissent à mon égard n'a aucun sens.

Je ne les trahirais jamais.

— Quel est ton pro…

— Ça suffit, Bianca, gronde Jace en la tirant à reculons dans le couloir. Faut que tu te détendes.

Sawyer attend qu'ils se trouvent hors de portée de voix.

— Je sais que cela ne me regarde sûrement pas, mais je suis obligée de poser la question. Quel est le problème entre toi et Bianca ? D'où lui vient cette haine ? (Elle arrondit les yeux.) Qu'as-tu fait à ses frères ?

— Je n'en ai pas la moindre idée, dis-je en toute franchise.

Mais je compte le découvrir.

12

Jace

— Tu vas chez Christian, ce soir ? demande Oakley sur le parking. J'ai cru comprendre que le thème de la fête serait « Boire pour oublier la rentrée en enfer ».

Cela ne me surprend pas. Christian ne rate pas une occasion de faire la fête. Comme ses parents s'absentent souvent et que leur maison est immense, toutes les conditions sont réunies.

— Je sais pas trop.

La réponse que je m'apprête à fournir prend un goût de poison sur ma langue, alors que j'approche de ma Lexus.

— Ça dépend de ce que Britney aura envie de faire.

Cela me vaut un regard étrange de mon ami.

— Je vous ai trouvés hyper proches aujourd'hui, tous les deux. Je me suis dit qu'elle t'avait sucé avant le cours.

Il allume un mégot et tire dessus avant de me le passer.

— Honnêtement, on dirait que ça devient sérieux entre vous, ajoute-t-il.

J'inhale longuement, pour me laisser préparer ma réponse. Techniquement, il n'a pas tort. Notre relation s'intensifie… mais pas parce qu'elle m'intéresse autrement que pour me soulager.

Je veux juste faire de la peine à Dylan.

Non. Plus que de la peine.

Je veux la torturer pour qu'elle ressente ne serait-ce qu'une minuscule fraction de la tristesse qu'elle nous a causée, à ma famille et moi.

Vu que je connais Dylan comme personne, je connais son talon d'Achille.

À chaque fois qu'elle m'aperçoit avec Britney… ça lui met un coup.

À chaque fois qu'elle pense aux obscénités que je prodigue à son ennemie jurée dans l'intimité… le couteau s'enfonce un peu plus profondément dans la plaie.

Jusqu'au jour où, finalement… elle ne le supportera plus et retournera là d'où elle vient.

Je me rends compte que je n'ai jamais su où elle avait vécu en fait, étant donné que mon frère, obnubilé par ses pulsions, a interrompu la conversation.

— Pourquoi est-elle revenue ?

— Qui ? fait Oakley en regardant autour de nous. Il n'y a personne sur le parking. Nous sommes sortis en avance pour fumer, tu te souviens ?

— Dylan. Pourquoi *Dylan* est ici ?

Il me prend le pétard des mains.

— Cette saloperie déchire, en fait. Dylan n'est pas là, frère. T'es juste dans un monde parallèle.

Il va bientôt se manger un coup sur la tête.

— Chez toi ? Pourquoi habite-t-elle chez toi ?

Je vois enfin les rouages de son cerveau s'activer.

— Oh ! souffle-t-il dans un nuage de fumée. Un coup dur est arrivé à son père. Il est en cabane pour un an, je crois. Mon père a réussi à lui…

— Une seconde. Brian a été incarcéré ?

Peu de choses me choquent, mais que le père de Dylan, respectueux des lois au point de ne jamais dépasser la limite de vitesse autorisée, soit en taule, si.

— Tu connais son père ? raille Oak. Ou plutôt, mon oncle.

Il relie des points invisibles dans le vide.

— C'est bien ça ? Si la mère de Dylan était la sœur de Crystal… et que mon père est marié avec Crystal… et que Dylan est la nièce de Crystal. Le père de Dylan est quoi pour moi ?

Je commence à comprendre pourquoi il a foiré en biologie et qu'il repasse ce module cette année.

— Rien. Juste un couillon en prison.

Il hausse les épaules en inhalant.

— Dommage, continue-t-il. Mon père est tellement nul et rasoir, l'idée d'avoir un lien de parenté avec un criminel sous les verrous ne me déplaisait pas.

Je reprends le joint.

— Je vois. Pour quel motif a-t-il été condamné ?

La plupart du temps, cela ne me dérange pas qu'Oakley pousse une gueulante contre son père, mais cette fois, c'est hors de propos.

Il hausse les épaules.

— Il a détourné pas loin de dix millions au taf.

— Rien que ça.

— Je sais, dit-il en opinant. J'ai entendu mon père et Crystal en parler un jour. Apparemment, il a fait ça pour sa femme. Ou, comme Crystal surnomme sa femme de remplacement, « sa putain aux faux seins qui court après le fric ».

Crystal n'a pas tort.

Aux dernières nouvelles, Brian était directeur financier, et à ce titre, suffisamment rémunéré pour acquérir un pavillon du côté bien fréquenté de la ville et payer une école privée à Dylan. Et sans prévenir, il a déraciné sa fille et sa jeune fiancée au cœur de la nuit, juste parce qu'il s'est vu offrir une opportunité professionnelle prestigieuse, et que sa fiancée menaçait d'annuler les fiançailles s'il ne la saisissait pas.

C'est du moins le résumé du message paniqué que Dylan a laissé sur mon téléphone cette nuit-là.

Juste avant que la traîtresse mette *ma* vie sens dessus dessous.

Cependant, vu la chronologie des événements… j'ai rapidement compris qu'elle racontait de la merde.

Dylan savait qu'elle déménagerait des semaines plus tôt. Voire plus.

Mon ex-meilleure amie m'a puni pour ne pas lui avoir donné ce qu'elle désirait.

Ce que nous désirions tous les deux.

13

Dylan

Passé

Les poumons en feu, je cours à toutes jambes dans la rue humide. La brûlure me paraît insignifiante comparée au chagrin qui me déchire la poitrine.

Mon père s'est fiancé. Avec Savannah.

Savannah et ses tenues moulantes qui ne cachent rien, au point de me faire rougir, et qui chuchote comme une idiote à l'oreille de mon père, sur un ton qui m'insupporte, quand elle veut qu'il lui offre quelque chose.

Voilà la femme qu'il choisit pour remplacer ma mère.

Il commet une terrible erreur.

Savannah ne sait pas le rendre heureux. Mon père ne sourit plus comme avant, du temps où ma mère était encore parmi nous. Il ne rit plus, ne fait plus de blagues stupides.

Une pensée m'alourdit le cœur.

Il ne parle plus d'elle.

Autrement dit, il a cessé de l'aimer.

Encore pire… il l'a *oubliée*. Envolée, maman, comme si elle n'avait jamais existé.

En plus, je sais que, dès qu'il sera marié avec Savannah et qu'ils auront des enfants, il m'oubliera aussi.

Il ne fait aucun doute qu'il rejette tout ce qui lui rappelle ma mère. Et maintenant qu'il va épouser Savannah, refaire sa vie, il n'aura plus besoin de moi.

Il aura sa famille de remplacement.

À la place de la fille brisée, abîmée, qui lui reste sur les bras.

Celle dont il ne veut plus parce qu'elle est liée à toutes les misères de sa vie.

Les yeux rougis, je tourne à l'angle et presse le pas jusqu'au carrefour. Même la pluie battante ne parvient pas à refouler mes larmes.

Il a promis de ne jamais me quitter. *Il avait promis que je ne le perdrais pas comme j'ai perdu ma mère.*

Finalement, mon père n'est qu'un sale menteur.

Le caillou tape si fort contre la fenêtre de Jace que je crains de la briser.

M. Covington se fâcherait s'il me surprenait en train de jeter des cailloux sur la fenêtre de son fils, au milieu de la nuit, mais je m'en fiche.

Malgré notre dispute bizarre d'hier, j'ai besoin de mon meilleur ami. Peu importe que mes sentiments pour Jace ne soient pas réciproques, je m'en remettrai. Je préfère avoir une partie de lui que rien du tout.

Je lance un second caillou vers la fenêtre de sa chambre. S'il ne se réveille pas avec ça, j'exploserai sa vitre avec une fichue brique.

Par chance, je n'ai pas besoin de recourir à de tels extrêmes. Un Jace à moitié endormi et torse nu sort la tête par la fenêtre.

— Dylan ?

Son visage se décompose quand il me regarde d'en haut.

— Quelque chose ne va pas ?

— Tout va mal.

Ma voix se fêle, l'émotion retenue depuis des mois se libérant d'un coup.

— Mon père… il… Savannah. *Rien* ne va, Jace.

Pour accéder à l'étage, j'entreprends d'escalader le vieil arbre qui penche du côté de sa chambre, mais il m'arrête.

— Il tombe des cordes. Tu vas glisser et te faire mal. Je descends t'ouvrir.

Avant que j'aie pu lui rappeler que j'ai grimpé à cet arbre des dizaines de fois, il me fait entrer puis monter dans sa chambre.

J'ai beau me déplacer sans bruit pour ne pas réveiller son père, mes sanglots me trahissent.

J'ai l'impression de perdre ma mère une seconde fois.

C'est même plus tragique, vu que je perds *tout* en plus d'elle.

Mes souvenirs. Ma famille. Même Jace s'éloigne.

— Comment a-t-il pu me faire ça ? dis-je d'une voix étranglée, de grosses larmes inondant mes joues. Comment peut-il se marier avec elle ?

La colère déforme les traits du visage de Jace.

— Merde. Je suis dé…

— Il est 3 heures du matin, énonce M. Covington qui nous scrute, l'air confus. Que fait Dylan ici ?

Avant que nous ayons pu dire un mot, il se pince l'arête du nez et soupire.

— Je le sentais venir. Vous êtes peut-être proches, mais vous êtes encore trop jeunes pour penser au sexe…

— Papa, stop, proteste Jace. Je ne fais pas de bêtises avec Dylan. Tu ne vois pas qu'elle va mal ?

Cillant, il avise mon visage baigné de larmes.

— Oh. Je suis désolé, je ne…

Jace me prend par la main et me traîne dans les dernières marches.

— Je m'en fous de ce que tu penses. Dylan reste.

M. Covington commence à s'opposer mais Jace claque puis verrouille sa porte.

— Il va retourner se coucher. C'est ce qu'il fait toujours.

J'ai si froid que mes dents claquent.

— Je ne voulais pas t'attirer des ennuis. Je ne savais pas où…

— T'en fais pas.

Il saisit un sweat sur le dossier de sa chaise de bureau et me le prête.

— Enfile ça.

L'odeur de propre dans les narines, je passe la tête dans l'encolure. Dans ma classe, la plupart des garçons empestent le fromage, la sueur et les oignons, mais pas Jace.

Il sent toujours le linge fraîchement lavé, tout droit sorti du sèche-linge. Douillet et familier. *Personnel et intime.*

Après m'être soigneusement tortillée pour ôter mon débardeur trempé, je me glisse dans le lit à côté de lui.

Par réflexe, il enroule son bras autour de ma taille et amène mon dos contre son torse.

Depuis deux ans, nous avons notre petit secret : je me faufile en catimini dans la chambre de Jace au milieu de la nuit, pour lui faire un câlin. Nous n'en parlons pas, et cela n'arrive pas si souvent. Juste quand nos mères nous manquent atrocement à l'un ou à l'autre, au point de ne plus supporter la tristesse et d'avoir besoin de quelqu'un qui nous comprenne.

Comme mon père, les Covington évoquent peu leur mère. En particulier Liam et Bianca, qui se trouvaient dans la voiture au moment de l'accident.

D'après Jace, le seul qui la mentionne de temps à autre est Cole.

Mais il ne parle que des souvenirs heureux. Les fêtes, les moments en famille idylliques.

Jamais de l'important.

Comme la morosité et la dépression qui ont frappé sa mère quelques mois avant son décès.

Ou le fait que Jace soit le seul à en connaître la cause.

Disons plutôt, Jace, M. Covington…

Et la femme avec qui il a trompé son épouse.

Jace brûle de le confronter à son infidélité, la révéler à ses frères et sa sœur, mais il redoute de les couper de l'unique parent qu'il leur reste.

Étant donné ma situation, je conçois facilement qu'il soit partagé.

— J'ai mal.

Tant de souffrance et de tristesse encombrent ma poitrine que je pourrais couler à pic, au fond de l'océan.

— Ça fait trop mal.

Il me serre plus fort pour m'aider à surmonter la vague suivante de chagrin.

— J'aimerais pouvoir tout arranger, dit-il.

Moi aussi.

— Il m'a promis, je chuchote entre deux sanglots qui trempent l'oreiller. Il a promis de ne jamais l'oublier ni de fonder une nouvelle famille.

— Je sais que ça craint. Mais moi, tu m'as toujours.

Je perçois une gravité dans son intonation, une détermination à tenir promesse.

— Je serai toujours là.

— Ce n'est pas l'impression que j'ai eue aujourd'hui, je réplique sans pouvoir m'en empêcher.

— Je sais, répond-il en resserrant son étreinte.

Je suis depuis toujours animée de la nécessité de tout analyser, et ce moment ne déroge pas à la règle. La perspective de le perdre me terrifie, à tel point que j'ai besoin de savoir que notre amitié survivra à mon *crush* absurde.

— Je déteste quand on se dispute, Jace. C'est un peu comme me battre avec moi-même. Ça gâche ma journée et les suivantes… jusqu'à ce qu'on se réconcilie.

Son cœur s'emballe et le mien le suit.

— Pareil pour moi. Je n'ai pas de problème à me disputer avec qui que ce soit. Mais toi… ça me perturbe complètement. (Puis, dans un murmure.) J'avais le même problème avec ma mère. Chaque fois qu'on se disputait, ma colère ne durait pas. Sinon elle me bouffait, parce que je savais à quel point ma mère m'aimait. Et même si je lui ai rarement dit en retour, je…

Sa voix s'estompe.

— Elle savait que tu l'aimais.

Peut-être que Jace ne le dit jamais, mais je sais qu'il a besoin de l'entendre.

Face à son silence, je renchéris dans l'espoir qu'il ne se ferme pas.

— Elle était vraiment belle.

La première fois que Jace a accepté de me montrer l'un de ses films de Bollywood, son éclat m'a interloquée.

— Elle illuminait l'écran.

Il enfouit la tête dans le creux de mon cou et il lâche un profond soupir.

— Elle souriait tout le temps dans ses films, dit-il.

Je le sens changer d'attitude.

— Elle excellait pour donner le change, continue-t-il. Se cacher derrière un masque et faire style que tout va bien en public. Cole a pris ça d'elle.

Je me décale pour le regarder.

— Il n'est pas le seul. Tu es sûrement moins imbuvable que ton frère, mais tu mets une barrière entre toi et les autres. (Je repousse les cheveux de ses yeux.) Tu ne les laisses voir que ce que tu veux qu'ils voient.

Il me regarde dans les yeux.

— Tu ne vaux pas mieux que moi.

Touché. À une petite exception près.

— Pas avec toi. Tu as accès à tout ce que je suis.

Je ne sais pas trop comment interpréter son expression. C'est un étrange mélange de plaisir et de tourmente.

— Ne fais pas ça, dit-il en détournant les yeux. Il faut que tu arrêtes, D. Ce n'est pas juste.

Dire que je suis déroutée est un euphémisme.

— Qu'est-ce qui n'est pas juste ?

— Toi.

Il dénoue ses bras autour de moi.

— Être avec toi quand tu es comme ça, ajoute-t-il.

— Comme quoi ? dis-je, déconcertée.

Il se redresse.

— J'ai besoin que tu arrêtes d'éprouver des sentiments pour moi. Sinon nous ne pourrons pas…

Il croise les bras.

— Si tu n'es pas capable de te contrôler, nous ne pouvons pas rester amis. Ce n'est pas plus compliqué que ça.

J'en rirais presque s'il n'arborait pas cet air sérieux.

— Si je ne suis pas capable de me *contrôler* ? Je rêve !

Je me lève pour ramasser mes chaussures.

— Tu n'entends pas à quel point c'est stupide ?

Je peux vivre avec l'idée que mon meilleur ami ne soit pas amoureux de moi. Mais pas s'il souffle le chaud et le froid.

L'espace d'un instant, Jace me regarde comme si j'étais la réponse à une prière non formulée. Et la seconde d'après ? Comme si j'étais le diable l'entraînant en virée pour l'enfer.

— Ne pars pas, chuchote-t-il alors que je noue mes baskets.

Je décoche mon regard le plus noir.

— Ne te comporte pas en connard *insipide*.

La première fois que je l'ai qualifié d'insipide en pleine dispute, il a claqué la porte et m'a boudée pendant deux jours. Une fois nous deux réconciliés, il m'a appris qu'il détestait ce terme qui collait un peu trop avec sa perception de lui-même après la disparition de sa mère.

Dénué de couleurs et de sentiments. *Mort.* Comme elle.

Je m'apprête à lui demander pardon pour ce coup bas quand il plisse les yeux.

Les mots qui sortent de sa bouche m'achèvent.

— Je n'aurais pas agi comme un connard si tu étais plus maligne, si tu avais arrêté de te comporter en parasite désespéré.

La colère gronde dans mes entrailles. *Qu'il aille se faire foutre.*

Il verra bien que je ne suis pas plus désespérée qu'accrochée à lui quand je l'ignorerai.

— Mieux vaut être un parasite qu'un lâche, je rétorque, devant sa fenêtre.

De nouveau, il pleut à torrents, mais je préfère me faire tremper pendant une semaine entière que rester avec lui.

Je sens sa présence derrière moi.

— Qu'est-ce que c'est censé vouloir dire ?

Je remonte la moustiquaire. Avec prudence, j'enjambe le montant de sa fenêtre.

— Ce n'est pas donné à tout le monde de garder ses sentiments pour soi pendant une éternité juste par peur, je réplique.

Je tends le bras pour attraper la branche de l'arbre dans l'idée d'accéder au tronc en me balançant. La pluie tombe si fort qu'elle perturbe ma concentration.

— Contrairement à toi, je ne suis pas un robot. Je ne peux pas prétendre ne pas sentir…

Ma main glisse sur la branche et je perds l'équilibre en poussant un cri. Je sens que je vais m'affaler, que mon visage amortira ma chute, quand Jace rattrape mes jambes. Il me tire vers lui, ce qui m'envoie valser contre le côté de la maison à la place.

Il ne s'embête pas à masquer le timbre moqueur de sa voix pendant qu'il me hisse à l'intérieur.

— Je t'avais prévenue que c'était dangereux.

Après avoir rassemblé mes esprits, je me tourne face à lui.

— Tu veux un cookie ?

— Non merci, tu as cramé chacun de tes coups d'essai.

Voilà qu'il est juste petit à présent.

— Je préfère être une pâtissière horrible qu'un lâche *insipide.*

Ses yeux lancent des flammes.

— Redis ça encore une fois et je te jure…

— Quoi ? Tu ne me parleras plus pendant quelques jours ? Tu menaceras de ne plus être mon ami ? (Je plante l'index sur son torse.) Tu sais quoi ? Je m'en fiche, nous ne sommes plus amis.

Je le repousse avec chaque goutte de frustration et de rage qui déferle en moi.

— Bon sang, comment ai-je pu donner mon cœur à un lâche aussi cruel et ins…

Cela se produit si vite que je suis certaine d'halluciner.

Sinon, pour quelle autre raison Jace Covington, mon meilleur ami devenu mon amour devenu mon ennemi, m'embrasserait ?

Pourtant, c'est bien réel.

Jace est en train de m'embrasser.

Et c'est…

Je ne sais pas. Je suis trop secouée pour respirer, encore plus pour bouger.

J'ai envie de me pincer quand il s'écarte.

— Tu débites un sacré paquet d'absurdités pour quelqu'un qui ne sait pas rendre la pareille, Taylor.

J'ai envie de raturer ce sublime sourire en coin sur son visage.

— Je sais rendre la pareille, Covington. Crois-moi.

Sa main trouve la courbe de ma hanche.

— Alors prouve-le. Embrasse-moi comme si tu étais à moi. Je te mets au défi de m'embrasser.

J'enroule mes doigts autour de sa nuque.

— Je suis ti…

Sa bouche s'écrase sur la mienne, si rapidement qu'il expulse l'air de mes poumons.

Je devrais stresser, étant donné qu'il s'agit de ma première fois. Mais non.

Je me sens apaisée. Comme si je grattais une démangeaison de longue date.

En dix millions de fois mieux.

Les lèvres de Jace sont en tout point aussi sensuelles et délicieuses qu'elles en ont l'air. J'aimerais tant que ce moment dure toujours, l'embrasser éternellement.

La pièce se met à tourner, tant et si bien que je lutte pour reprendre ma respiration quand la pointe de sa langue s'immisce dans ma bouche.

Au début, elle tremble légèrement. Un petit passage aguichant qui alerte toutes mes terminaisons nerveuses.

Puis, en grognant, il me goûte une seconde fois… et tout passe au stade supérieur.

Plus affirmé. Plus *intense.*

Comme si nous ne pouvions arriver à satiété.

D'une main, il saisit l'arrière de ma tête, pendant que l'autre se pose dans le creux de mes reins, m'attirant contre lui.

Que j'aie pu qualifier Jace d'insipide dépasse ma compréhension tellement là… je ressens tout. Son besoin, son avidité… la rage qui frémit sous la surface.

Il n'est certainement pas incolore.

Jace Covington est bleu.

Un magnifique océan, turbulent et d'une profondeur inouïe… un ciel incandescent qui n'offre que de brefs aperçus sur un éventail de couleurs radieuses… avant de redevenir lugubre et sombre.

— Je te vois, je souffle entre deux baisers. Tu es ma couleur préférée.

Je m'attends à ce qu'il réponde que je suis bizarre. Au lieu de quoi il esquisse un sourire avant de m'entraîner vers son lit.

Mon estomac part en chute libre quand mon dos touche le matelas et que Jace se positionne sur moi.

Il ne se comporte peut-être pas comme si nos sentiments étaient mutuels mais une chose est sûre : il m'embrasse comme si, après avoir erré dans le désert depuis des jours, j'étais l'unique point d'eau des environs.

Comme s'il me désirait autant que je le désire. *Peut-être même plus.*

Ce qui semble impossible… parce que je n'ai jamais rien voulu aussi ardemment que Jace Covington.

Sa main qui se glisse sous mon sweat-shirt, ses doigts qui explorent mon abdomen, suscitent un tiraillement grisant dans mon bas-ventre.

Une partie de moi se sent reconnaissante, l'autre partie… soucieuse.

Je ne peux m'empêcher de penser qu'à ma place, Britney se donnerait sans retenue, sans tergiverser.

Pour autant que je sache, ils ont déjà franchi le cap.

— Bon sang, ta peau est si douce.

L'extrémité de son pouce retrace le contour de mon soutien-gorge.

— Je peux ? J'arrête si tu…

— Enlève mon sweat.

Un grognement lui échappe… puis avant que j'aie assimilé ses gestes, il s'éloigne de l'autre côté de sa chambre.

Le plus loin possible de moi.

— J'ai fait quelque chose de mal ?

— C'est moi.

Il se passe la main dans les cheveux en empoignant ses mèches courtes.

— Je n'aurais pas dû t'embrasser.

Ce serait moins blessant qu'il arrache mon cœur palpitant à mains nues.

— Pourquoi ?

— Parce que tu n'es pas ma copine officielle.

La frustration crispe ses traits.

— C'était une erreur.

Je m'assois pour l'observer.

— Si m'embrasser était une erreur, pourquoi tu n'as pas dit stop plus tôt ?

Le silence s'étire entre nous pendant ce qui semble des heures. Puis il reprend.

— Il fallait que je sache si je ressentais quelque chose pour toi, reprend-il.

Puis, levant les yeux vers moi :

— En fait, non.

Une peine chauffée à blanc infiltre ma cage thoracique et s'entortille autour de mon cœur à la façon d'une vis.

Jace m'a embrassée avec passion. Comme s'il voulait de moi autant que je veux de lui.

— Je ne te suis pas.

— Pas grave. J'ai juste besoin que tu l'acceptes et que tu arrêtes.

À l'entendre, on jurerait que je multiplie les tentatives de séduction.

— Arrêter quoi ?

La tempête qui tourbillonne dans ses iris me harponne.

— Cesse de me forcer à ressentir autre chose que de l'amitié, ça n'arrivera pas. *Jamais.*

Sa sentence est à l'image d'une guillotine. *Définitive.*

J'enroule mes bras autour de moi-même. Jace m'a tellement baladée de droite à gauche que je suis étonnée de ne pas souffrir d'une entorse cervicale.

— Je veux rentrer chez moi.

Ironique. Compte tenu du fait que je me suis réfugiée ici pour fuir ma vie à la maison.

Il hoche la tête.

— C'est sûrement mieux.

Malgré les larmes qui me brûlent la gorge, je m'interdis de craquer devant lui.

— Dylan, attends, dit-il alors que je me dirige vers la fenêtre.

L'organe perfide dans ma poitrine prend son envol.

— Quoi ?

Sa gorge vibre quand il déglutit.

— C'est mieux que tu l'apprennes par moi.

— Que j'apprenne quoi ?

Il enfonce ses mains dans les poches de son pyjama en flanelle.

— J'ai invité Britney à la soirée de fin d'année.

C'est comme si je ne savais plus qui il était.

Sans un mot, je sors de sa chambre. *De sa vie.*

— D-D-Dylan ! crie Liam quand j'atteins le bout de l'allée.

Je ne suis pas d'humeur à discuter mais pour Liam, je fais halte.

— T-tout v-va b-bien ? demande-t-il en me rattrapant. Jac-c-c-ce d-d-dit que tu-tu es contrariée.

Étant donné que je viens de partir, je trouve curieux qu'il soit déjà au courant. Encore plus étrange que Jace envoie Liam me parler.

— Quand ? Quand t'a-t-il dit ça ?

Il hausse les épaules.

— Il m'a envoyé un SMS pour que je te de-demande si ça v-v-v-va.

Incroyable.

— Dis à ton crétin de frère que s'il se soucie autant de mon bien-être, il ferait bien d'éviter de se montrer cruel et d'envoyer son frère faire le sale boulot à sa place.

Son visage se décompose.

— Oh.

Alors que je repars, il me retient par le bras.

— At-t-tends. Je te rac-c-c-compagne.

D'habitude, ça ne m'ennuie pas. Mais ce soir, je veux juste rentrer dormir.

Avec de la chance, au réveil, les dernières vingt-quatre heures ne seront qu'un horrible cauchemar, et tout redeviendra comme avant.

— C'est gentil, mais j'ai vraiment envie d'être seule. Le soleil ne va pas tarder à se lever. Tu devrais te reposer, j'ajoute en désignant sa maison.

Il se rembrunit.

— Oh. D'ac-cord.

Je dépasse leur boîte aux lettres quand il lance :

— Au f-f-f-fait ! M-merci pour Tommy.

Je ne suis pas sûre de comprendre.

— Quoi, Tommy ?

— Il m'a fait savoir sur Instagram que tu ne serais pas copine avec lui s'il était méchant avec moi. Alors maintenant, ça va.

Mes propos sont étrangement résumés, mais tant que Tommy revoit son attitude avec Liam, je m'en réjouis.

Je lui souris.

— Génial. Tu vois ? Je t'avais dit que ça s'arrangerait.

Il sourit jusqu'aux oreilles.

— On se voit à l'école !

14

Dylan

Je ne devrais pas être étonnée qu'Oakley me fasse faux bond.

N'empêche que j'hallucine.

Ma tante, qui ne répond pas non plus à son téléphone, m'a informée un peu plus tôt qu'elle m'avait décroché un entretien avec Mme Dickinson après les cours.

Mon désespoir est tel que je scrute le parking quasi déserté à la recherche du minivan de Sawyer.

Bien sûr, il n'est pas là.

Je vérifie l'heure.

— Merde.

Je m'y serais rendue à pied si mon entretien n'avait pas lieu à l'autre bout de la ville, dans précisément dix-sept minutes.

Le trajet nécessite quarante-cinq minutes de marche au bas mot. Trente-cinq si je me mets à courir tout de suite.

Je cherche mon téléphone dans mon sac pour consulter le solde de mon compte bancaire. Il me reste exactement soixante-trois dollars, ce qui couvre un Uber mais ne laissera pas de quoi déjeuner toute la semaine.

D'ailleurs, je mangerai peu demain compte tenu de la bouffe surcotée de la cafétéria.

Fait chier. J'ai nettement plus besoin d'un boulot que d'argent pour le midi.

J'ouvre mon appli, quand une voix grave crie mon nom.

Je lève les yeux à l'instant où une Subaru orange glisse le long du trottoir, la vitre côté passager s'abaissant.

— Salut, l'inconnue. Comment ça va ?

Et merde. Je reconnaîtrais ces yeux noirs en amande, ces cheveux noir corbeau et ce sourire malhonnête même dans le noir.

Tommy DaSilva.

— Salut.

L'excitation dans ma voix me trahit. Revoir un copain d'enfance qui ne me traite pas comme une sous-merde me fait un bien fou.

— Ça fait un bail. Comment vas-tu ? demande-t-il en étirant son bras sur le siège passager.

— Plutôt bien. Des hauts et des bas, mais je trace ma route.

— Hmm, je vois.

Je me fais alors la réflexion que je ne l'ai pas vu de la journée.

— Je ne savais pas que tu étais élève dans ce lycée. Je ne t'ai pas…

— Pas moi. Mon petit frère Stone va en cours ici. Il rentrait en seconde aujourd'hui, j'ai promis de venir le chercher.

— Oh.

La désillusion alourdit ma poitrine, rapidement remplacée par l'anxiété. Si je veux garder le moindre espoir d'arriver à l'heure, je dois me bouger.

— Accorde-moi une seconde. Je dois réserver un Uber pour un entretien d'embauche…

— Je peux te déposer.

Je ne suis pas loin de sauter par la vitre ouverte et de le prendre dans mes bras.

— Tu es sûr ? Ne change pas tes plans pour moi.

— Quels plans ? Raccompagner mon petit frère à la maison ?

Il pousse la portière passager avec un petit rire.

— Grimpe. Ne t'avise pas de refuser.

Il n'a pas de souci à se faire. Je ne suis pas en position de faire la fine bouche.

— Merci. J'ai rendez-vous au Top of the Muffin.

— J'ai testé, deux ou trois fois. La patronne n'est pas commode, mais on mange bien.

Très… rassurant.

J'aperçois un maillot de football américain, un casque, ainsi qu'un sac de sport sur la banquette.

— Je ne savais pas que tu jouais au foot ?

— Eh ouais, répond-il en haussant les sourcils. Je suis un Viking depuis la seconde, précise-t-il en me faisant un clin d'œil. On murmure que je suis le meilleur secondeur depuis Lawrence Taylor.

— Connais pas, mais son nom de famille est remarquable.

Faisant mine d'être offensé, il pose la main sur son cœur.

— Quand même, Dylan ! Les Giants. Ce type était une légende sur le terrain. Dans la vie privée, c'était une autre histoire…, ajoute-t-il en grimaçant.

Son regard se décale vers un point derrière moi.

— Le voilà. C'est pas trop tôt.

Une version de Tommy plus jeune et fortement irritée ouvre la portière et monte à l'arrière.

Malgré sa mauvaise humeur manifeste, Tommy lui sourit.

— J'ai failli attendre, gamin.

Le garçon se renfrogne davantage.

— Qui est cette fille ? Encore une fan de footballeur ?

Ravalant mon agacement, je lui tends la main.

— Salut. Dylan. Une vieille amie de Tommy.

Il ignore ma main tendue et concentre son attention sur son frère.

— J'annule notre marché, enfoiré. Même pour tout l'or du monde, je ne passerais pas un jour de plus dans ce trou.

Je valide. Royal Hearts Academy craint.

— Ce n'est que ton premier jour. Ça va s'arranger, répond Tommy avec une irritation contenue.

— Ça m'étonnerait, aboie le gamin. Pas avec cette salope sans cervelle.

Eh bien. À quatorze ans, il emploie déjà un vocabulaire fleuri.

Tommy redémarre.

— Que s'est-il passé ?

Stone brandit son téléphone sous le nez de son frère.

— Je sais pas. À toi de me le dire.

Tommy freine sèchement.

— Je conduis… C'est quoi putain ?

De toute évidence, il se retient difficilement de rire.

— Bon sang. Dire que depuis tout ce temps, je croyais que j'étais celui qui avait hérité des gènes merdiques.

Une pitié sincère navigue dans ses yeux.

— Tu n'as que quatorze ans, mon gars. Je suis sûr que ça poussera.

— Va te faire foutre, pauvre con. Ce n'est pas ma bite.

Je manque de m'étrangler avec ma salive.

— Cette connasse a obtenu une photo de moi par Debbie. Elle a photoshoppé la queue minuscule d'un pauvre type sur moi.

Quand Tommy incline l'écran vers moi, je regrette de ne pas avoir les yeux fermés. Je ne vois pas comment me sortir cette image perturbante de la tête.

Le coupable est assurément un as du photomontage.

La seule chose qui cloche avec la photo est que Stone gonfle ses muscles dans le miroir avec un sourire prétentieux, apparaissant super fier de son micropénis.

— Debbie, c'est sa meuf, m'apprend Tommy.

— Ex, rectifie Stone. Une fille qui donne à Bianca une photo privée de moi pour détruire ma vie peut aller s'asseoir sur un vibro clouté.

Je me redresse sur mon siège.

— Une seconde. Bianca Covington a fabriqué ça ?

Stone hoche la tête.

— Ouaip.

Cela me paraît… excessif. Même pour elle.

— Pourquoi ?

Stone ricane.

— À cause de Tom…

— Tu vas arriver en retard à ton entretien, le coupe Tommy en jetant un regard dans le rétroviseur. Calmos. Nous réglerons ça plus tard.

— Non, réplique Stone en secouant la tête. Je te l'ai dit. J'arrête. Je ne pourrai jamais me relever d'un coup pareil. Sauf si je baisse mon froc pour lui montrer ma bite en vrai et lui enfoncer dans la gorge devant tout le monde.

Carrément.

— Jace t'étriperait si tu malmenais sa petite sœur.

Rien qu'aujourd'hui, il a tabassé un lycéen de terminale qu'elle a manipulé pour sortir avec lui. Je frémis à la pensée de ce qu'il infligerait à un garçon qui lui planterait son membre dans la bouche.

Les yeux de Stone s'étrécissent en deux fentes minuscules.

— Bizarre, vu qu'aux dernières nouvelles, c'était les DaSilva qui…

— Boucle-la, rétorque Tommy. Arrête de ressortir les vieux dossiers.

Stone lève les yeux au ciel.

— Comme tu voudras. Tu es officiellement seul en ce qui concerne tes vieux dossiers. En rentrant, je dirai à maman que je veux retourner à l'école publique. Si elle refuse, je fugue.

Tommy écrase l'accélérateur.

— OK. Fais ce que tu veux, frangin.

Étant donné la colère de son petit frère, je ne peux que m'interroger.

— La rancœur persiste entre toi et Jace ?

Si c'est le cas, je suis à peu près sûre de savoir qui a exercé ses talents pour trafiquer la photo de Stone sur Photoshop.

Peu de gens savent que Jace est un génie de l'informatique.

Graphisme, programmation et création de jeux vidéo ne sont que ses principaux domaines d'expertise. En quelques jours – ou même quelques heures – il peut accomplir sur ordinateur une tâche qui nécessite des années au commun des mortels.

Tommy agrippe le volant.

— Non. Pas vraiment. Pour tout te dire, reprend-il avec solennité, je ne pense pas qu'il m'ait pardonné la façon dont je traitais son frère à l'époque.

— Mais toi et Liam étiez amis avant…

Le cœur gros, je ne peux me résoudre à terminer cette phrase.

Liam devrait être parmi nous.

— Je sais, dit Tommy doucement. Tu as raison, nous l'étions. (Il hausse les épaules.) Mais tu connais Jace. Le Vatican aurait beau te béatifier, il persisterait à te garder rancune pour une erreur que tu as commise en primaire.

Il n'a pas tort. Jace n'est pas seulement rancunier, il se vautre dans le ressentiment et s'en sert pour alimenter sa rage.

Son propre père en est le parfait exemple.

Et voilà que maintenant, il m'inflige le même traitement.

Il m'exclut, mais pas avant d'avoir fait de ma vie un enfer.

Pour des raisons que je ne comprendrai jamais.

Tommy me presse l'épaule.

— Ça va ?

Pas vraiment, mais je ne vais pas déballer mes problèmes avec Jace à Tommy.

— Ouais. C'est juste pénible qu'il ne fasse pas table rase du passé.

— Ne te prends pas la tête. Il fait ses trucs, et je fais les miens. (Il a un sourire en coin.) Les rares fois où je le croise, c'est lors des matchs contre les Knights, quand mon équipe met une raclée à Cole.

Son impertinence est presque attachante.

— J'imagine que ce serait une bonne idée de m'en rendre compte par moi-même, un de ces jours.

— Nous jouons justement contre eux vendredi, dit-il avec un

petit clin d'œil. Le premier match de la saison, ça ne se rate pas. Ce serait génial de t'y voir.

Je cherche une manière polie de me défiler pendant qu'il se gare devant une charmante devanture surmontée de l'enseigne lumineuse du Top of the Muffin.

Après un coup d'œil à ma montre, j'ouvre la portière.

— Tu m'as sauvé la vie.

— Je peux te raccompagner, si tu veux. Une fois que je l'aurai reconduit à la maison, déclare-t-il en indiquant son petit frère.

— Tu es sûr ? Je ne…

— Désolé, je ne t'entends pas.

Il me lance un clin d'œil et quitte sa place en marche arrière.

— J'ai écoulé tous mes cookies, annonce avec une pointe d'accent irlandais une dame ronde aux cheveux d'un roux flamboyant dès que je m'approche du comptoir.

Je souris nerveusement.

— Aucune importance, je…

— Il ne reste pas de macarons non plus. Je sais ce que tu aimes, affirme-t-elle en m'examinant de la tête aux pieds.

Je trouve ahurissant qu'elle me jauge d'après des préférences en pâtisserie.

Sans compter qu'elle se plante. Je suis plutôt gâteau au chocolat. Un macaron a un jour franchi mes lèvres, et on ne m'y reprendra plus.

Je force mon sourire.

— Ce n'est pas grave, je ne…

— Si tu veux l'une de ces horribles éponges à la crème de potiron épicée, va voir au Starbucks au bout de la route.

Comment fait-elle pour ne pas mettre la clé sous la porte ?

— Ce n'est pas non plus ce qui m'amène.

Son agacement est patent.

— Je n'ai pas de…

— Entretien d'embauche. C'est possible ?

Elle cligne des yeux.

— Oh.

Enfin, elle tend la main.

— Dylan, c'est bien ça ? Ta tante m'a prévenue.

— Enchantée, dis-je en lui serrant la main.

Elle m'étudie en tiquant.

— Alors, dis-moi, Dylan aux cheveux bleus. Quel est ton dessert préféré ?

— J'aime le gâteau au chocol…

— Navrée, s'offusque-t-elle en indiquant la sortie. J'ai peur que nous ne nous entendions pas.

Forcément, elle plaisante.

— Pardon ? C'est tout ? Ce n'est pas juste. Sans même un entretien ?

— Mais si, rétorque-t-elle en levant un doigt. Je t'ai posé une question. Je ne tolère pas les menteuses.

Là, je suis vexée.

— Je n'ai pas menti. J'aime vraiment le gâteau au chocolat. C'est simple, un classique et…

— Pas ton préféré.

Elle croise les bras sur la poitrine.

— OK. Deuxième chance. Quel est ton…

— Le pain irlandais ?

Cette fois, je mens. Après tout, s'il faut en passer par là pour décrocher un job, pourquoi pas.

Elle agite la main.

— Fayote. Au revoir.

Mon cœur se brise.

— S'il vous plaît, dites-moi juste quelle est la bonne réponse. Ou mieux, posez-moi de vraies questions. (Je me mets à compter sur mes doigts.) Par exemple, si je suis sérieuse au travail. Ou si je suis libre le soir et le week-end. À ce propos, je le suis. Ou si j'ai de l'expérience. D'accord, peut-être pas cette question parce que je n'en ai pas, mais j'apprends vite.

Je soutiens un instant son regard.

— Je suis désolée si je n'ai pas choisi le dessert le plus sophistiqué, ou si vous avez cru que je mentais parce que j'aime le gâteau au chocolat, mais j'ai sérieusement besoin de ce boulot, et je ferai n'impor…

— Quel est ton…

— *Cannoli*, je hurle. J'aime les *cannoli*, d'accord ?

Elle lève les yeux au ciel.

— Ils n'arrivaient qu'en quatrième position sur ma liste.

— Cela signifie que vous me prenez à l'essai ?

Sa bouche dessine une virgule.

— Possible.

La clochette suspendue au-dessus de la porte retentit à l'arrivée d'un client en costume. Un bouquet de fleurs dans les mains, il semble au bord de l'évanouissement.

Je m'efface pour le laisser commander.

— Bonjour, je fais ma demande en mariage ce soir. Je sais que je m'y prends à la dernière minute mais j'espérais avoir des fraises enrobées de choco…

— Non. Vous êtes plutôt cheesecake.

Elle tapote le comptoir pour plus d'emphase.

Non seulement elle est déjantée, mais c'est la vendeuse la moins habile de l'histoire.

Cet homme fait sa demande en mariage ! Qu'on lui donne ses fraises.

Il sourit nerveusement.

— Le cheesecake est mon dessert préféré. Mais je sais qu'elle aime énormément…

— Je parie que vous lui avez choisi une jolie bague ?

Il hoche vigoureusement la tête.

— Oui, un peu plus de deux carats.

Elle siffle.

— La veinarde.

Elle se met à plier une boîte à gâteau sur le comptoir.

— Faites-moi confiance, vous voulez le cheesecake.

Elle fronce les sourcils en saisissant un gros gâteau derrière la vitrine.

— Mais elle aime les fraises…

— Écoutez les conseils d'une spécialiste, jeune homme. Tant qu'il y a de l'amour, il est facile de partager une pomme de terre.

De manière compréhensible, il paraît confus.

— Je n'ai aucune idée de ce que cela signifie, confesse-t-il.

Moi non plus, mon pote.

— Cela signifie, explique-t-elle lentement en tapotant la boîte, que quand on est amoureux, on partage tout sans difficulté. Y compris ce délicieux cheesecake, dit-elle en montrant le gâteau emballé.

Sans attendre, elle manipule la caisse enregistreuse.

— Cela nous fait 52,47 dollars.

À ma stupéfaction, l'homme règle son dû avant de repartir avec un dessert qu'il n'a pas demandé.

Elle tourne les yeux vers moi.

— Le mercredi après les cours, de 16 à 20 heures, et le samedi de 6 heures du matin à 20 heures. Je paye douze dollars de l'heure. Pas de congés payés ni d'arrêt maladie. Si tout se passe bien, j'ajouterai un jour de travail.

Comme son ton ne laisse pas de place à la négociation, j'accepte.

— Parfait.

Elle ouvre la vitrine réfrigérée.

— Es-tu une bonne pâtissière ?

— Ouais, dis-je au bluff. Mais vous savez ce qu'on dit, on peut toujours progresser.

— Et le ménage ? bougonne-t-elle.

— Je suis excellentissime.

Sur ce point, je n'exagère pas.

Dans un soupir, elle place un sachet en papier sur le comptoir sur lequel elle étale un *cannolo* avant de me tendre le tout.

— À mercredi. Passe le bonjour à ta tante. (Elle lève un doigt.) Un instant.

Elle glisse un chausson aux pommes dans un sachet.

— Son péché mignon.

Bizarre, j'aurais juré qu'elle avait un faible pour les roulés à la cannelle. Mais il n'est pas question que je la contrarie.

Comme promis, Tommy m'attend dehors.

— Merci, dis-je en m'installant sur le siège passager.

— Tu as eu le job ?

— Après plusieurs essais.

Devant son air intrigué, je développe.

— Pour faire court, elle est particulièrement sélective avec les desserts préférés des uns et des autres.

Sur un petit rire, il quitte le parking.

— J'aurais dû te prévenir.

Après que je lui ai indiqué mon adresse pour le GPS, un silence inconfortable se prolonge.

— Ton fr…

— Pour ce que ça vaut, je suis content que tu sois revenue, dit-il en même temps.

Je joue avec un petit fil sur ma jupe.

— J'aimerais pouvoir en dire autant.

— Il y a un problème ?

— Non… Si, un peu. (J'inspire.) Si je te confie quelque chose, tu le garderas pour toi ? Les seules personnes au courant sont ma famille et…

— Dylan, énonce-t-il en me regardant du coin de l'œil. Je ne te jugerai pas. J'ai pas mal merdé moi aussi. Tu peux tout me dire.

Je lâche la bombe.

— Mon père… Il a commis un délit au travail.

Je déglutis pour apaiser l'irritation dans ma gorge.

— Il a été incarcéré pour abus de confiance. C'est pour ça que je suis revenue. Ma tante habite ici avec son mari. Ils ont gentiment accepté de m'héberger, pour me permettre de terminer le lycée.

— Merde, lâche-t-il avec un soupir. Merde, je suis désolé pour toi.

— C'est… bon, je vais bien. Mon père s'est comporté comme un con, il a volé pour impressionner son idiote de femme, il mérite de purger sa peine… N'empêche que c'est assez embarrassant. Heureusement que l'affaire n'a pas fait la une des journaux nationaux, juste quelques articles dans le canard local. (L'angoisse me noue l'estomac.) J'apprécierais vraiment que tu n'en parles à personne. Je ne tiens pas à ce que toute la ville sache que mon père est un criminel qui fait de la taule.

Il presse délicatement mon genou.

— Tes secrets sont en sécurité avec moi, me rassure-t-il avec un sourire en coin. Si cela peut t'aider, mon père enchaîne les séjours en prison depuis toujours.

Ça n'aide pas.

— Navrée pour toi.

Il hausse les épaules, alors que nous arrivons dans ma rue.

— Faut pas. C'est un raté. Depuis toujours et pour toujours.

— Tout de même, c'est dur. Je suis…

— Et si nous arrêtions de nous excuser pour des choses dont nous ne sommes pas responsables ? propose-t-il en ralentissant au bord du trottoir, devant le domicile de ma tante.

À cela, je ne peux que consentir.

— Entendu.

La sensation de malaise resurgit sitôt qu'il coupe le moteur et se tourne face à moi.

— Tu m'as manqué.

— Toi aussi. C'était sympa de te revoir. (Je ramasse mon sac à mes pieds.) Merci de m'avoir raccompagnée.

— J'ai tenté de te contacter plusieurs fois après ton déménagement.

Merde. La conversation que je redoutais.

— Je sais. Désolée.

J'avais l'intention de répondre à ses messages, mais m'adapter aux multiples changements dans ma vie a pris toute mon énergie.

Pour ne rien arranger, Tommy me faisait penser à Jace.

Jace, qui m'ignorait.

De la même façon que j'ignorais Tommy.

— J'aurais dû te répondre.

— Pourquoi n'as-tu pas donné suite ?

Comment dire à un garçon que ses sentiments m'effrayaient ? Ou que j'étais amoureuse d'un autre que lui ?

Mon estomac se noue quand je prends conscience d'une chose : peut-être est-ce pour cette raison que Jace me dédaignait ?

Non. Quelqu'un qui n'éprouve pas de sentiments n'agit pas comme il l'a fait la veille de mon départ.

— Je ne sais pas.

Tommy me dévisage comme si je racontais des craques. Je ne peux pas lui en vouloir.

— Eh bien, souffle-t-il. Ce que j'appréciais le plus chez toi, c'était que tu n'étais pas hypocrite ni menteuse. Tu étais vraie.

Il n'a pas tort. Normalement, je n'ai aucune difficulté à livrer la vérité brute.

Mais je ne veux pas le blesser. Surtout qu'il m'a rendu un fier service, et que je sais ce que ça fait d'être snobé par quelqu'un que l'on *pensait* être un véritable ami.

Je cherche en moi un semblant de sincérité qui pourrait l'apaiser.

— J'ai vécu une période compliquée. Je m'efforçais de m'adapter à ma nouvelle école, au fait que mon père avait épousé ma belle-mère et…

— À ton mec, le *hipster* au nom peu commun.

Malgré son sourire en coin, une pointe d'aigreur perce dans sa voix.

— J'ai peut-être survolé ton compte Instagram deux ou trois fois, avoue-t-il.

Alors, il sait sûrement que nous avons rompu. Et depuis un bon moment.

Caspian, ou Casper, comme ses amis le surnommaient, a été mon premier vrai petit copain.

Au début, je ne l'appréciais pas particulièrement. Ensuite, nous avons été désignés pour bûcher en binôme sur un projet scolaire, et ça a cliqué entre nous.

Du moins, pendant un certain temps.

Pour finir, notre relation a duré huit mois. Je tenais suffisamment à lui pour lui remettre une carte de Saint-Valentin, peu avant notre séparation, même si je ne me sentais pas amoureuse de lui.

Pas comme de Jace.

Raison pour laquelle je savais que je devais le quitter.

Étant donné qu'il a couché avec ma copine deux jours plus tard, il a vite rebondi.

Tommy, de son côté, n'a toujours pas digéré que je lui aie mis un vent.

— Écoute, je t'ai dit que je regrettais. Que veux-tu que je…

— Ce que je veux, c'est que tu m'accordes une chance, annonce-t-il en fixant ma bouche. Je ne voudrai jamais rien d'autre de toi.

Pas ça. Je n'ai tellement pas la tête à me lancer dans une relation sentimentale.

— Ma vie est un vrai chantier, Tommy, dis-je tandis qu'une vague d'épuisement m'assaille. Elle est même de plus en plus chaotique, parce que Jace me hait et je ne comprends pas pourquoi.

Je lève les mains, en riant, impuissante.

— En plus, il n'est pas le seul. Britney recommence à me jouer des sales tours, avec sa bande de pestes. Bianca Covington projette de m'assassiner pour une raison inconnue. D'ailleurs, même mon cousin…

À ma grande surprise, et pour mon plus grand embarras, ma voix se brise.

— Je ne voulais t'embêter avec mes histoires. Je suis juste pas du tout prête…

— Je comprends, tu as beaucoup à gérer, concède-t-il, puis visiblement inquiet, il redresse le menton. Mon intention n'est pas de te compliquer davantage l'existence. Je me contenterai d'être ton ami… pour l'instant.

— Merci… un ami serait le bienvenu, dis-je en inclinant la tête. Je ferais mieux d'y aller avant que ma tante vienne voir ce qui se passe.

Elle ne le ferait pas. Non seulement elle est tolérante, mais je doute qu'elle puisse nous apercevoir, la maison étant bâtie au sommet d'une butte. La vérité, c'est que plus je reste dans la voiture, plus je me sens mal de ne pas pouvoir répondre aux attentes de Tommy.

— Dylan ? lance-t-il quand je commence à descendre de voiture.

Je me retourne.

— Ouais ?

— Tu as mon numéro. Si tu as besoin de te rendre quelque part ou de parler à quelqu'un… ou de quoi que ce soit, je suis là.

— Ça me touche, je réponds avec un sourire sincère.

Je décèle un frémissement dans sa mâchoire.

— La prochaine fois que Jace te prend la tête, dis-le-moi. Je ne le laisserai pas te rabaisser ou te bourrer le crâne de mensonges parce qu'il fuit ses problèmes et se défoule sur toi.

Je suis tentée de répliquer que je suis parfaitement capable de gérer Jace sans lui. Cela dit, le plus urgent est pour moi de rentrer afin de tenter de trouver un terrain d'entente avec Oakley.

— Je n'y manquerai pas, dis-je par-dessus mon épaule avant d'entamer l'ascension de l'allée.

J'éprouve un certain soulagement quand je l'entends démarrer puis le vois disparaître.

Je dépasse la voiture d'Oakley lorsque des yeux noirs emplis de fureur me transpercent aussi aisément qu'une lame chaude dans du beurre.

— Jace. Qu'est-ce que tu fais…

En guise de réponse, Oakley surgit énergiquement de la maison. Une serviette de plage sur l'épaule, il tient un short de bain dans la main.

— Prêt à…

Il se tait dès qu'il me voit.

Bien sûr, Jace est là pour Oakley.

L'aigreur me brûle l'estomac. Jace et Oakley sont à présent les meilleurs amis du monde.

Sans un mot, Jace verrouille son regard sur un point derrière moi. Oakley le suit, puis se renfrogne.

— Que foutait Tommy DaSilva devant chez moi ?

Pour un peu, je lèverais les yeux au ciel.

— Il m'a raccompagnée. Tu sais, ce que *tu* étais censé faire.

Il ricane.

— Bon sang, je savais que tu étais une fille facile, mais désespérée à ce point, ça craint.

La colère hérisse ma peau.

— Pardon ?

— Ce petit con n'est pas le bienvenu, déclare-t-il en faisant un pas vers moi. *Sous aucun prétexte.*

Il n'a aucun droit de regard sur mes fréquentations. D'autant plus que la rumeur qui a fait de moi une lépreuse émane de *lui.*

— Ce petit con est mon ami. Fais avec.

— Tu manques pas de cran, fulmine-t-il en pointant un doigt menaçant devant mon visage. Si tu veux traîner avec des merdes, fais-le ailleurs. Si jamais je le vois encore sur ma propriété…

— Ce n'est pas ta propriété. Aux dernières infos, elle appartient à ton père, dis-je avec un regard mauvais. Tu ne possèdes rien, connard. Hormis quelques sachets d'herbe pour te défoncer et oublier quel *loser* tu es au fond de toi.

Oakley éclate de rire, la tête rejetée en arrière.

— *Loser*, moi ? N'inverse pas les rôles, bébé, rétorque-t-il puis il murmure d'une voix glaçante : Si l'on en croit le bruit qui court, ce que tu as de plus cool, c'est le coup de bite que je t'ai mis.

Je meurs d'envie de lui écraser mon poing sur le nez. Pour déclarer une trêve, je repasserai.

Je fais mine d'être choquée.

— Oh mon Dieu, mon pauvre petit.

Je regarde Jace aussi impassible qu'une statue.

— Tu ne lui as rien dit ?

Mon regard bifurque de nouveau vers mon cousin.

— Désolée de devoir te l'annoncer, mon chou, mais tu es populaire uniquement grâce à lui. (Je lui tapote l'épaule.) Quel effet ça fait de savoir que tu ne seras jamais assez intéressant pour devenir autre chose que la marionnette d'un pote ? Ou que toutes les filles que tu baises… déplorent, pas si secrètement que ça, que tu ne sois pas l'*autre* ?

Je sens que j'ai porté un coup bas, à sa voix affaiblie.

— Écoute-moi bien, petite peste. Cette maison n'est pour toi qu'un hébergement temporaire. Je n'ai qu'à claquer des doigts (ce qu'il fait pour le prouver) et toi et ta tante retrouverez vos culs flanqués à la rue.

Il me pousse avec son torse bombé, si violemment que je manque de tomber en arrière.

— Ne me tente pas, menace-t-il.

— Ramène-toi, grommelle Jace en le guidant vers sa voiture, une main sur son épaule. D'après Britney, les filles se baignent déjà dans la piscine. Je te parie que Hayley porte le petit bikini rouge qui te rend dingue.

Le sourire d'Oakley rappelle le chat du Cheshire.

— J'aime ce truc à la folie. Il lui fait des seins énormes.

Jace confirme d'un hochement de tête.

— Carrément. Alors arrête de t'embrouiller avec elle pour qu'on puisse aller s'éclater.

Je crois que Jace vole à mon secours jusqu'à ce qu'il dise :

— Tu ne devrais pas traîner avec des profiteuses et des faux-culs.

Le regard transperçant qu'il me lance, en montant dans la voiture d'Oakley puis en disparaissant, ferait fondre un glacier.

15

Dylan

— Ah, te voilà ! Comment s'est passée la rentrée ? demande ma tante, alors que je suspends mon blouson au portemanteau dans l'entrée.

Mon visage me trahit sans doute car elle fronce les sourcils.

— Oh ! non, je suis une tante déplorable. Ne me dis pas que tu es revenue à pied. L'idée d'aller te chercher m'a effleurée, mais j'ai pensé qu'Oakley te raccompagnerait. Et quand j'ai reçu ton SMS, j'ai compris qu'il ne t'avait pas attendue… ensuite, ton second texto précisait qu'un copain te reconduirait, alors je…

— Ne t'inquiète pas, je ne t'en veux pas.

Il est clair qu'elle doute, étant donné qu'elle m'entraîne vers le canapé du salon.

— Raconte. Le dîner cuit dans le faitout, ce qui signifie que je dispose d'une heure et demie au bas mot pour papoter entre filles.

— Je n'ai rien de spécial à raconter. Si cela ne t'ennuie pas, j'aimerais faire une sieste avant le dîner.

Si je cède et confie mes malheurs de la journée, ce serait comme les revivre ; or, j'ai besoin de faire abstraction de tout cela l'espace de quelques heures.

L'inquiétude assombrit son regard.

— Dis-moi d'abord comment s'est déroulée ta journée. (Son visage s'illumine.) Ce job, il est à toi ?

J'acquiesce.

— Ouais. Le mercredi après les cours, et le samedi de 6 heures du matin à 20 heures.

Elle fronce les sourcils.

— Le samedi, c'est fatal pour ta vie sociale, mais il te reste le dimanche pour te reposer.

J'ai du mal à me retenir de rire.

— Quelle vie sociale ?

— Ne t'inquiète pas, répond-elle en agitant une main. Une jolie fille intelligente comme toi ne tarde jamais à attirer une foule de garçons. Je parie qu'ils t'ont déjà repérée.

C'est le hic avec ma tante Crystal. Je l'aime mais elle n'a pas connu la vie de paria. Meneuse des pom-pom girls, elle sortait avec le garçon le plus populaire de l'école.

C'était une Britney.

À ceci près qu'elle était blonde et nettement moins garce.

Elle se redresse.

— Parle-moi de cette amie qui t'a déposée. La connais-tu de…

Je rectifie.

— Le. Et oui, nous sommes… d'anciens amis, en quelque sorte.

— Ce garçon a un nom ? m'interroge-t-elle avec une lueur dans le regard.

— Tommy, dis-je, les yeux baissés. Mais il ne va pas à RHA. Il est dans le public, à l'autre bout de la ville.

Elle fronce les sourcils.

— Alors comment a-t-il…

— Il est venu chercher son petit frère, qui fréquente RHA. Ou plutôt, qui *fréquentait*.

— Oh ! commente-t-elle en battant des cils.

S'il y avait un moment propice pour réclamer un transfert dans le public, ce serait maintenant.

— Du coup, je me disais, toi et oncle Wayne, pourriez-vous reconsidérer mon inscription à Royal Manor High…

— Mon lapin, non. Je suis désolée, mais c'est le seul et unique point sur lequel ton oncle est intraitable. Wayne insiste pour que tu reçoives le meilleur enseignement possible, explique-t-elle en soupirant. Les gens obtus l'agacent sérieusement. Il dit qu'il se les coltine à longueur de temps au tribunal, et qu'il ne veut pas les subir à la maison.

J'aimerais souligner qu'il y a des tas de gens *obtus* issus d'établissements hors de prix. Ainsi qu'une pléthore de gens brillants sortis de l'école publique, mais ce serait inutile à ce stade.

— Bien, dis-je en me levant. Je vais prendre une petite douche et me reposer. Je descendrai pour dîner.

Elle fait la moue.

— Tu flottes dans cette chemise. J'aurais juré que je t'avais pris la taille S…

— Tu ne te trompes pas.

J'ouvre mon sac et lui remets le sachet de viennoiseries.

— Britney m'a fait un croche-pied à midi, et mon plateau de spaghettis bolognaise a amorti ma chute. Heureusement qu'une fille qui s'appelle Sawyer m'a prise en pitié et prêté sa chemise de secours.

Elle plaque une main devant la bouche.

— Un instant. Répète ça ? Une fille t'a fait tomber dans la cafétéria ?

— Exact.

— *Délibérément ?*

— Oh que oui. Je suis son ennemie publique numéro un.

Crystal semble scandalisée.

— Quel est le nom de famille de cette morveuse ? Je téléphone illico à ses parents et…

— Tante Crystal, j'aurai dix-huit ans dans quelques semaines, pas huit.

Elle paraît abattue.

— Je sais, mais… je ne sais pas, Dylan. Ne me demande pas de rester sans rien faire. Personne ne devrait s'attaquer à ma nièce sans s'attendre à des représailles.

J'ai hâte qu'elle ait vent de la rumeur que son beau-fils a répandue sur mon compte.

Je me sens nulle d'avoir pensé qu'elle ne pourrait pas comprendre alors qu'elle a les larmes aux yeux.

— Nous sommes proches depuis toujours, dit-elle. Tu es comme ma… tu sais à quel point je t'aime.

Je le sais. Et je me sens minable de lui avoir causé de la peine.

— J'endure Britney depuis des années. C'est une sorte de champignon persistant, mais que je peux gérer. Ça ira.

— Tu crois ?

— Mais oui. C'est la vie. Tôt ou tard, elle se lassera.

La tristesse assombrit son regard.

— Tu me rappelles tellement ta mère, déclare-t-elle en prenant un mouchoir dans une boîte pour se tamponner les yeux avec. À la fois forte et admirable.

Je commence à sourire, mais elle éclate en sanglots.

Je m'immobilise, faute de savoir comment réagir. Elle est sans aucun doute la plus sensible de nous deux, mais je ne l'avais jamais vue aussi émotive. J'avance en terrain inconnu.

— Tu… euh… Dois-je appeler…

Elle agite un mouchoir.

— Je vais bien. C'est juste le Clomid.

J'ignore de quoi il s'agit.

— Est-ce une sorte de technique de yoga élaboré ou quelque chose comme ça ?

Elle rit à travers les larmes qui mouillent son visage.

— Non, c'est mon traitement contre l'infertilité.

Oh ! mince.

— Je ne savais pas.

Réflexion faite, cela ne me surprend pas. De mémoire, ma tante a toujours voulu devenir mère. Et pour être honnête, je me demandais pourquoi elle et Wayne n'étaient pas encore parents.

Désormais, je sais.

— Je ne voulais pas t'en parler pour que tu n'aies pas peur de perturber quoi que ce soit en emménageant ici. (Elle me prend la main et je me rassieds.) Tu sais que tu ne nous déranges pas. J'avais besoin de quelque chose qui me redonne le moral après la fausse couche, et ta présence égaye mes journées.

J'ai un pincement au cœur.

— Je suis désolée. Je ne…

— Tu n'étais pas censée savoir. Je te connais, Dylan. Je ne voulais surtout pas que tu te sentes de trop. Ni te faire penser à…

Sa voix s'éteint.

Ma mère.

La seule chose plus dramatique que trouver ma mère décédée sur le carrelage de la cuisine ce matin fatidique c'était… qu'elle était enceinte de cinq mois au moment de sa mort.

Je ne l'ai pas juste perdue. J'ai aussi perdu ma petite sœur.

Celle que, comme je l'ai dit à mes parents, je ne voulais pas.

Ironique… sachant que je donnerais tout pour les avoir toutes les deux aujourd'hui.

Une pensée perturbante et horrifiante survient.

— Tante Crystal, tu vas bien ? Tu as fait une fausse couche. Tu n'as pas eu une crise cardiaque comme ma mère ?

Elle a l'air en forme, mais ma mère aussi à l'époque. La pièce se met à tourner, tant et si bien que j'ai du mal à respirer.

Ma tante est littéralement tout ce qui me reste. Si je la perds… je ne peux pas.

— Non, rien de ce genre, me rassure-t-elle en me serrant dans ses bras. Je suis en forme. Cela fait un peu plus d'un mois et demi.

Je venais tout juste d'apprendre que j'étais enceinte, c'était le tout début. Le docteur prétend que ce n'est pas si rare.

Je l'étreins plus fort.

— Es-tu certaine que ce soit conseillé de recommencer aussi rapidement ?

J'ai conscience que cela ne me regarde pas du tout, mais j'ai besoin de m'assurer qu'elle ne commet pas d'imprudence.

— Je ne veux pas te décourager, dis-je. C'est juste que je ne voudrais pas qu'il t'arrive malheur.

— Je suis en excellente santé, je te promets, sourit-elle. D'ailleurs, j'avais rendez-vous avec mon médecin cet après-midi. C'est pour cela que je n'ai pas répondu tout de suite à ton premier SMS.

Submergée par le soulagement, je sens mes yeux se remplir de larmes.

— Oh ! c'est bien.

— Regarde comme tu deviens sentimentale à ton tour.

— C'est plus fort que moi. En plus d'avoir eu une journée merdique, je ne veux pas perdre ma tante préférée.

— Je suis ta préférée parce que je suis la seule. Mais ça me va. Tu es coincée avec moi à tout jamais.

— Promis ?

— Promis. Mais j'ai besoin de savoir où trouver cette Britney pour que je lui botte les fesses.

Cette évocation ne fait que décupler mes pleurs.

— Elle est avec Jace à une fête idiote autour d'une piscine.

Je perçois la déception dans son soupir.

— Parfois, les garçons, ça craint, commente-t-elle avec un soupir dans lequel je perçois sa déception. Jace a beau être canon, populaire au lycée en ce moment, il n'empêche que c'est un crétin. Un jour ou l'autre, il prendra conscience de sa bêtise et il reviendra en rampant.

— Ça reste à voir. Il est vraiment en colère contre moi, et je ne sais pas du tout pourquoi.

— Toi et moi, répond-elle en prenant mon visage en coupe, nous savons que tu n'as rien fait de mal. Vous étiez inséparables. Un lien comme le vôtre ne disparaît pas d'un coup. Il aura un déclic, il reprendra ses esprits.

Le bruit de mon oncle se raclant la gorge interrompt notre instant de tendresse.

— Tout va bien ?

— Non, répond Crystal en dénouant notre embrassade. Nous avons besoin de chocolat.

— Et de glace.

Autant viser le sommet.

Ma tante me propose un mouchoir mais la boîte qu'elle me tend est vide.

— Et de mouchoirs.

Wayne écarquille les yeux.

— Autre chose ?

Ouais, faire de ton fils ma *piñata* personnelle.

Mais par-dessus tout ?

Je veux retrouver mon meilleur ami.

16

Dylan

Je le sens dès que ma tante me dépose à l'école le lendemain matin.

Quelque chose cloche.

Certains me fixent.

D'autres rient.

Tout le monde chuchote.

Et j'ai à peine débarqué dans les locaux.

Avec le temps, ma prétendue aventure avec Oakley aurait pu tomber dans l'oubli, mais apparemment pas.

Sawyer se précipite vers moi dès qu'elle m'aperçoit dans le couloir.

— Salut. Te voilà.

— Les gens ont vraiment besoin de s'acheter une vie.

Elle se balance d'un pied sur l'autre.

— C'est sûr.

— Je n'ai pas couché avec mon cousin, je siffle assez fort pour clouer le bec à ceux qui se tiennent à proximité. Trouvez autre chose pour étancher votre soif de sensation.

— On a déjà trouvé, rétorque un élève avec suffisance.

— C'est-à-dire ?

— Je suis vraiment désolée, Dylan, répond Sawyer en soupirant lourdement. J'ai essayé d'en décrocher le plus possible mais ils en recollent au fur et à mesure.

— Recoller quoi…

Les genoux en coton, je tourne à l'angle du couloir des casiers avec Sawyer.

J'hallucine.

— Comment ont-ils…

Je déglutis, prise de l'impression d'avaler du verre pilé.

— Qui ?

Mon estomac se révulse à mesure que je longe les rangées de casiers recouverts par la photo judiciaire de mon père assortie d'un article résumant son procès.

Tout mon linge sale, la seule chose que je tenais à garder privée, étalée au vu et au su de tous.

L'humiliation se répandant en moi comme un feu de forêt, je me rapproche de mon casier, où le mot « voleur » est peint à la bombe en rouge vif.

Qui commettrait un acte aussi cruel et insensible…

Je me fige lorsqu'une réponse s'impose.

Non seulement Oakley sait que mon père est incarcéré mais il me déteste suffisamment pour utiliser cette information à mes dépens.

Depuis mon retour à Royal Manor, il n'arrête pas de me montrer son hostilité.

J'espérais qu'elle s'estomperait, pourtant cette fois, il dépasse les bornes.

— Je vais le tuer.

Sawyer hausse les sourcils.

— Qui ?

Je ne lui réponds pas, trop occupée à me frayer un passage dans le couloir bondé à la recherche du responsable du spectacle d'aujourd'hui *et* d'hier.

Mon pouls s'accélère, mes Dr Martens martèlent les dalles en marbre lustré. Chaque pas animé par une force impétueuse.

En moins d'une semaine, j'ai déjà atteint le point de rupture.

J'ai tenté de les ignorer.

J'ai tenté de tendre l'autre joue.

J'ai tenté de me dresser contre eux… sans succès.

La seule personne qui devrait me soutenir dans cet enfer, le membre de ma famille, est celle qui tire les ficelles de ce déballage pitoyable.

Si je ne prends pas des mesures drastiques et ne mets pas fin à ces conneries immédiatement, il continuera.

Je repère Oakley au bout du couloir, non loin de son casier. Il me tourne le dos, une fille agacée, sans doute sa copine, lui reproche vertement d'ignorer ses appels.

Attends ton tour, ma biche. Moi d'abord.

Les intuitifs, qui sentent gronder la bagarre, s'écartent sur mon passage.

Mesurant un peu plus d'un mètre quatre-vingts, Oakley pèse une quarantaine de kilos de plus que moi, mais cela ne me décourage pas.

J'ai beau être teigneuse, je me suis suffisamment battue pour savoir que le premier coup doit générer assez de puissance pour le désorienter, ou du moins l'étourdir le temps que je frappe une seconde fois.

Plus ils sont grands, plus ils tombent de haut. Forte de cette pensée, je lui tapote l'épaule.

Quand il se retourne, il ne fait aucun doute que ma présence l'énerve. *Sentiment réciproque, ducon.*

— Qu'est-ce que tu…

Je ne réfléchis pas, j'agis.

À l'instant où j'absorbe le craquement de mes phalanges contre l'os, je sais que je lui en ai flanqué une bonne.

Ainsi, je ne m'arrête pas là. Malgré sa main levée en bouclier.

— Putain, c'est quoi, ton problème ?

Ma réponse lui parvient sous la forme d'un second uppercut. En pleine gorge, cette fois.

— Toi.

Il recule en vacillant. Il tousse, portant la main qui protège ses yeux à son cou.

La moitié des élèves amassés autour de nous poussent des cris de surprise, l'autre moitié encourage Oakley à me faire la peau.

Mais je suis tranquille. Il n'en a pas la possibilité. Je lui ai temporairement bloqué la respiration.

C'est exactement la position dans laquelle j'espérais le mettre. Incapable de se défendre, mais trop fier pour appeler à l'aide dans une rixe contre une fille.

Il plonge sur moi, et, une fraction de seconde, je me prépare au choc. Au lieu de me taper, il s'éloigne.

Je n'en ai pas fini avec lui.

Empoignant sa chemise, je tourne ma paume, déchirant le tissu pour le forcer à m'affronter.

— Dis la vérité à tout le monde, j'ordonne.

— À quel sujet ?

Mauvaise réponse. Mon genou percute ses parties.

Il se plie de douleur.

— Putain de merde.

Je saisis une pleine poignée de cheveux blond cendré afin de l'obliger à me regarder.

— Dis-leur la vérité.

— OK. Je n'ai pas couché avec toi, fait-il dans un rire provocateur. Je ne suis pas désespéré à ce point.

Je le gifle de ma main libre. Du sang mouchette le devant de sa chemise blanche, à la façon de gouttes de pluie sur un pare-brise.

— Espèce de folle furieuse, aboie-t-il en inclinant la tête pour endiguer l'écoulement de sang de sa narine.

Il n'a pas tort. Maintenant que le message est passé, je devrais me calmer mais je ne peux pas.

C'est trop libérateur.

Ma paume se connecte à sa joue.

— Alors, c'est qui la salope maintenant ?

— Je te jure que tu vas payer, rugit-il en me repoussant.

— Qu'est-ce qui t'arrive ? fais-je, moqueuse, mon genou de nouveau appuyé sur son entrejambe. Ça ne t'amuse pas de te faire démonter par une fille devant tout le bahut ?

Plié en deux, il se tient les parties. Un faible grognement lui échappe alors. C'est la goutte d'eau qui fait déborder le vase, il va m'attaquer d'un instant à l'autre.

Je suis sûrement plus folle que je ne le croyais, étant donné que je l'attends.

— Allez, je l'incite en cognant son dos trop de fois pour les compter, si bien que je vois flou. Frappe-moi, sal…

Tout à coup, deux bras puissants me saisissent et me soulèvent dans les airs contre ma volonté. J'essaye de me débattre en agitant les jambes, alors qu'on m'éloigne en me serrant trop fermement pour que je puisse résister.

Je présume qu'il s'agit d'un enseignant ou d'un surveillant, jusqu'à ce que mon regard tombe sur le bras qui ceint mon ventre. Les manches enroulées d'une chemise blanche révèlent des avant-bras aux veines gonflées par la musculation et une peau magnifiquement hâlée que je reconnaîtrais entre mille.

— Lâche-moi, Jace, dis-je rageusement. Je n'en ai pas fini avec ton boy.

Je ne fais aucun effort pour masquer la jalousie qui inonde mes tripes.

J'ai une dent contre Oakley, à cause des rumeurs qu'il a répandues. Et parce qu'il a déballé la vie de mon père d'une manière scandaleuse et humiliante.

Mais par-dessus tout, je suis amère au possible parce qu'il a pris ma place de meilleure amie auprès de Jace.

Je fulmine, chargée à bloc d'adrénaline et de fureur quand Jace m'entraîne dans une réserve et verrouille la porte.

L'ampoule qui oscille au-dessus de nous comme un pendule illumine sa grande silhouette. Je discerne ainsi la ligne acérée de son menton, ses lèvres charnues parfaitement dessinées.

Ma réaction à son extrême proximité est viscérale. Instantanément, mon pouls, ma respiration, mes émotions montent dans les tours.

Petite, je ne comprenais pas pourquoi je réagissais violemment à sa présence. À présent, je sais.

Personne d'autre que Jace Covington ne détient le pouvoir de susciter en moi à la fois de l'amour et de la haine.

Il est le yin de mon yang. Le haut de mon bas. La folie de ma normalité.

Les pièces endommagées de toutes mes parties brisées.

Je pourrais me lier d'amitié avec chaque habitant de la planète, personne ne me connaîtrait jamais aussi bien que lui.

Personne ne me procurera la même sensation d'exister ou n'embrasera mon âme.

Personne ne me blessera autant que lui.

— Écoute, je ne s…

— Ferme-la.

En deux pas, il efface la distance entre nous, et me plaque contre le mur.

— Cette fois, ce n'est pas toi qui décides.

De toute évidence, ses souvenirs diffèrent des miens, car en ce qui nous concerne, je n'ai jamais fait la pluie et le beau temps.

— Qu'attends-tu de moi ? je demande.

Pourquoi me traites-tu avec mépris ?

Son regard glisse vers ma poitrine, et il se rembrunit.

— Absolument rien.

Il aimerait peut-être le croire mais son regard le dément. Ses yeux débordent d'envie et de désir, malgré le ressentiment qu'il exprime.

Je pose à peine la main sur son torse que son cœur s'emballe.

— Tu en es sûr ?

J'arrête de respirer quand sa main sillonne le devant de ma chemise, s'immobilisant entre mes seins avant de remonter vers ma gorge.

— Clarifions un point.

Surprise qu'il agrippe ma nuque, je sursaute.

— Mes sentiments d'avant sont morts.

Nous savons tous deux que c'est faux. Sans quoi il ne nous aurait pas enfermés dans ce placard.

Le cœur serré, je me souviens nettement de la dernière fois que je l'ai vu.

— Alors que fais-tu là ?

Son regard fiévreux brûle comme le soleil.

— Tu avais raison.

J'aperçois l'éclat du métal sur sa langue, juste avant qu'il plonge la tête et lèche ma gorge.

— Il y a quelque chose que je n'ai pas arrêté de convoiter.

— Que…

Ma phrase s'évanouit au moment où sa langue titille le point battant dans ma nuque et suce ma peau sensible.

La chaleur afflue entre mes cuisses et mon corps entier vibre de désir.

— N'arrête pas.

Il est tellement brutal que je sais qu'il marque ma chair, mais je m'en fiche.

Les ongles pressés dans son dos, je noue une jambe autour de sa taille, ma façon d'en exiger davantage.

Un râle au bord des lèvres, il me mord fermement. Un court instant, je me demande s'il va laminer ma chair, exposer mes cordes vocales avec ses dents.

— Ja…

— Enlève ta culotte, gronde-t-il dans mon cou. Montre-moi à quel putain de point je te fais mouiller.

Le feu aux joues, j'insinue mes mains sous ma jupe et l'abaisse.

Il la ramasse rapidement et examine la trace d'humidité.

— On dirait que toi aussi tu as des envies, fait-il avec un sourire malicieux. Mais il va falloir supplier pour l'obtenir.

Je soutiens son regard.

— Sinon quoi ?

— Je trouverai quelqu'un de plus docile, rétorque-t-il avant d'aspirer le lobe de mon oreille entre ses dents. Mais ce n'est pas vraiment ce que tu veux, si ?

Je secoue la tête.

La seule pensée qu'il fasse cela à Britney ou à une autre me donne envie de vomir.

Soudain, il saisit mes poignets pour les amener derrière mon dos.

— Que fais-tu ? dis-je, confuse.

Il embrasse le creux de ma gorge.

— Je te veux à ma merci pendant que je te fais toutes les choses perverses et insensées dont je rêve depuis des années.

Submergée par une vague de chaleur, je ne proteste pas quand il me ligote à une étagère en utilisant ma culotte.

— Je n'arrive pas à décider si je dois d'abord te goûter ici. (Son doigt plonge dans mon décolleté.) Ou là.

Il presse l'intérieur de ma cuisse, provoquant un frisson. Et quand sa bouche s'aventure plus bas, des papillons s'agitent dans mon ventre.

— Ou alors, je commence par tes seins, et je descends doucement.

Je presse les cuisses pour relâcher un peu de pression.

— S'il te plaît, fais-je d'une voix éraillée.

— S'il te plaît quoi ? (Son pouce rugueux caresse mon mamelon à travers la chemise.) Tu veux que je te baise ?

Je hoche la tête en m'humectant les lèvres.

— Oui.

Dans un grognement, il arrache ma chemise d'un coup sec, faisant sauter les boutons autour de nous.

Il m'observe, un sourire fruste aux lèvres.

— Même pas si tu étais la dernière chatte de la terre.

Brièvement, je crois avoir mal entendu. Mais je ne peux ignorer la colère qui noircit ses prunelles.

Ce n'était rien d'autre qu'une blague cruelle.

Et je suis tombée dans le panneau… en beauté.

Je me débats pour me libérer des liens, trop serrés pour me laisser la moindre chance.

— Pourquoi me fais-tu ça ?

La colère crispe ses traits.

— Tu sais pourquoi.

En toute honnêteté, non.

— Parce que je suis partie ? demandé-je, faute de mieux.

Aucune autre hypothèse ne semble cohérente.

— J'ai du mal à savoir s'il s'agit d'une blague sinistre ou si tu as cramé d'innombrables neurones avec les années.

La mâchoire contractée, il se tient si près de mon visage que je ne saurais dire s'il va m'embrasser ou me mordre.

— Ton déménagement a été la meilleure chose qui me soit jamais arrivée. Et si tu avais un peu de jugeote, tu repartirais. Définitivement, cette fois.

Mon sang ne fait qu'un tour. Je lui crache au visage.

— Va te faire foutre.

Indépendamment de mes sentiments pour lui, rien ne l'autorise à me manquer de respect.

Il s'essuie le visage en reculant.

— Tu n'as toujours pas compris. (Son expression s'égaye.) Je préfère insérer ma bite dans un hachoir à viande qu'en toi.

— Désolée de te l'apprendre, mais ta queue a réagi au quart de tour pour quelqu'un d'indifférent.

Il serre les poings le long de son corps.

— Ne te la raconte pas. Tout ce qui m'excitait, c'était la perspective de te voir t'effondrer au moment où je te rejetterais.

— Super. La prochaine fois, trouve mieux que ça. Comme tu peux le constater, je suis dévastée d'avoir loupé une occasion en or. (Ironique, je renifle.) Je ne sais pas trop comment remonter des profondeurs de mon anéantissement. (Je le regarde en battant des cils.) Réflexion faite, je devrais te remercier. Vu que tu te tapes Britney, elle couve toutes sortes de maladies vénériennes. Donc, toi et ta queue ne m'inspirez vraiment plus.

Je souris d'un air moqueur en me mordant la lèvre inférieure.

— Oh mince, tu m'as enfermée ici pour rien.

— Tu as raison, riposte-t-il en approchant tel un prédateur. Si t'anéantir et te regarder pleurer était mon unique objectif, j'ai échoué. Mais j'en ai un autre, ajoute-t-il en ménageant son effet.

Je lève les yeux au ciel.

— Pitié, dis-moi tout. Quelle était ton intention, exactement ?

Il prend ma joue dans sa paume. Un geste bien trop doux compte tenu de sa fureur.

— T'informer que ce n'est pas Oakley qui a lancé la rumeur sur vous deux. (Une lueur moqueuse anime son regard.) Il n'a pas non plus scotché les portraits de ton père dans toute l'école. (Son pouce longe ma lèvre.) Et ce n'est pas ma copine qui t'a fait trébucher hier midi. (Ses dents blanches apparaissent dans un sourire.) C'était moi.

La tristesse qui m'alourdit le cœur est d'une envergure que je n'ai pas ressentie depuis longtemps. J'inspire dans l'espoir d'atténuer la peine atroce, mais elle se diffuse en moi comme un virus qui me prend à la gorge.

Le coup monté de Jace va au-delà de la trahison, au point qu'il n'existe pas de terme pour le décrire.

Il est semblable à un tyran qui tendrait une loupe devant le soleil, et moi, à une fourmi qui lutterait pour survivre pendant qu'il me regarderait me consumer.

Ma mère me manque. L'idée suffit à me faire tomber à genoux.

Si elle avait été là, elle m'aurait dit quoi faire, comment surmonter cette épreuve.

Et si tout avait échoué, elle m'aurait serrée dans ses bras jusqu'à sécher mes larmes.

Pour achever de m'humilier, une larme coule sur ma joue.

Il la rattrape avec son pouce puis la porte à ses lèvres.

— Délicieux.

C'est le dernier mot qu'il prononce avant de me laisser, et de claquer la porte derrière lui.

17

Dylan

Passé

— Je savais que tu te cachais dans ce placard.

Quand j'entends la voix de Tommy, une pointe d'agacement remonte mon dos. Il a pourtant tenté de m'avertir, vendredi dernier, mais je ne l'ai pas cru.

— Tu es venu pour jubiler ?

Il se dirige vers les pupitres de musique que je suis en train de réordonner.

— Non. J'ai pensé que tu pourrais avoir besoin d'un ami. Vu les défaillances de Jace.

Mon cœur marque un petit battement douloureux à la mention de son nom.

Au troisième cours de la matinée, tout le monde savait que Jace et Britney iraient ensemble à la fête de fin d'année.

Le fait qu'il déjeune à sa table, c'était comme la cerise sur le gâteau avec lequel il m'étouffait.

— Ne me regarde pas comme ça. (Je détourne les yeux.) Je ne veux pas de ta pitié, ça ne m'aide vraiment pas.

J'ai eu plus que ma dose pour la journée. Quand les gens ne murmurent pas dans mon dos, ils me scrutent comme si j'étais un chiot égaré qui ne retrouve pas son chemin.

Ce qui se rapproche de la réalité, après tous ces chamboulements dans ma vie.

Tommy retourne ses poches.

— Tu as de la chance, je suis à sec. (Une légère fossette creuse sa joue droite.) Je voulais juste m'assurer que tu avais le moral.

— Un peu ironique, tu ne crois pas ?

— Quoi ?

Je le regarde dans les yeux.

— Le bourreau de l'école vient voir comment je m'en sors.

Il s'appuie à un placard en haussant les sourcils.

— Tu n'es pas au courant ? Je suis un nouvel homme.

Malgré mon scepticisme, un petit sourire étire mes lèvres.

— Désolée, mais le verdict est toujours à l'étude.

Seul le temps me dira si Tommy a réellement revu son attitude.

— Ah, ça y est.

Je suis paumée.

— Je ne vois pas…

Il se rapproche un peu.

— Ce sourire, dit-il en se rapprochant un peu. Je suis content que cet imbécile n'ait pas altéré ma chose préférée.

— Jace n'est pas un imb…

— Si, puisqu'il la préfère à toi.

Certes.

Au pas suivant, il referme presque la distance entre nous.

— Un jour, il le regrettera. Crois-moi.

Le silence s'abat sur la réserve exiguë. Mais pas un silence du style embarrassant ou énervant.

Plutôt, du genre qui provoque de l'anxiété.

Il se passe quelque chose d'étrange entre nous. Ce n'est pas vraiment de l'attirance magnétique comme avec Jace, mais je mentirais si je disais que la présence de Tommy ne m'affecte pas d'une manière plus discrète, pour le moins inattendue.

Je parviens à peine à me retenir de tressaillir quand il touche ma joue.

— Que se passe-t-il dans ta tête ?

Je baisse les yeux parce que face à ses yeux en amande, à son regard pénétrant, j'ai l'impression d'être à côté de la plaque.

— Je ne sais pas trop.

Ses lèvres frémissent.

— Cachottière. Puisque nous sommes amis et tout ça, reprend-il avec sérieux, il faut être honnêtes l'un envers l'autre.

— Qu'implique ce « et tout ça » ?

Il divague, s'il s'attend à ce que je sorte avec lui parce que Jace m'a brisé le cœur.

— Tout ce que tu voudras.

— Et si je préfère qu'on soit juste des amis ?

La chair de poule parcourt ma peau quand il se penche pour murmurer :

— Alors nous serons de simples amis. Pour l'instant, susurre-t-il, ses lèvres effleurant ma tempe.

Je recule d'un pas. Quoi que ce soit, c'est trop. J'ai des difficultés à le cerner, à saisir ses motivations.

— Que veux-tu, Tommy ?

— Nous avons fait le tour de la question, non ?

— D'accord, mais…

Je ne sais pas comment poursuivre sans me ridiculiser.

— Mais quoi ?

— Je ne comprends pas p…

— Parce que tu fais une fixette sur Jace, affirme-t-il dans un haussement d'épaules. Toutes ces années, tu es passée à côté de celui qui a un faible pour toi.

Son aveu me prend au dépourvu.

— Tu as un faible pour moi depuis des années ?

L'amusement luit dans ses yeux.

— À peu près.

Première nouvelle.

— Je ne l'aurais pas deviné.

— Forcément ! Tu es collée à Jace depuis le CM2.

Ce n'est pas faux.

— Comment dois-je l'interpréter ? Qu'attends-tu de moi ?

— Je veux ce que tu veux.

— Je ne sais même pas ce que je veux.

Ce n'est pas l'entière vérité. Je sais précisément ce que, ou plutôt *qui*, je veux. Malheureusement, ce n'est pas réciproque.

Il détaille mon visage du regard.

— Tu comptes aller au bal de fin d'année ?

Ma bouche s'assèche.

— Hmm, pas encore décidé.

Après réflexion, je n'ai pas envie de m'y rendre seule. Surtout maintenant que Jace y va avec *elle*.

Je joue nerveusement avec mes cuticules.

— Et toi ?

— Je ne sais pas, marmonne-t-il avec une pointe de provocation dans la voix. Ça dépend.

— De ?

Il sourit avec une fausse timidité.

— Si tu y vas ou pas.

— Est-ce ta façon tordue de me proposer de t'accompagner ?

Stupéfaite, je réalise qu'une petite partie de moi le souhaite.

À mon avis, si Jace escorte *mon* ennemie jurée… j'ai bien le droit de me pointer à *son* bras.

Je ne parviens pas à décrypter l'expression de Tommy.

— Non.

Pétrie d'embarras, je baisse les yeux. Je me sens idiote d'avoir présumé qu'il m'inviterait.

— Dylan.

— Ouais ?

— Je refuse d'être le second choix de qui que ce soit. Le jour où je t'inviterai à sortir, je saurai avec certitude que tu t'es détachée de ce crétin qui a choisi la mauvaise fille.

Sur ce, il s'éclipse.

— Je s-suis désolé.

Je suis surprise de tomber sur Liam devant la salle de musique, et encore plus qu'il s'excuse.

— À quel sujet ? Tu n'as rien fait, Liam.

Je remonte la bretelle de mon sac sur l'épaule et me dirige vers mon casier.

Il m'emboîte le pas.

— Je s-suis désolé que Jace soit un co-connard. J'ai ap-appris ce qu'il avait f-fait.

À son air dépité, on pourrait croire que c'est lui la victime de son frère.

— Ce n'est pas bien. Bri-Britney est méchante avec toi.

À n'en pas douter.

— Je ne peux pas dire le contraire.

Il traîne des pieds à l'approche de mon casier.

— Je m-me disais, comme tu vas pas au bal et moi non plus, on fait un truc ensemble ? Re-regarder un film peut-être ?

Je compose la combinaison de mon cadenas en pesant le pour et le contre.

J'apprécie les moments que je partage avec Liam, mais j'aime autant éviter de voir Jace se préparer pour son grand rendez-vous avec Britney.

Ou pire, *après* leur rendez-vous.

— Je ne sais pas. Ce n'est pas contre toi. Je n'ai pas très envie de croiser ton frère.

Je sélectionne quelques livres dans mon casier, que je glisse dans mon sac.

— Mais ne laisse pas notre dispute t'empêcher de sortir.

Si quelqu'un mérite de s'amuser, c'est Liam. Entre l'accident, la disparition de sa mère et les remarques désobligeantes sur son bégaiement et ses cicatrices, il souffle rarement.

— Je n'ai p-personne avec qui y aller.

Son visage s'éclaire comme un sapin de Noël.

— Et s-si on y allait ensemble ?

Mon appréhension se lit probablement sur mon visage, vu qu'il regarde ses chaussures.

— Oublie ça. C'était idiot. Bien sûr que tu n'as p-pas envie.

— Mais si, justement.

Peut-être qu'en ce moment, je hais son frère mais ce n'est pas la faute de Liam.

Et puis, je préfère me rendre à la fête avec lui que passer la soirée de vendredi à la maison, devant des rediffusions de *Friends*, un pot de trois litres de glace au chocolat à la menthe dans une main et la télécommande dans l'autre.

Il écarquille les yeux.

— Vr-vr-vraiment ? Tu irais a-a-avec moi ?

Je referme vigoureusement mon casier.

— Pourquoi pas ? Nous sommes amis, non ? Les amis vont en soirée ensemble.

Un immense sourire illumine son visage.

— C'est vrai.

Son expression vacille un instant.

— On n'est pas obligés de parler à Jace si tu ne veux pas.

— Marché conclu, dis-je en lui tapant dans la main. Le rendez-vous est pris.

18

Dylan

Je vais finir dans ce placard.

On retrouvera mon cadavre ficelé à une étagère à l'aide d'une petite culotte en coton blanc, mon soutien-gorge tout aussi banal entièrement exposé.

Et n'oublions pas le mascara qui dégouline sur mes joues, grâce à Jace – l'as des salauds – Covington.

J'expire longuement, tentant une fois de plus de dénouer la culotte qui me retient prisonnière. En vain.

Celui qui me découvrira pensera probablement que mon agresseur s'est enfui en raison de mon goût exceptionnel pour les sous-vêtements certes confortables mais ternes.

Mes seules options consistent à crier à pleins poumons en espérant qu'une pauvre âme passant dans le coin m'entendra, ou à attendre que quelqu'un remarque mon absence et organise une battue.

Auquel cas, cela prendra au moins vingt-quatre heures, car la seule personne qui se rendra compte ou se souciera de mon absence sera ma tante Crystal, et à ce moment-là, le lycée sera fermé pour la nuit.

Sawyer est mon seul espoir.

Mais nous nous connaissons assez peu, ce qui fait qu'elle supposera certainement que je suis rentrée chez moi.

L'angoisse me saisit au ventre. L'option A n'est pas juste mon dernier recours, c'est mon unique recours.

J'aspire autant d'air que mes poumons peuvent en contenir, puis j'ouvre la bouche et appelle à l'aide. Si fort que je suis surprise que mes cordes vocales ne se brisent pas.

Avec de la chance, ce sera un enseignant qui me trouvera, pas un étudiant.

— À l'…

La poignée tourne, et mon héros avance la tête dans l'entrebâillement.

Ou pas.

— Dylan ?

Les yeux d'Oakley, ou plus précisément son œil, l'autre étant fermé par des boursouflures, s'écarquille.

— Je te cherche partout.

Il dit cela comme si le fait que je sois attachée le contrariait. Il fronce les sourcils.

— Que fais-tu là-dedans en soutien-gorge ?

Je lui décoche un regard noir.

— Oh ! tu sais, je parfais mon bronzage.

Perplexe, il scrute la pénombre.

— Ici ?

— Non, imbécile, je m'écrie alors qu'il entre.

Il s'empresse de refermer la porte derrière lui.

— Doucement. Il y a des gens dans le couloir.

N'empêche qu'aucune de ces personnes n'a été sélectionnée par je ne sais quelle puissance supérieure qui me fait ce mauvais tour pour me libérer de ce cauchemar.

Non, ce serait trop simple. À la place, je suis coincée avec cet empoté.

C'est forcément une blague de mauvais goût. Vu la tournure des événements, cela ne me surprendrait pas.

— Laisse-moi deviner : Jace t'a envoyé ici pour que tu puisses vraiment raconter partout que tu baises ta cousine et bousiller un peu plus ma vie.

Il se gratte l'arrière de la tête.

— Écoute, j'ai besoin que tu te calmes et que tu relègues Jace au second plan. Nous avons un problème plus urgent.

C'est la phrase la plus sensée qu'il ait jamais prononcée.

Il avance vers moi.

— Mon père et ta tante vont arriver d'une minute à l'autre.

— Vraiment ? Pourquoi ?

À son tour, il me regarde comme si j'étais perchée et désigne son visage.

— Parce que tu m'as refait le portrait devant tout le monde, et qu'ensuite tu t'es mise à poil dans la réserve de fournitures.

Il plaisante forcément…

— Attends. Tu insinues que je me suis mise dans cette situation… délibérément ?

Il lève les mains.

— Les exhibitionnistes et les fans de BDSM, ça existe. (Il lève un doigt devant moi.) Mais tu dois reporter tes petits jeux pervers à plus tard. On a moins de dix minutes pour nous ressaisir et arranger une explication avant que les parents débarquent en force.

— Je ne suis pas… Ce n'est pas… Je ne me suis pas déshabillée et attachée toute seule.

— Peu importe. (Se frottant le menton, il m'examine.) À quoi je fais face, exactement ? Quel est ton bondage préféré ?

— Je n'ai pas de préférence en bondage. Jace m'a attachée avec… (Les joues cramoisies, je déglutis.) En fait, est-ce vraiment si important ? Commence par me libérer.

Comme il se met à siffler, l'envie de le frapper me démange.

— Merde, il a abusé. Ce nœud est trop serré, fait-il en grimaçant. Tu transpires ? Le tissu est un peu…

— Épargne-moi tes commentaires, je râle en lui envoyant mon pied dans le mollet. Arrête de parler.

— Très bien. Punaise.

Il tire vigoureusement sur le sous-vêtement et finit par délivrer mes poignets.

— Ne mets pas ta culotte dans… non, rien. Trop tard.

Je lui arrache des mains.

— Retourne-toi.

Chose remarquable, il s'exécute.

— Détends-toi, ce n'est rien que je n'aie déjà vu. Mais bon, si tu veux un conseil, un petit passage chez Victoria's Secret ne serait pas du luxe.

Rhabillée, je masse mes poignets engourdis.

— Ça ira, merci.

Il m'arrête juste avant de sortir.

— Pas si vite. Il faut encore trouver un truc à leur servir.

— À qui ?

— À mon père et à ta tante.

— La vérité serait déjà un bon début.

Il s'empresse de retenir ma main sur la poignée.

— Oh là, attends. Ne faisons rien d'idiot.

Il plane sûrement plus que jamais.

— Tu t'attends vraiment à ce que je leur mente pour toi, après tous tes mauvais coups ?

Même si avec le recul, il n'a pas fait grand-chose. Jace est le premier à incriminer.

En fait, *non*. Oakley n'est pas exempt de toute responsabilité. Jace a obtenu de quelqu'un l'information à utiliser contre moi.

Je fais grincer mes molaires. Oakley aurait pu couper court aux rumeurs et refuser de divulguer mes secrets à Jace, mais il s'est obstiné.

Il a fanfaronné et tout a dégénéré.

Visiblement, il pèse ses mots.

— Je t'ai déjà laissée me refaire le portrait devant tout le monde…

— T'es pas croyable.

J'ouvre la porte, mais il me tire à l'intérieur et me barre le passage.

— Dylan, s'il te plaît, plaide-t-il d'un ton solennel. Je suis désolé, d'accord ? J'ai été salaud avec toi, tu ne le méritais pas. Tu sais, mes notes sont merdiques, et je vais redoubler si je ne me reprends pas. J'ai vraiment besoin de ton soutien.

Je ricane.

— Comme tu m'as si souvent soutenue ces jours-ci ?

Il ouvre la bouche puis la referme.

J'appuie mon doigt sur son torse.

— Tu n'imagines pas à quel point je redoutais de revenir à Royal Manor, dis-je la gorge nouée. Je sais de quoi ces gens sont capables. Je détestais l'idée de retourner là où règnent des monstres comme Britney et son clan maléfique, mais je n'avais pas le choix. (Impuissante, je hausse les épaules.) Je pensais que peut-être, seulement peut-être, ça ne se passerait pas trop mal à RHA parce que j'aurais un ami. Ou même, quelqu'un de ma famille. Que nous serions solidaires. Je ne m'attendais pas à ce qu'on soit super proches, ni à m'incruster dans ton cercle d'amis. Mais je n'avais certainement pas anticipé le scénario inverse. Ni que tu aiderais mon meilleur ami d'enfance qui a décidé de ruiner ma vie pour une raison qui m'échappe complètement.

Il exhale brusquement.

— Je ne savais pas que vous étiez proches. Depuis que je le connais, il ne t'a pas mentionnée une seule fois. Même pas quand mon père a épousé Crystal.

Je reçois un coup au cœur. Jace Covington n'est plus le même.

— Ouais, eh bien… Il y a sûrement quantité de choses que tu ne sais pas sur lui. Il se montre distant avec pratiquement tout le monde.

Il s'appuie contre la porte.

— Exact. Qui n'a pas ses secrets, hein ? fait-il en se passant la main dans les cheveux. Toi et moi, nous sommes partis du mauvais pied. On repart de zéro ?

Embarrassée, je me balance d'un pied sur l'autre.

— Si tu me tends un nouveau piège, je préfère mentir à ma tante que mordre à l'hameçon.

— Je ne cherche pas à te piéger, insiste-t-il. Je suis sincère.

— Pardon de me méfier, mais pas plus tard qu'hier, tu m'as traitée de salope, et menacée de nous jeter à la rue, ma tante et moi, aussi facilement que ça, dis-je en claquant des doigts.

— Je débite pas mal de conneries que je ne pense pas, quand je m'énerve. Un sacré paquet.

— Je vois, ça m'arrive aussi. J'aimerais quand même préciser une chose. Ma mère est morte et mon père est en taule. Ma tante est tout ce qui me reste. Elle est le pilier de mon quotidien, la seule qui ne m'a jamais laissée tomber. Alors ne va pas croire que je te laisserai menacer son mariage ou son bonheur…

— Non, je ne ferais jamais une chose pareille. (Un voile de tristesse traverse son regard.) Je ne suis pas mon père.

— Tu peux développer ?

— Oublie ce que j'ai dit. Amis ? fait-il, le poing tendu pour sceller le pacte.

— Même en présence de Jace et votre harem de suiveuses de Britney ?

— En toutes circonstances.

— Certain ? Es-tu sûr que Jace ne t'en voudra pas ?

Il hausse les épaules.

— Sûrement que si. Mais il n'a pas son mot à dire. Sur le moment, il va péter un câble, mais ça passera. Personne n'accorde autant d'importance à la famille que lui. Alors même s'il désapprouve, il fera avec.

Malgré mon appréhension, je cogne mon poing contre le sien.

— Ne me la fais pas à l'envers, Oak. Sinon je te frappe dix plus fort que tout à l'heure.

— Je serai réglo. Hmm, pour info ? Même si tu m'as mis une bonne correction, je ne suis pas du genre à toucher une fille. (En souriant, il glisse son bras autour de mes épaules.) Maintenant, quand le principal Ryan nous demandera des comptes, motus et bouche cousue. Écoute le fils d'un procureur, cousine, dit-il la main sur son cœur. Le silence est ton ami. Tant que personne ne balance, c'est comme si rien ne s'était produit.

Je doute fort que ce soit aussi simple, mais j'acquiesce néanmoins.

— Compris.

Il me scrute, puis détourne rapidement les yeux.

— Arrange-toi un peu avant de sortir.

Je baisse les yeux et marmonne un juron.

— Je ne vois pas comment. Jace a pulvérisé les boutons.

Il lève la main devant son visage.

— Trop d'infos. Mets ta veste… à l'envers.

— Je ne peux pas. Je l'ai laissée dans la voiture de Crystal ce matin.

Il fronce les sourcils.

— Je n'ai pas pris la mienne non plus. Hayley s'en sert sûrement pour confectionner une poupée vaudou.

Je note dans un coin de ma tête de le questionner sur leur relation.

La solution m'apparaît tout à coup, et j'exécute presque une danse de la joie.

— Va chercher Sawyer. Elle me prêtera une chemise.

— C'est comme si c'était fait, déclare-t-il avant de s'immobiliser. Je ne sais pas qui est Sawyer. Tu me la décris ?

— Petite et ronde, des cheveux bruns jusqu'à la taille, des lunettes à monture noire. Oh ! et elle est en première.

— Désolé, ça ne me dit rien, dit-il avec une moue. Je ne traîne pas avec les boulets.

Je le pince et il pousse un petit cri.

— Ne traite pas ma pote de boulet. Elle est géniale. Dépêche-toi de la trouver.

Il lève les bras.

— Comment suis-je censé reconnaître une fille que je n'ai jamais renc…

La sonnerie de la reprise l'interrompt. Je le pousse vers la porte.

— Fais vite. Tu dois la rattraper avant le début du cours.

— Sawyer, je l'entends brailler dans le couloir en tapant dans les mains. Ohé, écoutez-moi tous ! Si quelqu'un aperçoit une certaine Sawyer, j'ai besoin de la voir immédiatement. Il s'agit d'une urgence familiale !

Je me masse les tempes en grognant. En tout cas, je ne m'ennuierai pas avec un ami du genre d'Oakley.

Quand il ne plane pas dans la stratosphère, il est plutôt…

Un remue-ménage interrompt mes pensées.

— Lâche-moi, s'insurge Sawyer, poussée dans la remise par Oakley. C'est quoi ton problème, mec ?

Oakley la pousse vers moi.

— Retire ta chemise et donne-lui.

La voilà bouche bée.

— T'es malade ?

Je presse les paumes de mes mains sur mes yeux.

— Je confirme.

Toute personne normale aurait résumé la situation avant de requérir une chemise de rechange.

Pas Oakley. Lui, il traîne la pauvre fille dans une réserve pour la dépouiller.

Oakley claque des doigts.

— Et que ça saute. Nous n'avons pas de temps à perdre.

Bon sang, il va anéantir mon unique amitié.

— Sawyer, garde tes vêtements. Oakley, arrête de la terroriser.

Ses intentions sont louables. Il cherche une solution pour moi, dis-je en indiquant mon uniforme en loques.

De manière compréhensible, Sawyer reste sur ses gardes.

— Que s'est-il passé ?

Mentir serait sans intérêt.

— Jace Covington m'a enfermée, séduite, ligotée. Après quoi, il arraché ma blouse et m'a laissée me morfondre dans cette réserve.

Ses yeux jaillissent presque de leurs orbites.

— J'hallucine. On dirait un mauvais Netflix.

— M'en parle pas.

Elle tire sur la fermeture de son sac et me tend une chemise propre.

— Merci. Je te la rembourserai.

Elle secoue une fois la tête.

— Je ne veux pas de ton argent. En revanche, je prendrai ton numéro de téléphone. Comme ça, la prochaine fois, ta milice n'aura pas besoin de débarquer dans les toilettes des filles pendant que je fais pipi.

Je lorgne ma milice tout en enfilant la chemise neuve.

— Sérieusement, Oakley ?

Il hausse les épaules.

— Tu as exprimé des besoins, j'ai fait le nécessaire. Ne critique pas mes méthodes.

Sawyer me tend son téléphone et j'enregistre mon numéro.

— À charge de revanche… une fois de plus.

— Si ce ne sont pas des paroles en l'air, je connais un moyen de te rattraper, dit-elle en se mordillant la lèvre.

— Je t'écoute. Bon, j'ai mis une raclée à Oakley aujourd'hui, je ne suis pas sûre de survivre à une seconde bagarre le même jour.

Elle rit.

— Pas ça. Même si j'adorerais te voir te défouler sur lui à l'occasion. (Elle se tord les mains.) Euh, il y a une fête chez Christian samedi prochain. C'est ma première, ce serait sympa que tu m'accompagnes.

(Elle se redresse.) Je considère cela comme une sorte d'expérience sociale. Je mentirais si je disais que je ne suis pas curieuse de voir comment ceux qui se situent au sommet de la chaîne alimentaire redescendent.

Oakley émet un rire railleur.

— Sans être méchant, expérience sociale ou pas, j'imagine mal deux modèles de vertu comme vous dans une soirée chez Christian.

La lueur de défi dans les yeux de Sawyer me dit que c'est précisément pour cette raison qu'elle projette de s'y rendre.

Mais je ne serai pas disponible.

— Je ne peux pas. Je travaille de 6 heures à la fermeture.

— Oh. Bon, ce n'est pas grave. Peut-être la prochaine fois.

Je déteste la déception sur son visage.

— Réflexion faite, si tu es disposée à patienter jusqu'à la fin de mon service, ça peut le faire.

Ses grands yeux bruns s'illuminent presque.

— Sans problème. À quelle heure tu sors ? Je pensais arriver vers 19 heures mais…

— Personne ne débarque jamais avant 22 heures, proteste Oakley. Vaudrait mieux me retrouver sur place, pour éviter de vous mettre la honte.

Sawyer hausse un sourcil.

— Sérieusement ? Es-tu sûr que le prince de Royal Hearts Academy permettra à l'un de ses nobles sujets de traîner avec deux indigentes comme nous ?

Elle est officiellement ma nouvelle personne préférée.

— Oakley a décidé de faire cavalier solitaire et de se comporter décemment, réponds-je à sa place. Et je sors à 20 heures, donc tu devrais faire un crochet par chez moi, pour qu'on se prépare ensemble.

Avec un peu de chance, je parviendrai à la persuader de jeter le bandeau bleu marine qu'elle porte dans les cheveux depuis que je la connais, et d'appliquer une pointe de gloss.

— D'accord, super. Ça m'a l'...

— Désolé d'interrompre la minute girly, grommelle Oakley. Dylan et moi sommes convoqués en urgence.

Merde. Il a raison.

Nous quittons tous les trois la réserve.

— Je t'envoie un SMS rapidement, murmure Sawyer avant que nos chemins se séparent.

Dans les couloirs déserts, nous gagnons le bureau du principal. Alors que je surprends nos reflets dans une vitrine, je me sens reconnaissante. Oakley semble avoir perdu plusieurs rounds contre Mike Tyson, et moi, m'être réveillée dans une ruelle louche, après une nuit en boîte.

On forme un sacré duo.

Le principal Ryan bouillonne.

— Comment ça, vous invoquez le cinquième amendement ? rétorque-t-il en tendant un doigt rageur vers Oakley. Vous avez un œil au beurre noir, le nez tuméfié et la lèvre en sang.

Il me montre du doigt.

— Et vous... Disons que vous ne suivez pas à la lettre le code vestimentaire, jeune fille. (Ses yeux de fouine passent de mon cousin à moi.) Plusieurs élèves m'ont rapporté qu'une altercation s'était déroulée entre vous deux, avant le premier cours de ce matin.

Oakley hausse les épaules.

— Définissez le terme « altercation ».

Ma tante lève les mains.

— Je suis navrée, mais c'est ridicule. Ma nièce n'a pas la force nécessaire pour amocher un garçon de la taille de mon beau-fils. Et pourquoi frapperait-elle son cousin ? (Elle glisse un regard complice vers nous.) Je pense qu'ils ne nous disent pas tout parce que quelqu'un les menace. À vous de trouver qui.

Mon oncle Wayne soupire.

— Calme-toi, Crys. Je t'avais dit de me laisser parler.

Je vois de qui Oakley a hérité son attitude.

Il triture sa montre.

— Votre convocation est une perte de temps. Vous ne pouvez pas les accuser sans preuve tangible. Vous vous fondez uniquement sur des propos rapportés.

La frustration du principal Ryan est telle qu'il envisage sûrement de virer alcoolique à plein temps.

— Nous ne sommes pas au tribunal, monsieur Zelenka. Je n'ai pas besoin de preuve pour suspendre ou renvoyer un étudiant.

Je prononce une prière silencieuse à notre Seigneur bienveillant. *Renvoyez-moi, s'il vous plaît.*

Le principal expire longuement.

— Plusieurs lycéens ont admis qu'ils se sont bagarrés à cause d'une rumeur à propos de… (Il pédale dans la semoule.) Leur relation personnelle.

Ça, c'est gênant.

Wayne manifeste de l'ennui à présent.

— Vraiment ? C'est tout ?

Ryan semble interloqué.

— Comment cela, c'est tout ? Nous appliquons une politique de non-tolérance à Royal Hearts Academy en matière de violence… entre autres choses. L'élégance et la dignité de l'établissement font notre fierté. (Son visage s'empourpre.) Quoi qu'il se passe au sein de votre foyer, cette école ne cautionne aucune activité immorale.

Il me faut une bonne dose de sang-froid pour ne pas rire, si bien que j'en tremble. Non seulement le sexe est exclu entre nous mais nous n'avons aucun lien de sang.

Wayne appuie le doigt sur le bureau.

— Vous savez, pour quelqu'un qui s'enorgueillit de faire régner l'élégance et la dignité, c'est abject de suggérer que mon fils et sa cousine se livrent à quelque activité sexuelle. Eu égard à votre perversion, je devrais vous faire arrêter pour diffamation.

Oakley distribue des fessées dans le vide.

— Tombé de micro. Le procureur Zelenka est dans la place.

Je jure que mon oncle jubile.

— Ton langage, Oak, siffle ma tante avant d'adresser un sourire nerveux au principal. Mon mari a souligné un point pertinent. En aucun cas ces deux-là ne pourraient entretenir une relation. N'est-ce pas ?

L'inquiétude assombrit le regard qu'elle nous lance.

— Tout à fait, je lui assure.

Oakley me donne un coup de coude.

— Suis le plan. Silence, souffle-t-il, l'index sur sa bouche.

Crystal se lève.

— Ce sont de bons gamins, Jim. De toute évidence, vous êtes victime d'une blague sans fondement, il n'est pas nécessaire de les traîner dans la boue. (Elle désigne Oakley.) Au lieu de gâcher le temps de tout le monde en incriminant ma nièce qui, soit dit en passant, est une élève brillante, cherchez plutôt quel voyou a roué de coups mon beau-fils.

Ryan arbore désormais un air penaud.

— Vous n'avez pas tort, Crystal, consent-il en rougissant. Comme toujours, votre perspicacité et votre pondération n'ont d'égale que votre beauté.

Mon oncle serre les dents.

À côté de moi, Oakley couve un bruit nauséeux.

— Faut se calmer.

Je promène mon regard autour de nous.

— Suis-je autorisée à m'en aller ?

Malgré son faible pour ma tante, le principal paraît peu convaincu. Il sort un carnet de son tiroir.

— Pas si vite. Je remplis un bordereau de retenue pour les trois prochains jours, après les cours. Pour vous deux.

Merde.

— Impossible. Je travaille.

— Pourquoi nous punir si nous n'avons rien fait ? questionne Oakley.

Le principal lève les yeux vers ma tante et mon oncle.

— Que vos parents le croient ou non, quelque chose s'est manifestement produit ce matin, à en juger par vos blessures. (Après quoi il me regarde.) Ajoutons à cela la peinture vaporisée sur votre casier, je doute qu'il s'agisse d'une simple coïncidence. (Il remplit son carnet.) Peut-être que vous n'êtes pas coupables, mais vous savez tous deux qui l'est et vous le couvrez. (Il nous remet nos bordereaux.) C'est la semaine de la rentrée. Si je ne montre pas l'exemple dès à présent, la situation ne fera que s'envenimer.

— Attendez, dit ma tante. Quelqu'un a peint le casier de Dylan ? Qui ferait une chose pareille ?

— C'est précisément ce que je cherche à savoir.

Tout le monde se tourne vers moi.

Je n'aurais jamais cru dénoncer Jace Covington un jour.

Mais après son attaque d'aujourd'hui, je ne veux pas juste le faire plonger, je veux qu'il se noie.

Je carre les épaules.

— J…

Le pied d'Oakley tape contre le mien.

— Ne fais pas ça. Le silence est notre ami, prononce-t-il avec un sourire crispé.

J'aimerais lui rappeler que le silence nous a valu trois jours de retenue, mais il a raison.

Il existe d'autres moyens de riposter.

Je frapperai quand Jace s'y attendra le moins.

Ce qui ne m'empêche pas de mettre son forfait sur le compte de quelqu'un d'autre.

Sa précieuse copine, par exemple.

Je plonge les yeux dans ceux du principal.

— Britney Caldwell. Hier, elle m'a fait un croche-pied à la cafétéria, et aujourd'hui, elle a peint « Voleur » à la bombe sur mon casier.

Oakley jette les mains devant lui.

— T'es malade ? Tu as une idée de ce que tu fais ?

Oh que oui.

Je fous en l'air le royaume.

Et comme aux échecs, il faut évincer la reine pour mettre le roi en échec.

Ou en ce qui nous concerne, le *prince*.

19

Jace

J'éteins le moteur et jette un coup d'œil à l'horloge.

La pâtisserie ne ferme que dans cinq minutes mais Dylan retourne déjà la pancarte qui affiche à présent « Fermé ».

Je fais claquer ma langue. *Vilaine.*

En frissonnant, elle enclenche le verrou et un court instant, je la soupçonne de m'avoir repéré. Cela m'étonnerait, vu que je suis garé sur une place peu visible de son point de vue.

Et du mien.

Ma cagoule rabattue sur le visage, je rallume mon ordinateur portable pour passer à l'action.

Par chance, le système de sécurité de Mme Dickinson ne dispose que d'une seule caméra de surveillance à l'intérieur de la boutique, un modèle basique, en plus.

Après quelques manipulations, je pirate le réseau et affiche Dylan sur mon écran.

Je zoome sur elle au moment où elle dénoue son tablier vert et s'empare du balai. Elle commence à balayer puis, s'arrêtant, elle plonge la main dans la poche de son jean.

Peu après, ses écouteurs en place, elle nettoie le sol en chantant.

Aux premières paroles qu'elle fredonne, je reconnais la chanson.

Sic Transit Gloria… Glory Fades de Brand New.

Un nom débile pour une chanson, ce qui n'enlève rien à sa qualité.

Dents serrées, je tapote l'écran tactile de ma stéréo. Aussitôt, mes haut-parleurs crachent les paroles énigmatiques sur fond de mélodie envoûtante.

La première fois que Dylan me l'a fait écouter, je lui ai fait remarquer qu'elle me faisait penser à la course-poursuite d'un chat et d'une souris qui aurait mal tourné.

L'ironie ne m'échappe pas ce soir.

Pas plus que la manière dont Dylan se balance au rythme de la musique.

Son jean et son T-shirt ne sont pas particulièrement flatteurs, pourtant la façon dont le denim souligne ses hanches saillantes et le galbe de ses fesses, pendant qu'elle suit le tempo, l'est carrément.

Ma queue reprend vie alors que je l'épie, trop excité pour m'en priver ou me raisonner.

Pour être honnête, je préfère ce scénario à notre entrevue du placard, où j'ai dû convoquer toute ma force de volonté, d'un genre que j'ignorais posséder, pour ne pas écarter ses cuisses et regarder ma bite s'enfouir en elle.

L'observer via l'écran me permet de laisser s'exprimer mes fantasmes les plus torrides sans m'exposer à la culpabilité qui leur succède immanquablement.

Ici, dans ma voiture, je peux prétendre que Dylan n'est pas une traîtresse, mais celle que je pensais connaître avant.

La fille pour qui j'ai brisé toutes les règles.

Dont la plus importante de toutes.

Elle fait tomber son téléphone de sa poche, à force de s'agiter. Lorsqu'elle se penche pour le ramasser, elle me gratifie d'une vue encore plus délectable sur son postérieur arrondi.

Je me mords la phalange pendant qu'un filet chaud humidifie mon érection.

— Putain.

J'appuie ma main sur ma braguette pour soulager la douleur,

geste qui produit l'effet inverse. Le supplice s'accentue encore quand elle relève ses cheveux et que j'entrevois les marques de mes dents dans son cou.

Mon autre main se resserre autour du volant. *Je veux enfoncer mes dents dans chaque centimètre de sa peau immaculée.* Lui montrer avec quelle force elle me fouette le sang, fait courir des frissons sur ma peau.

Me retourne la tête.

Si je frappais à la porte, elle me laisserait certainement entrer. Et au terme d'un sérieux travail de persuasion soutenu par ma bouche et mes doigts, elle se pencherait en travers du comptoir, et je m'introduirai par-derrière, au plus profond.

Saisi de vertige, je me cramponne à la poignée de la portière.

La revoilà… immanquablement.

La culpabilité plante ses griffes dans mon torse.

Il n'a jamais eu la chance de bosser.

Pourquoi elle, si ?

Me frottant le visage, j'inhale et baisse le son.

Concentre-toi, abruti.

Je glisse un regard au pied-de-biche sur le siège passager.

Mon plan consistait à me pointer à la fin de son service, et m'arranger pour faire croire qu'elle avait volé son employeur afin qu'il la vire. Pas à me branler en la regardant danser et chanter.

Dylan Taylor n'a pas droit au bonheur.

Elle ne mérite rien d'autre que du malheur et de la peine. Tout ce qu'elle nous a infligé, à moi et à ma famille.

Sur l'écran, elle astique le comptoir vitré.

Elle fermera la boutique dans quelques minutes.

J'inspecte le parking à la recherche de la voiture de Tommy, étant donné qu'il fait office de taxi, mais je ne la vois pas.

Tant mieux. Cela m'évitera de lui défoncer le crâne avec mon pied-de-biche et de croupir en prison ces vingt-cinq prochaines années, ou même ma vie entière.

Par prudence, j'éteins la caméra pour la soirée.

Après avoir enfilé mes gants, je ramasse le pied-de-biche à l'instant où mon téléphone se met à vibrer.

Le nom d'Oakley clignote sur l'écran, mais je l'ignore.

Comme il réitère l'appel dans la foulée, je réponds à l'aide d'une commande sur le volant.

Cet enfoiré s'acharnera jusqu'à ce que je décroche. Surtout maintenant qu'il sait que je suis furieux qu'il sympathise avec Dylan.

— Yo.

Glissant le pied-de-biche dans la poche de mon sweat noir, je remonte ma capuche.

— Quoi de neuf ?

— Rien de spécial, je fais deux-trois courses. Je me demandais si tu avais envie de me retrouver pour une séance fumette à l'impro.

Un jour comme un autre, j'aurais accepté. En fait, ça m'énerve qu'il me mette à l'épreuve avec sa beuh.

— Pas ce soir. Je suis pris.

— Oh ! sérieux ? Qu'est-ce que tu fous ? Je peux passer, peut-être.

Je devrais rétorquer que ça ne le concerne pas. Mais en cas de problème, l'alibi me sera utile.

— Je traîne avec Britney.

Je laisse planer l'implication.

— Intéressant, fait-il.

Je n'ai pas le temps de me préoccuper de son ego blessé, ou de sa réaction passive-agressive. Il s'est lui-même exposé à mon dédain.

— Grave. À plus…

Ma portière s'ouvre. *Merde.*

— Britney ? raille Oakley en passant la tête dans l'habitacle. À moins qu'elle ne soit dans le coffre, tu mens comme tu respires.

(Sourcil haussé, il me jauge.) Tout porte à croire que tu prépares une belle connerie.

J'ôte ma cagoule et je le pousse pour m'extraire de ma voiture.

— Va te faire foutre.

Il allume un joint.

— Je préfère foutre que l'inverse.

Son trait d'humour foireux tombe dans l'oreille d'un sourd.

— Qu'est-ce que tu fiches ici ?

— Moi ? Et toi, alors ? Je n'ai peut-être pas le plus haut QI du monde, mais je sais qu'un sweat à capuche noir, une cagoule et un pied-de-biche, ça sent l'embrouille.

— Je te le répète : j'ai des trucs à régler.

Il fait la moue.

— J'espère pour toi que tu n'es pas venu agresser Dylan. Je sais que tu ne peux pas la saquer mais tu vas trop loin, mec.

Je fais crisser mes molaires. Il n'est pas autorisé à me rappeler à l'ordre. Pas quand il est question d'elle.

Je ris, sans un gramme d'amusement.

— Tu as l'intention de faire le piquet sur le trottoir pour protéger la fille qui t'a fracassé devant tout le lycée ? (Je m'avance et lui arrache le pétard des mains.) Disparais, tu me donnes la nausée.

— Je ne sais plus qui tu es. (Il reprend son mégot juste avant qu'il touche mes lèvres.) D'accord, vous avez un gros passif. Mais vos différends ne sont pas les miens. Je ne veux pas devoir choisir mon camp ni lui pourrir la vie à cause d'un problème que vous traînez depuis je ne sais quand. T'es mon pote mais elle est…

— La famille, je termine pour lui.

Et c'est là que se pose mon principal souci avec Oak. Il ne m'a jamais fourni la moindre raison de douter de sa loyauté. Jusqu'à présent.

— Nous allons cohabiter toute cette année. J'aimerais éviter les embrouilles, tu vois ?

Il me propose de fumer mais je décline.

— Ça se comprend.

— Ne m'en veux pas, mec, dit-il en secouant la tête. Rien n'a changé. Je suis toujours ton meilleur ami.

— Bien sûr.

Je l'amadoue et il le sait.

À peine ai-je le temps de ciller qu'il laisse éclater son irritation.

— Arrête d'être un enfoiré. Ces quatre dernières années, j'ai tout fait pour toi excepté te sucer, et maintenant tu te comportes comme si je t'avais trahi, juste parce que je ne t'aide pas à la déboulonner.

Il crache sur ma voiture avant de regagner la sienne.

— Va te faire foutre, renchérit-il en se frappant le torse. Tu ne veux plus qu'on soit amis ? OK. Contrairement à toi, je n'ai pas besoin de rabaisser les autres pour me sentir bien dans ma peau, pauvre con.

Appuyé sur ma Lexus, je le toise.

— T'as fini ?

— Ouais, rétorque-t-il avant d'inspirer profondément. Je crois que oui.

Je me rapproche d'un pas.

— Super. Parce que la prochaine fois que tu craches sur ma caisse, je t'éclate les dents et je te pisse sur le crâne. (Un second pas.) Tu ne veux pas choisir ton camp ? Parfait. Mais ne reste pas là à faire le grand seigneur. Je peux sentir tes conneries à dix kilomètres à la ronde.

Il s'investit plus dans sa relation avec ses céréales qu'avec Hayley. Il est clair qu'il cherche un moyen de rompre sans actionner lui-même la gâchette.

— Si tu défends Dylan, ce n'est pas parce qu'elle est de ta famille ou que tu es quelqu'un de bien. Tu te sers d'elle.

Quelque chose passe dans son expression.

— Et si c'était le cas ? Ce serait grave ?

Putain. Oak est comme un chiot qu'il faut surveiller en permanence au cas où il mâchonnerait un câble et s'électrocuterait.

Je devrais lui donner une leçon sur le parking, mais le priver de mon amitié le blessera davantage que moi, étant donné sa phobie de l'abandon.

Je jette un os au chiot.

— Te servir de Dylan pour la rendre jalouse n'est pas la solution. Achète-toi plutôt une putain de dose de courage, et apprends à dire stop.

Il allume un autre joint.

— J'aimerais que ce soit aussi simple.

— Mais ça l'est. À moins…

À cette idée, mon ventre se noue.

— Hayley n'est pas enceinte, si ?

Il grimace.

— Non. Pas à ma connaissance, répond-il en recrachant un nuage de fumée. Ou pas de moi. On n'a pas baisé depuis des semaines.

J'ai envie de lui rappeler qu'il arrive qu'une fille réalise qu'elle est enceinte au bout de plusieurs mois, mais je m'écarte du sujet. De toute façon, vu son manque d'implication, il y a de fortes chances pour que cela l'indiffère.

— Écoute, plus tu fais traîner les choses, plus ce sera difficile. (Je hausse les épaules.) Mais fais comme tu le sens avec ta queue, mec. Sers-toi de Dylan et couche avec elle, ou pas. Dans tous les cas, je n'en ai rien à foutre.

— Coucher avec elle ne m'intéresse pas. (La suspicion illumine ses yeux.) Mais je ne peux pas m'empêcher de penser que ça te tente.

Oakley peut aller se faire foutre.

— Nan. Pourquoi je m'enfilerais un pain de viande rassis et fade alors que j'ai un filet mignon juteux à portée de main ?

Il secoue la tête avec effroi.

— Bordel. Tu te plantes, Covington. D'ailleurs, il paraît que Britney est hors de cause. Ses parents ont piqué une crise et ils n'ont jamais retrouvé la bombe de peinture.

Ils ne la retrouveront pas. Je l'ai jetée.

— Ouais.

J'ouvre ma portière et m'installe au volant. Dylan est en train de verrouiller la pâtisserie, elle sera là d'une seconde à l'autre. Non seulement je n'ai pas envie de la voir mais je ne souhaite pas qu'elle s'interroge sur ma présence.

— Je suppose que tu rentres.

— Ouaip.

Le cambriolage n'étant plus au programme, je n'ai plus rien à faire ici.

Il enfonce les mains dans ses poches.

— Nous sommes quittes, mec ?

Pour l'instant.

— Ouais.

— Et pour Dylan ? T'as fini de l'emmerder ?

Esquissant un sourire en coin, je fais rugir le moteur.

— Si tu ne tiens pas à être pris dans les tirs croisés, je te conseille d'arrêter de me poser des questions auxquelles tu n'aimerais pas les réponses.

Sur ce, je pars en trombe.

20

Dylan

— Tu es sûr que je suis bien comme ça ? s'inquiète Sawyer en tirant sur le long sweat turquoise qu'elle a choisi de porter. Ce n'est que la première semaine de septembre, ce pull, c'est peut-être une mauvaise idée, non ?

J'enroule une mèche de ses cheveux autour de l'embout du fer à friser. J'ai failli crier de joie quand elle a accepté de retirer son bandeau et de me laisser la coiffer.

Quoi qu'elle en dise, Sawyer est magnifique. Et avec ces boucles soyeuses, elle ne va pas juste faire tourner les têtes ce soir.

Elle va provoquer des fractures du cou.

Question tenue ? Cela nécessite un petit ajustement. D'ordinaire, je suis à fond pour le rétro et le vintage, mais sa jupe violette monte plus haut que sa taille et est plus longue que ses jambes. Son sweat est mignon tout de même, et juste assez bas pour laisser entrevoir son généreux postérieur.

Je mordille ma lèvre, cherchant la réponse appropriée. Je ne serais pas une bonne amie si je n'étais pas franche avec elle mais bon, je ne veux pas qu'elle me déteste et ne se sente pas en sécurité avec moi.

— Tu veux une réponse honnête ? Ou un petit mensonge ?

Elle hausse un sourcil récemment épilé.

— Est-ce une question piège ? Je pioche la carte vérité.

Je repose le fer à boucler et m'empare d'un tube de brillant à lèvres fraise. Parfait avec son teint.

— La vérité est que tu es belle, dis-je en l'appliquant sur ses lèvres. Tu n'as pas besoin de maquillage ni d'artifices. (Je tamponne l'excédent avec un mouchoir.) En revanche, cette jupe ne met pas ta silhouette en valeur. Elle serait parfaite pour allumer la cheminée de ma tante.

Elle jette des regards paniqués autour d'elle.

— Oh ! je n'ai pas apporté d'autres vêtements, je pensais…

Je lève un doigt, ouvre le tiroir de ma commode et en sors des leggings.

— T'inquiète. Essaye ça.

Elle me regarde comme si j'étais folle.

— Pas question. J'apprécie ta proposition, mais tu fais un trente-quatre, et moi, un quarante-deux dans les bons jours. Je n'ai pas la moindre chance de rentrer dedans.

Ravalant un grognement, je lui lance les leggings.

— Les leggings sont conçus pour convenir à presque tout le monde. Essaye-les avant de te plaindre.

Elle fait la moue.

— D'accord, mais s'ils ne me vont pas, nous ferons un crochet par chez moi en allant chez Christian pour que je change de jupe.

Je me retourne pour lui accorder un peu d'intimité.

— C'est d'accord.

— Tu sais comment tu vas t'habiller ? demande-t-elle derrière moi.

— Pas encore.

Je ne vais pas à la soirée pour impressionner qui que ce soit. J'apporte seulement mon soutien moral à Sawyer.

Je commence à passer en revue une pile de T-shirts de concert.

— Probablement comme tous les jours. Jean et T-shirt.

« Pourquoi je m'enfilerais un pain de viande rassis et fade alors que j'ai un filet mignon juteux à portée de main ? »

Je ferme les yeux, les paroles cruelles que j'ai entendu Jace dire à Oakley me perforent le crâne aussi sûrement qu'une flèche transperçant sa cible.

J'ai lutté contre quelques complexes physiques ordinaires à l'occasion, comme n'importe quelle adolescente. Mais pour l'essentiel, je me sens assez rassurée.

Mais la déclaration de Jace ? Ultra-blessante.

Et je n'ai pas fini d'en souffrir.

Tandis que la partie rationnelle de mon cerveau sait que je ne devrais pas lui accorder d'importance…

L'autre partie ? Elle aspire à lui faire ravaler ses mots.

J'enlève mon T-shirt Rob Zombie et le lance sur le lit.

— Je ne suis pas un putain de pain de viande.

— De quoi ? demande Sawyer.

Je me retourne. Comme je l'avais prédit, les leggings lui vont super bien. Ils sont assortis au sweat turquoise et à ses longs cheveux souples, elle resplendit.

— Rien. T'es canon.

Elle fronce le nez.

— Tu trouves ? Si je me penche, tout le monde verra mes fesses bourrées de cellulite.

Je la prends par les épaules.

— Sawyer. Tes fesses sont top. La seule partie qui cloche chez toi est ton amour-propre. Sur ma vie, tu es d'une beauté classique. Imagine le fruit de l'amour d'Adele et Sophia Loren. Quiconque pense le contraire est aveugle, jaloux ou crétin, et n'a qu'à aller voir ailleurs.

Elle sourit pour la première fois de la soirée.

— Merci. Si manager des groupes de rock indé ne marche pas, tu devrais sérieusement envisager de donner des discours de motivation. (Son sourire s'efface soudainement.) Que disais-tu à propos des pains de viande ?

Je lui ai livré la version abrégée de mon passé avec Jace quand elle est venue me chercher au travail, ce qui fait qu'elle est à même de suivre le drame en cours. Toutefois, j'ai laissé de côté ce que j'ai entendu le soir où Oakley m'a ramenée à la maison après mon service.

— Jace m'a comparée à un pain de viande. (Devant son air confus, j'ajoute.) L'autre soir, en sortant de la pâtisserie, je l'ai entendu dire à Oakley que Britney était un filet mignon… et moi, un médiocre pain de viande.

Elle est visiblement scandalisée.

— Ce crétin prétentieux a besoin d'une lobotomie au pic à glace.

Je ramasse le T-shirt sur mon lit et l'inspecte.

— Je sais que je devrais laisser couler… mais…

— Tu veux lui faire avaler son cœur sombre ce soir, suggère-t-elle avec un sourire espiègle.

Mon sourire reflète le sien.

— Méchamment.

Elle vérifie l'heure.

— Un peu plus de 21 heures. Nous avons tout notre temps pour te faire une beauté.

— Tu crois ? Je ne suis pas…

Je déglutis, cherchant les mots précis pour exprimer ma pensée.

— Je ne suis pas une de ces filles futiles qui s'habillent dans l'objectif d'attirer l'attention. Ne pense surtout pas que c'est mon style.

Sawyer ajuste ses lunettes.

— Dylan, tu as un corps pour lequel je tuerais littéralement si c'était le moyen de l'obtenir. Si tu n'optes pas pour une tenue qui ne fait pas instantanément bander Jace et qui ne donne pas à Britney l'envie de te crever les yeux parce que tu es dix fois plus torride qu'elle, je ne t'adresserai plus la parole.

Carrément.

— C'est d'accord. Allons-y, dis-je en ouvrant ma penderie minimaliste sans conviction. Le problème, c'est que je n'ai pas de quoi rivaliser avec Britney.

J'ai vendu mes pièces les plus chères sur eBay, la semaine où mon père a été emprisonné. Cela ne m'a pas dérangée dans le sens où la plupart étaient des dons déguisés en cadeaux de mon ignoble belle-mère. Ce soir, j'avoue qu'elles m'auraient été utiles.

À côté de moi, mon amie siffle.

— Tu n'exagères pas. Les leggings que tu m'as prêtés, c'est ce que tu as de plus habillé.

Elle me regarde avec une lueur malicieuse dans les yeux.

— Mais ta tante a probablement ce qu'il nous faut. D'après ce que j'ai vu, elle est ultra-branchée.

— Très juste. Au lycée, c'était une Britney, la méchanceté en moins.

— Ah, l'ironie du sort. Pour voir le bon côté des choses, vous pourriez pratiquement passer pour des jumelles…

Un coup donné à la porte l'interrompt.

— Entrez, crions-nous en chœur.

Ma tante surgit en brandissant un collier.

— Coucou, les filles. L'une de vous pourrait me donner un coup de main ? Wayne et moi allons au cinéma, à la dernière séance. Je me prépare pendant qu'il passe ses derniers appels dans son bureau.

— Avec plaisir.

Je me place derrière elle pour attacher son collier.

Elle contemple Sawyer.

— Eh bien, on ne dirait pas la même personne qui est entrée tout à l'heure. J'adore ta coiffure.

Le sourire de Sawyer irradie.

— Merci, dit-elle, puis elle me regarde. Tu lui demandes ou je m'en charge ?

Elle a le don de me forcer la main quand elle a une idée en tête.

— Me demander quoi ? interroge nerveusement ma tante.

— Je pourrais t'emprunter une tenue pour ce soir ?

Elle paraît surprise.

— Bien sûr. Je ne sais pas si j'ai grand-chose qui corresponde à ton style…

— C'est justement ce qu'il nous faut, intervient Sawyer. Dylan a besoin d'une tenue suffisamment aguicheuse pour que Britney crève de jalousie et Jace d'excitation.

Subtil, Sawyer. *Hyper subtil.*

Ma tante ouvre de grands yeux.

— Je vois.

Elle agite la main, nous pressant d'évacuer la chambre.

— À nous trois, nous allons trouver la solution.

21

Dylan

Deux heures plus tard, je suis assise dans la voiture de Sawyer, plus maquillée et moins habillée que je ne me suis jamais montrée en public.

D'un coup d'œil, je vérifie que mes seins ne débordent pas du bustier en dentelle prêté par ma tante.

Crystal et Sawyer n'étant pas parvenues à trancher entre le pantalon en cuir et la minijupe, j'ai opté pour un jean étroit.

— J'ai un sweat de rechange sur la banquette. Tu le veux ?

— Non merci, ça ira.

Je ne gigote pas à cause du froid, mais d'anxiété. Britney fulmine comme jamais, depuis que je l'ai désignée comme coupable. Du coup, il est impossible de prédire sa réaction quand elle me verra.

Pour la dixième fois de la soirée, j'envoie un SMS à Oakley.

Comme les précédents, il reste sans réponse.

Sawyer soupire.

— Il est 23 heures passées. Je dois être rentrée à une heure et demie. Partons sans lui.

J'attrape mon sac à mes pieds.

— Allons-y.

Les yeux plissés, elle scrute la rue à travers le pare-brise.

— Attends. Je pense que c'est lui. Garé à quelques voitures de nous. Il discute avec un gars.

Je suis sa ligne de vision et sans surprise, dans sa voiture, Oakley mène une conversation visiblement animée avec un inconnu.

Je pousse ma portière.

— Allons aux nouvelles.

Je remonte la rue dans sa direction, suivie par Sawyer.

Il est trop distrait pour nous voir approcher.

Je toque à sa fenêtre.

— Hé, tu te souviens de moi ?

Il baisse sa vitre en jurant.

— Désolé, ça m'est sorti de la tête. Je te rejoins dans deux minutes.

Son interlocuteur bascule son attention d'Oakley à moi. Son air agressif, quand il m'examine de haut en bas, me fait frissonner intérieurement.

— Qui est-ce ?

Je ne sais pas comment interpréter l'expression d'Oakley.

— Personne. Juste un pote.

Clairement, Oakley a perdu sa décontraction habituelle. Je ne saurais dire ce qu'ils mijotent, mais ça me déplaît carrément.

Je croise les bras sur ma poitrine.

— Je suis sa cousine. Il y a un souci ?

Oakley se raidit.

— Pas du tout. Laisse-nous. Je te retrouve dans une minute.

Sawyer me tire par le coude.

— Viens. Allons l'attendre dans ma voiture.

Je la suis à contrecœur.

— Tu en penses quoi ? demande Sawyer quand nous remontons dans son van.

— Honnêtement, je n'en ai pas la moindre idée.

— Peut-être que ce gars est son dealer ?

Je secoue la tête.

— Peu probable. J'étais avec lui quand il a fourni une fausse carte d'identité pour s'approvisionner au *coffee shop*, un soir.

Je scrute leur échange au bout de la rue.

Oakley occupe l'essentiel de la conversation, et exécute de grands gestes, comme si leurs propos l'enrageaient.

Le gars aux ondes lugubres reste stoïque.

Puis il se penche en travers de la console, et murmure à l'oreille d'Oakley.

Ce dernier hoche gravement la tête, ses doigts enroulés autour du volant se tendent et se replient. Il ferme les yeux.

— Je me demande si…, commence Sawyer. Laisse tomber.

— Quoi ?

Si Sawyer a une théorie sur ce qui se déroule dans cette voiture, j'exige de la connaître.

— Penses-tu qu'il soit possible que…

Sa voix s'estompant, elle inspire.

— Tu crois qu'il pourrait être… homo ?

Dire que je suis étonnée serait un euphémisme.

— Son copain ? Ou Oakley ?

Elle mordille ses cuticules.

— Je ne sais pas… les deux ? Je me trompe sûrement mais ton cousin et Hayley étaient pratiquement attachés par la hanche l'année dernière. Maintenant, c'est comme si elle n'existait plus. Sans compter qu'il se défonce nettement plus qu'avant. À croire qu'il a besoin de fuir un problème. (Elle hausse les épaules.) Je brode sûrement.

J'analyse sa théorie. Pas totalement irrecevable.

— Non. Peut-être que tu n'as pas tort. Je l'ai surpris devant un porno un jour mais il fermait les yeux. Du coup, il ne regardait pas vraiment, tu vois ce que je veux dire ? C'était plutôt un bruit de fond et si je peux me fier à mon ex, ce n'est pas normal pour un garçon. (Je me redresse.) Souviens-toi qu'il n'a pas démenti la rumeur de Jace, à propos de nous deux.

Je regarde le type sortir de la voiture d'Oakley et hâter le pas vers une autre, plus loin dans la rue. Oakley ne le quitte pas des yeux. Un peu comme s'il lui manquait déjà.

— Ils ont fait des trucs. Le gars lui a murmuré je ne sais quoi qui a blessé Oakley.

Sawyer a une illumination.

— Oh mon Dieu, tu as raison. Tu as remarqué que ce gars t'a accueillie froidement, mais qu'il s'est détendu quand tu t'es présentée comme sa cousine. Peut-être qu'il est fâché qu'Oakley cache ce qu'il est réellement, et qu'il craignait que tu sois sa nouvelle couverture.

Sawyer se presse la poitrine.

— Regarde… Oakley le suit des yeux. Il n'arrive pas à détacher son regard de lui. (Elle soupire.) Ils sont comme deux amants maudits. Roméo et Juliette des temps modernes. Ou… Roméo et Roméo. (Son visage se décompose.) C'est évident qu'il angoisse à la perspective de faire son *coming out*. Nous devons l'épauler, Dylan. Il faut qu'il sache que des gens l'aimeront et le soutiendront quelle que soit sa sexualité.

Je suis d'accord.

— Ouais, absolument. Nous sommes de la même famille, après tout. (Mon cœur se serre.) Récemment, il a fait allusion à son père, qui ne se préoccupait pas du bonheur des autres. Peut-être qu'il a tenté d'aborder le sujet avec mon oncle, et qu'il a désapprouvé. De toute façon, il n'a pas besoin de l'approbation de Wayne. Il m'a moi. Et toi aussi.

— Nous ne lui tournerons pas le dos, déclare-t-elle la voix tremblotante.

Absorbées par notre conversation, nous sursautons quand Oakley frappe à la vitre.

— Les filles, vous êtes prêtes à décoller ?

Sawyer et moi échangeons un regard en descendant du van.

Puis, avant de pouvoir me raisonner, j'enroule mes bras autour d'Oakley.

— Je sais que nous avons connu des débuts difficiles, mais je tiens à ce que tu saches que je suis là pour toi.

Oakley marque un temps d'arrêt.

— Euh. Merci.

Je l'enlace plus étroitement.

— Sincèrement, Oak. Nous sommes de la même famille. En toutes circonstances, je serai là pour te soutenir. Tu n'es pas seul.

Sawyer complète l'étreinte de groupe.

— Je suis là pour toi aussi. (Elle indique le ciel.) Et lui aussi. Dieu aime tous ses enfants.

La mâchoire d'Oakley se décroche.

— Qu'est-ce que vous avez fumé ? Je peux en avoir ?

— N'oublie pas que tu as tout notre soutien, renchérit Sawyer avant de me regarder pour articuler : Il n'est pas encore prêt.

Je hoche la tête. Nous ne pouvons pas le forcer. Il révélera sa sexualité en temps voulu.

Et le moment venu, nous serons à ses côtés.

Oakley s'éclaircit la voix.

— Pour touchante que soit cette petite démonstration, une bouteille de whisky à mon nom m'attend à l'intérieur.

Une fois que nous nous écartons, il m'examine.

— Joli haut.

Mon esprit s'échappe vers la remise et sa réflexion sur la nécessité de faire une virée chez Victoria's Secret. Peut-être qu'il aime bien cette boutique ?

— Merci. On pourrait faire du shopping ensemble, un de ces jours ?

— Dylan, siffle Sawyer. Ne tombe pas dans les clichés.

Mince, elle n'a pas tort.

— Désolée. Ça me va, si le shopping n'est pas trop ton truc. Nous ferons ce qui te branche.

Il relève le col de sa chemise.

— C'est clair, j'ai un super sens de la mode.

Un bras autour de mes épaules, l'autre autour de celles de Sawyer, il nous guide vers la villa de style méditerranéen qui vibre au rythme de la *house music*.

— Mais nous reprendrons cette conversation plus tard. Pour commencer, je dois vous mettre en garde contre des mecs craignos qui zonent par ici. Faites attention de vous servir vous-mêmes à boire. Si vous posez vos verres, n'y touchez plus et prenez-en un nouveau. Le stock de Christian pourrait entretenir le taux d'alcool d'un pays du tiers-monde pendant des mois.

Je n'aime pas l'alcool mais c'est bon à savoir.

— Des gens baisent à l'étage. Si une porte est fermée, prenez une autre chambre ou attendez qu'une pièce se libère. Et ne buvez pas le punch.

Sawyer tourne la tête vers lui.

— Trop corsé ?

— Non, répond Oakley avec un grand sourire. Un jour, Cole était tellement bourré qu'il l'a confondu avec un urinoir.

— Dégueu, commente Sawyer, en écho à mes pensées.

Il rit alors que nous approchons de l'entrée.

— Pas tant que ça. Il l'appelait « le nectar doré des dieux » et défiait tout le monde de goûter une gorgée. C'était tordant... jusqu'à ce que des filles gobent son histoire, et demandent pourquoi c'est chaud et ça a un drôle de goût.

Il hausse les sourcils.

— Là, c'était hilarant.

J'échange un regard horrifié avec Sawyer pendant qu'il actionne la poignée.

À l'instant où Oakley ouvre la porte, un désordre indescriptible nous engloutit.

Une nuée d'invités se masse dans différentes parties de la maison, et tous ceux devant qui nous passons tiennent un gobelet rouge Solo.

À notre droite, certains dansent et se relaxent, d'autres *essayent* de danser et ont vraiment du mal.

Quelques couples se disputent… d'autres se pelotent sur les surfaces accessibles.

Sawyer paraît encore plus dépassée par les événements que moi, si j'en crois sa mâchoire qui touche presque le sol depuis que nous sommes entrés.

— C'est *toujours* comme ça ? demande-t-elle.

— Quoi ? crie Oakley pour couvrir la musique en se glissant dans la file d'attente devant la table remplie d'alcool.

— J'ai dit : c'est toujours comme ça ?

Oakley verse une généreuse dose de liquide ambré dans un gobelet.

— Des fois. Ça se calme un peu au fur et à mesure de la soirée. Tu verras.

Sawyer prend un gobelet vide sur une pile et scrute la table.

— Il y a une boisson qui fait moins de cinq degrés d'alcool ?

Oakley avale une lampée avant de reprendre le whisky.

— Comment veux-tu que je sache ?

Je repère une bouteille de soda entamée, cachée derrière un pichet. Je l'attrape.

— Tiens.

Après avoir prudemment reniflé le contenu, elle remplit deux gobelets.

— Et maintenant, on fait quoi ? En toute honnêteté, je commence déjà à m'ennuyer.

Elle me tend un gobelet et je goûte une gorgée.

— Moi aussi. En plus, la musique est nulle.

Oakley lève les yeux au ciel.

— C'est parce que vous êtes sobres.

Sawyer brandit ses clés.

— C'est parce que je conduis.

Oakley me regarde.

— Quelle est ton excuse ?

J'aimerais rester alerte et lucide dans un lieu où la plupart de mes connaissances sont mes ennemis.

— Juste que je n'aime pas trop boire.

— Yo, crie une voix grave dans le fond de la salle.

Je ne rate pas le mouvement de recul de Sawyer tandis qu'un garçon se dirige vers notre cercle.

— Cette soirée craint officiellement.

De toute évidence, mon amie ne porte pas Cole Covington dans son cœur.

Difficile de la blâmer. Malgré son charme, le *quarterback* vedette est infect et arrogant au possible.

De plus, le regarder m'afflige, tellement il est l'apparition vivante de son jumeau.

Un aperçu cruel d'un avenir gommé.

Un triste rappel de ce qui existait avant.

Je ne sais pas comment Cole ou Jace et sa famille le supportent.

— Qu'est-ce qui te prend, Dylan ? On dirait que tu as vu un fantôme.

Ses yeux vert clair me transpercent.

Pour une fois, je reste sans voix.

Mais pas Sawyer.

— Lâche-la, Covington.

— Tiens, mon intello préférée.

Il l'examine, un grand sourire hypocrite fendant son visage.

— Pour un peu, je ne t'aurais pas reconnue. Tu ne t'es pas perdue, ma belle ? (Se penchant vers elle, il indique la porte avec sa bière.) L'étude biblique, ça se passe au bout de la rue.

Les bras croisés, elle le défie du regard.

— Je t'en prie. Tu ne reconnaîtrais pas un groupe d'étude même s'il te percutait et te rentrait dans le cul.

Il lèche le goulot de sa bouteille de manière suggestive.

— Oh ! bébé. J'adore quand tu me susurres des obscénités.

Elle plisse le nez de dégoût.

— Sale porc.

Cole focalise son regard sur sa poitrine en se mordillant la lèvre.

— Groin, groin…

Une fille de la bande de Britney se faufile contre lui. Aussitôt, il l'enveloppe de son bras.

— Salut, sexy, lui dit-elle. On n'a pas rencard au jacuzzi ?

Elle commence à parler mais déjà, Cole porte son attention sur un point derrière nous.

— Il était temps que tu termines, lâche-t-il.

Mon imbécile de cœur déloyal pique un sprint à la vue de Jace qui descend l'escalier.

Sa chemise noire sans col produit un effet exquis sur ses bras sculptés, et son jean bien coupé tombe sur ses hanches.

Son visage, comme toujours, est méchamment parfait. Encore plus avec la barbe éparse qui ombre son menton.

Je suis tellement captivée par son allure qu'il me faut un instant pour réaliser qu'il est en train d'ajuster sa ceinture… et que Britney le colle, à la façon d'une puanteur qui s'attarde après que les poubelles ont été sorties.

J'envisage d'attraper Sawyer par la main et de l'emmener prendre l'air sur la terrasse, mais Britney m'a remarquée.

Sur son visage, le très bref air envieux immédiatement remplacé par la gêne vaut la peine de l'endurer un petit moment.

— Regardez ce que le drogué traîne derrière lui. (Elle décoche un regard irrité à Oakley.) Merci infiniment. Je parie que Hayley, ta future ex, sera ravie.

Oakley ne semble pas dérouté par sa menace.

Jace fait la queue devant le bar improvisé sans accorder un regard à moi ou à quiconque. Comme nous, il opte tout de suite pour le soda et ignore l'alcool.

Avec un sourire de satisfaction, je le vois enrager en inspectant la bouteille.

— Quel est l'enfoiré qui s'est servi dans ma bouteille sans ma permission ?

À côté de moi, Sawyer se fige.

Terminant le fond de mon verre, je tends fièrement mon gobelet vide.

— L'enfoirée ici présente.

Il se crispe.

— Que fous-tu ici ?

Son regard dérape vers mon décolleté, et l'espace d'une seconde, autre chose que du dédain danse dans ses prunelles noires. Après quoi, il se reporte sur Oakley.

— Tu ne veux pas de problèmes ? N'en apporte pas.

— Je serais venue avec ou sans Oakley, je lui précise. Mais si ma présence t'ennuie autant… essaye sérieusement de m'ignorer. (Je laisse courir un doigt sur mon bras nu.) À moins que j'exerce une telle emprise sur toi que cela t'empêche de t'éclater. Dans ce cas, je te conseille de solliciter l'aide d'un psy.

Je lui lance un regard empli de fausse compassion.

— Ce n'est pas sain d'être à ce point obsédé par quelqu'un qui ne fait plus partie de ta vie, j'ajoute.

Je me rends compte du double sens de mes mots dès l'instant où la peine creuse ses traits.

— Jace, je ne vou…

— Non.

Mon estomac tombe quand il sourit, creusant sa fossette, et reprend la bouteille de soda.

— Tu as raison.

Plus vite que je ne peux battre des cils, il approche pour verser le soda sur ma tête.

— Profite bien du reste de la soirée.

Britney et sa copine rient comme des folles, tandis qu'il jette la bouteille vide dans ma direction et tire sa révérence.

— Quelqu'un est obsédé ici, raille Britney. Mais certainement pas Jace.

Sawyer s'empare d'un rouleau de serviettes en papier sur la table et vole à mon secours.

— Merci, dis-je en épongeant autant de liquide que possible.

Cole se frotte les mains.

— Bon, je vais dans le jacuzzi. Ça tente quelqu'un ?

— Moi, roucoule la fille à côté de lui.

— Je verrai si Jace en a envie, pépie Britney. Sinon, nous rentrerons chez moi pour que je lui fasse oublier… tu sais, que *quelqu'un* a gâché sa soirée.

Il me faut déployer un effort substantiel pour l'ignorer.

Oakley me regarde.

— Un bain te nettoierait un peu.

J'aimerais énormément savoir dans quel univers il vit, parce que dans le mien, je ne fais en aucun cas trempette dans un jacuzzi avec le frère de Jace ou la *BFF* de Britney.

— Sérieusement, Oakley, riposte Britney. À moins que tu ne rêves que Jace te règle tes comptes, arrête de l'inviter partout. Elle n'est pas la bienvenue. Et si tu continues, tu ne le seras plus non plus.

— La règle s'applique pareillement à sa pote au gros cul, lance sa copine, une main sur la hanche.

— Calme-toi, intervient Cole. Sawyer n'a rien fait.

Elles le dédaignent toutes les deux.

— L'horreur, fait Britney en rejetant ses cheveux par-dessus son épaule. Peux-tu imaginer cette tache dans un jacuzzi ?

— L'eau est l'habitat naturel de la baleine, observe sa copine avec suffisance.

Sawyer rougit d'embarras.

De mon côté, je vois rouge.

Encore plus quand la lèvre inférieure de Sawyer se met à trembler.

— On les emmerde. Elles sont juste jalouses, je lui dis.

— De quoi ? piaffe l'acolyte de Britney. Insuffisance cardiaque congestive et diabète ? Très peu pour moi.

— Oh ! je crois qu'elle va pleurer, nargue Britney.

La colère bouillonne en moi. Britney est la personne la plus vile et la plus minable que j'aie eu le malheur de croiser, et je n'en peux plus de ses airs supérieurs.

Elle est comme une mycose qui se développe à l'infini, infectant tout le monde avec son cancer.

Mais elle s'est suffisamment propagée. Sous aucun prétexte je ne resterai les bras croisés pendant qu'elle humilie mon amie.

Je serre les poings. La prochaine qui l'ouvre sera la première qui tombe.

L'acolyte fronce le nez.

— Oh mon Dieu. Boule de Graisse fond en larmes…

Un poing percute sa bouche.

Celui de Sawyer.

Ma pote lui colle un sacré coup qui l'envoie au sol.

Montrant les crocs, Sawyer la regarde d'en haut.

— Peut-être que je pleure mais celle qui saigne, c'est toi… salope.

La fille plonge sur Sawyer mais mon amie prend l'avantage et grimpe sur elle.

Britney me pousse.

— Éloigne ce gros tas de ma copine avant qu'elle l'étouffe.

Une brume rouge voile ma vision. Elle couvait depuis un petit moment.

J'empoigne une portion de ses cheveux roux.

— Étouffe-toi avec un wagon de bites, pauvre chatte en chaleur.

Puis je vise son nez avec mon poing.

22

Dylan

— C'était génial, lance Sawyer de sa place sur le carrelage de la salle de bains.

Abstraction faite des élancements dans ma main et de ma lèvre sanguinolente, en raison du seul et unique coup porté par Britney, je ne peux qu'approuver.

Pendant près d'un quart d'heure, Sawyer s'est défendue avec pugnacité, et j'ai bourré de coups la terreur de mon enfance.

La rixe a pris des proportions inattendues, un cercle de fêtards s'est formé autour de nous, et quelqu'un a mis la musique de *Rocky*.

Cole et Oakley ont fait leur possible pour calmer le jeu, mais dès qu'on nous séparait, le combat repartait en catch à quatre, car nous devions nous assurer que Britney et son alter ego ne l'emportaient pas.

La bagarre a tellement dégénéré qu'ils ont été obligés d'appeler Jace à l'aide, la moitié des convives refusant de s'impliquer tandis que l'autre moitié réclamait de prolonger le divertissement.

L'expression de Jace, quand il m'a écartée de sa petite copine, puis l'a soulevée du sol, était hilarante.

Je caresse la mèche de cheveux roux sur le lave-mains.

— Nous sommes même reparties avec un souvenir.

Sawyer se relève en riant.

— On va se réveiller avec de vilaines courbatures demain.

Je tressaille en examinant mes phalanges. Pas de fracture, mais elles sont enflées et contusionnées.

— M'en parle pas. Techniquement, c'est ma seconde échauffourée de la semaine.

Elle tend la main pour m'aider à me lever.

— Tu devrais penser à t'entraîner en catégorie pro.

— Seulement si je peux utiliser Britney en punching-ball.

Je me rince le visage encore collant de soda au robinet.

— Merde, dit Sawyer en regardant sa montre. Une heure et quart. Je vais manquer le couvre-feu.

La poisse. Retranchées dans la salle de bains pour rassembler nos esprits, nous avons perdu toute notion du temps.

Elle rallume son téléphone.

— Je préviens mon père que je serai à la maison dès que je t'aurai déposée.

— T'embête pas. Je m'arrangerai avec Oakley. Si tu pars tout de suite, tu seras rentrée à temps.

Elle me lance un regard prudent.

— Tu es sûre ? Je ne veux pas te laisser bloquée ici. En plus, Oakley a bu.

— Mais pas moi. Il me laissera prendre le volant.

Après une courte étreinte, je la raccompagne à son van puis pars en quête de mon cousin.

Contre toute attente, il ne flemmarde plus au salon. En fait, la moitié des invités qui s'y trouvaient sont partis, et j'espère sérieusement qu'il ne fait pas partie du lot.

J'accoste deux garçons assis sur un canapé. Leurs yeux rouges et leur posture avachie, sans oublier le bong monstrueux qu'ils partagent, indiquent qu'ils sont dans le camp d'Oakley et pourront me renseigner.

— Salut.

Celui qui porte un bonnet relève la tête.

— Oh putain. C'est toi. (Il tapote l'épaule de son copain.) C'est la fille qui se tape son cousin et qui a défoncé Britney, tu sais.

Si j'entends encore une fois que je me tape mon cousin, je pète un câble.

Son ami exhale un gros nuage de fumée et tousse.

— Tu es une légende. Respect. Tu veux tirer ?

Il désigne sa pipe à eau.

— J'apprécie l'invitation mais pour tout vous dire, je cherche Oakley. Vous ne l'auriez pas vu ?

Ils échangent un regard.

— Nan, dit l'un d'eux. Pas depuis la baston.

— Mais Cole est dehors, dans le jacuzzi, ajoute le second. Avec son toutou.

— Je vois, merci.

Je commence à m'éloigner mais ils m'arrêtent.

— Hé ! La prochaine altercation, tu peux faire sortir un téton ou un truc comme ça. (Il frappe l'air avec un ballon de basket imaginaire.) Essaye de faire le buzz et de passer au niveau supérieur. Tu vois ce que je veux dire ?

J'espère ne jamais avoir à demander conseil à ces gars au sujet de ma vie sociale ou professionnelle.

— Bien sûr. Je verrai ce que je peux faire.

Avec un petit geste, je les laisse à leur bong et me dirige vers le jardin.

De fines guirlandes lumineuses éclairent le chemin menant au vaste bassin d'eau chaude déployé au bout de la terrasse. Et sans surprise, c'est là que je trouve Cole.

Exception faite de quelques personnes qui comatent sur des chaises longues, il est seul.

Mais il y a de fortes chances pour qu'il sache où trouver Oakley.

Il a les yeux fermés et la tête appuyée contre le bord du jacuzzi.

Il est tellement détendu que je dois me racler la gorge pour éveiller son attention.

— Désolée de te déranger. Tu sais peut-être où est passé Oakley ? J'ai besoin qu'on me ramène.

Il ouvre un œil.

— Tu n'es pas venue avec Sawyer ?

— Si, mais je lui ai dit de rentrer directement, elle était en retard.

Il tend le bras pour attraper un gobelet en plastique sur le rebord.

— La dernière fois que je l'ai vu, c'était juste après que nous avons mis le holà à ta baston avec Britney et Casey, dit-il avant de boire tranquillement une gorgée. Son portable, t'as essayé ?

— Évidemment, dis-je en m'apprêtant à retourner à l'intérieur. Merci quand même. Profite bien de la fin de la soirée.

— Pas si vite. (Il tapote le bord du bassin.) Entre donc dans mon bureau. Faut qu'on discute.

Ce que contient son gobelet, quoi que ce soit, c'est du lourd.

— Je n'ai pas pris mon maillot de bain.

Ses lèvres frémissent.

— Rien qui me choquerait.

— Désolée mais je… non.

Il hausse les épaules.

— Comme tu veux.

Piqué par la curiosité, il traverse le bassin dans ma direction.

— Une question me taraude…

Il laisse sa phrase en suspens, m'invitant à la compléter ou à le questionner.

— T'as gagné. Que veux-tu savoir ?

Son expression devient angélique.

— Peu… peut-être que s-si je p-p-parle comme ça.

Je reçois un uppercut virtuel dans l'estomac. Sans que je puisse me contenir, ma main le gifle.

— Qu'est-ce qui ne tourne pas rond chez toi ?

J'ai pleuré toutes les larmes de mon corps, jusqu'à l'épuisement, à l'annonce du décès de Liam, et encore après, quand il m'est apparu clairement que Jace ne me parlait plus, et que je n'avais pas perdu une, mais deux personnes chères à mon cœur.

Au bout du compte, je me suis forcée à ranger mes sentiments liés à la mort de Liam dans le même tiroir que ma mère. Mais quand même. Qu'il me provoque avec le souvenir de son jumeau est non seulement d'une atrocité sans nom mais cela fait rejaillir le chagrin dans une lame de fond.

Les larmes aux yeux, je me presse la poitrine.

Liam devrait se trouver avec nous… mais il n'est pas là. *Mon ami ne reviendra pas.*

— Je suis désolée, je murmure alors que mon cerveau assimile ce que j'ai fait. Je suis tellement désolée.

Cole commence à dire quelque chose mais je me réfugie déjà dans la maison.

C'est trop douloureux. Je ne peux pas respirer ; je ne peux pas…

J'entre en collision avec une force qui me fait vaciller. Une main me saisit fermement par le bras, me rattrape juste avant que je tombe à la renverse.

— Regarde devant toi, gronde Jace.

Le fait qu'il soit torse nu, accompagné par deux filles en bikini, me semble insignifiant. Mon attention se focalise sur le tatouage qui barre son torse.

En lettres noires, les mots « Gardien de mon frère », tatoués au-dessus d'une paire d'ailes d'ange élaborées, se déploient sur ses pectoraux.

Submergée par une nouvelle onde de chagrin, une boule enfle dans ma gorge. *Liam.*

Impulsivement, mes doigts effleurent l'encre.

Jace inhale d'un coup sec… puis repousse ma main d'une tape.

— Ne t'avise même pas de me toucher.

Je secoue la tête, me sentant ridicule d'avoir commis un geste aussi personnel. Aussi *indélicat.*

— Je… Désolée.

Croisant mes bras autour de mon buste, je m'écarte du passage de Jace et ses copines en bikini.

J'ai besoin d'Oakley pour partir. Rester ici, affronter ces émotions enfouies… c'est trop.

23

Dylan

Je cherche Oakley depuis plus de vingt minutes, sans succès.

Dans un dernier effort et sans grand espoir, je m'engage dans l'escalier en me préparant à pousser chaque porte de l'étage.

Après avoir vérifié les deux premières chambres et agacé deux couples en plein élan passionné, je me dirige au fond du couloir.

La porte étant fermée, je frappe à plusieurs reprises.

Faute de réponse, j'ouvre.

À travers la pénombre, je discerne Oakley. Seul, étendu au milieu d'un grand lit.

Je pousse un soupir de soulagement. Bien que cela m'ennuie de le réveiller, plus tôt il me remettra ses clés, plus vite il pourra se coucher dans son propre lit.

Je tapote sa cheville.

— Eh, bête de soirée. Il est l'heure de rentrer.

Un son grave bourdonne dans le fond de sa gorge.

— Oak. Debout, dis-je en secouant sa jambe.

Ses yeux injectés de sang se posent sur moi.

— C'est toi.

— Ouaip. Sawyer a dû rentrer.

Pas de trousseau sur la table de chevet.

— Où sont tes clés ?

Ses paupières s'abaissent.

— Hein ?

Un genou sur le lit, je me décide à fouiller ses poches.

— Tu m'as manqué.

Sa voix est tellement pâteuse que je l'entends à peine.

De toute évidence, l'alcool rend Oakley *amoureux de tout le monde.*

Je lui frotte l'épaule.

— Tu m'as manqué aussi. Mais tu sais ce qui manque encore ? Tes clés. Tu sais où…

Ma question est superflue. Il ne sait plus. Je me décale sur le lit, dans le but de tâter les poches arrière de son pantalon.

L'air douloureux, il ferme les yeux.

— Tu me tues.

Monsieur a le sens du drame, peut-être ?

— Désolée, j'ai absolument besoin de tes clés de voiture.

Sa main entoure mon visage.

— Je ne peux pas.

Ses yeux aux paupières tombantes se voilent un peu plus, sa voix se brise.

— Ça fait mal.

Déstabilisée, je cille. Qu'il soit ivre ou pas, ses mots recèlent énormément de conviction, si bien que j'ai mal au cœur pour lui.

Oakley mérite d'être heureux. Mais surtout ? Il mérite la liberté d'aimer la personne de son choix.

Tremblant, il serre le poing.

— Je ne le supporte plus.

La cata. Je ne suis pas douée pour gérer les crises. N'empêche que je veux qu'il sache que je suis là pour lui et qu'il se relèvera de cette épreuve.

— Je n'imagine pas ce que tu traverses mais je suis là…

Il m'attire vers lui.

— J'ai vraiment besoin de toi.

Il est clair que l'alcool brouille sa perception.

— Tu m'as moi. Je ne te laiss…

Il enfonce les doigts dans mes cheveux, et dans la seconde… ses lèvres sont sur les miennes.

C'est quoi. Ce. Bordel ? ?

J'ouvre la bouche pour lui demander à quoi il joue mais alors, sa langue s'introduit entre mes lèvres.

Je me fige, complètement prise de court. Pour perturbé qu'il soit, je ne suis pas la bonne personne avec qui sonder le terrain.

Je frappe ses épaules quand son baiser non désiré s'intensifie.

En réaction, il remue les hanches et grogne.

À la sensation d'une tension physique, mon estomac se révulse. Cette tension presse mon ventre. *Beurk.*

— On m'avait parlé des cousins qui forniquaient mais je ne l'avais pas encore vu de mes yeux, raille une voix très semblable à celle de Cole, depuis le seuil.

Je repousse Oakley aussi rudement que possible, jusqu'à détacher sa bouche.

D'un revers de la main, je m'essuie les lèvres, m'extrais du lit et me retourne.

Fatalement, Cole n'est pas seul. Jace se trouve avec lui.

Et son regard me détaille comme jamais.

— Nous ne faisons pas… Ce n'est pas…

Je décoche un regard furieux à l'imbécile éméché sur le lit.

— Je te croyais gay. J'essayais de t'aider.

Assoupi, la tête d'Oakley roule sur le côté.

Les lèvres de Cole frémissent.

— Pour de vrai ?

— Oui, je crache. Et je ne suis pas la seule. Sawyer le croit aussi. (J'envoie un coup de pied dans le cadre du lit.) Je comptais t'emmener faire du lèche-vitrines, abruti.

L'amusement se lit sur le visage de Jace.

Cole se tord de rire.

— Jamais rien entendu d'aussi drôle. Je n'y crois pas ! Il a fait semblant d'être homo pour te sauter.

— Quoi ? Tu déformes mes propos.

Son rire s'éteint.

— Mais si, tu viens de dire…

Clairement, Sawyer et moi avons tiré des conclusions hâtives.

— Nous l'avons vu dans la voiture avec un mec, juste avant, et avons supposé…

— Quel mec ? demande Jace.

Sans me laisser répondre, il passe devant moi en flèche.

— Merde.

Le sang reflue de mon visage quand je me retourne.

Oakley est secoué par de violents tremblements.

Gagnée par la panique, je dégaine mon téléphone.

— J'appelle les secours.

— Non, aboie Jace, il est épileptique.

Le visage durci, il bascule Oakley sur le flanc.

— Il n'a pas fait de crise depuis un moment mais le stress extrême et la drogue les déclenchent.

Si c'est le cas, Oakley doit sérieusement réévaluer son passe-temps préféré.

— Il fume des joints à longueur de journée.

Jace me lance un regard.

— La beuh n'est pas le problème. En fait, ça aide. C'est quand il la mélange à des conneries que ça le fout en l'air.

Donc le gars avec qui Oakley s'entretenait était un dealer, tout compte fait.

Mince. Je me sens complètement inutile, mais surtout, je m'en veux de ne pas l'avoir alerté.

Je ne sais pas ce que je dois faire ou comment arranger les choses.

— Peut-être que je devrais appeler mon oncle ?

— Surtout pas, oppose Cole. S'il l'apprend, non seulement il sera furieux parce qu'il se défonce mais il confisquera sa voiture pendant un an.

Probablement.

— Mais s'il se…

— Une minute, dix secondes, déclare Jace.

Oakley cligne des yeux, regarde le plafond d'un air égaré et confus qui me donne envie de l'étreindre.

Jace l'examine attentivement.

— Tu as fait une crise, mec.

Alors qu'Oakley s'efforce de parler, Jace le saisit par le col.

— Tu m'avais promis, putain.

Son ton glace le sang, mais ses yeux débordent de tant de peur que mon cœur se contracte.

Jace tire sur sa chemise jusqu'à ce que leurs fronts se touchent.

— Perds le numéro de Loki une bonne fois pour toutes, et arrête ces conneries, sinon c'est moi qui te dirai adieu pour de bon. Tu percutes, connard ?

Avec une culpabilité palpable, Oakley répond à Jace par un timide hochement de tête avant de refermer les yeux.

Cole soupire.

— Bon, quel est le plan ? Je rapporte sa voiture chez nous ?

Jace secoue la tête.

— Sûrement pas. Tu as plusieurs bières dans le ventre, tu ne conduis pas non plus. Elle reste ici, nous viendrons la chercher demain matin. (Il s'empare du téléphone d'Oakley sur la table de chevet.) Je préviens Wayne qu'il dort chez nous.

— Je peux conduire. Je n'ai pas bu. À part le soda.

Grommelant, Jace plonge la main dans la poche de son jean et me lance un jeu de clés.

— Parfait. Tu peux le conduire chez moi, mais ensuite, tu dégages. Tu n'es pas la bienvenue sous mon toit.

Je suis à la fois vexée et confuse.

— Alors pourquoi je ne ramène pas Oakley à la maison avec sa voiture ?

Jace croise les bras.

— Pas moyen.

— Désolée, p'pa, je réplique. Personne ne m'avait prévenue que j'avais besoin de ton autorisation.

Cole ricane.

— Écoute, soit tu vas dans notre sens, soit tu dégages et tu nous laisses gérer. Que Wayne pense que son fils passe la nuit chez nous parce qu'il a trop picolé à une soirée, ce n'est pas la même chose que lui mettre des preuves sous le nez et attirer des ennuis à Oakley.

Je suppose qu'il a raison. En quelque sorte.

— Bon. Et si je ramenais la voiture d'Oakley à la maison ? De cette façon, tu n'auras pas…

— Non, objecte sèchement Jace.

— Pourquoi es-tu aussi difficile ?

— Je protège mon ami, réplique Jace en avançant vers moi. Es-tu vraiment préparée à affronter le contre-interrogatoire de ton oncle ? Que répondras-tu quand il demandera pourquoi la voiture de son fils est dans l'allée, mais qu'il n'est pas là ? Tu vas céder, avouer qu'il a fait une crise ? Ou laisser entendre qu'il était tellement défoncé et bourré qu'il t'a embrassée ?

Je lutte contre l'envie dévorante de le suspendre par les couilles.

— Bien sûr que non.

Son rire est amer.

— Traite-moi de fou si tu veux, mais je ne te fais pas confiance. Si tu tiens vraiment à aider Oak, tu la fermes et tu m'obéis. (Il désigne Cole du menton.) Pars avec elle. Veille à ce qu'elle ne nous la fasse pas à l'envers et ne ramène pas Oak chez lui.

Ce mec n'est pas croyable.

Cole et Jace soulèvent Oakley, puis positionnent ses bras autour de leurs épaules.

— Si tu marchais devant et nous ouvrais la porte d'entrée, ce serait super, prononce Jace en serrant les dents.

S'il n'était pas occupé à soutenir un Oakley passablement sonné, il écoperait d'un coup de pied dans les parties.

Dans l'escalier, une pensée terrifiante me traverse l'esprit.

J'ai tabassé Oakley quelques jours plus tôt. *Il aurait pu souffrir d'une crise.*

Tout cela parce que Jace m'a laissée croire que son ami était l'unique responsable de tous ses coups foireux.

Le sang en ébullition, j'ouvre la marche jusqu'au trottoir.

Dès qu'Oakley sera installé, en sécurité, j'aurai une petite conversation avec Jace.

Le trajet s'effectue dans le silence, seulement ponctué des ronflements périodiques d'Oak sur la banquette.

Je lui jette un regard dans le rétroviseur.

— Ça va aller ?

Je ne sais que peu de choses sur l'épilepsie mais je vais me documenter. Cole hoche la tête.

— Je ne l'ai vu en subir que quelques-unes, toutes ces années, mais après il est claqué.

Remuant sur son siège, il examine Oak.

— En plus, il est ivre mort, et complètement *stone*. Il vaut mieux qu'il cuve en dormant.

Je suis d'accord. Même si je suis fâchée qu'il se soit drogué et m'ait fait des avances appuyées, ma première préoccupation est sa santé, pas de lui passer un savon.

Je sens le regard de Cole sur moi.

— Je te reconduirai si tu n'es pas pressée.

— C'est gentil, mais j'ai tout prévu.

Pas vraiment, vu que Tommy n'a pas répondu à mon SMS, mais je préférerais rentrer chez ma tante en rampant sur du verre pilé qu'accepter qu'un Covington me dépose.

Ce serait probablement mieux pour moi, car à ce rythme, ils m'assassineraient et enterreraient mon corps dans les bois.

Il porte son attention sur la route.

— Comme tu veux.

Si, pour sa part, Jace affiche une animosité constante, Cole se montre presque agréable durant ce bref parcours.

Son attitude me rend nerveuse.

— Pourquoi es-tu sympa avec moi ?

Ses sourcils s'arquent de surprise.

— Je suis désolé, fait-il en passant la main dans ses cheveux bruns. Je ne voulais pas t'offenser en n'étant *pas* désagréable. Je ferai mieux la prochaine fois.

Je tourne à gauche à l'entrée de leur pâté de maisons.

— Sois pas idiot. J'apprécie que tu sois… poli. Mais ce n'est un secret pour personne que Jace me déteste, et tu ne m'apprécies pas tellement non plus. Je m'interroge sur ce revirement soudain, c'est tout.

Je vois aux mouvements de sa mâchoire qu'il retourne sa réponse dans sa tête.

Dans leur allée, je détache ma ceinture quand il répond enfin.

— Nous faisons tous des choix et des erreurs dans ce monde, dit-il, le regard triste. Et une petite partie de moi ne peut pas s'empêcher de penser que la seconde option s'applique à toi.

Il hausse les épaules.

— Si je ne me trompe pas, reprend-il, je parie qu'à chaque fois que tu te regardes dans le miroir, tu es punie plus gravement que Jace ou moi ne sommes capables de le faire.

Il descend de voiture avant que je puisse lui demander de clarifier, ou à quelle erreur il fait référence.

Jace se gare derrière moi, bloquant la sortie de la voiture d'Oakley, puis rejoint son frère.

Même s'il est toujours dans les vapes, Oakley paraît un peu plus alerte après qu'ils l'ont extrait de la banquette.

— T'es fâchée ?

Face à son air abattu, je plie comme un transat bon marché.

— Un peu, mais nous en discuterons demain.

Alors qu'ils s'apprêtent à rentrer, je le prends dans mes bras.

— Tu m'as fait une peur bleue.

— Je suis désolé, murmure-t-il quand nous nous détachons, et que Jace et Cole le prennent par les bras.

Je me focalise ensuite sur mon ennemi juré.

— Quand tu l'auras installé à l'intérieur, reviens me voir. Nous devons mettre les choses au clair, tous les deux.

Ses yeux sinistres m'examinent de la tête aux pieds.

— Pardon ?

Je ne me démonte pas.

— Tu m'as entendue.

Jace s'apprête à protester quand Cole intervient.

— Je me débrouille. (Il donne une tape dans le dos d'Oakley.) Viens, gros. Allons réveiller Bianca pour qu'elle nous prépare à manger.

Il se redresse un peu, et ils remontent l'allée. À l'instant où ils disparaissent à l'intérieur, je pousse Jace contre la voiture.

— Tu n'es qu'un putain d'hypocrite. Tu savais qu'Oakley souffrait d'épilepsie, et tu m'as laissée l'accuser de tous tes sales coups.

Jace n'a pas l'air de plaisanter.

— Tu te fous de moi.

— Non, enfoiré. Je l'ai même agressé. (Mon cœur se serre.) J'aurais pu l'estropier.

Je ne sais pas comment interpréter son expression.

— Ouais, tu aurais pu. Pourtant, tu es là à m'accuser, devant ma maison.

Il saisit mon poignet et me tire contre la voiture.

— Flash info spécial, Dylan : je ne t'ai forcée à rien. Tu as choisi de le défoncer parce que c'est ton mode opératoire. Dès que quelqu'un te blesse ou t'énerve, tu as recours aux poings.

La rage me prend à la gorge. Il a du culot, après toutes les colères qu'il pique.

— Tu es sûr de ne pas avoir pioché dans la réserve d'Oakley ? Parce que ça, c'est *ton* mode opératoire. Je n'ai pas arrêté de prouver mon amitié, ce qui est beaucoup plus que je ne peux en dire sur ton compte.

La lèvre retroussée, il se penche vers moi.

— J'aurais aimé que tu sois un mec parce que je te jure que je t'aurais fait la peau, sale connasse manipulatrice.

On m'a déjà affublée d'une multitude de noms d'oiseaux mais il remporte la palme de l'insulte la plus abjecte.

Je le gifle si fort que ma paume me pique.

— Je te hais.

En toute honnêteté, à cet instant, je le hais vraiment. Peu importe pourquoi il est remonté contre moi, cela ne m'intéresse plus.

Il me piège entre ses bras, ses mains appuyées sur la voiture.

— Ta tactique est censée m'effrayer ? Sache que ça ne marche pas. Tu ne peux rien faire de plus, tu ne peux rien prendre de plus. Je ne le permettrai pas.

Mon cœur cogne contre mes côtes. Son discours tourne en rond, ne nous avance à rien.

— Je ne t'ai rien fait.

Je prends son visage entre mes mains pour l'obliger à me regarder.

— Tu me connais, Jace. Même mieux que personne. Quoi que tu penses…

— Pas du tout, se défend-il avec une tristesse bouleversante dans la voix. Je ne suis pas sûr d'avoir jamais su qui tu étais.

Rectification : là, c'est le pompon.

— Tu tiens mon cœur dans ta main depuis mes onze ans. Si quelqu'un a le pouvoir de blesser l'autre, c'est toi, pas moi.

Ma gorge me brûle, et un flot de colère emplit ma cage thoracique.

— D'ailleurs, c'est ce que tu t'acharnes à faire depuis que je suis revenue. (J'appuie le doigt sur son torse.) Britney Caldwell ? Tu me trouves ignoble ? Elle incarne ce mot à elle seule.

Sa main glisse derrière ma nuque, et, agrippant ma queue-de-cheval, il bascule ma tête en arrière.

— Peut-être, mais au moins, elle ne m'a jamais trahi.

— Laisse-lui le temps.

L'extrémité de son nez parcourt mon cou exposé.

— Fais attention, Taylor. Ta jalousie commence à percer.

Je ris.

— Je t'en prie. Elle n'a rien qui me fasse envie. Plus maintenant.

— T'es sûre ? me défie-t-il.

— Absolument.

Je mens. Ses paupières s'abaissent.

— C'est pour ça que tu as mis ce petit bustier sexy ce soir ? (Son haleine chaude brûle mon cou.) Tu n'espérais pas attirer mon attention ?

— Non.

Ouh la menteuse.

Cela me vaut un petit rire rauque.

— Dommage.

Il presse ses lèvres sur ma gorge.

— Parce qu'il est efficace. Tu as toute mon attention. (Ses doigts descendent sur mon torse.) La question est… que vas-tu en faire ?

Frustrée, je serre les dents.

— T'envoyer te faire foutre.

Je frissonne quand il passe sa langue sur le point où bat mon pouls.

— Je crois que ce serait plus amusant de te baiser.

— Comme si j'allais te laisser faire.

Mon pouls crève le plafond quand ses phalanges effleurent la bande de peau nue au-dessus de la taille de mon jean.

— Nous savons tous les deux que tu ne résisterais pas.

— Tu te trompes.

Ses narines frémissent sur une inspiration.

— Très bien. Alors dis-moi d'arrêter. Dis-moi d'arrêter de te toucher et de m'en aller.

Je ne peux pas.

— C'est bien ce que je pensais, dit-il.

Je halète quand son pouce longe la fermeture de mon jean.

— Je me demande ce que je trouverais si je l'abaissais et glissais ma main en dessous.

Le sang pulse dans mes oreilles lorsque ses dents frôlent le creux de mon cou.

— Je parie que tu serais joliment trempée pour moi. (Il suçote la chair sensible.) Je parie que tu implorerais ma queue aussi.

— Je n'implorerais rien de toi, dis-je d'une voix qui manque de conviction, même à mes propres oreilles.

Il se défoule sur ma peau, suçant et mordant jusqu'à la douleur.

— Qui a dit que tu en aurais besoin ? (Sa paume sillonne mon abdomen.) Possible que je te la donne spontanément. (Il enroule ma jambe autour de sa taille, son érection pressée entre mes cuisses.) Je baisserais ton jean et te pilonnerais comme un fou juste ici. Histoire d'en finir, pour pouvoir passer à autre chose.

Je jure que j'arrête de respirer.

— C'est ce que tu veux ?

Il se frotte contre le point qui le désire ardemment.

— Pas sûr. À toi de me le dire.

Mon intimité fond lorsque sa tête plonge dans mon décolleté, sa bouche caressant la dentelle de mon bustier. Mais quelle que soit la violence de mon désir, je ne suis pas disposée à l'accepter avec Britney en supplément.

— Je ne coucherai pas avec toi tant que tu sors avec elle.

Il s'apprête à répliquer, mais la sonnerie de mon téléphone le coupe.

Râlant, il enfonce la main dans ma poche pour s'en emparer. Son visage se tord instantanément de dégoût et il se recule loin de moi.

Son extrême aversion semble sculptée dans la pierre.

— Et je ne te baiserai… *jamais*. (Il me fourre l'appareil dans la main.) Mais bon. Tommy s'en chargera.

24

Dylan

— Merci d'être venu me chercher.

Après un bref hochement de tête, Tommy redémarre.

Cinq minutes s'écoulent avant qu'il parle.

— Le domicile de Jace était le dernier endroit où je m'attendais à te voir passer la soirée.

Nous ne sortons pas ensemble, donc techniquement je ne dois pas d'explication à Tommy sur mon agenda. Mais à sa place, cela m'intriguerait aussi.

— Je n'étais pas chez lui mais à une soirée. (J'enroule autour de mon doigt un petit fil qui dépasse de mon pantalon.) En deux mots, ma copine a dû rentrer, parce qu'elle avait un couvre-feu à respecter, et mon cousin, avec qui je pensais rentrer, a forcé sur la bouteille. (Je tire sur le fil.) Jace et Cole étant ses amis, ils ont insisté pour qu'il dorme chez eux, mais comme Cole a lui aussi trop picolé, j'ai conduit la voiture d'Oakley.

Tommy fait une grimace.

— Ça n'aurait pas été plus simple que tu rentres avec la voiture de ton cousin, vu que vous habitez à la même adresse ?

Je pousse un soupir exaspéré.

— Jace s'y est opposé.

Le muscle de sa mâchoire vibre alors que nous traversons mon quartier.

— Les vieilles habitudes ont la peau dure.

— Ne le prends pas comme ça. Je n'avais pas le choix.

Le regard qu'il me lance exprime sans détour ce qu'il pense de mon excuse.

— Si c'est ce que tu crois, j'imagine que tu as raison.

Il se gare en bordure du trottoir, près de mon allée, et éteint le moteur.

— Mais n'espère pas que je sois à ton service, ni à ce que j'accepte la casquette du bouche-trou. *Plus jamais.*

C'est gonflant qu'il ait cette image de notre relation alors que je le considère comme un ami. En plus, il m'avait dit de l'appeler en cas de besoin.

— C'est noté, fais-je en détachant ma ceinture. J'apprécie le coup de main. Je ne te dérangerai *plus jamais.*

— Dylan, attends, fait-il en me tirant par le bras. Sans vouloir en rajouter, j'ai été transparent avec toi dès le début. Ça ne m'intéresse pas d'être juste ton ami ou de jouer les seconds couteaux dans ta relation tordue avec Jace. Je veux plus. (Sa paume explore mon épaule dénudée.) J'ai droit à plus que ça… et toi aussi.

Je comprends et, dans un sens, il a raison. Nous ne méritons certes pas d'être baladés, mais je ne suis pas prête. Tommy exige plus que je ne suis capable d'en donner pour l'instant.

— Je ne suis revenue que depuis une semaine. J'ai besoin de plus de temps pour reprendre mes repères.

— Je vois, et je suis disposé à te l'accorder. (Son regard s'anime.) Mais ne me prends pour pas un imbécile. (Ses épaules s'affaissent un peu.) Et ne laisse pas non plus Jace te mener à la baguette. Ce n'est pas un secret qu'entre lui et Britney, c'est la passion depuis des années. Ces deux-là ont conclu dès la quatrième.

Ma gorge se serre.

— D'accord.

Son regard glisse vers mes lèvres.

— Il t'a embrassée ce soir ?

Je ne sais pas quoi répondre. En partie parce que ce n'est pas son problème. Mais aussi parce que nous n'étions pas loin de pousser le baiser beaucoup plus loin.

J'opte pour la vérité.

— Non.

— Tu en avais envie ?

Je détourne le regard.

— Quelle différence cela fait ?

Refermant la distance entre nous, il presse un petit baiser sur mes lèvres.

Côté baisers, Tommy assure. C'est fugace, doux et chaste.

Le style auquel je devrais aspirer.

Je commence à m'écarter mais sa main qui enveloppe ma joue m'incite à ouvrir la bouche. À l'instant où je cède, il introduit sa langue.

Une image de Jace surgit dans ma tête comme un missile, si bien que je dois me rappeler de rendre son baiser à Tommy avant de m'écarter.

— Je ne te ferai pas souffrir comme lui, déclare-t-il.

Ses lèvres se décalent vers le coin de ma bouche, puis sur ma joue.

— Je t'apprécie trop pour ça.

Derrière mon sourire, j'ai les larmes aux yeux.

— Je sais.

Inclinant la tête, il m'embrasse à nouveau, plus longuement.

— Sais-tu au moins depuis combien de temps j'ai envie de ça ? murmure-t-il ensuite.

— Depuis tes quatorze ans ?

Il rit.

— Plus ou moins.

Le désir assombrit son expression alors que sa main s'aventure sur mon ventre.

— Mais en vrai, c'est encore meilleur que tous mes fantasmes en solo.

Ouais, il aurait pu garder ce détail pour lui.

Je le stoppe avant qu'il aille trop loin.

— Désolée, je suis…

— Pas prête, termine-t-il pour moi.

Inspirant profondément, je hoche la tête.

— Nous sommes juste… Tout va un peu… même beaucoup trop vite pour moi.

Il lève les mains.

— Pas de problème. Je les garde dans mes poches jusqu'à ce que tu sois prête.

Sa réplique est peut-être mièvre mais le fait qu'il me respecte lui rapporte un méga bonus.

Il fronce les sourcils comme s'il ruminait.

— Un problème ?

— Accepte de sortir avec moi.

Encore un bon point.

— Mon planning de la semaine est surchargé…

— Alors la semaine suivante. Après que les Vikings auront écrasé les Raiders. Tu pourras passer un moment avec moi et quelques potes de l'équipe.

— D'accord, dis-je parce que je ne vois pas une seule raison de décliner.

Il sourit avec joie.

— Tu t'amuseras bien. Je te le garantis.

— M'amuser, ce serait top.

Hormis le début de soirée avec Sawyer, je me divertis peu ces temps-ci.

La tristesse me noue l'estomac. *Pas plus que Jace, à mon avis.*

Tommy me relève le menton.

— Bon, à mon tour. Qu'est-ce qui te chagrine ?

Après les événements de la soirée, j'en ai gros sur le cœur.

— Je peux te demander quelque chose ?

— Bien sûr.

Vu que Tommy a toujours vécu à Royal Manor, il y a une chance pour qu'il en sache plus long que moi sur la disparition de Liam.

— Comment est mort Liam ? J'ai essayé de communiquer avec Jace et sa famille mais ils ne m'ont jamais répondu. Et sa rubrique nécrologique, pour que le terme ne soit pas exagéré, ne stipule que sa date de naissance, le mois et l'année de son décès.

Même à ce jour, le dernier post de Liam sur Instagram est une photo que nous avons prise ensemble à l'école de danse. Je continuais d'espérer que le « *RIP* Liam » que j'avais lu dans les commentaires deux jours plus tard était là par erreur.

Je n'oublierai jamais le sinistre pressentiment dans mon cœur, quand l'option commentaire de ces parutions a été désactivée, peu avant que son compte prenne le statut d'espace commémoratif.

Tommy s'avance sur son siège.

— Je ne connais pas tous les détails, mais à ce que j'ai compris, c'était un de ces accidents absurdes. (Une légère grimace déforme son visage.) Pour tout te dire, les circonstances autour de la mort de Liam sont restées top secret. L'enterrement était ultra-privé, réservé à la famille. (Il se masse l'épaule.) Liam étant mort un peu avant la dernière semaine de l'année scolaire, et vu que Jace n'a pas fréquenté les mêmes écoles que moi, je ne l'ai jamais vraiment croisé.

Il tord sa bouche de côté.

— Faut dire, j'ai entendu quelques personnes se plaindre qu'il démarre au quart de tour. S'il surprend qui que ce soit à parler de Liam, il leur met une raclée.

D'après ce que j'ai vu récemment, je n'en doute pas. Et je le comprends. Dieu seul sait avec quelle fureur j'avais envie de frapper Britney chaque fois qu'elle me harcelait au sujet de ma mère.

Il hausse les épaules.

— Je ne peux pas vraiment le blâmer, en même temps. Stone me tape sur les nerfs mais s'il mourait, je ne sais pas si je surmonterais sa perte, tu sais ?

Une boule de chagrin se loge dans ma gorge.

— Ouais.

Le fait que Jace et sa famille trouvent la force de se lever tous les matins est une victoire en soi.

Ses doigts tambourinent le volant.

— Écoute, ne le répète à personne mais un jour, j'ai entendu un prof suggérer qu'il avait souffert d'une complication liée à l'accident qu'il a eu plus jeune.

Je suppose qu'il fait référence à l'accident de voiture qui a ôté la vie à sa mère.

— Autrement dit ?

— Apparemment, il a développé une sorte de problème cardiaque après coup. (Il prend sa bouteille d'eau dans son porte-gobelet.) D'après la rumeur, son père, tu sais, le PDG de Trust Pharmaceuticals, faisait tester à Liam un médicament spécifiquement mis au point, mais les essais ont mal tourné, et il s'est éteint dans son sommeil.

Mes mains volent vers mon visage.

— Non.

Jace avait déjà une relation houleuse avec son père après la mort de sa mère ; mais désormais ? Je ne serais pas surprise qu'ils s'adressent à peine la parole.

Les yeux de Tommy débordent de tristesse.

— C'est vraiment horrible. Je comprends pourquoi sa famille n'en parle jamais. À la fois pour des raisons personnelles et juridiques.

Qui peut leur reprocher ?

M. Covington s'est efforcé d'aider son fils, et il a fini par le tuer.

Je n'imagine pas la culpabilité qui le ronge… ou le ressentiment de ses enfants envers lui.

— Hé, murmure Tommy. Je sais que tu étais proche de Liam, mais il n'aurait sûrement pas aimé te savoir malheureuse. (Se penchant, il embrasse ma tempe.) Il voudrait que tu ailles de l'avant.

Tommy n'a pas tort. Excepté ma mère, Liam était la personne la plus bienveillante et la moins égoïste de ce monde.

C'est ce qui donne autant de profondeur à sa disparition.

Je m'éclaircis la gorge en ouvrant ma portière.

— Il faut que je rentre maintenant.

Je descends en esquissant un petit geste de la main.

— Sois prudent. Merci encore de m'avoir ramenée.

J'ai à peine fait deux pas que j'entends sa portière s'ouvrir et se refermer.

À l'instant où je me retourne, ses bras m'encerclent.

— Tu as l'air d'en avoir besoin.

Je ne le réalise qu'à présent.

— Il me manque tellement.

Mon ami me manque.

Mes deux amis.

— J'imagine.

Il me caresse les cheveux et pose un baiser sur le dessus de ma tête.

— Dis-toi que ça l'anéantirait de te voir dans cet état.

J'essuie mes yeux humides dès que nous nous détachons.

— Je sais.

Tommy a raison. Liam préférerait certainement les sourires aux larmes.

Mon cœur se serre pour protester contre la pensée formée par mon cerveau, mais en mon for intérieur, je sais que c'est la chose à faire.

Jace était mon meilleur ami avant d'être tout pour moi, et peu importe le mal que cela me fait de le voir avec une autre, je souhaite son bonheur. Même si je ne pense pas que Britney soit celle qu'il lui faut, elle le rend sûrement heureux… sinon il ne serait pas avec elle.

Peut-être qu'il est temps que je descende de mon manège

avec Jace, et m'ouvre à la possibilité qu'il existe quelqu'un d'autre susceptible de trouver le chemin de mon cœur.

Si les quelques papillons que je ressens sont une indication, je parie que cette personne se tient devant moi.

— Je te téléphone demain.

Quand Tommy baisse la tête, je me dresse sur la pointe des pieds pour rencontrer ses lèvres.

Exactement comme le premier, ce baiser est léger, tendre et respectueux.

Tout ce que Jace Covington n'est pas.

Et pour la première fois, j'admets que c'est précisément ce dont j'ai besoin.

25

Dylan

Passé

Je termine avec Liam ce qui doit être notre vingtième danse en une heure sous les stroboscopes qui projettent des rayons laser sur les murs du gymnase.

Je vois qu'il fatigue, même s'il ne l'avouera pas.

J'agite le bras au début de la chanson suivante, un slow.

— On va boire un coup ?

Le soulagement sur son visage est trop craquant.

— B-bien s-sûr. Si tu v-veux.

Devant la table des rafraîchissements, je lui remplis un gobelet avant de m'en servir un.

— Je n'en reviens pas de dire ça, mais en fait, je m'amuse bien.

Comme il se décompose, je prends conscience de ma bourde.

— Ce n'est pas toi, andouille. Je m'amuse toujours avec toi. Je veux dire ici, au bal. Je suis contente que nous soyons venus.

En dépit des regards assassins que Britney me lance à chaque occasion, ou du charme de Jace en chemise et pantalon chic, ou même de l'écrasante jalousie qui m'assaille dès que je les vois danser, je ne regrette pas d'être là.

Il sourit.

— Moi aussi.

Je pose ma tête sur l'épaule de Liam.

— Merci d'être toujours mon ami, même si ton frère se comporte comme un enfoiré.

Il rit.

— Pas la peine de me remercier. Je t… t…

— Tiens, tiens, ce ne serait pas mes deux personnes préférées, s'exclame une voix familière derrière nous.

Liam relève le menton.

— Salut, T-T-Tommy. Tu passes une bonne soirée ?

Je ne rate pas la lueur malicieuse dans l'œil de Tommy quand il regarde dans ma direction.

— Maintenant, oui.

Appuyé à une table, il examine la piste de danse.

— Ton frère a franchement l'air de s'éclater.

Je contrôle l'envie de lui jeter mon cocktail de fruits au visage.

Liam se balance d'un pied sur l'autre.

— Ouais.

Tommy le pousse du coude.

— Britney et ses jumelles sont torrides ce soir, non ?

Je surprends le regard qu'il glisse vers moi alors qu'il se sert un gobelet de jus de fruits.

Renfrogné, Liam se décale vers moi.

— Pas vraiment.

Et ça, ce n'est qu'une seule des raisons qui font que Liam est un mec génial. Contrairement à son imbécile de frère, il est loyal avec ses proches.

Le regard de Tommy s'attarde sur nous un peu trop longtemps, puis il sourit.

— Mince, j'ai failli oublier.

Liam boit une gorgée.

— Quoi ?

— Il paraît que Heather Gibson aimerait danser avec toi.

Ses sourcils se haussent de confusion.

— Elle est venue avec Cole.

Reposant son verre, Tommy désigne le jumeau de Liam, qui sans surprise, n'est *pas* en train de danser avec son escorte.

— Cole est avec Hayley depuis dix bonnes minutes. (Il indique une petite brune qui renifle près des gradins.) Heather n'apprécie pas, cela va sans dire.

C'est parce que deux des trois frères Covington sont des cons.

Liam fronce un peu plus les sourcils.

— Alors pourquoi tu ne danses pas avec elle ?

Tommy lui lance un clin d'œil.

— Je peux te confier un secret ?

Je grince des dents. Je connais suffisamment Tommy pour sentir qu'il mijote quelque chose.

Il promène son regard autour du gymnase, comme s'il s'apprêtait à dévoiler l'exclu du siècle.

— Tu vois, Heather me plaît bien… mais tu sais comment je suis. Je fiche tout en l'air avec mes gaffes.

Il reprend son verre et avale une gorgée avant de poursuivre.

— Je comptais sur toi pour me rendre une faveur, danser un peu avec elle, admet-il puis, avec un sourire charmeur, il se montre du doigt. Que tu lui glisses quelques gentillesses sur ton pote.

Liam me regarde.

— Et Dylan, alors ?

Tommy lève les yeux au ciel.

— T'en fais pas, je saurai occuper ton escorte.

Bah tiens donc.

Tandis que le regard de Liam passe de moi à une Heather visiblement vexée, dans le fond du gymnase, je sens sa lutte intérieure. Liam est trop gentil pour son bien. Il admet difficilement qu'une fille pleure sur le côté de la salle à cause de la méchanceté de son jumeau. D'ailleurs, c'est la raison pour laquelle il sort avec moi ce soir, plutôt qu'avec une fille qui l'intéresserait.

— Va la voir, j'encourage Liam. Elle est visiblement bouleversée, et si quelqu'un qui peut lui remonter le moral, c'est toi.

— Tu es sûre ?

— Absolument. Ne t'en fais pas pour moi.

Il soupire.

— D'accord. Je reviens.

Je me penche pour presser un baiser sur sa joue.

— Ne change surtout pas, Liam Covington. Le monde a besoin de gens formidables comme toi, je murmure.

Il s'empourpre.

— Merci.

— Allez, mec, intervient Tommy. Ronnie Higgins se prépare à l'inviter à danser. Si on le laisse faire, je suis grillé.

— T'inquiète pas. Je prends les choses en main.

— Tu n'es qu'un enfoiré, dis-je à Tommy une fois Liam parti.

La main sur le cœur, il fait mine d'être blessé.

— Et moi qui croyais faire un bon geste pour cette pauvre fille.

J'indique Liam, qui cherche un mouchoir dans ses poches pour l'offrir à Heather.

— Le bon Samaritain, c'est Liam. Toi, tu le manipules.

Il vient se placer à côté de moi.

— D'où vient cette accusation ?

— Tu n'apprécies pas Heather Gibson.

Il hausse les sourcils.

— Va savoir. Est-ce que ça te rendrait jalouse ? susurre-t-il.

— Pour que je sois jalouse, il faudrait déjà que tu me plaises. Ce qui n'est pas le cas, j'ajoute en composant mon regard le plus hostile.

Sa respiration siffle entre ses dents.

— Mince, j'avais oublié. Je ne suis pas un Covington.

— Ne sois pas comme ça.

— Comme quoi ?

— La raison pour laquelle tu ne me plais pas n'a rien avoir avec Jace. Tu ne me plais pas parce que tu es malveillant.

— Pas avec toi.

Son regard se concentre sur Liam, qui danse à présent avec Heather.

— Ni avec lui. Pas depuis que tu m'as demandé d'arrêter.

Il est incroyable.

— Ça ne marche pas comme ça. J'apprécie que tu sois sympa avec Liam mais tu ne devrais pas te forcer par amitié pour moi. Tu devrais le traiter avec égard parce que tu l'aimes bien *lui.*

Il me fait un clin d'œil.

— Désolé, mais il n'est pas mon genre.

Je lève les yeux au ciel et d'un air amusé, il cogne son épaule contre la mienne.

— Détends-toi. Pour une fois, mes intentions sont louables. Liam est mon pote, je prends des libertés, je lui arrange le coup avec Heather.

Comme quoi, il n'a pas pensé à tout.

— Tu as envoyé Liam vanter tes charmes. Tu crois que c'est la clé pour que ça marche entre eux ?

Il ouvre largement les bras.

— Tout cela fait partie du plan. Quoi que Liam dise à mon sujet, Heather sera trop canalisée sur le garçon qui se préoccupe de son bien-être. (Il sourit généreusement.) Aucune fille ne résiste à un chevalier blanc. Dix dollars qu'ils donnent mon prénom à leur premier fils.

Je ne peux m'empêcher de rire. Il a beau être agaçant au possible, le charme de Tommy fait fondre ma résistance.

Je lui offre un sourire sincère.

— Tu es fou. C'est cool de donner un coup de main à Liam. J'espère que ton petit plan diabolique sera concluant.

Il mérite un cadeau de la vie.

Quelque chose passe dans son regard.

— Danse avec moi.

— Non.

Il baisse la voix.

— Tu sais que tu en meurs d'envie.

— Alors pourquoi je refuse ?

Il se penche si près que son haleine me chatouille l'oreille.

— Parce que tu n'as pas encore compris que ton prince charmant a déjà trouvé sa Cendrillon.

Mon cœur remonte dans ma gorge quand il incline la tête et que je suis la direction de son regard.

Jace danse un slow avec Britney. Il la tient par la taille, pendant qu'elle pose la tête sur son épaule. Ils sont si beaux et si bien assortis qu'ils seraient parfaits en couverture d'un magazine.

— Toi et moi avons beaucoup en commun, tu sais.

Un souffle moqueur franchit mes lèvres.

— Mais encore ?

— On ne nous apporte pas tout sur un plateau d'argent, contrairement à ton prince. Nous devons nous battre pour obtenir ce que nous voulons.

Assurément, il ignore qui est réellement Jace.

— Tu ne sais pas de quoi tu parles.

Il me lance un regard incrédule.

— Qu'est-ce qui te fait…

— C'est mon meilleur ami. Je sais *tout* de lui. Comme le fait que c'est dur pour lui d'avoir perdu sa mère, et que sa mort l'a forcé à grandir trop vite. Ou qu'il ferait littéralement n'importe quoi pour ses frères et sœurs, qui sont les personnes les plus importantes du monde à ses yeux. Jace n'est pas un gosse de riche, trop gâté, qui se la ramène. C'est le gars qui prépare le dîner, aide Bianca et Cole à faire leurs devoirs, accompagne Liam à ses séances chez l'orthophoniste pour qu'il ne soit pas seul, et trouve quand même du temps pour moi, pour écouter ma…

Il ricane.

— À t'entendre, c'est lui Cendrillon…

La répulsion, la colère et le mépris me submergent à la façon d'un tsunami.

— Tu es pathétique, Tommy.

Je ne suis pas satisfaite. J'ai envie d'appuyer là où ça fait salement mal, car pour ma part, je souffre.

— Un minable tristement bouffé par la jalousie. C'est pour ça que tu tyrannises tout le monde à l'école. (Je me rapproche de son visage.) Peu importe que Jace aime Britney, même s'il se marie avec elle et lui fait un million de bébés, je ne sortirai jamais avec quelqu'un d'aussi pitoyable et truffé d'insécurités que toi.

Sur ce, je quitte précipitamment le gymnase.

Je dépasse les casiers quand des pas résonnent dans mon dos.

— Dylan, attends, crie Tommy.

Tournant à l'angle, je m'enfonce dans la pénombre du couloir désert. Je m'excuserai plus tard d'avoir disparu, j'ai besoin d'air frais pour rassembler mes esprits.

— Je veux juste être un peu seule.

Il saisit mon bras.

— Je suis désolé.

Il accélère de manière à me dépasser. Sur son visage, la sincérité de ses remords me coupe le souffle.

— Tu avais raison, murmure-t-il. Je suis jaloux.

Je déglutis, ne sachant trop comment réagir.

— Mon père a mis les voiles après la naissance de mon petit frère, et même si ma mère jongle entre deux emplois, on ne roule pas sur l'or. (Il se passe une main dans les cheveux.) Je n'ai pas la vie facile comme la moitié des élèves de cette école. Et voir quelqu'un comme Jace, qui trimballe partout son air supérieur, se comporter comme si tout le monde devait lui lécher les pieds juste pour avoir le droit de respirer le même air que lui… ça me met hors de moi.

Tommy se trompe sur toute la ligne.

— Jace n'est pas…

— Mais si. Tu n'as peut-être pas envie de le voir, mais ce n'est pas quelqu'un de bien. Regarde ce qu'il t'a fait.

Je suis tentée de protester mais je ne peux pas. Jace n'a pas juste tiré le tapis sous mes pieds, il m'a étranglée avec.

— Pardon de t'avoir vexée. Je voulais juste que tu comprennes.

— Que je comprenne quoi ?

— Je t'aime bien, Dylan. Énormément, admet-il en se rapprochant d'un pas. Et je crois que je te plais aussi. Même si tu n'es pas disposée à l'admettre.

— Je…

Les mots se coincent dans ma gorge. Je devrais contester, mais une petite partie de moi sait qu'il a raison.

Ce n'est pas aussi dévorant ou intense que mes sentiments pour Jace, cependant, il y a bien une étincelle de… quelque chose.

Autant j'aimerais pouvoir m'obliger à apprécier Tommy, qui est manifestement moins toxique pour moi… autant c'est au-dessus de mes forces.

Ce serait comme courir après avoir réussi à voler.

Ce ne sera *jamais* assez. Encore moins maintenant que mon cœur connaît le sentiment authentique.

Tommy est un *presque*.

Mais Jace est mon absolu.

L'inquiétude fait froncer les sourcils de Tommy.

— Qu'est-ce qui coince ?

Je ne peux pas lui répondre. Sinon, je lui brise le cœur.

Je ne suis pas le genre de personne capable d'une telle cruauté.

Je ne suis pas mon meilleur ami.

Il fait un autre pas.

— Si tu as peur que je te fasse du mal, rassure-toi, dit-il en encadrant mon visage de ses mains. Je ne suis pas Jace…

— C'est une putain de blague ?

Je sursaute au son de la voix de Jace.

La colère enflamme le regard de Tommy.

— On discute, là. Si ça ne te dérange pas ?

Je peux pratiquement sentir la rage vrombir en Jace alors qu'il vient vers nous.

— Justement, ça me dérange.

D'un mouvement agile, il empoigne Tommy par le col et le secoue.

— Tu perds ton temps. Dylan n'est pas intéressée.

Tommy a un rire moqueur.

— Comment le sais-tu ? Tu es trop obsédé par Britney et ses ni…

Tommy n'a pas la possibilité de terminer sa phrase car Jace le pousse. Durement.

— Ferme-la ou je te fais manger le carrelage.

Mon estomac se retourne.

— Arrête, Jace.

— Non, c'est bon. Ça fait un moment que ça me démange de lui donner une leçon. (Tommy enlève sa veste.) Allez, Covington.

Jace dénoue sa cravate et délasse ses cervicales.

— Prêt si tu l'es, tas de merde.

Exaspérée, je lève les yeux vers le plafond.

— Vous avez tous les deux besoin de vous calmer…

Je pousse un cri quand le poing de Tommy s'écrase sur la joue de Jace, lequel recule en titubant.

— Tu délires, Tommy ?

Il plisse les yeux.

— Règle numéro un, au combat : toujours garder son attention sur son adversaire. Pas sur *sa* copine.

Jace montre les dents.

— Elle n'est pas *ta* copine.

Une lueur diabolique anime le visage de Tommy.

— Pas la tienne non plus. T'as pas assez de couilles.

Écumant de rage, Jace fond sur lui. Cependant Tommy s'écarte à la dernière seconde. Résultat, Jace atterrit le visage dans les casiers.

— Fils de pute, rugit-il.

Gloussant, Tommy sautille sur la pointe des pieds.

— Waouh, pour une grande gueule, tu te bats comme une lavette.

Un pincement au cœur, je vois du sang s'écouler du nez à présent boursouflé de Jace.

Je dois mettre un terme à la rixe avant qu'ils finissent par s'entre-tuer. Comme je sais déjà quel entêté est Jace, ma meilleure option réside en Tommy.

— Tommy, tu dois te calmer.

C'est comme s'il ne m'entendait pas.

— Sois pas timide, le provoque-t-il en indiquant sa joue. Montre un peu ce que tu as dans les tripes.

Aux grands maux les grands remèdes. Jace est déjà blessé, je ne laisserai pas Tommy l'amocher davantage.

Je m'interpose et saisis le visage de Tommy.

— Penses-tu vraiment ce que tu as dit tout à l'heure ?

Il hoche la tête.

— Ouais, pourquoi ?

— Alors arrête de te bagarrer et retourne dans la salle.

— Tu te fous de moi…

Je soutiens son regard.

— S'il te plaît, Tommy. Je sais que tu es un type bien. Tu n'es pas obligé de te battre avec Jace pour le prouver. Ne t'abaisse pas à son niveau pour une fois… pour *moi.*

Si Tommy a véritablement changé, il m'écoutera.

— Je… Très bien.

Son regard sonde mon visage.

— Tu viens avec moi ?

— Bien sûr. Je te rejoins. D'abord, je dois dire deux mots à Jace.

Je vois son désaccord, mais étonnamment, il plie.

— D'accord. (Il menace Jace du regard.) Ne pose pas tes sales pattes sur *ma* copine, mauviette.

Jace s'apprête à l'attaquer, mais je mets la main sur son torse.

— Vas-y, Tommy, je grogne comme une lionne protégeant son lionceau.

De fait, à cet instant, je me sens comme une lionne.

Je reste avec l'estomac noué par l'angoisse pendant le temps qu'il faut à Tommy pour remonter le couloir et disparaître à l'angle.

Je me retourne.

— Il est parti. Tu n'as rien ?

À voir Jace, on dirait que quelqu'un a bourré son chiot de coups de pied… puis l'a haché devant lui.

— Tommy DaSilva ?

Un instant, j'ai l'impression qu'il va vomir.

— Il te plaît ? demande-t-il.

Il donne un coup de pied dans un casier.

— Putain, c'est comme si je ne te connaissais pas.

Bienvenue au club.

— Je peux te retourner la remarque.

Les mains sur les hanches, je l'observe sans ménagement.

— Tu es venu avec Britney Caldwell, tu te souviens ?

Il détourne les yeux.

— Je ne voulais pas…

Il secoue la tête et pointe un doigt devant mes yeux.

— Qu'importent mes raisons. Tu as du culot de te pointer ici avec Liam pour ensuite le planter, afin de flirter avec Tommy. C'est quoi, ton problème ?

Je repousse l'envie de lui remettre les idées en place.

— La proximité de Britney t'a grillé les neurones ? Liam est sur la piste avec Heather Gibson.

Il cligne des yeux.

— C'est la copine de Cole.

Avant que je puisse m'expliquer, il se masse les tempes.

— Je crois que ta séance de léchage d'amygdales avec Tommy t'a embrouillé les idées. Liam est le jumeau qui t'a accompagnée.

Je lève les yeux au ciel.

— Je le sais, idiot. Cole a planté Heather en pleine danse pour retrouver Hayley. Comme elle était en larmes, Liam est allé la réconforter, et maintenant ils dansent.

Ses narines frémissent.

— Donc tu as décidé de sortir rouler des pelles à ton nouveau *mec*.

Il crache le dernier mot comme s'il avait un goût rance.

Pour quelqu'un d'intelligent, il peut se montrer sacrément idiot parfois.

Je commence à compter avec mes doigts.

— D'accord. Primo : Tommy n'est pas mon mec. Deuzio : nous n'étions pas en train de nous rouler des pelles. De toute façon, Liam et moi sommes amis, alors je ne pense pas que ça l'ennuierait. Tertio : arrête de faire comme si j'avais mal agi alors que tu es venu à la fête avec *mon* ennemie.

Inondée par la colère, je le pousse.

— Tu es littéralement le pire meilleur ami du monde.

— Ah ouais ? Tu ne vaux pas mieux.

Il est complètement désaxé.

— Va te faire foutre. Je suis une excellente amie. Je ne t'ai rien f…

— Tu as tout gâché, crie-t-il si fort que les casiers vibrent. Tout allait très bien mais il a fallu que tu me fasses tes yeux de chiot amoureux, et que tu me défies de t'embrasser.

Ce serait moins douloureux s'il me frappait.

Parce qu'il a raison.

Nous serions toujours amis, et mon cœur serait intact si je n'étais pas tombée amoureuse de lui.

J'ai tout bousillé. Comme il le prétend.

— Ouais, eh bien, ne t'en fais pas. Ça ne se reproduira pas.

Les bras noués autour de la taille, je m'éloigne dans le couloir.

— Fais examiner ton nez par un médecin. C'est assez moche.

— Dylan, gronde-t-il.

Fermant les yeux, je me force à respirer.

— Va retrouver ta Britney.

Je déteste que ma voix se brise.

Avant, ma mère me disait que c'était normal de pleurer si on me faisait du mal, mais qu'une fois la peine atténuée, je devais me relever et m'épousseter… parce que, à terre, ce n'était pas ma place.

Le hic, c'est que je ne sais pas comment me remettre debout quand Jace s'acharne à me faire tomber.

Chaque fois que je le vois, il dérobe un autre morceau de moi.

Très bientôt, il ne restera plus rien.

— Dylan, arrête ! S'il te plaît, dit-il d'une voix bourrue et mal assurée, un peu comme s'il se liquéfiait lui aussi.

— Va retrouver Britney, je répète avec une conviction que je ne ressens pas.

— Je ne peux pas. Peux pas.

Il semble essoufflé, comme après avoir couru un marathon.

Cette fois, c'en est trop.

Je me retourne.

— Pourquoi ? je demande en riant sans une once d'amusement. Laisse-moi deviner…

— Elle n'est pas toi.

La force de son regard fait tambouriner mon cœur et faiblir mes genoux.

— Je ne ressens pas pour elle la moitié des sentiments que j'ai pour toi. Je crois que personne ne pourra jamais rivaliser.

Il semble totalement découragé.

— Putain, je suis foutu.

Mon cœur stoppe net.

— Pourquoi ?

Fort d'un mélange d'émoi et de détermination, il se dirige vers moi.

— Parce que ce que je m'apprête à faire changera tout.

La nervosité me noue l'estomac à mesure qu'il se rapproche. Je ne saurais dire si je vais vivre le meilleur moment de ma vie… ou le pire.

Je trouve la réponse quand il saisit mon visage, et que sa bouche capture la mienne.

26

Jace

À peine assis dans la voiture, j'ai su que c'était une mauvaise idée.

Pourtant, à la manière d'un papillon de nuit attiré par une flamme, je me retrouve là. À le regarder avec dégoût l'enlacer comme le trésor le plus précieux du monde.

Une partie de moi l'encourage à repousser ses avances. À le rejeter d'un coup de pied bien placé et regagner la soirée.

Mais l'autre partie, la victorieuse, aimerait les arroser d'essence et gratter une allumette.

Qu'ils morflent pour leurs fautes.

Avec un immense soulagement, je les vois se séparer. Sentiment de courte durée parce qu'il baisse la tête vers elle.

Ne l'embrasse pas.

Une fraction de seconde, son corps se contracte tant que je suppose qu'elle va faire volte-face… Contre toute attente, elle se hisse sur la pointe des pieds.

Ma main qui tient le volant se crispe au moment où leurs lèvres se joignent.

Il l'embrasse comme si elle était en verre et menaçait d'éclater d'un instant à l'autre.

Ce qui prouve qu'il la connaît mal.

Dylan Taylor est plus solide que l'acier, plus résistante que le cuir.

Il est hors de question qu'elle aime que Tommy la traite comme une poupée de porcelaine.

Un sourire en coin étire mes lèvres lorsque sa main frissonne presque imperceptiblement, prête à le repousser, puis elle se force à l'endurer un peu plus longtemps.

Bouffe l'instant, bébé.

Ce n'est pas demain que je te toucherai de nouveau.

Sur le tableau de bord, j'actionne une commande sur l'écran tactile.

Britney répond à la seconde sonnerie.

— Hey ! lance-t-elle.

— T'es occupée ?

— Non, pourquoi ?

— Retrouve-moi devant chez toi dans dix minutes.

27

Dylan

— Je te raccompagne ?

La pointe de nervosité dans la voix d'Oakley ne passe pas inaperçue.

— Non. Merci quand même.

Je prends ma veste dans mon casier. En octobre, à Royal Manor, le temps est splendide la journée et frais la nuit.

Le regard qu'il me renvoie déborde de mépris.

— Je n'aime pas ça, Dylan. Vraiment pas.

Oak ne cache pas qu'il désapprouve ma relation avec Tommy. Quand je cherche à savoir ce qu'il reproche personnellement à Tommy, alors qu'il ne lui a jamais parlé, il esquive, arguant que Jace est comme un frère et que si Jace ne peut pas saquer Tommy, lui non plus.

C'est tellement puéril. Presque autant que le fait que Jace ne m'a pas dit un seul mot en un mois.

À vrai dire, ce n'est pas tout à fait exact. Qu'il ne me parle plus, je pourrais vivre avec.

Or, ce connard fait carrément comme si je n'existais pas.

— Yo, Oak, l'interpelle Cole qui approche de mon casier avec Jace. Juste un mot.

Quand on parle du loup, il apparaît.

Oakley, s'appuyant sur mon casier, le referme.

— Ça roule, mec ?

Je lui pousse l'épaule.

— Si ça ne te dérange pas ? Il me faut mon livre de chimie.

Il commence à se décaler mais Cole intervient.

— Que penses-tu des strip-teaseuses ?

Cloué sur place, Oakley sourit comme un débile.

— Que du bien.

Je lui décoche un coup d'épaule.

— Tu peux bou…

— Super, fait Cole. Je crois qu'on devrait engager des filles pour la fête d'anniversaire de Jace, la semaine prochaine.

— Oh putain, carrément, s'exclame Oakley. C'est la meilleure idée que tu aies jamais eue.

Je lève les mains. Il est clair qu'Oakley a l'esprit ailleurs mais je ne partirai pas sans mon manuel.

— Je sais, dit Cole en tapant le bras de Jace. Alors dis-lui, cet imbécile est contre.

Oakley paraît outré.

— Mec… pourquoi ?

Il tâte le front de Jace.

— Tu te sens fiévreux ?

Jace repousse sa main.

— Je vais bien. Je ne vois pas pourquoi il faut des strip-teaseuses à mon anniversaire.

— Tu vas fêter tes dix-huit ans, explique Cole. L'âge de la majorité. (Il passe un bras autour des épaules de Jace.) Le moins que je puisse faire pour mon grand frère, c'est lui offrir une troupe de danseuses exotiques.

— N'oublie pas la pute qui tortille du cul en surgissant d'un gâteau, renchérit Oakley.

— T'es bien mon pote, toi, approuve Cole en lui tapant dans le poing. J'aime ta façon de penser.

Sérieux ?

— Bande de minus. Ce sont des êtres humains, imbéciles. Pas des putes.

Cole me regarde de travers.

— Va débiter tes conneries féministes ailleurs, rabat-joie. C'est entre moi et mes *potes*.

— Au risque de souligner l'évidence, l'idée ne branche pas l'un de tes *potes*. Étant donné qu'il s'agit de son anniversaire, tu ne devrais pas le forcer s'il n'en a pas envie.

Tu vas trop loin, Dylan. Trop loin.

— Tout bien réfléchi, les strip-teaseuses, c'est exactement ce qu'il me faut, dit Jace en souriant à son frère. Plus elles sont nombreuses et mieux ce sera.

Enfoiré.

— Salut, me lance Sawyer en se joignant à notre petit cercle. J'ai retrouvé mes anciens cours de chimie s'ils t'intéressent toujours.

— Oui, fais-je en lançant un regard noir à Oakley. Ils seront mon unique support d'études pour ce soir, vu que quelqu'un a pris racine devant mon casier.

— T'énerve pas, on m'a distrait, s'excuse Oakley en s'écartant.

— Eh, Sawyer, lance Cole pendant que j'ouvre mon casier et range mon livre de chimie dans mon sac. Je me demandais si ton église accepterait de contribuer à une bonne cause la semaine prochaine.

Sawyer hausse un sourcil.

— Euh, d'après ma mère, les caisses sont vides mais je verrai ce que je peux faire. De quoi as-tu besoin ? demande-t-elle en glissant une mèche de cheveux derrière son oreille.

Il regarde Jace et Oakley.

— Une quête. On pourrait faire tourner des paniers dans la salle pendant que les filles se déshabillent et offrent des *lap dances* à Jace.

— Respect, approuve Oak. Beaucoup plus classe que de leur jeter des billets.

Sawyer cligne des yeux.

— Que je résume... tu veux que mon église te prête des paniers afin de faire la quête pour des strip-teaseuses ? (Elle grimace.) Qu'est-ce qui ne va pas chez toi ? Ne te fais pas trop d'illusions.

— D'accord, mais juste pour info, il existe d'autres moyens de faire des dons. (Cole lui fait un sourire lubrique.) Un show privé, par exemple.

Elle fronce le nez.

— Dans tes rêves, espèce de porc.

Il se mord la lèvre.

— Nan, trésor. Dans mes rêves, tu ferais bien plus que te déshabiller.

Sawyer devient plus rouge qu'une tomate.

Lui prenant le bras, je la libère des griffes de l'ennemi.

— Viens, laissons cette bande d'obsédés à leur passionnante conversation.

Elle me remet un cahier pendant que nous prenons la direction de la sortie.

— J'ai utilisé des codes couleurs et tout ça.

— Génial. Tu es la meilleure.

Je range le cahier dans mon sac.

— Je vais manger un morceau avec Tommy. Ensuite nous allons au ciné. Et après, je prévois une méga séance de révision.

Ses pas s'allègent un peu.

— Dîner et cinéma ? On dirait que ça devient sérieux entre vous.

Je ne sais pas quoi répondre. Pour l'essentiel, Tommy se montre compréhensif avec le fait que je ne souhaite pas officialiser, mais dernièrement, je sens sa patience s'émousser.

— Pas vraiment. Il sait que je ne suis pas prête pour une relation. Il est libre de voir d'autres gens, et moi aussi.

Sawyer semble perplexe.

— J'imagine qu'il le sait ?

Je suis son regard jusqu'à la Subaru orange garée le long du trottoir.

— Il est venu te chercher tous les jours de la semaine, ajoute-t-elle.

Pourquoi ai-je l'impression que mon amie me soumet à un interrogatoire ?

— Je ne savais pas que tu tenais les comptes. (Je remonte mon sac à dos sur mon épaule.) Merci pour les cours. Je te les rapporte demain.

Je commence à m'éloigner, mais elle attrape mon coude.

— Dylan, pas si vite.

Elle m'entraîne vers un coin tranquille sous un porte-à-faux.

— Je dois te dire quelque chose, j'espère que tu ne m'en voudras pas.

Ça ne présage rien de bon.

— Je t'écoute…

— Je voulais te le dire plus tôt mais à chaque fois que j'ai essayé, tu as répliqué que ce n'était pas sérieux entre vous. Alors je ne savais plus sur quel pied danser. Et puis je me suis dit que Tommy finirait par le mentionner mais à l'évidence, il ne l'a pas fait et je…

— Sawyer, je la coupe quand elle frôle l'asphyxie. Respire. Quoi que ce soit, je promets de ne pas t'en vouloir.

Elle se tord les mains.

— Tommy et moi, on est sortis ensemble une fois. Deux techniquement. Ça fait plus de six mois mais crois-moi, c'était sans importance.

— Tu ne me dois pas d'explication.

— Mais si. C'est ce que fait une bonne amie. (Un pli barre son front.) Je ne veux pas me retrouver à ton mariage dans sept ans, en me sentant coupable d'avoir oublié de signaler que j'étais sortie avec ton mari. Je ne peux pas vivre avec ça.

Le moins qu'on puisse dire, c'est qu'elle brûle les étapes.

— Compris.

J'hésite à formuler la question qui me brûle la langue, parce que vraiment, cela ne me regarde pas.

— C'est pas comme si vous aviez couché ensemble, de toute façon ?

Ce ne serait pas grave, sinon que cela rendrait embarrassants nos bavardages entre filles quand je commencerai à coucher avec lui. *Un jour.*

Elle fait la grimace.

— Sûrement pas. Je te l'ai dit, je m'accroche à ma virginité jusqu'à ce que Nick Jonas réalise que je suis son âme sœur. (Elle inspire profondément.) En toute honnêteté, je ne sais même pas pourquoi j'ai accepté. Je me sentais seule, il était disponible… tu imagines la suite.

Aisément. Je l'ai vécu.

— Je comprends. On fait tous des conneries.

— Tu es sûre que ça ne te fait ni chaud ni froid ? demande-t-elle, sceptique. Ce n'est pas l'un de tes épisodes passifs-agressifs, quand tu fais comme si tout allait bien aujourd'hui mais dans deux semaines tu me crèveras mes pneus ? Parce que dans ce cas, passons tout de suite à la phase deux, pendant les soldes chez Goodyear.

L'incrédulité la rend trop marrante.

— Sawyer, mon cousin m'a enfoncé sa langue dans la gorge le mois dernier, et tout est clair entre nous. (Je hausse les épaules.) Je suis hyper tolérante dans ce domaine. Inutile de stresser. J'apprécie que tu me le dises, mais cela ne change pas l'opinion que j'ai de toi. Ni notre amitié.

Elle semble soulagée.

— Merci de ne pas me détester. (Puis, plus sérieuse :) Je promets de ne jamais sciemment le fréquenter, lui ou n'importe qui parmi tes relations.

Je pose mon sac sur le sol pour enfiler ma veste.

— Tu peux, s'il te tente. Il n'est pas pris.

— Le garçon, peut-être pas, mais il est sans doute amoureux. (Elle m'étreint.) Envoie-moi un SMS.

Dès qu'elle s'éloigne, je me dirige vers la voiture de Tommy.

— Eh. Comment était ta journée ?

Il m'accueille avec un baiser chaste sur les lèvres.

— Pas trop mal. La tienne ?

— Plutôt bonne. Le coach nous a encore plus fait transpirer que d'habitude, mais je ne m'en plains pas.

Il boit une gorgée dans sa bouteille d'eau.

— De quoi discutiez-vous, avec ta copine ? La conversation avait l'air intense.

— Oh non. Elle voulait juste me dire que vous vous étiez fréquentés, il y a un certain temps. (Je boucle ma ceinture.) Je lui ai assuré que c'était sans importance.

Il s'étrangle en avalant de l'eau.

— Trop bizarre. Je n'en ai gardé aucun souvenir. (Il gonfle ses joues.) Dis donc, j'avais dû être sérieusement bourré.

Quelque chose dans son ton me hérisse.

— C'est dommage. Non seulement elle est remarquable, mais elle a les plus beaux seins que j'aie jamais vus.

Il ouvre et ferme la bouche comme un poisson.

— Je ne sais vraiment pas quoi dire.

— Le silence est ton meilleur ami.

Il hoche la tête en gigotant sur son siège.

— Sûrement.

Pendant qu'il redémarre, je tourne mon regard vers la vitre.

Le ventre noué, je vois Jace et Britney sortir ensemble du bâtiment.

Apprendre que Tommy et ma copine sont sortis ensemble n'a pas suscité une once de jalousie ou d'embarras.

En revanche, voir Jace marcher à côté d'elle me trouble au point que je crains de m'autobroyer les molaires.

28

Dylan

Passé

— Arrête ! râle Jace. Dès que j'essaye de t'embrasser, tu enfonces ce truc dans mon nez.

— Plus tôt tu me laisseras faire, plus vite j'arrêterai.

Renfrogné, il regarde autour de la réserve de la salle de musique.

— Très bien. Mais seulement si je peux t'embrasser après.

— Ça dépend, dis-je avec une timidité affectée.

— De ?

J'introduis le tampon dans sa narine.

— Si c'est fini pour de bon entre toi et Britney.

J'ai besoin de l'entendre le dire.

— Fini ? Mais ça n'a jamais commencé, dit-il, sa main trouvant ma taille. Comment veux-tu que je sorte avec elle, alors que la seule qui m'intéresse, c'est toi ?

Je suis près de me pincer pour m'assurer que je ne rêve pas.

— Vraiment ?

Ses lèvres s'étirent en un lent sourire.

— Tu n'en as pas idée, hein ?

— De quoi ?

L'intensité de son regard me coupe le souffle.

— De la profondeur de mes sentiments pour toi.

Pas du tout. Mais si ce qu'il ressent pour moi représente ne serait-ce qu'une fraction de ce que je ressens pour lui, je redoute une combustion spontanée.

— À quel genre de profondeur avons-nous affaire ? Une flaque ? Une mare ? Un lac ?

Dis-moi : à un océan.

Il serre mon visage entre ses paumes.

— Plus profond que la fosse des Mariannes.

Mon cœur claque comme les ailes d'un colibri.

Jace Covington vient de me dire qu'il m'aime… avec un tampon dans la narine.

Ce moment est officiellement le plus heureux de ma vie.

— Je peux t'embrasser maintenant ? souffle-t-il. Crois-moi, je suis bien meilleur à ça que pour le romantisme.

Je me mets à rire… jusqu'à ce qu'il appuie sa bouche sur la mienne.

Alors je m'élève dans les airs, je vole…

— Je ne peux pas, bougonne-t-il.

Mes poumons se grippent. *Non, non, non.* Je savais que c'était trop beau pour être vrai.

Je suis trop bête.

L'inquiétude assombrit son regard.

— Qu'est-ce qui ne va pas ?

Ce n'est pas vrai, je vais le tuer.

— Dis-moi que tu n'es pas aussi crétin. Tu essayes de me dire que tu ne peux pas…

— T'embrasser avec un tampon dans le nez.

Il tire sur la ficelle pour l'extraire.

— Non seulement il casse l'ambiance, mais il sabote mes exceptionnelles aptitudes pour embrasser.

Je baisse les yeux.

— Oh.

Évidemment, je suis une idiote. Et je manque de confiance en moi.

Le voir avec Britney m'a sérieusement embrouillé la tête.

Sensible à ma détresse intérieure, il m'enlace tendrement.

— Je suis désolé.

J'inhale son parfum frais.

— Pourquoi Britney ? De toutes les filles que tu aurais pu emmener danser. Pourquoi elle ?

— Pour te faire de la peine, te repousser. Je déplore l'efficacité de ma technique. (Il relève mon menton.) Mais ça ne se reproduira pas. Promis.

Sa sincérité est si palpable que la chaleur se diffuse dans ma poitrine.

Puis, tout aussi rapidement, la jalousie rejaillit.

— Tu l'as embrassée ?

— Non.

Je scrute ses prunelles noires.

— Couché avec elle ?

Il me regarde comme si j'étais tombée sur la tête.

— Tu plaisantes ?

Considérant que plusieurs de nos camarades de classe y vont comme des lapins, ma question n'est pas totalement insensée.

— Si je ne voulais pas l'embrasser, comment veux-tu que je couche avec elle ?

Pas faux.

Exhalant, je lève les yeux vers le plafond.

— Je ne sais pas. Je suis juste…

Jalouse. Amère. Anxieuse. *Les trois.*

Le muscle de sa mâchoire frémit.

— Je comprends. J'avais envie d'arracher les membres de Tommy et de m'en servir de baguettes pour jouer du tambour sur sa tête quand je vous ai vus dans le couloir.

— Percutante, ton image.

— Que dire ? C'était dur, admet-il avec un sourire triste. Maintenant embrasse-moi, histoire de remettre les choses à leur place.

Je me dresse sur la pointe des pieds.

— Pour ce que ça vaut, tu n'as pas de souci à te faire, à propos de Tommy. Je suis toute à t…

Ses lèvres chaudes s'écrasent sur les miennes sans me laisser terminer ma phrase.

Bien vite, le baiser tendre devient intense et dévorant. Quand il me presse contre le mur et titille ma langue avec la sienne, des frissons se répandent lentement sur ma peau.

— C'est injuste que tu sois aussi habile.

Ses lèvres se recourbent.

— J'excelle dans tout ce que j'aime. (Tendrement, il mordille ma lèvre inférieure.) T'embrasser est ma nouvelle activité préférée.

— Moi aussi.

Les bras noués autour de son cou, je l'aguiche à mon tour.

— Bon sang, Dylan, murmure-t-il avant de tenir ma nuque pour approfondir ses baisers.

Je griffe ses épaules pendant qu'il explore ma bouche. Tous mes sens sont exaltés, mes hormones s'affolent.

J'en veux toujours plus. Le goûter, le toucher, sentir chaque partie de lui.

— On aurait dû le faire plus tôt, murmure-t-il.

— C'est sûr que oui.

Un léger cliquètement me met en alerte.

— Tu as entendu ?

— Quoi ?

J'ai beau me dévisser le cou, il est impossible de discerner ce qui se passe derrière la large penderie qui nous cache.

— J'ai cru entendre la porte s'ouvrir.

Il sème des baisers sur ma joue.

— Je suis quasiment sûr de l'avoir verrouillée.

— Oh mon Dieu.

Le tremblement qui me parcourt quand les lèvres de Jace caressent mon cou est presque violent.

Il recommence, mais cette fois il suce doucement ma peau.

Je frémis et mes jambes fondent comme du mastic.

— Tu me tues.

Jace rit, suscitant un frisson le long de mon dos.

— C'est trop bon. Encore.

Mes ongles s'enfoncent à l'arrière de sa tête.

Ses doigts s'arrêtent sur le premier bouton de ma robe.

— Je peux ?

Comme je hoche la tête, il embrasse ce point et grogne.

— Ta peau est d'une douceur infinie.

Je suis sur le point de l'inviter à déboutonner le suivant lorsque mon téléphone sonne.

— Laisse sonner, grommelle Jace en embrassant ma clavicule. Il reste une heure avant la fin de la fête.

Dans des circonstances habituelles, j'aurais ignoré l'appel. Là, je reconnais la sonnerie associée à mon père. Savannah l'accapare tant qu'il ne m'appelle jamais, à moins d'une urgence.

— C'est mon père.

Jace se redresse d'un bond.

— Vaut mieux que tu répondes.

Je réprime l'envie de rire pendant que je repêche mon téléphone dans mon sac. Rien de tel pour refroidir une séance de pelotage qu'un appel du père d'une adolescente.

— Salut, papa. Que se passe-t-il ?

— Récupère tes affaires, ma puce, dit-il avec agitation. Je t'attends devant le gymnase.

Je suis tentée de demander s'il a bu, étant donné qu'il ne m'a pas appelée « ma puce » depuis des années.

— J'apprécie que tu viennes me chercher mais la fête ne se

termine que dans une heure. M. Covington a proposé de venir nous chercher. J'ai prévu de rester un peu avec Jace en fin de soirée.

Je ne sais pas comment déchiffrer l'expression de Jace mais je n'ai pas le temps de m'appesantir, la déclaration suivante de mon père canalisant mes pensées :

— Désolé, ma chérie. Informe Jace que le plan a changé. J'ai besoin que tu prennes tes affaires et me retrouves dehors.

Mon estomac se retourne.

— Tout va bien ?

Jace se rapproche de moi.

Mon père a un petit rire.

— Mieux que jamais, ma puce. J'ai de fabuleuses nouvelles. Mais je ne veux pas tout expliquer par téléphone, rejoins-moi dehors.

Je soupire de soulagement.

— Donne-moi une minute, le temps de dire au revoir à Jace.

— D'accord, mais fais au plus vite.

Bizarre.

— Pourquoi ?

— Bon sang, Dylan. Arrête de me bombarder de questions. Je t'expliquerai tout quand je te verrai, promis.

— Très bien, entendu.

— Un problème ? s'enquiert Jace quand je raccroche.

— À en croire mon père, tout va pour le mieux. Apparemment, il a une nouvelle exaltante à m'annoncer, qui ne peut pas attendre que je rentre.

— C'est…

— Étrange ? Je sais.

— Peut-être qu'il a gagné au loto, suggère-t-il avec un haussement d'épaules.

Je ris jaune.

— Je ne doute pas que Savannah apprécie.

À la pensée qui me vient ensuite, je pose une main sur ma poitrine.

— Et si elle était enceinte ?

Jace blêmit.

— Je… Merde. Tu crois ?

— Quoi d'autre ? Je ne vois pas de meilleure explication à son enthousiasme.

Sur une inspiration tremblante, je me mets à faire les cent pas.

— Il a mentionné une éventuelle promotion au travail, mais ce genre d'infos aurait pu attendre.

Je ravale la boule dans ma gorge.

— Mon père a toujours espéré fonder une grande famille. Quand ma mère est décédée et ma sœur…

Je marque un temps d'arrêt et regarde Jace.

— S'il s'attend à ce que je me réjouisse que Savannah ponde, il a pété les plombs.

— Je ne peux pas te blâmer.

Il m'attire entre ses bras.

— Mais il ne sera pas seulement le sien à elle. Vu que tu possèdes la moitié des gènes de ton père, il y a une chance sur deux pour que ce gamin soit génial, comme sa grande sœur.

Personne n'a la capacité de me remonter le moral comme lui.

— C'est vrai, je concède, la tête sur son torse. Je déteste les changements.

— Certains changements sont positifs. (Il embrasse le dessus de ma tête.) Je sais que tu stresses, mais ce n'est pas si mal d'avoir des frères et sœurs. Ils sont énervants parfois, mais le positif l'emporte sur le négatif. C'est une sorte de meilleur ami pour la vie. (Son expression se nuance de chagrin.) Quelqu'un qui te défend coûte que coûte.

J'incline son visage vers moi.

— Tout va bien ?

— Super, il faut juste que je parle… (Il secoue la tête.) Tout va très bien. (Il tend le menton vers la porte.) File, avant que ton père s'impatiente.

Après avoir reboutonné ma robe, je conclus d'un petit baiser.

— Si j'arrive à feindre une bonne dose d'excitation pour le bébé, je devrais me pointer chez toi à neuf heures et demie au plus tard. Sinon, laisse ta fenêtre ouverte.

Les mains dans les poches, il soupire.

— Je valide ton plan.

Une chose est sûre, quelque chose le tracasse.

— Es-tu…

La sonnerie associée à mon père se fait entendre. Il n'insiste jamais autant.

— Je sors, je crie avant de raccrocher et de me concentrer sur Jace. Je t'envoie un SMS. Et dis à ton frère que je m'excuse d'avoir dû partir de bonne heure.

Il se masse la nuque.

— Sans faute. Je lui dirai.

Je lui envoie un baiser et m'éclipse.

— Alors, quelle est cette grande nouvelle ? je demande en me glissant sur la banquette de la voiture de mon père.

Naturellement, Savannah, en véritable succube, s'est octroyé le siège passager. Un sourire jusqu'aux oreilles, mon père redémarre.

— Tu te souviens que j'attendais une promotion ?

Hochant la tête, j'attache ma ceinture.

— Et tu l'as obtenue ?

Il secoue la tête.

— Non, ils l'ont attribuée à Jim.

Il se penche pour embrasser la main de Savannah.

— Mais notre Savannah, mon incroyable déesse, a appris que le mari de son amie Brandi, qui se trouve être le PDG de Flash Corp, a dû limoger son directeur financier en raison d'écarts de comptabilité, et recherchait un remplaçant au plus vite.

Savannah tourne la tête et dévoile un sourire suffisant.

— Devine qui ils ont embauché à ce poste ?

Nan, vraiment, je ne vois pas.

J'ai un mal fou à me retenir d'arracher ses extensions capillaires bon marché, mais je ne veux pas assombrir l'exaltation de mon père.

— Félicitations. C'est formidable.

— Je t'avais bien dit que ma puce serait contente, déclara-t-il avant d'ajouter, sans me laisser le questionner : Je sais que j'annonce cela à la dernière minute mais Savannah a tout supervisé. Elle a dégoté une société de déménagement qui gère tout dans un délai très court, ils viennent emballer nos affaires demain. (Il fait une grimace.) Nous dormirons à l'hôtel pour l'instant, mais toi et Savannah pouvez commencer à éplucher les annonces immobilières dès demain, pendant que je prendrai mes marques au bureau.

On rembobine ?

— Une seconde… quoi ? Déménager, mais pourquoi ? Quel est le problème avec notre maison ?

La maison dans laquelle j'ai grandi.

La maison que ma mère adorait.

— Allons, Dylan, je te croyais plus futée, raille Savannah.

Elle abaisse le pare-soleil pour me regarder dans le miroir. Bizarrement, il renvoie son reflet et pas celui d'une sorcière démoniaque.

— Flash Corp se trouve dans le comté d'Orange.

— Le comté d'Orange ?

Si ce n'était pas la première semaine de juin, je penserais à un mauvais poisson d'avril.

— Mais c'est à plus de cinq heures de route.

Tournant le volant, mon père acquiesce.

— J'ai conscience qu'un petit temps d'adaptation sera nécessaire, mais les opportunités de cette envergure se font rares et il faut battre le fer tant qu'il est chaud. Flash Corp est la société de logiciels la plus prometteuse depuis Microsoft. Mon salaire de départ représente le triple de ce que je gagnais à Mayer Inc.

Mon cœur cogne si fort que je suis sûre qu'une crise cardiaque procure des sensations similaires.

— Mais… et…

— L'année scolaire se termine dans moins d'une semaine. Je les avertirai dès lundi. Avec tes notes, ça ne posera pas de problème.

Jace. Et Jace ?

— Jace. Je dois…

Ma voix se brise.

— Inutile de dramatiser, geint Savannah. Rien ne vous empêche de rester en contact, ton ami et toi. C'est pour cela que Dieu a créé Instagram et FaceTime.

Mon père glousse comme s'il n'avait jamais rien entendu d'aussi désopilant.

Submergée par la colère, je serre les poings.

— Comment pouvez-vous m'arracher à la ville de mon enfance, m'emmener loin de mes amis sans me laisser la possibilité de leur dire au revoir ?

Des larmes brûlantes mouillent mon visage. Comment la *meilleure* nuit de ma vie a pu devenir la pire ?

Savannah fait claquer sa langue et se remet à retoucher son rouge à lèvres.

— Vraiment, Dylan, tu pourrais essayer de te réjouir pour ton père ? C'est une opportunité extraordinaire pour lui.

Je ne rate pas les flammes que me lancent ses yeux pendant qu'elle embrasse un mouchoir en papier.

— Toute sa vie, il a sué sang et eau pour te procurer ce que tu désirais. C'est le minimum que tu puisses faire.

Mon père sourit de toutes ses dents.

Il anéantit ma vie, et il s'illumine comme un sapin de Noël.

C'est un cauchemar.

— Comment le saurais-tu, connasse ? Tu le connais depuis à peine un an.

Et durant ce court laps de temps, la personnalité de mon père a connu un revirement complet… à cause d'elle.

Je sais que ma mère lui manque. D'ailleurs, elle me manque aussi. Mais vivre avec Savannah et déménager ne sont pas la solution.

Je ne connais rien d'autre que Royal Manor. Mes parents ont spécifiquement choisi de m'élever ici, dans cette localité que ma mère aimait tant.

Pourquoi détruit-il son souvenir ?

— Surveille ton langage, aboie mon père.

Savannah se retourne sur son siège.

— Comment oses-tu me parler sur ce ton ? Que cela te plaise ou non, je serai prochainement ta mère et je ne tolérerai pas d'avoir pour fille une enfant gâtée qui jure comme un charretier.

Mes ongles se plantent si fort dans mes paumes qu'ils me transpercent la peau. *Elle a franchi la limite.*

— Tu ne seras jamais ma mère. Tu n'es rien d'autre qu'une pute qui court après le fric, que mon père saute parce qu'il se sent seul et qu'elle lui manque.

Elle est bouche bée, alors que mon père pile d'un coup, si brusquement que je heurte le dossier de son siège.

Il pivote vers moi.

— Ça suffit, Dylan.

Je tente d'ouvrir la portière mais elle est verrouillée.

— Je te hais. Laisse-moi sortir.

Je veux repartir en courant et supplier M. Covington de m'autoriser à vivre chez lui.

De toute façon, mon père s'en contrefiche. Au pire, ne pas m'avoir dans les pattes lui épargnera des migraines.

Il fronce les sourcils.

— Je suis désolé que tu n'aies pas eu le temps de dire au revoir à tes amis mais ce genre d'opportunités ne se présente qu'une fois dans une vie. Je pensais disposer de plus de temps pour nous préparer, mais ils ont besoin de moi sans délai. Je n'ai pas le choix.

Il tente de saisir ma main mais je m'écarte.

— Puce…

— Je ne suis pas ta putain de puce !

À compter de ce soir, je ne suis même plus ta fille.

Mes larmes se déversent à une telle allure qu'elles trempent le devant de ma robe.

— Arrête de faire l'enfant ! s'agace Savannah. Je n'ai jamais rencontré une ingrate pareille. (Elle regarde mon père.) Si elle continue comme ça, nous devrons chercher un pensionnat.

Il serre le genou de Savannah.

— Détends-toi. Elle est juste… ça fait beaucoup à digérer. Dylan n'est jamais aussi désobéissante. C'est une gentille fille.

On dirait qu'il parle d'un putain d'animal de compagnie.

Et d'abord, comment connaîtrait-il mon caractère ? Nous n'avons pas partagé une conversation de plus de trois minutes depuis le décès de ma mère.

— Je t'en prie, mon bébé, supplie mon père. J'en ai besoin.

En dépit de ma résistance, il prend ma main.

— Nous en avons besoin. C'est un nouveau départ pour nous deux.

Je veux vivre là où se trouvent mes souvenirs préférés avec ma mère.

Je veux mon meilleur ami.

29

Dylan

— Tu es sûre que ça ne dérange pas ton mec que je t'aie embarquée pour la soirée ? s'assure Oakley.

Dans le salon de Christian, nous approchons du buffet abondamment fourni en alcool.

— Pour commencer, je ne sors pas avec lui. Ensuite, même si ça l'énervait, ça ne ferait aucune différence. Je serais tout de même sortie.

Pour être honnête, j'avais des plans avec Tommy, mais quand Oakley m'a proposé de le suivre à l'anniversaire de Jace, et de faire office de capitaine de soirée, je n'ai pas hésité.

Non seulement je tiens à mon écervelé de cousin et à ce qu'il rentre entier, mais Tommy devient un tantinet collant.

J'espère qu'un peu d'espace calmera ses ardeurs.

— Je n'approuve toujours pas, murmure-t-il en secouant la tête. Tu peux faire carrément mieux que ce crétin.

Et c'est reparti.

Je décide de lui rendre la pareille.

— À propos de relations amoureuses. Comment ça se passe avec Hayley ?

Il se sert un gobelet de whisky dont il vide la moitié avant de répondre.

— Bien.

Ouais, ouais. Ces deux-là passent d'un extrême à l'autre à une telle rapidité que j'en ai le vertige.

Un instant, Oakley affirme vouloir arranger les choses, et celui d'après, il fait tout son possible pour l'éviter.

Je cherche une boisson sans alcool sur la table, mais je ne trouve que le Mountain Dew de Jace, planqué derrière des glaçons. Étant donné que c'est son anniversaire, et que j'ai mis mon T-shirt de concert préféré, celui de Jimmy Eat World, je ne piquerai pas dans sa réserve.

— Sawyer vient ce soir ? demande-t-il, changeant de sujet.

Si seulement.

— Non. Ça la met mal à l'aise de regarder des femmes contraintes de s'exhiber devant des hommes pour de l'argent.

Je promène mon regard autour de la pièce. Cole a pourtant fait toute une histoire de ses dizaines de strip-teaseuses, mais je n'en vois pas une seule.

— On les a ratées, je crois.

Oakley secoue la tête.

— Nan. Cole n'a pas pu les booker, il est mineur. *Idem* pour moi. (Il boit une gorgée.) Nous avons demandé à Jace de s'en charger mais il a refusé. Il a un truc qui cloche en ce moment. Il n'est pas comme d'habitude.

Cela capte mon attention.

— C'est-à-dire ?

Il me regarde dans les yeux.

— Je soupçonne une blonde dotée d'une grande bouche et d'un fameux crochet du droit de le perturber.

— Eh bien, s'il voulait au moins… je ne sais pas, me parler, peut-être que nous réglerions nos différends.

J'ai beau m'évertuer à me persuader que le fait que Jace m'ignore depuis un mois me laisse indifférente, c'est difficile. Dernièrement, j'ai confié à Sawyer que je préférais quand il ne ménageait pas ses efforts pour m'intimider.

À quoi elle a répondu que j'étais folle. Je commence à croire qu'elle a raison.

Oakley a un rire moqueur.

— N'y compte pas trop. Cet enfoiré est têtu.

Je le sais mieux que personne. Cela étant, je pense savoir pourquoi Jace n'a pas l'âme festive et je n'y suis pour rien.

— Il n'est pas dans son assiette à cause de son anniversaire.

À son air ahuri, je devine qu'il m'a mal comprise.

— Pourquoi ça l'affecterait ?

— C'est un rappel de plus que sa mère et son frère ne sont plus là.

Compliqué de fêter une année de plus sans compter le temps écoulé depuis la dernière fois qu'on a vu des êtres chers.

Nos anniversaires étant espacés de deux semaines, je compatis. Je ne suis pas pressée de fêter le mien.

— Merde. Je n'y avais même pas pensé. J'aurais dû. Dieu sait que ma mère a souvent oublié le mien. Ce n'est pas comparable à ce que vous endurez, mais c'est dur quand même.

Aucun doute là-dessus. Le peu que je sais au sujet de la mère d'Oakley n'est pas reluisant. D'après ma tante, c'est une droguée qui exploite les hommes, et même tout le monde. Oakley et Wayne seront plus tranquilles quand elle aura passé l'arme à gauche.

— Je suis désolée, Oak, dis-je en posant la tête sur son épaule. Nous devrions abolir les anniversaires.

— Je vote pour, approuve-t-il. Et abolir les lois, tant qu'on y est.

J'ouvre la bouche pour répliquer mais Hayley vient vers nous.

— Il faut qu'on parle.

Oakley me consulte d'un regard.

— Je vous laisse tranquilles.

Je rattrape Oakley qui s'éloigne.

— C'est toi qui es convoqué. Je vais chercher de l'eau à la cuisine.

— Traître, siffle Oakley dans un murmure juste avant que je l'abandonne avec sa future ex.

En toute honnêteté, je lui fais une faveur. Plus vite ils mettront un point final à leur histoire, mieux ce sera. Pourquoi s'accrocher à quelqu'un à qui il vaut mieux renoncer ?

Je me fraye un chemin vers la cuisine quand mon téléphone vibre. Irritée, je me hérisse à la vue du nom de Tommy affiché sur l'écran. C'est la seconde fois qu'il me téléphone depuis que j'ai annulé nos projets.

Et si je ne réponds pas, il rappellera sans relâche.

Le téléphone coincé entre mon oreille et mon épaule, j'ouvre le frigo.

— Salut, quoi de neuf ?

— Je voulais m'assurer que tu vas bien.

— *Yep*, dis-je en farfouillant dans la variété de bières qui encombrent l'étagère. Pas de changement depuis la dernière fois qu'on s'est parlé.

À savoir, quarante minutes auparavant.

— Tu as dit que tu passais la soirée en famille, alors je m'in… Où es-tu ? À une fête ?

— Je t'en ai parlé, mon cousin avant besoin que j'aille avec lui à ce truc…

— Une fête, coupe-t-il sèchement.

Seigneur. Est-ce que quelqu'un boit de l'eau dans cette maison ?

— Voilà, une fête, je répète en fermant la porte.

— Intéressant.

Je me dirige vers l'évier. Je me contenterai d'eau du robinet.

— De quoi ?

— Je trouve ça un peu bizarre : je t'invite à des soirées avec mes amis, mais tu ne m'invites jamais aux tiennes avec les tiens.

Il marque un point.

— Tu as raison.

Je repère un verre dans le placard et le remplis au robinet. Je bois la moitié du verre avant de déballer le fond de ma pensée.

— Je ne t'ai pas invité parce que j'ai pensé qu'un peu d'espace nous ferait du bien. En plus, c'est l'anniversaire de Jace ce soir…

— La fête d'anniversaire de Jace, reprend-il d'un ton sec. Voilà, tout s'explique maintenant.

Je termine mon verre et le remplis en tâchant de faire preuve de diplomatie.

D'un côté, je peux concevoir son appréhension. Pour Tommy, il m'a un jour *perdue* au profit de Jace, et il craint que cela se reproduise.

Mais d'un autre côté ? Je n'ai jamais rien caché. Pour l'instant, il n'est pas question d'engagement. Avec ou sans Jace, je devrais être libre de faire ce que bon me semble.

Comme sortir m'amuser avec mon cousin sans que personne me donne l'impression de fauter.

— Écoute, je n'ai même pas aperçu Jace, si c'est ce qui te t'inquiète.

Je prends une gorgée d'eau pour étancher la soif engendrée par la confrontation.

— Quoi qu'il en soit, je ne suis pas ta petite amie, Tommy. Nous avançons doucement, nous prenons le temps de mieux nous connaître. Tu te rappelles ?

— Dylan, je n'ai pas cinq ans. Je suis au courant de notre accord. Je sais aussi que si les rôles étaient inversés, et que j'annulais notre sortie pour me rendre à la soirée d'anniversaire d'une fille que tu n'apprécies pas, je comprendrais que tu sois contrariée.

Vu sous cet angle…

— Tu as raison, je murmure.

— Content que tu t'en rendes compte. (Il s'éclaircit la gorge.) Tu veux que je passe te…

— Nous devrions prendre un peu de distance.

Je déteste brandir cette carte, mais j'ai besoin de faire le tri dans mes pensées.

Je ne suis pas du genre à mener un garçon en bateau. Et à ce jour, je ne suis pas sûre de mes sentiments pour Tommy.

Ils existent, donc je sais qu'il m'intéresse … mais pas autant que je lui plais.

— Dylan, pas ça. Je croyais qu'on s'amusait bien ensemble ?

— Oui. Mais nous devrions faire nos trucs chacun de notre côté. Je n'ai pas envie de me sentir coincée, parce que c'est l'impression que j'ai en ce moment.

Voilà, ça, c'est fait.

— Tu as dit que tu avais des sentiments pour moi, riposte-t-il.

— C'est le cas. J'ai juste besoin de faire le point.

— Quelques jours, quelques semaines ?

— Je ne sais pas trop, dis-je franchement. Mais je te tiens informé.

— Bien sûr.

Sur ce, il raccroche.

— Le temps se couvre au paradis ?

Tournant la tête, je m'aperçois que Cole m'observe d'un air perplexe.

— J'invoque le cinquième amendement. Je sais déjà que tout ce que je pourrai dire sera utilisé contre moi, par toi et ton frère.

Il explose de rire.

— C'est de bonne guerre.

Il sort deux bières du réfrigérateur et m'en propose une. Je décline.

— Je suis le capitaine de soirée d'Oakley.

Opinant, il s'appuie au comptoir.

— Où est Sawyer ?

— Elle a refusé de venir à cause des strip-teaseuses.

Avec un petit sourire, il fait sauter la capsule de sa bière.

— Cette fille me fait trop marrer.

Au scintillement dans ses yeux, je devine qu'il craque pour elle.

— Elle ne te porte pas vraiment dans son cœur mais si tu es sérieux et que tu promets de ne pas lui faire de mal, je chanterai tes louanges.

Il me fait un grand sourire franc.

— Tu ferais ça pour moi ?

Eh bien, Cole a déjà le physique d'une star de cinéma mais avec ce sourire et ses yeux verts de loup, c'est pratiquement une bombe nucléaire.

Malgré son charme fou, le regarder trop longtemps réveille en moi une peine insondable. Le physique de Liam était tempéré par son air innocent, sa pureté. Je ne peux pas m'empêcher de me demander si plus âgé, Liam aurait ressemblé à Cole, physiquement autant que dans l'attitude, s'il était toujours de ce monde.

C'est une pensée horrible, Cole et Liam étaient deux personnes différentes, pourtant…

— Que serais-tu prête à faire d'autre pour moi ?

Je me suis tellement laissé accaparer par mes pensées que je n'ai pas remarqué que Cole s'était rapproché, envahissant intentionnellement mon espace vital.

— Tu développes ?

Il fait courir un doigt sur mon bras.

— Allons, beauté. Ne sois pas si prude.

— Je ne suis pas… Qu'est-ce qui ne tourne pas rond chez toi ? Tu en as avalé combien ? dis-je en lorgnant sa bière.

Il se penche pour susurrer.

— Assez pour savoir que j'ai envie de te baiser là-haut jusqu'à ce que tu ne tiennes plus debout.

La mâchoire m'en tombe. Je dois cependant refermer la bouche pour contenir le filet de bile dans ma gorge.

— Ça ne se produira jamais.

La main me brûle de l'envie de le gifler. Au lieu de quoi, je m'éloigne de lui.

— Ne m'approche plus.

S'il se sent rejeté, il n'en laisse rien paraître. En fait, il semble même satisfait.

— Pourquoi ?

— Parce que ça ne me branche pas ?

Il avance d'un pas.

— Pourquoi ?

— Comment ça, pourquoi ? Tu *sais* pourquoi.

Qu'importe que Jace m'exaspère, je ne coucherai pas avec son frère.

Je commence à m'en aller, mais sa main saisit mon avant-bras.

— Je pense que tu devrais t'en aller.

— Pardon ? je m'exclame, prise d'écœurement. Pourquoi ? Parce que je refuse de coucher avec toi ?

Son expression s'assombrit et il serre les doigts autour de mon bras.

— Non. Parce que tu as suffisamment fait souffrir Jace. Et si ton but est de recommencer, je jure que je t'achèverai.

La détermination dans sa menace me dit que ce ne sont pas des paroles en l'air. Ce qui me trouble encore davantage, c'est qu'il me croit capable de revenir pour nuire à Jace.

— Quoi que tu en dises, je ne ferai *jamais* de mal à ton frère. Jamais.

— Pourquoi ?

J'exprime la première bribe de vérité qui me vient à l'esprit. Celle que je ressens au tréfonds de mon être.

— Parce que je l'aime, dis-je en le regardant droit dans les yeux. Et je ne porte pas atteinte aux personnes que j'aime.

Pas si je peux l'éviter.

Il me scrute pendant ce qui semble une éternité. Sans que je sache ce qu'il décèle, cela l'incite à me lâcher.

— Tu peux rester.

Sur ce, il quitte la cuisine et je pars en quête de mon cousin.

Je le trouve en train de sucer le visage de Hayley sur le canapé du salon.

Je suppose qu'ils sont réconciliés.

Atterrée, je tourne les talons et pars aux toilettes. Toute l'eau que j'ai avalée se rappelle à moi.

Évidemment, je ne suis pas la seule à avoir un besoin pressant, la file d'attente des sanitaires les plus proches s'étire jusqu'au bout du couloir.

Du côté des toilettes des invités, ce n'est pas plus rapide.

— Il y a des toilettes à l'étage ? je murmure au gars affublé d'un bonnet devant moi.

Ses yeux s'ouvrent un peu, et je réalise qu'il fait partie du duo qui fumait le bong lors de la dernière fête.

— Nan, mauvaise idée.

— Pourquoi ?

— Mon pote Bugs a entendu dire que Christian se faisait lécher le scrotum et que la fille a recraché des miettes partout sauf dans la cuvette.

Trop d'infos. Trop d'infos dégeu.

— Merci de me prévenir.

Sur un petit hochement de tête, il lève la pipe qu'il tient dans la main.

— Tu veux tirer pour patienter ?

— Merci, mais je deviens parano au volant quand je fume. Ma vitesse plafonne à trente et je crois repérer la police à chaque voiture qui passe.

Pour ne pas passer pour une loseuse, j'ajoute :

— La prochaine fois, avec plaisir.

Il allume le briquet sous le bol et inhale.

— OK. Pas de souci.

Serrant les jambes l'une contre l'autre, je jette un regard à l'avant de la file. Sans compter mon copain fumeur, quatre personnes attendent devant moi.

— Quelqu'un peut dire à la personne à l'intérieur de se dépêcher ?

Un garçon devant nous hausse les épaules.

— Déjà fait.

— Je ne tiendrai pas.

Je vais miser sur le vomi. Si elle a raté la cuvette, au moins celle-ci sera propre.

— Quoi que tu décides, ne pisse pas dans le jacuzzi, conseille mon pote. Ça exaspère tout le monde. Essaye plutôt le saladier de punch, fait-il en souriant à Cole qui passe au même instant.

Cole écluse sa bière et lève son poing.

— Le nectar des dieux.

Espérons que je ne serai pas réduite à ça, même si c'est toujours utile de connaître ses options.

Je désigne l'escalier du pouce.

— Je monte.

Il arbore un air grave quand je quitte la file.

— Bonne chance, mon amie.

Grimpant les marches à vive allure, je m'engouffre dans les toilettes du palier.

Curieusement, et pour mon plus grand soulagement, il n'y a pas de vomi. Pour une fois, le téléphone arabe fonctionne à mon avantage.

La vessie vide, je me lave les mains. Ce faisant, j'entends une voix très similaire à celle de Jace.

— Ma queue ne va pas se sucer toute seule. Décide-toi si tu le fais ou pas.

Je lève les yeux au ciel. *La subtilité n'a jamais été le fort de Jace.*

Je me dépêche de fermer le robinet et de me sécher les mains. La dernière chose que j'ai envie d'entendre, c'est Jace et Britney s'en donner à cœur joie.

— Et si je n'ai pas envie ?

Merde, je suis trop curieuse pour mon bien. Je colle l'oreille contre la porte, côté salle de bains, pour mieux les entendre.

— Je m'en fous.

Un cliquètement. La boucle d'une ceinture, peut-être ?

— Ta copine Casey a promis de me faire tout ce que je veux, quand je veux. Alors je passerai la soirée avec elle.

Dur. N'empêche que je donnerais cher pour voir la tête que fait Britney.

— Tu es sérieux ? hurle Britney. Je n'y crois pas, la poufiasse essaye de se taper mon mec derrière mon dos.

Tes mignons ne sont pas connus pour leur loyauté, Brit-Brit.

Je plaque une main sur ma bouche pour ne pas rire, mais les prochains mots de Jace me laissent sans voix.

— Rentre tes griffes. Je ne suis pas ton mec, tu te souviens ?

Bon sang. Ce que j'aimerais être une petite souris pour voir la suite.

Elle soupire.

— Je sais, bébé. C'est juste… un truc entre filles. Casey a outre-passé les limites. (Sa voix devient entrecoupée.) Mais ne parlons plus d'elle, c'est ton anniversaire, glousse-t-elle. J'ai mis ma culotte rose que tu aimes tant.

Je m'éclipse, prise d'une brusque envie de vomir. *Il est plus que temps de partir.*

— Pas intéressé, prononce-t-il rageusement.

Je retourne à pas de loup contre la porte.

— C'est vrai. Comme d'habitude, tu veux juste rester assis pendant que je te suce, bougonne-t-elle. Sans vouloir être une salope, je commence *vraiment* à me lasser d'être ta poupée gonflable. Il y a fort longtemps, il n'y avait pas que ma bouche qui t'excitait.

Je grimace. Conte de fées, poupée gonflable et Britney forment une sinistre image.

— Écoute, je ne t'ai jamais forcée à faire quoi que ce soit contre ton gré. (Le lit grince.) Suce-moi ou pas, je n'en ai plus rien à foutre. J'en ai plein le cul de tes conneries.

— Oh mon Dieu, c'est elle. Je me trompe ? Depuis qu'elle est revenue… plus rien, dit Britney, au bord des larmes. Tu ne veux plus de moi, c'est ça ?

— Tu ne sais pas de quoi tu parles, gronde Jace. Boucle-la.

— Si j'ai tort, prouve-le. Baise-moi ici, tout de suite. Comme avant qu'*elle* débarque.

Le cœur serré, je pose la main sur la porte comme si ce geste avait le pouvoir de le retenir.

Ne le fais pas, Jace.

Je ne sais pas trop ce qui se passe étant donné qu'ils ne parlent plus.

Ce qui ne peut signifier qu'une chose.

À chaque seconde qui s'écoule, la jalousie voile ma vision d'un rideau vert.

Juste quand j'ai perdu tout espoir, Jace vocifère.

— Tu as raison. Tu ne me conviens plus.

Je libère un souffle retenu.

— Tu mens, siffle Britney. Regarde-moi et regarde-la. C'est absolument impossible qu'un gars en état de marche choisisse *ça* plutôt que moi.

Jace rit mais sans joie.

— Ça ne va vraiment pas dans ta tête, Brit.

— Ça ne va pas dans ton caleçon, Jace, crache-t-elle. Et c'est exactement ce que je vais raconter à tout le monde si tu me fais passer pour une idiote.

— Va te faire foutre. La seule qui te fasse passer pour une idiote, c'est toi.

Il claque la porte avec une telle violence qu'elle vibre.

Oh. Mon. Dieu.

Je laisse passer quelques minutes avant de redescendre. En bas, je trouve Jace qui descend des shots avec Oakley et Cole.

Oh ! oh.

— Bordel, il était temps que tu te lâches, Covington.

Renonçant au verre suivant, Jace prend la bouteille de Jack et boit une lampée.

L'angoisse me noue le ventre. Jace ne boit pas pour s'amuser. Il boit pour oublier.

Par chance, Cole intervient.

— Ralentis, frangin. Nous avons toute la nuit devant nous.

— Exactement, fait Oakley en lui prenant la bouteille. Gardes-en pour les autres.

Jace leur fait un doigt d'honneur avant de s'enfoncer dans la pièce.

Il ne le réalise peut-être pas encore, mais tout ce whisky ne tardera pas à l'assommer.

Quand le regard embarrassé de Cole se verrouille au mien, j'avance vers lui et Oakley.

— Il a mangé quelque chose ce soir ?

Il hausse les épaules.

— Pas vraiment. Mon père nous a invités à dîner pour fêter ça, mais Jace a pris la tangente avant la fin.

Mauvais signe.

Réfléchissant rapidement, je sors mon téléphone de ma poche et localise une pizzéria à proximité.

— Bonsoir, j'aimerais commander une pizza à l'ananas, s'il vous plaît.

Pour une raison qui m'échappe complètement, c'est la préférée de Jace.

— Nous fermons dans quinze minutes, répond l'employé.

Je vérifie l'heure en pestant.

— Sans vouloir insister, vous avez une solution à proposer ? C'est l'anniversaire de mon ami et il… J'ai vraiment besoin d'une pizza à l'ananas.

Oakley s'empare de mon téléphone.

— Plus une autre avec supplément fromage.

— Du pain à l'ail aussi, ajoute Cole.

Je lui arrache mon téléphone des mains.

— Je suis désolée, mais je vous promets un généreux pourboire si vous livrez.

Je prononce un au revoir silencieux à la moitié de mon salaire de la semaine à la pâtisserie.

— Très bien. Elles seront livrées dans vingt minutes, bougonne le type avant de raccrocher.

Vingt minutes plus tard, Jace danse de manière suggestive avec un groupe de filles sur le patio.

— Au moins, il se détend, commente Cole en buvant une gorgée de bière.

J'indique le carton de pizza entre mes mains.

— Ce serait mieux qu'il en avale un morceau avant que ça change.

Une fois tout installé sur une table, je me tourne vers Cole et Oakley.

— Lequel de vous deux va l'attraper ?

Oakley sort un joint et l'allume.

— J'en fais mon affaire, déclare-t-il.

En un clin d'œil, il s'avance sur la piste de danse improvisée, et se laisse porter par le flux et le reflux de la foule jusqu'à Jace. Il l'appâte avec son joint. Le visage fendu d'un grand sourire, Jace le suit. Non sans avoir flanqué une tape sur les fesses de Hayley, qui compte parmi ses partenaires de danse.

Heureusement qu'Oak ne s'en offense pas.

— Bon sang, fait Cole en s'étranglant avec sa bière.

Je reste en retrait pendant qu'ils se dirigent vers la table. Jace ne supporte pas de me voir quand il est sobre, alors j'imagine mal comment il réagirait à ma présence en étant éméché et en train de se défoncer.

— Ananas ? s'exclame Jace en prenant un siège. Les gars, vous êtes les plus merdiques des meilleurs amis de l'univers.

Cole et Oakley échangent un regard.

— Ce n'est pas notre idée, lui apprend Oakley, même si je lui fais signe de la fermer.

Cole me désigne d'un mouvement du menton.

— C'est Dylan qui l'a commandée.

Jace se retourne sur sa chaise.

— Tu ne l'as pas empoisonnée, j'espère ?

— Juste un peu, dis-je en examinant mes ongles. Mais je ne me suis pas laissé emporter, vu que c'est ton anniv et tout ça.

Il sourit de toutes ses dents, et bordel, c'est comme voir un arc-en-ciel après une tempête dévastatrice.

— Merci, enfoirée.

Il porte une part à sa bouche et mord une généreuse bouchée.

— C'est bon, cette connerie.

— Je te crois sur parole, grimace Oakley. Tu es la seule personne de mon entourage qui apprécie cette merde sur une pizza.

Mon cœur émet un triste battement. *C'était aussi la préférée de Liam.*

Jace se crispe mais un petit groupe de filles de la piste de danse déboule et se disperse parmi les garçons.

Hayley se laisse tomber sur les genoux d'Oakley, une petite brune avance jusqu'à Cole pendant que les deux autres se pressent devant Jace.

Et moi ? J'espère que les gars au bong traînent dans le coin, parce que je préfère largement leur compagnie à cette scène.

Ma jalousie se réveille quand la fille à droite de Jace lui chuchote à l'oreille, et que le visage de ce dernier s'illumine comme le ciel un soir de 4 Juillet.

— Voilà le plan : tu vas me chercher une bouteille de Jack, le temps que je termine ma pizza. Ensuite, je serai tout à toi. Et à toi, dit-il à la fille de gauche, avec un clin d'œil.

Décidément, les mecs au bong m'attirent de plus en plus.

Les deux minettes détalent, aussi joyeuses que si elles avaient remporté le gros lot.

Je m'apprête à disparaître à mon tour quand Jace me lance d'un ton mordant.

— Où est ton mec ?

— Aux dernières nouvelles, je n'en ai pas.

Il semble s'agiter en mâchant sa pizza. Pour la seconde fois, je m'apprête à mettre les voiles quand il parle.

— La prochaine fois que ton mec-pas mec vient te chercher au lycée, je le démolis et je lui défonce la gueule avec une batte.

Tête penchée, il me cloue sur place d'un regard.

— Considère cela comme ton unique avertissement, ajoute-t-il.

Il ne peut pas être sérieux. Qui menace quelqu'un pour avoir raccompagné une fille du lycée ?

Je ne vois même pas quoi répondre. En fait si, je sais.

— Tu n'es pas autorisé à contrôler qui passe me chercher ou pas. Et je ne te permets pas non plus de menacer mes amis.

Il commence à répliquer mais les deux filles, à présent en bikini et munies d'une bouteille de whisky, se glissent à côté de lui.

Instantanément, il prend la bouteille des mains de la fille en bikini blanc et se met à boire.

— Oh ! vas-y doucement, bonhomme, s'exclame Oakley, les yeux ronds.

Jace n'en fait qu'à sa tête. Il ingurgite un tiers de la bouteille avant que Cole la lui arrache des mains.

— Tu te prépares une gueule de bois mémorable, mec.

Il engouffre une nouvelle part de pizza.

— Rien à battre. (Il décoche un sourire en coin aux filles.) Allez m'attendre dans le jacuzzi.

Elles s'exécutent sans perdre une seconde.

Je regarde Oakley se servir un autre verre.

— Je retourne à l'intérieur. Fais-moi signe quand tu seras prêt à rentrer.

Oakley s'apprête à parler mais Jace se lève en criant :

— Viens ici.

Il n'a pas osé.

Je jette des coups d'œil autour de la terrasse.

— Attends, c'est à moi que tu parles ? Je ne réponds pas aux hommes de Neandertal, je rétorque, les yeux plissés. Si tu me veux à ce point, c'est à toi de rappliquer.

Lentement, il me regarde de haut en bas.

— Ah ouais ?

Mon cœur se loge dans ma gorge alors qu'il franchit la courte distance jusqu'à moi.

— Me voilà.

Sa voix est rauque, son ton bourru.

Impossible de nier son ton provocateur. Je me force pourtant à ne pas réagir. Il est ivre, c'est son anniversaire et il joue avec mes nerfs. Rien de plus, rien de moins.

— Ouaip, te voilà. Alors, quel est ton problème ?

J'arrête de respirer quand il crochète son doigt dans le passant de la ceinture de mon jean pour me tirer vers lui.

— Toi.

Bon sang. J'étouffe le besoin de toucher ses abdos impressionnants, de même que la proéminence pressée contre moi.

— Super. Alors je m'en vais.

Il serre ma hanche d'un geste possessif et se rapproche encore plus en chancelant un peu.

— Pas question…

— À quoi tu joues, espèce de traînée ? tonne une voix aiguë.

Bien entendu, Britney débarque pour marquer son territoire.

Même si après ce que j'ai entendu, le terme « territoire » reste à débattre.

Oakley et Cole se taisent, dans l'attente du second round. Mais fatiguée par tous ces drames, je l'ignore royalement.

Je commence à m'écarter mais Jace me serre plus fort, tout en lançant un regard à Cole, derrière lui.

— Je ne vais pas tarder, annonce-t-il.

Sa façon de buter sur les mots et de vaciller me dit que les effets du whisky sont sur le point de lui tomber dessus d'un coup.

Britney est le cadet de mes soucis, surtout quand je vois Jace sortir ses clés de sa poche.

— Tu n'es pas en état de conduire, Jace.

— Je gère, proteste-t-il en reculant d'un pas.

— Tu te sens bien, mon chéri ? minaude Britney.

L'ignorant, je me focalise sur lui.

— Tu es ivre. (Je regarde Oakley.) Viens, nous le déposerons sur le chemin.

Oakley commence à hocher la tête mais Hayley fait la moue.

— Lapin, tu as promis de passer la nuit ici avec moi.

Première nouvelle.

Quelque chose passe dans le regard d'Oakley, puis il hausse les épaules.

— Exact. Désolé, cousine. (Il embrasse le bras de Hayley.) Les désirs de ma meuf sont des ordres.

Formidable. Il m'a pratiquement traînée ici sans motif valable.

— J'aurais conduit si je n'avais pas quelques bières au compteur, déclare Cole en levant les deux mains.

Il se tourne vers la petite brune avec un sourire enjoué.

— Moi aussi je prévoyais de rester ici cette nuit.

Jace me pousse en passant.

— Je sais ce que je fais.

Je le rattrape par le bras.

— Donne-moi tes clés. Je te reconduis chez toi. Ou je te réserve un Uber. Au choix.

Il marmonne des paroles incohérentes.

— Euh, excusez-moi, interrompt Britney en s'imposant. *Je* suis sa copine. Ce qui fait que c'est ma responsabilité de le raccompagner.

Je jure que je sens tous les regards sur nous.

Ravalant la pulsion de remettre cette pétasse à sa place, je pivote vers elle.

— Tu as bu ?

Bien que je déteste l'idée que Britney le raccompagne, l'essentiel est qu'il rentre en sécurité. Considérant qu'il ne me supporte pas, il préfère sûrement partir avec elle.

— La moitié d'un bay breeze il y a trois heures.

Une rapide évaluation atteste qu'elle a l'esprit clair.

— Très bien, mais…

— Oh et puis merde. Je t'emmerde, connasse, peste-t-elle en me poussant de son chemin. Je ne vais pas te laisser manigancer son viol.

Elle a dit quoi là ?

— Répète un peu !

Elle bascule la tête en arrière.

— Oh ! trésor, s'exclame-t-elle en basculant la tête en arrière. Ce n'est un secret pour personne que Jace t'obsède. Je ne serais pas étonnée que toi ou ton désespoir profitiez de son état d'ébriété. Tu sais que c'est la seule façon de te le taper.

— Waouh, Brit-Brit. Tu ne projetterais pas tes problèmes sur moi ?

Ses yeux se réduisent à deux fentes.

— Je te demande pardon ?

Non, je ne déballerai pas le linge sale de Jace.

— Laisse tomber.

— C'est bien ce que je pensais.

Elle tapote les paumes de ses mains sur le torse de Jace. Les yeux fermés, il semble faire tout son possible pour se retenir de vomir.

— Dégage, me lance Brit. Va plutôt choper un autre pauvre type assez cuit pour te baiser. Je prends les choses en main.

Des rires fusent.

— Tu veux de la crème contre les piqûres ? ironise un fêtard.

D'autres rires.

La main me démange de lui coller mon poing sur le nez. Si je cède, ça risque de dégénérer, et Jace pourrait filer en douce.

Ravalant ma fierté, je décide de m'effacer.

Britney enroule son bras autour de celui de Jace.

— Allons-y, bébé.

Secouant la tête, il recule en oscillant sur ses pieds.

— Non.

Britney lève les yeux au ciel.

— OK, alors allons prendre l'air.

Elle tente de l'entraîner avec elle mais Jace résiste.

— Jace, ché…

— Non, déclare-t-il sur un ton si bas que les poils de mes bras se dressent.

Secouée par un rire nerveux, elle regarde Cole et Oakley.

— Un petit coup de main ne serait pas de refus.

Aucun d'eux ne bouge. À leur expression, il est évident qu'ils ne sont pas ses alliés. Elle tente de nouveau de le guider, ce qui pousse son agacement à son comble.

— Ne me touche pas, putain, grogne-t-il en l'esquivant. Je te le redis, toi et tes conneries, c'est du passé.

Hayley lâche un cri de surprise.

— Oh merde, grommelle Oakley.

— Ce n'est pas trop tôt, marmonne Cole.

Britney offre à Jace un sourire nerveux.

— Trésor, tu es manifestement ivre. Tout à l'heure, tu m'as emmenée à l'étage tellement tu ne pouvais pas t'empêcher de me peloter et de réclamer ma bouche.

C'est une version pour le moins déformée de l'événement.

Mais Britney n'en a pas fini.

— Je sais que je t'ai fait de la peine quand j'ai proposé de faire un break, mais je tiens sincèrement à ce qu'on reste amis.

Elle tente de toucher son visage mais Jace détourne la tête.

— Tu vois, là, je me comporte en amie. Je te suggère de faire attention à ne pas gâcher ça aussi.

Je commence à croire qu'elle est la plus ivre des deux, tellement elle trafique la réalité.

Alors que j'ouvre la bouche pour intervenir, Jace éclate de rire.

Un rire hystérique. Qui le secoue littéralement.

— Avant, un accès libre à ta chatte suffisait à faire oublier tes délires mais plus maintenant.

J'en reste bouche bée. Et Britney aussi.

— Un peu de crème aussi pour cette piqûre ? raille Oakley.

Elle le fusille du regard avant de se concentrer sur Jace.

— Écoute, c'est ta dernière chance. Tu veux bien arrêter de te rebeller comme un ivrogne agressif pour que je puisse te ramener chez toi ou pas ?

Il me lance ses clés.

— Prêt si tu l'es.

Il n'a pas besoin de me le dire deux fois.

— Je jure sur la tête de ma mère que si tu pars avec elle, l'avertit Britney quand il titube vers moi, je raconterai à *tout le monde* ton petit *souci.*

Dos à elle, il brandit son majeur.

— Parfait, réplique-t-elle. Mais pour info, l'alcool n'aidera pas à faire durcir ta bite molle.

Avec un sourire cruel, elle s'adresse à la foule.

— C'est pour ça que j'ai rompu avec lui ce soir. Il n'a plus le nécessaire pour assouvir une fille, moi ou n'importe qui d'autre. Vous voyez le topo ?

Mes poings se serrent, alors que Jace se retourne.

— Tu ne peux pas rompre avec quelqu'un qui n'avait pas envie de sortir avec toi au départ, réfute-t-il. Et peut-être que ma bite t'aurait mieux appréciée si tu traitais ce petit souci intime.

Remuant une main sous son nez, il se rapproche d'elle.

— Je ne suis pas médecin, mais une chose est sûre, ta chatte pue tellement qu'on jurerait qu'une bête est morte à l'intérieur.

Non seulement ses paroles sont violentes mais elles sont soulignées par le fait qu'il semble sérieusement pris de nausée.

— Si je devais passer une minute de plus dans cette pièce avec toi et ton odeur de poisson pourri, j'aurais…

Avec un mélange d'horreur et d'enchantement, je le vois projeter des morceaux de pizza à l'ananas et du whisky partout sur elle.

Britney hurle si fort que je suis surprise que mes tympans n'éclatent pas pendant que tout le monde rit et redouble d'acclamations.

Jace ôte sa chemise pour s'essuyer la bouche avec, avant de la lancer sur elle.

— J'aurais fait *ça*.

Un regard vers moi.

— Prête ?

Je fais de mon mieux pour ne pas me focaliser sur ses sublimes abdos pleinement exposés.

— Absolument.

Comme il chancelle, je glisse un bras autour de sa taille.

— Avant de partir, tu ne crois pas qu'on devrait chercher de quoi te rincer la bouche ?

30

Dylan

Hormis me demander de ne pas emboutir sa Lexus et de faire le plein à la station-service, Jace n'a pas prononcé un mot dans la voiture.

Le bon côté des choses, c'est qu'il a meilleure mine depuis qu'il a gerbé sur Britney.

Il remonte la capuche de son sweat-shirt, celui qu'il m'a demandé de sortir du coffre pendant qu'il se rafraîchissait dans la salle de bains.

— Je reviens dans une minute.

— Tu es sûr que tu ne veux pas que j'aille payer ?

Il descend du véhicule et claque la portière.

Sa façon de dire non, j'imagine ?

Entre sa capuche noire et sa mine de déterré, on le croirait sur le point de commettre un crime dans la minuscule épicerie.

Deux minutes plus tard, il ressort muni d'un soda et d'une bouteille d'eau.

— En route.

Je redémarre en marmonnant.

— Allergique à la politesse ?

Il grogne en guise de réponse.

Nous sommes presque arrivés quand il indique mon côté de la route.

— Prends à gauche.

— Ce n'est pas le chemin.

— Nous faisons un détour.

Ce qui n'est pas du tout inquiétant ni rien de ce genre. J'écrase la pédale de frein.

— Pourquoi ?

— Je ne suis pas d'humeur à rentrer. D'accord ? fait-il, bras croisés. Redémarre… ou je prends le volant.

Je démarre et bifurque à gauche.

— Comme tu voudras.

Emmerdeur.

Je ne sais pas où elle aboutit, mais la rue étroite et sinueuse combinée à la pluie diluvienne me donne la chair de poule.

— Tourne à droite, indique-t-il.

— Où allons-nous précisément ?

Je découvre la réponse à l'approche d'une sorte de parc abandonné. Je me gare et coupe le moteur.

— J'ignorais qu'il y avait un parc dans le coin.

— Ils l'ont construit après ton départ, mais il n'intéresse pas les crétins de gosses de riches de notre côté de la ville. (Il renverse la tête contre l'appuie-tête.) Donc il se délabre.

— Dommage.

Le silence se prolonge éternellement avant que je retrouve mon courage légendaire.

— Jace, on peut…

— Non.

Je détecte une note sombre dans sa voix, qui m'avertit de ne pas agacer la bête.

— Je ne peux pas, putain. Pas ce soir.

Je ne sais pas de quoi il parle exactement, mais pour ne pas le contrarier le jour de son anniversaire, je laisse tomber.

— D'accord.

Je me décale légèrement pour le regarder.

Il est étendu sur son siège incliné, les jambes écartées, et sa capuche recouvre la moitié de son visage… cette vision de lui titille mon intimité, mais j'ai mal au cœur.

De toute évidence, il est aux prises avec des démons… seul dans ce combat.

Cette idée me rend mal.

J'incline mon siège et me détends sur le cuir épais.

— Eh.

Il tourne un peu la tête, son regard glissant sur moi comme de la lave.

— Eh.

Je lève la main pour effleurer la ligne de son front.

— C'est un peu fou.

Sur son sublime visage sculpté, aux pommettes saillantes et aux lèvres pleines, ses yeux dégagent une douceur et une vulnérabilité que je n'ai pas vues depuis des années.

— De quoi ?

Je fais courir mon pouce sur ses joues.

— Qu'après tout ce temps sans se voir, être tout près de toi…

La réalité, à savoir que nous ne sommes plus amis, me pulvérise le cœur et me réduit au silence.

Ses doigts remontent le long de mon bras.

— Être tout près de moi quoi ?

Me donne toujours envie de fusionner les morceaux brisés de mon cœur aux tiens.

— … fend mon armure, je chuchote parce que, amis ou pas, je ne serai jamais capable de lui taire mes secrets. Je suppose que tu as manqué à mes fêlures autant qu'à moi.

Il soupire d'un coup.

— Tu dis des conneries super bizarres, parfois.

Je ne peux pas m'empêcher de rire. Il n'a pas tort.

Mais aussi, il est le seul qui me comprenne vraiment.

— Ouais, mais tu adores ça.

Il esquisse un sourire, vite chassé par un air grave.

— Ouais… j'adorais ça, avant.

J'aimerais tellement savoir ce qui a provoqué ce changement, ou comment arranger les choses, mais Jace a dressé des murs immenses, impossibles à escalader.

Cela dit, je ne suis pas du genre à baisser les bras. Les verrous de son royaume déglingué ont peut-être été changés, je me souviens clairement de sa façon de fonctionner.

— Cole dit que tu es parti au beau milieu de ton dîner d'anniversaire.

Un muscle de sa joue tressaute.

— Cole a une putain de grande gueule.

Pas faux, mais hors sujet.

— Nous nous faisions du souci pour toi. (Je soutiens son regard.) Tu n'es pas obligé de me le dire si tu n'en as pas envie mais tes secrets ont toujours été bien gardés avec moi. Quelle que soit la peine que tu pouvais me faire.

Quand Jace a avoué qu'il avait commis tous ces actes condamnables contre moi, j'aurais pu riposter en révélant ses anciens secrets, mais je ne l'ai pas fait.

Nous étions les meilleurs amis du monde avant de devenir ennemis, alors mon amour pour lui sera toujours plus fort que mon animosité.

Je sens la glace autour de lui fondre un peu.

— Mon père me pousse à partir à la fac loin d'ici. Et ce soir, pendant le dîner, il a mentionné que je travaillerais pour Trust Pharmaceuticals et entrerais en stage l'année prochaine.

— Mais ce n'est pas ce que tu veux faire.

Ce n'est pas une question mais un fait. Jace n'a jamais témoigné le moindre intérêt pour la société de son père. Depuis des années, il ambitionne de devenir développeur de jeux vidéo.

Il secoue la tête.

— Putain, non. Je n'y connais rien et je n'ai aucune envie d'apprendre.

Sans oublier l'obstacle majeur : pourquoi Jace travaillerait pour la société responsable du décès de son petit frère ?

OK, c'était accidentel, mais quand même. Ce serait un rappel violent de son chagrin, jour après jour.

— Ça craint qu'il te mette la pression.

— Je sais.

Il déglutit difficilement.

— Je ne suis même pas sûr de vouloir poursuivre mes études. Mais si j'allais en fac, j'en choisirais une dans la région, afin d'être là pour Cole et Bianca. (Il hausse les épaules.) De toute façon, je projetais de me prendre un appart' après les examens, avec l'argent que m'a rapporté *Z.I.* Et si je n'ai plus de cours, j'aurai le temps de développer et de commercialiser d'autres jeux.

La fierté enfle dans ma poitrine.

— Tu as vendu un jeu ? C'est génial.

Son regard s'illumine.

— *Zombie Island.* Enfin, c'est comme ça que la boîte qui l'a acheté l'a rebaptisé. À la base, je l'avais appelé *Zombie Nightmare.*

— *Zombie Nightmare*, c'est carrément plus cool.

— On est d'accord ? (Il fait la grimace.) Ils voulaient cibler les plus jeunes, alors j'ai dû apporter des modifications et…

Il secoue la tête.

— Bref. Le truc, c'est que je n'ai pas besoin d'aller à la fac pour exercer le métier qui me plaît.

— Non, tu n'as pas besoin. Encore moins si tu n'en as pas envie. Je veux dire, moi, je pense y aller par sécurité, pour avoir un diplôme de commerce…

— Ce n'est pas une mauvaise idée, intervient-il. De cette façon, quand tu monteras ton label de musique, tu n'auras pas besoin d'engager une équipe de tocards qui te baladeront pour finir par couler ta boîte.

— Précisément, dis-je en mordillant l'ongle de mon pouce. Même si un diplôme de commerce ne suffira pas pour démarrer un label. Je dois encore repérer des groupes de qualité, qui me feront suffisamment confiance pour remettre leurs rêves entre mes mains. Et puis, mon père est en prison et les autorités réquisitionnent chaque centime de ses comptes bancaires, alors je dois trouver un moyen…

Je retiens mon souffle.

— Je m'emballe.

La seule pensée de tout ce qui me sera nécessaire d'assumer prochainement me donne le tournis. Sans oublier que je serai tellement fauchée qu'un bol de *ramen* sera du luxe.

Mais quand on veut, on peut, et je suis déterminée à concrétiser mon projet.

— J'ai toujours du mal à croire qu'il est en prison. (La désapprobation voile ses traits.) Je suppose que Savannah n'y est pas pour rien ?

C'est comme demander à un aveugle s'il voit clair.

— Évidemment. Mais bon, elle s'en est bien tirée en se présentant comme une jeune épouse innocente qui ne savait rien. (Je me redresse, tout à coup en colère.) Au départ, c'est quand même elle qui l'a orienté vers ce poste. Le PDG est le mari d'une de ses amies. Et vu comme elle le poussait à gagner toujours plus quand nous avons déménagé, je ne vois pas comment cela ne faisait pas partie de son vaste plan dès le début.

— Quelle salope, gronde Jace. Maintenant qu'elle ne fait plus partie du paysage, ta relation avec ton père s'est probablement améliorée.

— Pas vraiment.

Je détourne le regard. Ce que je m'apprête à dire semble venir d'une garce insensible.

— Je n'arrive toujours pas à répondre à ses coups de téléphone ni à lui rendre visite.

— Oh.

Malgré la surprise, je ne sens pas une once de jugement dans sa voix.

— Pourquoi ?

— Parce que je suis en colère, dis-je, ravalant la boule d'émotions dans ma gorge. Je crois que c'est ma façon de le punir d'avoir oublié ma mère et choisi Savannah plutôt que moi. (Je ferme les yeux.) Purée, plus malsain, ça existe ?

— Non, je comprends.

En un instant, il se replie sur lui-même et se retranche de nouveau derrière sa froideur.

— Il y a des choses difficiles à pardonner.

Le regard qu'il glisse vers moi me perce le cœur.

— Malgré les années.

Je n'y tiens plus. Je suis comme à une aveugle décidée à désamorcer une bombe.

— Que…

Son regard se fait tranchant.

— Arrête. Ramène-moi à la maison.

Avec un hochement de tête, j'ajuste mon siège. Ce que je ne voulais surtout pas, c'était gâcher son anniversaire. Bien sûr, c'est exactement ce que j'ai réussi à faire.

— Je suis désolée, je murmure alors qu'un éclair illumine le ciel et que l'averse s'intensifie.

— Mais ça me tue…

— Bien. Maintenant tu sais ce qu'on ressent.

Son ton sec est meurtrier.

Frustrée, je frappe le volant d'une main.

— Je ne veux pas me disputer avec toi.

— Et je ne voulais pas te revoir, pourtant tu es là.

Quoi que je fasse ou dise, il s'acharne à me le faire payer. J'ai besoin qu'il dépasse sa rancœur et réalise que je ne suis pas son ennemie.

Je sais qu'il veut rentrer chez lui mais c'est moi qui conduis. Ce qui signifie qu'il me reste du temps pour percer sa carapace d'entêté.

Je vérifie l'heure sur le tableau de bord. Un peu plus de 2 heures.

— Techniquement, c'est toujours ton anniversaire, à Hawaï. (Je glisse un regard vers lui.) Si tu pouvais formuler un vœu pour ton anniversaire, exception faite de l'évidence, vu que je ne peux pas les ramener, que choisirais-tu ?

Il me regarde comme si je marchais sur la tête.

— Tu t'imagines qu'un cadeau d'anniversaire à la con arrangera tout ?

— Non, je réponds en lui pinçant le ventre. Mais plus tôt tu me le diras, plus vite je me tairai et te reconduirai chez toi.

L'irritation durcit les traits de son visage.

— Tu es une plaie, tu sais ?

Je lui adresse un sourire hypocrite.

— Je suis au courant, tu peux me croire.

Les coins de sa bouche frémissent juste avant qu'un air grave l'emporte.

— J'aimerais pouvoir l'éteindre. Juste un petit moment, termine-t-il en plantant ses yeux dans les miens.

Sa tristesse est si palpable qu'elle chasse l'air de mes poumons.

M'avançant, j'effleure sa barbe naissante du bout des doigts.

— Éteindre quoi…

Sa bouche s'écrase sur la mienne.

Le baiser est vibrant de désespoir et d'une avidité vengeresse. Nos lèvres s'apaisent et se percutent comme des amants et des ennemis qui se donnent du plaisir et commettent une faute… essayant de voir ce qui l'emportera.

L'une de ses mains est posée sur mon cou, l'autre tient mon visage pendant que sa langue multiplie les assauts passionnés, me défiant de lui répondre.

Il gronde quand je le fais, et sa main s'aventure plus bas. Un frisson me parcourt au moment où il effleure la courbe de mon sein du bout de son pouce.

— Jace.

Je halète contre sa bouche.

Il plonge la tête, suçant et mordant ma gorge. Mes ongles explorent sa nuque puis s'accrochent à son sweat-shirt.

— Enlève ça.

Sans crier gare, il rompt le baiser… et descend de voiture.

Je suis perdue, dans la confusion pendant une bonne minute, m'efforçant de comprendre ce qui vient de se produire.

La colère gronde comme le tonnerre quand je réalise… La violence me fait trembler.

Il ne peut pas continuer à m'infliger ça.

À souffler le chaud et le froid. J'en ai ma claque.

Je ne suis pas un jeu vidéo qu'il peut éteindre et rallumer comme bon lui semble.

Je ne suis pas quelqu'un qu'il peut continuer à punir parce qu'il ne maîtrise pas ses émotions.

Jace Covington voulait une dispute… il va obtenir bien plus.

Parce que c'est une putain de guerre que je m'apprête à livrer.

Le souffle court et sous pression, je descends de voiture.

Sous une pluie battante, je marche vers lui, le regard verrouillé à sa grande silhouette.

— Eh, Covington.

Un éclair de rage me frappe mais il ne me calcule pas.

J'accélère le pas.

— Eh, ordure !

Le dos tendu, il se retourne.

— Quoi ?

— Va te faire foutre, je hurle.

Mon poing s'abat sur son visage.

Il vacille un peu, sans doute stupéfait.

Puis il se ressaisit.

— Recommence.

Les éclairs qui zèbrent le ciel illuminent son regard menaçant rivé sur moi.

— Frappe si tu oses.

J'ai sûrement perdu la raison parce que sa menace ne suffit pas à m'arrêter.

Au contraire, elle me stimule tellement que je cogne à nouveau.

Il écume de rage en venant au plus près de moi.

— Plus fort.

Un autre coup, assez violent pour lui fendre la lèvre.

Le ventre noué par l'anxiété, je le vois cracher du sang et continuer d'avancer, me faisant reculer jusque dans sa voiture.

— C'est fini ?

Loin de là, mais je réponds d'un petit hochement de tête.

— Bien, dit-il d'une voix éraillée, sa main saisissant ma hanche. À moi, maintenant.

D'un seul geste rapide, il me fait pivoter, le ventre sur le capot humide.

— Ne commence pas si tu ne peux pas aller au bout, Taylor.

— Qui a dit que je n'étais pas prête à aller jusqu'au bout ? je crache rageusement.

Il baisse sa braguette et son jean.

— Nous n'allons pas tarder à en avoir le cœur net. Pas vrai ?

Sa main s'immisçant entre mes cuisses, il fait craquer l'entrejambe de ma culotte avant de l'arracher.

— Montre-moi ce que tu as de plus sombre, dis-je. Je te défie de…

Je le regarde par-dessus mon épaule.

Puis je retiens mon souffle quand deux longs doigts palpent ma vulve.

Il a un petit rire.

— Je savais que tu mouillais pour moi.

Le dur renflement de sa queue calé entre mes fesses, il pompe avec ses doigts.

— Joliment serré.

Mes terminaisons nerveuses me brûlent. Avide d'en avoir plus, je me frotte contre lui.

— Sors-la et baise-moi.

Il retire ses doigts.

— Nan, bébé. Ma queue se mérite.

Il s'ajuste au-dessus de moi. Sa respiration haletante chatouille mon oreille alors qu'il tire sur ma queue-de-cheval.

— Ouvre ta chatte pour moi.

Il mordille le lobe de mon oreille, faisant frémir mon corps entier.

— Je suis d'humeur à déguster.

La chaleur affluant dans mes veines, je libère mes pieds de mon jean que je lance sur le côté. Dans un râle, il ajuste sa jambe entre les miennes, de façon à les écarter au maximum.

La rougeur se propage sur mes joues quand il saisit mes fesses, m'expose pleinement.

— Bien mieux.

Remontant mon T-shirt, il mordille et suçote ma peau en longeant mon échine, le piercing de sa langue marquant chaque vertèbre. Puis il s'agenouille.

Un nouvel éclair déchire le ciel et un grondement se fait entendre dans le fond de sa gorge.

— Regarde, toute rose et prête pour moi.

Bon sang. Sa bouche est une arme à de nombreux égards.

Je siffle quand sa barbe naissante picote ma chair et qu'il me hume. Un geste follement intime. *Obscène et illicite.*

Ma respiration est courte et haletante alors que, le visage entre mes cuisses, il entreprend de me dévorer.

Si avide, si pervers. Si…

— Oh mon Dieu.

Chaque assaut de sa langue habile me fait tourner la tête. Me précipite dans son abysse.

Sa main entreprend de caresser mon clitoris, sa langue se contorsionne pour promener le métal sur mon intimité.

— Jace.

Je me tends comme un lance-pierre, prête à me propulser là où il voudra, le laissant m'entraîner au bord de l'inconscience.

— Putain, ça y est.

La main dans mon dos, j'agrippe sa tête pour le maintenir en place.

— N'arrête pas.

Un son guttural résonne dans son torse et ses mouvements s'accélèrent. La sensation qui m'envahit est si intense qu'elle se répercute jusque dans mes os, me faisant trembler autour de lui.

Grondant, il se repaît de mon orgasme.

— C'est tout ce que tu as pour moi ?

— Je…

Il masse langoureusement mon clito, prolongeant les ondes de plaisir au point que je m'envole de nouveau. J'ai l'impression d'être sur des montagnes russes interminables.

Ma sensibilité exacerbée frôle l'intolérable. Un grognement douloureux secoue mes cordes vocales quand il me retourne et introduit deux doigts en moi… juste avant d'aspirer dans sa bouche le point qui fait se recroqueviller mes orteils.

Mes cuisses tremblent autour de sa tête, je gémis et me tortille. C'est trop. *Trop intense.*

La gorge chargée d'émotions, je prononce son nom d'une voix étranglée.

C'est une lutte pour respirer alors que mon corps se liquéfie encore, sinon que cette fois, le plaisir est brut et rapide. Nuancé de touches de douleur.

Je me sens aussi vulnérable que si je venais de partager quelque chose d'intime et de sacré. Jusqu'à présent, j'étais la seule capable de me procurer un orgasme, quoique je n'aie jamais déclenché de réaction aussi viscérale.

Tout en essuyant sa bouche d'un revers de la main, il se relève. Ses yeux qui m'explorent telles deux braises me font me sentir encore plus nue que je ne le suis déjà.

J'ouvre la bouche pour parler mais je n'en ai pas l'occasion… parce qu'il prend la tangente.

31

Dylan

Un peu moins de deux semaines se sont écoulées depuis que Jace m'a laissée à moitié nue sur le capot de sa voiture, disparaissant sans un mot.

Tout est redevenu comme avant, si ce n'est qu'il redouble d'efforts pour m'éviter et applique le même traitement à Oakley. Il ne s'arrête même pas pour discuter avec lui dans le couloir si je me trouve à proximité.

Le seul avantage de la situation est qu'il ignore aussi Britney. D'après radio potins de RHA, elle a déjà tourné la page. Et si ces potins se vérifient… c'est avec Cole.

Ce qui explique l'air renfrogné de Sawyer, venue me rendre visite à la pâtisserie.

— Je ne comprends pas, souffle Sawyer. Qu'est-ce que Cole lui trouve ?

La même chose que Jace.

— Son bonnet E ? je suggère en astiquant le comptoir.

Pourtant, le décolleté de mon amie ne passe pas inaperçu. À quoi s'ajoute sa personnalité nettement plus agréable.

Si Cole ne la convoite pas, c'est qu'il est irrécupérable.

— Je me disais…

Elle secoue la tête et baisse les yeux.

— Oublie ça. C'est sans importance.

Oh ! punaise. Elle ne s'en rend peut-être pas compte, mais elle craque carrément pour lui.

— Tu te disais quoi ?

— Que peut-être, seulement peut-être, il était différent des abrutis du clan des populaires, admet-elle dans un haussement d'épaules. Je ne sais même pas pourquoi. À l'évidence, je me suis trompée.

Sa déception est tangible.

J'aimerais la rassurer, mais je n'ai rien de positif en stock. Les garçons sont désespérants. En particulier les Covington.

— Je suis désolée, Sawyer.

— Vous savez, la pomme ne tombe jamais loin de l'arbre, déclare Mme Dickinson en sortant la plaque de croissants du four.

L'expression de Sawyer me dit qu'elle est aussi déroutée que moi.

— Je ne vous suis pas, reconnaît Sawyer.

Mme Dickinson soupire.

— Comprenez que la personnalité et les actions d'une personne sont forcément influencées par quelqu'un.

Elle éjecte le tiroir de la caisse enregistreuse et range des billets dans une enveloppe.

— Possible qu'il fréquente cette fille parce qu'il a l'impression qu'elle est le genre qu'on s'attend à voir avec lui.

Quoique je déteste l'admettre, ma boss n'est pas loin de la vérité. Cole est le *quarterback* phare… et en ce moment, Britney est la capitaine des pom-pom girls. Ils s'accordent comme le beurre et la confiture.

Ou plutôt, comme du beurre et une gelée artificielle à zéro calorie, très Britney.

— Elle a raison. Ça m'étonnerait qu'elle plaise réellement à Cole. Il fait bonne figure à cause de son statut social.

Mme Dickinson hoche la tête.

— Comme disait ma mère… qui se couche avec des chiens se réveille avec des puces.

Je souris à Sawyer.

— Exactement. Mais la grosse puce passe son bac cette année, elle ne sera bientôt plus là.

Sawyer se rembrunit.

— Toi non plus.

— Mais moi, je ne partirai pas à la fac. (Je n'en aurais pas les moyens, même si je le voulais.) Nous continuerons de nous voir le week-end et de discuter au téléphone.

— Promis ?

Je lui tends mon petit doigt.

— Juré.

Elle noue son petit doigt autour du mien et hausse les sourcils.

— Dois-je comprendre que tu vas me raconter ce qui s'est passé avec Jace ?

Je me remets à frotter les comptoirs.

— Je te l'ai dit. Il était ivre, c'était son anniversaire, nous avons fait des trucs… et maintenant, il recommence à me snober.

— Lui as-tu demandé pourquoi il t'en voulait ?

— Il refuse d'en parler.

J'astique le comptoir avec un regain de vigueur.

— Je commence à croire que ça restera un mystère. Et pour être honnête, je m'en préoccupe de moins en moins. J'en ai ma claque de Jace Covington, je tire un trait sur lui et ses petits jeux.

Il paraît qu'à force de répéter quelque chose, on finit par s'en persuader. Sawyer m'examine d'un œil dubitatif.

— Voilà qui explique pourquoi tu sors avec Tommy ce soir.

Oui.

— Non. Tommy est mon… ami. En quelque sorte. Nous prenons notre temps, tu sais.

— À tel point qu'avant, tu le voyais tous les jours, et soudain, tu l'as zappé pendant deux longues semaines, souligne Sawyer.

— Je révisais.

Je suis sur la défensive, mais c'est la vérité.

L'entière vérité étant que j'attendais que Jace retrouve ses esprits. Faute d'amélioration, le moment est désormais venu de tourner la page.

Sawyer et Mme Dickinson échangent un regard.

Je lève mon doigt à leur intention.

— Arrêtez. Je ne me sers pas de Tommy pour me venger de Jace. J'ai des sentiments sincères pour lui.

Sauf qu'ils ne sont pas comparables à ceux que j'éprouve pour Jace.

Mme Dickinson fait claquer sa langue.

— La vérité, c'est comme une chèvre : on a beau la déguiser, elle reste ce qu'elle est.

— Tommy n'est pas une chèvre.

Ouvrant la vitrine, je coupe la tranche de cake à la banane commandée par Sawyer.

— Tu n'es pas en train de me prendre la tête parce qu'il te branche, si ?

Je regrette ma question sitôt que je constate que j'ai vexé Sawyer.

— Mais non. Je t'ai dit que…

— Je sais, dis-je en glissant la part dans un sachet. Excuse-moi. Je suis… une partie de moi réalise que c'est malsain d'embarquer Tommy dans mes complications, mais je ne le fais pas par méchanceté. Je le fréquente parce que j'aimerais vraiment que ça colle entre nous. J'en ai assez d'être coincée dans le manège détraqué de Jace. Pour une fois, j'aimerais connaître ce que ça fait d'avoir quelqu'un qui me traite comme un trésor et s'investit à parts égales dans la relation, tu vois ?

Sawyer prend alors un air triste.

— Bien sûr, je comprends. (Sur la pointe des pieds, elle me claque une bise.) Ce soir, j'ai une répétition avec la chorale mais je t'envoie un SMS en sortant. Je veux tout savoir sur ta soirée romantique.

— Romantique, c'est vite dit. Nous allons juste prendre une glace, et discuter sur les quais.

— Plutôt romantique, à mon avis, commente-t-elle avec un sourire impertinent avant de tourner les talons.

— N'oublie pas ton cake à la banane, je crie en soulevant le sachet.

Je commence à le tendre vers elle mais Mme Dickinson s'en empare.

— Le cake à la banane n'est pas ce qu'elle préfère. Avons-nous écoulé le stock d'éclairs ? demande-t-elle en me toisant de son regard redoutable.

Oh ! mince.

— Non, mais le cake à la banane, c'est ce que Sawyer veut.

— Tss-tss. La plupart des clients se trompent. Tu n'es pas censée leur servir ce qu'ils croient vouloir. Tu es là pour leur donner ce qu'ils veulent réellement.

C'est reparti pour un tour. Et elle se demande pourquoi les ventes déclinent dès qu'elle officie au comptoir.

Sawyer lui prend le sachet.

— Ce que je veux vraiment, c'est mon cake à la banane.

— Tu n'es pas du genre cake à la banane, proteste ma supérieure. Ma chère, tu es un éclair. Douce, unique et rem…

— Possible que je ne veuille plus être un éclair, gronde Sawyer avant de quitter la boutique.

— Les gens changent, madame Dickinson. Parfois, ce qu'on pense vouloir ne convient plus.

Elle dispose une plaque de cupcakes dans le four.

— N'importe quoi. Même si on change, on rentre toujours chez soi avec un bras aussi long que l'autre.

— Je pense que les Knights seront qualifiés pour les éliminatoires cette année, m'indique Tommy.

— Et c'est…

Je marque une pause, à défaut de savoir quoi dire, les Knights étant techniquement son équipe rivale.

— Catastrophique ?

Il rit.

— Pas qu'un peu. Mais nous aussi, nous serons qualifiés. (Son regard s'attarde sur moi.) Si, ou plutôt quand cela se produira, iras-tu au match ?

Je prends un peu de glace avec ma cuillère.

— Oui, j'aimerais bien.

Ou plutôt, je le tolérerais, le football ne me passionne pas mais quoi qu'il en soit, je serai présente.

Il ébauche un sourire.

— Tu m'as manqué. Ton SMS m'a fait plaisir.

Je pose mon pot sur le tableau de bord. Il nous a fallu plus d'une heure pour parvenir au port, mais la vue, de nuit, fait oublier le trajet.

— Tu m'as manqué aussi.

Comme une paire de chaussettes confortables.

Pas comme Jace, qui me donne l'impression de vivre amputée d'un organe.

Tommy tambourine le volant.

— Écoute, je vais te demander un truc. Tu peux me répondre que ça ne me regarde pas même si j'espère sincèrement connaître la vérité.

Je coince les mains sous mes cuisses pour m'empêcher de me tordre les doigts.

— Que veux-tu savoir ?

— Deux copains de RMH ont fait la fête chez Christian, il y a deux semaines. (Son regard plonge dans le mien.) Tu sais, là où tu te trouvais le soir où tu as rompu avec moi.

Je ne vois pas où il veut en venir.

— Je me rappelle.

Ses narines frémissent.

— Mon copain prétend que tu es partie avec Jace, après qu'il a dégueulé sur Britney.

— OK, dis-je en mâchonnant l'ongle de mon pouce. Ton ami t'a fourni un résumé détaillé, on dirait. Alors, quelle est ta question exactement ?

Ses yeux lancent des flammes.

— As-tu baisé avec lui ?

Waouh, OK, ce ne sont clairement pas ses affaires. Sa curiosité me laisse sans voix. Je ne sais pas comment répondre, parce que, pour commencer, je ne lui dois pas d'explication.

— Alors c'est oui, fait-il, la mâchoire tendue. Tu as beau garder le silence, ton visage est un livre ouvert.

Dans ce cas, il a besoin de progresser en compréhension de texte.

— Je n'ai pas couché avec lui.

Je ne sais pas comment interpréter le regard qu'il m'envoie.

— Sucé ?

— Pardon ?

Il soupire.

— Tu sais, je n'essaye pas d'être un enfoiré. Je ne veux pas me contenter des miettes de Jace Covington.

Mes joues s'embrasent. Et moi qui pensais que Tommy était un mec sympa.

— Je ne suis les miettes de personne, enfoiré.

Son visage s'affaisse comme s'il percutait.

— Merde. Ce n'est pas ce que je voulais dire.

Il tente de toucher ma joue mais je tourne la tête.

— J'aimerais rentrer chez moi maintenant.

Il saisit mon visage à deux mains. La sincérité tourbillonne dans ses prunelles noires.

— Écoute, je suis désolé. Mais il ne te mérite pas, Dylan. Pas autant que moi.

Il n'a pas tort. Seulement, le cœur ne choisit pas l'amour en fonction du mérite.

Parce que l'amour n'est pas un choix.

C'est une conséquence illogique et impérieuse qui résulte du fait qu'une personne a dérobé une partie vitale de vous.

Et j'aimerais tellement que Jace me la restitue.

Il abandonne son front contre le mien.

— Donne-moi une chance. Je te rendrai heureuse.

— Le problème n'est pas que je doute de tes capacités à me rendre heureuse.

— Alors, c'est quoi ?

— Je ne sais pas, dis-je en toute franchise. Je suis déboussolée, je crois.

Forcément, sinon pour quelle raison choisirais-je celui qui s'évertue à me faire souffrir plutôt que celui qui aspire à me rendre heureuse ?

Fermant les yeux, je plante un baiser sur sa joue.

— J'aimerais être autrement. Je suis désolée.

Ça ne devrait pas être aussi difficile. Jace ou pas, je ne devrais pas forcer mes sentiments pour Tommy.

Aussi, je ne veux pas compromettre ses chances de rencontrer l'amour de sa vie alors que je sais sans l'ombre d'un doute que je ne suis pas la bonne.

— Tu es génial, mais je pense que nous nous entendons mieux en amis. Et en tant qu'amie, je m'interdis de continuer à te balader ou à te blesser.

Sa mâchoire se crispe.

— Dylan…

— Un jour, tu feras le bonheur d'une fille.

Sauf que cette fille n'est pas moi.

Il plisse les yeux.

— Si c'est vraiment ce que tu ressens, pourquoi tu m'as fait faire une heure de route, hors de mon quartier, juste pour me jeter pour de bon ?

Son visage est crispé par l'indignation.

— Pourquoi tu me fais perdre mon temps, Dylan ?

Je comprends qu'il soit en colère.

— Je suis désolée, je pensais…

Son rire grinçant me coupe.

— Quoi ? Qu'on pourrait se vernir les ongles et se tresser les cheveux réciproquement en échangeant les derniers potins ?

Là, il devient détestable.

— Non…

Sa bouche s'abat sur la mienne, si durement qu'il me cogne les dents. Alors que mes poings martèlent son torse, il actionne le levier pour allonger mon siège et enjambe la console centrale.

Non, non, non, non.

Je mords sa langue si fort que je sens le goût du sang.

— Pousse-toi.

Il tire sur ma queue-de-cheval pour me forcer à le regarder.

— J'ai essayé d'être sympa et de faire correctement les choses avec toi mais tu n'as pas arrêté de m'aguicher. (Je grimace quand il lèche le côté de mon visage.) Tu sais ce que je pense ? Que tu aimes qu'on te traîne dans la boue, comme une pute…

J'enfonce mes genoux dans ses couilles. Dans un hurlement, il s'affale en avant.

— Putain. Ça fait un mal de chien.

— Bien.

Il tend le bras et ouvre la portière.

— Dégage de ma voiture, petite conne.

Comme je ne me presse pas, il me pousse.

— Dépêche-toi !

Avec joie.

À peine suis-je descendue de sa voiture qu'il sort en trombe du port de plaisance déserté.

Scrutant les environs, je m'aperçois qu'à minuit passé, je suis coincée au bout du monde. Super…

La première personne que j'appelle est Sawyer, mais je bascule directement sur la messagerie. Étant donné qu'elle éteint généralement son téléphone quand elle se trouve à l'église ou chante avec la chorale, il est possible qu'elle ait oublié de le rallumer. Ce ne serait pas la première fois.

Je me frotte les mains sur mon jean pendant que je marche vers un ponton flottant où je m'assois.

Si j'appelais ma tante, elle flipperait et impliquerait mon oncle.

Oakley n'a pas fini de me chambrer, mais il est ma meilleure option, vu que Sawyer ne décroche pas.

Heureusement, il répond après la seconde sonnerie.

— Yo.

— T'es occupé ?

— Pas vraiment. Je fume un peu de ganja.

Quelle surprise.

— Sympa. Je… euh, j'ai un service à te demander.

Je distingue des voix assourdies en fond sonore. Oakley leur demande de baisser d'un ton.

— Tu n'as pas l'air au top. Raconte.

— Je suis en quelque sorte coincée sur les quais.

— Les quais ? Quels quais ?

— À la marina de Rich…

— Pardon ? rugit Oakley en pleine phrase. Qu'est-ce que tu fiches aussi loin ? Richmond ? Sais-tu que c'est dangereux en pleine nuit ?

Non, mais j'espère ne pas le découvrir.

— J'imagine que c'est une bonne chose que je sois seule alors, non ? (Je déglutis.) Désolée de t'avoir dérangé, je n'ai juste personne d'autre…

— Je suis déjà parti. Garde ton téléphone à portée de main, et ne parle pas aux inconnus, dit-il avant de couper la communication.

Quarante minutes plus tard, j'aperçois les feux de la voiture d'Oakley qui déboule dans le port.

De plus près, je m'aperçois que la voiture n'appartient pas à Oakley.

C'est celle de Jace.

Oakley est assis sur le siège passager et, à première vue, Cole serait à l'arrière.

Je n'en reviens pas.

Je commence à peine à me diriger vers eux qu'Oakley et Jace surgissent sur le débarcadère, l'air prêt à démonter le premier venu.

— Que s'est-il passé ? mugit Oakley. Tu n'as rien ? Qui t'a laissée là ?

Il a un sacré sens du drame par moments.

— C'est bon, je vais bien.

Je ne révélerai rien à Oakley devant Jace.

Je suis reconnaissante à Cole de s'abstenir de tout commentaire lorsque je m'installe à l'intérieur.

Jace, comme toujours, fait comme si je n'existais pas. Au volant, il démarre et quitte le parking en trombe.

Mais Oakley parle pour deux.

— Comment t'es-tu retrouvée là ?

Je joue avec mes ongles.

— Un jour, ma mère et mon père…

— Je ne plaisante pas, marmonne-t-il pendant que Cole a un petit rire. Je ne vois pas comment tu as pu atterrir à Richmond à pied. (En se retournant, il me lance un regard mauvais.) J'ai pensé que c'était le tas de merde, mais tu l'as plaqué à l'anniversaire de Jace.

J'aimerais de tout mon cœur qu'Oakley apprenne à la fermer, et qu'il garde mes secrets pour lui.

— Je ne l'ai pas plaqué. Nous n'avons jamais été en couple.

Il plisse les yeux.

— Je veux un nom.

Avec un sourire charmant, je tends la main.

— Dylan. Enchantée.

Il regarde Jace.

— Elle a toujours fait sa maligne ?

Jace a un sourire en coin.

— Seulement quand elle est nerveuse ou qu'elle cache quelque chose.

J'ouvre la bouche pour l'envoyer bouler mais me ravise. S'il ne veut pas me parler, je ne lui dirai pas un mot non plus. *Ce jeu se joue à deux.*

Oakley fait la moue.

— Pourquoi tu ne nous dis rien ?

J'aimerais qu'il arrête de me cuisiner.

— Parce que ce n'est pas important.

— Quelqu'un t'a laissée pour morte et c'est sans importance ? lance-t-il, estomaqué.

— Personne ne m'a laissée pour morte, Oak. (Je croise les bras.) Ne dramatise pas tout.

Cole éclate de rire.

— Elle…

La sonnerie de mon téléphone l'interrompt.

Quand je lis le nom de Sawyer sur l'écran, j'appuie sur le bouton vert.

— Sa…

Oakley m'arrache le téléphone des mains et le presse contre son oreille. J'essaye de le récupérer mais il fait signe à Cole de me maîtriser.

Le salopard glisse en travers de la banquette et s'assoit sur mes genoux.

— Salut, Sawyer. C'est Oakley, le cousin de Dylan. Écoute, il lui est arrivé quelque chose de grave ce soir et j'ai besoin que tu me dises tout ce que tu sais. À commencer par qui elle a vu.

Il n'est pas sérieux ?

— Ne lui dis rien, Sawyer. Je suis saine et sauve, je hurle.

— Non, ce n'est pas elle, répond Oakley. C'est ma belle-mère. Non seulement elles se ressemblent physiquement, mais elles ont la même voix. Dingue, non ? Bref, il me faut un nom.

— Ne dis plus un mot, Sawyer, je crie derrière Cole. Raccroche immédiatement.

— Un rendez-vous romantique ? fredonne-t-il et je marmonne un juron. Tiens, c'est marrant. (Il me regarde.) Je ne trouve pas ça très romantique de se retrouver seule dans un trou perdu au milieu de la nuit. Et toi ?

Du coin de l'œil, je vois Jace se tendre.

Un peu hypocrite, non ? Toutefois, Jace m'a laissé au moins sa voiture quand il s'est enfui. N'empêche que c'était un mauvais plan.

— Quoi ? j'entends Sawyer hurler. Ce n'est pas vrai. Elle va bien ? Qu'est-ce qui ne tourne pas rond chez Tommy ?

Merde. Je pince les flancs de Cole, jusqu'à ce qu'il s'écarte dans un cri.

— Tommy. C'est noté. Va en paix, mon enfant, dit Oakley avant de raccrocher et de me fusiller du regard. Est-ce qu'il t'a violée ? Je jure que…

La voiture fait une embardée, provoquant des coups de klaxon sur la route.

— Je vais bien, Oakley. Il ne m'a pas… ça va.

Je détaillerai plus tard, quand il sera calmé et sans Jace.

Mon cousin pointe un doigt vers mon visage.

— Regarde-moi dans les yeux et dis-moi qu'il ne t'a pas fait de mal.

La main de Jace se crispe autour du volant.

— Si par « faire du mal » tu entends m'éjecter de sa voiture, alors si. Techniquement, il m'a causé du tort mais physiquement, je ne suis pas blessée.

Oakley semble toujours aussi insatisfait, mais au moins, il ne revient pas à la charge jusqu'à notre arrivée.

Dès que Jace se gare dans l'allée, je m'extrais de la voiture mais une main saisit mon poignet.

Un instant, je crois qu'il s'agit d'Oakley, mais celui-ci se trouve déjà à mi-chemin de la porte d'entrée.

Pivotant, je me retrouve face au magnifique visage austère de Jace.

— Merci d'être venu me chercher.

Avec douceur, il relève mon menton. Je sens son regard scruter chaque partie de mon visage et de mon corps, sans tension sexuelle pour une fois.

— Je vais bien. Tommy et moi… c'est fini.

Sans rien dire, il termine son inspection.

Satisfait, il remonte dans sa voiture et disparaît.

Me laissant sans même un seul mot.

Comme toujours.

32

Jace

Sa Subaru orange se repère aisément parmi les véhicules du garage.

Après vérification de l'heure au tableau de bord, j'ajuste ma cagoule et m'arme de ma batte.

Tommy habite un quartier populaire, alors désactiver l'unique caméra de surveillance s'est révélé un jeu d'enfant.

Pour autant, il n'est pas exclu qu'une voiture surgisse. Donc je n'ai pas une seconde à perdre.

Je m'attaque en premier au hayon, avant de pulvériser le pare-brise puis les vitres latérales.

Mais je ne m'arrête pas en si bon chemin.

Je dévisse le bouchon d'essence, sors la petite bouteille d'eau de la poche de mon sweat et la vide dans le réservoir.

Pour finir, je baisse ma braguette et pisse dedans.

Maintenant tu es coincé aussi, enfoiré.

33

Dylan

Ma tante fait irruption dans ma chambre en sifflant.

— Waouh, tu es…

Les touches finales de mon maquillage appliquées, je me retourne.

— Si moche que ça ?

— Ne sois pas ridicule. Tu es différente. Tu fais plus âgée.

J'ai un petit sourire.

— Normal, c'est mon anniversaire.

Elle m'examine des pieds à la tête, mes cheveux lissés, mes yeux soulignés d'eye-liner, la robe fourreau achetée grâce à une carte-cadeau qu'elle m'a offerte. Rouge, archi-courte, ses fronces créent l'illusion de courbes diaboliquement sexy.

Crystal se place derrière moi, dans le miroir.

— Tu es superbe, Dylan. J'espère juste que tu ne fais ça que pour de bonnes raisons.

— Si je le fais pour quelqu'un, c'est uniquement pour moi, dis-je en toute honnêteté.

Je pensais que sortir avec Tommy m'aiderait à oublier Jace, mais c'est un échec.

Je commence à croire que rien n'y fera… hormis le temps.

Ce qui ne signifie pas que je n'ai pas le droit de décompresser et de m'éclater un peu en attendant. Toute ma vie, je me suis montrée responsable, et d'après tous les adultes de ma connaissance, particulièrement mature et sage pour mon âge.

Pour une fois, j'aimerais me lâcher sans me soucier des conséquences. De toute façon, que peut-il m'arriver, sous la protection de Sawyer et Oakley que je retrouve chez Christian ?

Ma tante grimace en me voyant attraper mes Dr Martens.

— Ah non, je ne peux pas t'autoriser à faire ça.

— Mais j'adore mes bottines.

— Je sais, ma puce, mais elles jurent avec ta robe. Ne bouge pas, m'ordonne-t-elle, un doigt levé.

Deux minutes plus tard, elle me flanque une paire de Louboutin dans les bras.

— Cette robe mérite des Lou.

— Mais elles coûtent un bras. Tu crois vraiment que c'est une bonne idée de les porter à une soirée ?

— Absolument. J'en possède une quinzaine de paires, je m'en passerai pour la soirée.

— Une quinzaine ?

Je doute de posséder une quinzaine de quoi que ce soit.

Elle a un rire espiègle.

— Wayne connaît le chemin de mon cœur.

Avec ces chaussures aux pieds, je me sens comme un faon qui apprend à marcher. À la réflexion, elles ne sont pas *trop* ingérables. Sans compter qu'elles me font des jambes interminables.

— Parfait, s'exclame-t-elle. Ce que j'aimerais retrouver ma jeunesse !

— Tu es jeune.

Un nuage voile un instant son regard, puis elle sourit.

— Viens, la reine de la soirée. Je t'emmène à ta fête d'anniversaire.

Je sens tous les regards sur moi à l'instant où j'entre chez Christian. Pour une fois, ce n'est pas à cause d'un incident embarrassant ou de malencontreux coups de poing que j'aurais envoyés à quelqu'un.

— Bon sang, s'écrie Sawyer alors que je les rejoins, elle et Oakley. Qui es-tu et qu'as-tu fait de ma meilleure amie ?

— C'est *too much* ?

Elle secoue la tête.

— Surtout pas. Tu es plus éblouissante qu'Eta Carinae.

— L'étoile la plus lumineuse de la galaxie ?

Réconfortée par le compliment, je prends un gobelet sur la pile.

— Toujours disposée à être mon capitaine de soirée ?

— Tout à fait, m'assure-t-elle. C'est ton anniversaire. Je veux que tu en profites.

Je regarde Oakley, demeuré silencieux, la main devant le visage.

— Tu vas bien, Oak ?

— Tout va bien, répond-il à Sawyer.

Mon amie et moi nous consultons du regard.

— Pourquoi évites-tu de me regarder ?

— Je risque de me mettre à baver comme tous les gars du coin, et ce serait glauque.

Je lève les yeux au ciel.

— Arrête ton numéro. C'est juste une robe. (J'appuie mon index sur son estomac.) Trinque avec moi, pour mon anniversaire. Tout compte fait, prends plusieurs verres avec moi et file-moi un ou deux tuyaux pour que je puisse profiter de la soirée à fond.

Il sourit à pleines dents.

— C'est vraiment ce que tu veux ?

— Absolument.

Il pivote vers la table remplie d'alcool.

— Considère-moi comme ton barman personnel. Mais tu ne pourras pas dire que je ne t'avais pas prévenue.

Une… deux… je ne saurais dire combien d'heures plus tard, les Louboutin ne comptent pas parce que je ne sens plus mes pieds.

En même temps, je ne sens plus grand-chose excepté le tempo de la musique et l'énergie des invités, pendant que mon corps se balance en rythme.

Quelqu'un – vraisemblablement Oakley – approche en me tendant un verre.

— Tu es le meilleur cousin que j'aie jamais eu, putain ! je crie, pour m'assurer qu'il m'entend.

Il hausse les sourcils.

— Oh ouais. Ça fait son effet. (Il regarde le verre dans ma main.) Bois doucement celui-ci, d'accord ?

J'acquiesce d'un pouce levé.

— Bien, m'sieur.

Je porte le gobelet à mes lèvres et le vide cul sec.

— Ou pas, grommelle Oakley. Je crois que tu devrais temporairement passer à l'eau.

— L'eau, c'est pour les fillettes, je hurle à pleins poumons.

Un invité fend l'air de son poing en passant devant moi.

— Putain, ouais.

Je cligne des yeux. C'est Cole.

— C'est toi, dis-je à sa grande silhouette. Tu es venu.

Il savoure une gorgée de bière et regarde Oakley.

— Je pressens qu'il va bientôt se passer des choses passionnantes.

— Gros, où étais-tu passé ? rétorque Oak. Il se passe des choses intéressantes depuis une heure et demie.

Cole se penche pour montrer quelque chose sur son téléphone à Oakley.

Ce dernier expire sèchement.

— Je propose qu'on se mette minables tous les deux. Comme ça, il ne pourra rien nous reprocher.

— J'aime ta philosophie, approuve Cole avant qu'ils se dirigent vers le bar.

J'ignore totalement de quoi il retourne.

— Qui ? Qui va reprocher quoi à qui ? je questionne dans le vide avant de me tourner vers Sawyer. Est-ce que tout va bien ?

Évidemment, quand je bois, je deviens hyper émotive et soucieuse.

Elle hoche la tête.

— Tout va pour le mieux. (Elle regarde sa montre.) Même si je dois être rentrée dans une demi-heure.

Oh. Plus démoralisant, tu meurs. Je commence tout juste à m'amuser.

— Oakley, tu partageras un Uber avec moi plus tard ? je demande quand il revient avec Cole.

Mince, c'était impoli. Je regarde mon amie.

— Tu me hais ?

Elle secoue la tête en riant.

— Bien sûr que non. Avant de m'en aller, je dois m'assurer que tu disposes d'un moyen sûr de rentrer chez toi.

— Tout est sous contrôle, rassure Oakley. Je m'occupe d'elle. Au pire, nous cuverons dans une chambre à l'étage.

Quelques rires moqueurs se font entendre autour de nous.

— Ce ne serait pas la première fois que vous partageriez un lit. Pas vrai, Oak ? crie un gars.

— Ferme ta grande gueule avant que je fouette ta meuf avec ma bite, et que je fasse de toi ma cousine par alliance, raille Oakley.

Sawyer bat des cils.

— Beau-fils, tu veux dire.

Il hausse les épaules.

— Si tu veux. Bonnet blanc et blanc bonnet.

Elle agite la main.

— Tu sais quoi ? Laisse tomber.

— Vous ne vous amusez pas beaucoup, dites-moi ? demandé-je en passant un bras autour de ses épaules.

— Pas encore. Mais je sens que ça vient, dit Oakley en levant son gobelet.

— Faut que je me soulage la vessie, indiqué-je à Cole, qui se tient devant moi.

Il regarde Oakley.

— Est-ce sa façon de réclamer le saladier de punch ? Parce que ça, ce serait mémorable.

Sawyer lui donne une tape sur le bras.

— Si j'apprends que vous avez laissé mon amie uriner dans le saladier de punch, il faudra une semaine à votre généraliste pour compter les griffures sur votre corps.

Paupières mi-closes, Cole fait mine d'être excité à cette perspective.

— Bon sang. Dépêchons-nous, ma douce.

Elle se hérisse.

— Tu délires ? (Elle parcourt la pièce du regard.) Tu n'es pas avec ta nouvelle copine ? À moins que quelqu'un nous ait rendu service et ait lâché une maison sur sa tête ?

Cole fait un sourire ironique.

— Pincez-moi. Est-ce une pointe de jalousie que je détecte ? Tu craques pour moi, miss Bible ?

Elle lui décoche un regard noir.

— Sûrement pas. Je préférerais ramper sur du verre pilé et avaler le vomi que ton frère a recraché sur Britney que coucher avec toi.

Cole réfléchit un instant.

— Si je comprends bien, tout n'est pas perdu ?

Elle me prend par le bras en soupirant.

— Viens, je t'escorte aux toilettes.

— D'accord mais au retour, faut qu'on parle avec l'équipe du bong.

— Avec qui ?

— Tu verras.

34

Jace

Devant la maison de Christian, je sens la musique vibrer de loin. Mais au lieu de l'exécrable *house music* qu'il passe habituellement, *Control* de Puddle of Mudd bat dans les enceintes.

Une bonne chanson. L'une de mes préférées de ce groupe.

Les petits cheveux sur ma nuque se dressent. *Merci, Dylan, de m'avoir obligé à les écouter non-stop, un été.*

Je cramponne la poignée de la porte plus fort que nécessaire et franchis le seuil.

Quelques filles promènent leurs yeux sur moi à mesure que je les dépasse, mais ce soir, draguer ne me tente pas. Je fais juste un saut, je m'assure que mon frère et mon ami n'abusent pas de l'alcool et ne font pas trop de conneries.

Je les localise dans le salon, qui rôdent autour du bar. Rien d'étonnant.

Je me dirige vers eux quand mon regard reste accroché à une fille qui danse, debout sur une table basse. Comme elle me tourne le dos, je ne vois pas son visage, mais ça ne fait rien. Avec un corps pareil, elle pourrait aussi bien avoir une face de bulldog, la moitié des garçons présents la baiserait quand même.

Je réprime un rire quand je repère des potes d'Oakley, des fumeurs de Royal Manor High. Avant ce soir, je ne les avais jamais vus prêter attention à rien d'autre qu'à leurs bongs. Là, la bombe sur la table les captive tous les deux.

Et ils ne sont pas les seuls. Dwight Davis et Courtland Bennet, deux des meilleurs joueurs de la ligne offensive des Knights, salivent quasiment. Dwight est intègre, mais aux dires de mon frère, Courtland est un con prétentieux.

De nouveau concentré sur la fille, mon entrejambe se réchauffe. Jambes fuselées, petites fesses rebondies, et des cheveux que j'aimerais enrouler autour de mes doigts, puis tirer en me faisant sucer.

Ouais, je comprends un peu mieux l'attrait gravitationnel qui me gagne.

Je ne suis pas le seul, quelques joueurs de l'équipe de football encerclent la table basse.

— T'es trop bonne, s'enthousiasme l'un d'eux. Combien pour une *lap dance* privée ?

La danseuse ne fait pas attention à lui. Perdue dans la musique, rien ne compte. Je me mordille la lèvre quand elle ondule en rythme dans le style d'une danseuse du ventre. Il y a quelque chose d'hyper sexy dans une fille qui se coupe du monde.

— Eh, hurle Oakley. Combien pour que tu la boucles ?

Cole presse son épaule.

— Calme-toi. Griffin est inoffensif.

Mouais. Oakley n'est pas susceptible en temps normal. Sauf si quelqu'un s'aventure à s'en prendre à ses proches.

Comme un « Va te faire foutre » personnalisé émanant de l'univers, mon cerveau rassemble les morceaux à l'instant où la fille se retourne.

Un mélange de colère, de confusion et d'autre chose que je ne suis pas prêt à reconnaître me tord les tripes, lorsque je découvre qu'il s'agit de Dylan.

Pourquoi danse-t-elle sur la table… dans cette tenue ? Le gobelet rouge qu'elle rapproche de ses lèvres luisantes répond à ma question.

C'est son anniversaire… et celui de la mort de sa mère.

Elle boit, évidemment. Pour la même raison que moi récemment.

Pour oublier.

Mâchoires serrées, je me dirige vers Oakley et Cole.

Oakley pousse mon frère du coude dès qu'il m'aperçoit.

— Regarde un peu qui voilà. (Il tend son poing.) Hé, mec. Quoi de neuf ?

Je le fixe alors que je pose mon soda sur la table.

— Une raison pour que ta cousine s'exhibe devant la moitié du lycée ?

Il fait une drôle de tête.

— Elle danse, elle ne s'exhibe pas.

Cole dissimule un sourire derrière sa bouteille de bière.

— Pas pour l'instant, en tout cas.

Oakley lui tape le bras.

— Sois pas con.

Ses yeux se dirigent vers Dylan, occupée à secouer les fesses. Cette fois, sur un horrible morceau hip-hop, preuve qu'elle a basculé du mauvais côté de la frontière.

— C'est son anniversaire. Elle a le droit de s'amuser. (Il me regarde de nouveau.) Tout le monde a besoin d'une pause, de temps en temps.

Il n'a pas tort, ce qui ne signifie pas qu'il doive la soutenir ou se montrer complaisant alors qu'une bande de mecs la reluquent comme un verre d'eau fraîche un jour de canicule.

L'agacement gronde dans mon thorax, alors que Dylan ondule lentement ses hanches, ses doigts se perdant dans sa chevelure blonde.

Un copain de fumette d'Oakley lui proposer son bong. J'ai envie de lui hurler de ne pas faire cette connerie. Peut-être qu'ils n'ont pas l'air méchant, mais qui sait ce qu'ils ont ajouté dans leur pipe.

Je serre les poings au moment où elle se penche pour inhaler.

— Tu comptes mettre fin à ça ?

Oakley me regarde comme si j'étais fêlé.

— À quoi ? À ce qu'elle tire sur le bong ?

Non, à la façon dont Courtland Bennet la zyeute comme un chien devant un os charnu. Je serre les dents quand il s'adresse à Dwight.

Je ne l'entends pas mais je lis sur ses lèvres « On la partage ».

Après une courte hésitation, Dwight s'esclaffe et hausse les épaules.

L'irritation me fait basculer.

— Sérieusement, Oakley ?

Il fixe son regard sur moi.

— Sérieusement, quoi ? Arrête de faire comme si je faisais quelque chose de mal parce que tu es jaloux.

— Il a raison, intervient Cole. Si tu veux empêcher les chiens de pisser sur ta pelouse, pose une clôture. Pas une pancarte.

Non seulement l'analogie ne tient pas debout, mais elle s'applique mal à la situation.

— Allez vous faire foutre, tous les deux. Je ne suis pas jaloux.

J'ai eu ma dose. Si je reste une minute de plus, les Knights disputeront le prochain match éliminatoire avec deux joueurs en moins.

Reprenant mes clés dans ma poche, je leur fais un doigt d'honneur.

— Je me tire.

35

Dylan

— Encore ?

J'accepte l'offre de mon pote au bong. Penchée, j'aspire l'embout entre mes lèvres.

— Dis donc, t'aimes ça, commente un garçon vêtu d'un maillot de football américain.

Je tousse.

— C'est pas mal. Non que je sois pro ou quoi.

Il échange un sourire suggestif avec son ami.

— Dommage. Une aussi jolie bouche ne devrait pas rester inutilisée.

Je ne suis pas grisée au point de ne pas saisir sa plaisanterie douteuse. Sans leur accorder plus d'attention, je retourne danser comme si j'étais seule au monde.

Comme ma mère me le conseillait autrefois.

Même si elle n'avait sûrement pas ce scénario spécifique en tête.

Une douleur fulgurante s'insinue dans ma poitrine. *Si elle ne voulait pas que sa fille danse sur les tables le jour de ses dix-huit ans, elle n'avait qu'à pas mourir.*

Je chasse cette pensée sombre. Rares sont les moments où le ressentiment et l'amertume m'envahissent à propos de sa disparition, mais cet anniversaire marque une étape, et combinée à l'alcool qui imbibe mon organisme, ma colère ne peut être qu'exacerbée.

Je ferme les yeux. *Ressaisis-toi, Dylan.*

L'espace de quelques profondes respirations, j'enfouis mon chagrin au plus profond.

J'ai besoin de plus d'alcool. *Assez pour le noyer.*

Je suis sur le point de descendre de la table pour solliciter Oakley quand une main remonte le long de ma jambe.

— Je me disais, commence le gars au maillot de sport. Et si tu montais avec mon pote et moi, un petit moment ? (Sa main s'aventure en haut de ma cuisse.) Nous prendrons super bien soin de toi, beauté. Promis.

En réalité, je sais que c'est une très mauvaise idée, mais cela vaut mieux que m'appesantir sur le souvenir de ma mère et ma difficulté à supporter son absence. Ou sur mon père, en prison pour mon anniversaire et…

Des sanglots coincés dans la gorge, je déglutis avant de répondre.

— Je…

… n'ai pas la possibilité de poursuivre, parce que Jace saisit la main du gars et retourne l'un de ses doigts.

— Touche-la encore une fois, et je brise les neuf autres.

Hurlant de douleur, le type en maillot veut se défendre mais Cole et Oakley le maîtrisent.

Pendant que Jace *me* bloque.

— À quoi tu joues ? je crie quand il me soulève sur son épaule comme une poupée de chiffon.

Oh là. Le sol semble beaucoup trop loin vu d'en haut.

— Amuse-toi bien, nous retenons les chiens, lance Oakley à Jace qui nous emmène à l'écart.

Je n'ai aucune idée de ce qu'il veut dire, et je n'ai pas le temps de m'interroger. Déjà, Jace sort en trombe du salon, tel un homme en mission. La sortie franchie, je martèle son dos de coups de poing.

— Tu me reposes ?

— Non.

C'est tout. Pas un mot de plus.

— Oakley a mon sac.

— Pas grave.

— C'est mon anniversaire, je lui rappelle en espérant l'attendrir.

Il vérifie l'heure.

— Plus maintenant.

Ordure.

— Je peux quand même boire un dernier verre avant de rentrer ?

Je vais en avoir besoin pour survivre à un autre tour en voiture avec lui.

— Tu as eu plus que ta dose aujourd'hui.

— Alors pose-moi avant que je te vomisse dessus.

Il rit sombrement.

— Éclate-toi.

— Je préférerais t'éclater, je fulmine alors qu'il ouvre la portière du côté passager de sa voiture et me dépose sur le siège.

Un sourire étire ses lèvres.

— Je ne doute pas que tu en sois capable.

Sur ce, il claque la portière.

Étourdie et passablement confuse, je ne décolère pas quand Jace recule dans son allée.

— Je croyais que j'étais interdite de séjour chez toi ? je raille.

Il demeure impassible.

— Exact.

Perplexe, je le vois descendre puis contourner la voiture. Quand il ouvre ma portière, je fais mine de tomber des nues.

— Waouh, qui a dit que la galanterie se per…

Je pousse un cri à la sensation de ses mains qui ceinturent ma taille afin de me hisser sur son épaule pour la seconde fois de la soirée.

— Je peux marcher, tu sais, j'apprends à ses lombaires.

Il bougonne.

— Où m'emmènes-tu ? je demande quand il fait cliqueter la serrure.

Silence.

L'ouverture puis la fermeture de son portail, l'herbe sous ses pieds, m'indiquent que nous traversons son jardin.

— Tu as creusé ma tombe ? Tu comptes m'enterrer à côté du lapin de Bianca ?

L'anxiété se mêle à l'alcool dans mon estomac. *Oh ! merde.*

Pour quel autre motif m'emporterait-il contre ma volonté dans son jardin ? *En plein milieu de la nuit, en plus.*

— Putain de psychopathe. N'essaye pas de m'égorger pour m'enterrer dans ton jardin.

Il ne tente même pas d'apaiser mes angoisses.

Peu après, l'herbe laisse la place aux pavés.

— Jace ! Je te jure, tu vas me le payer !

Mes poings tambourinent son dos alors que se profilent les reflets du carrelage de sa piscine.

— Repose-moi, enfoiré…

Je mugis quand il me laisse tomber, et que l'eau froide m'engouffre. Je crachote et tousse en remontant à la surface.

— T'es pas bien ou quoi ?

Les mains dans les poches de son jean, il hausse innocemment les épaules.

— Tu m'as demandé de te lâcher.

Les yeux plissés, je me prépare à le rembarrer mais une idée horrifiante survient. Avec un pincement au cœur, je vois les escarpins noirs à semelle rouge flotter au bout du bassin. Je me hâte d'aller les récupérer à la nage.

— Connard. Des Louboutin !

— Lou… quoi ? Qui est la personne en face de moi ?

L'une après l'autre, je les lance sur lui.

— Elles appartiennent à ma tante, abruti. Elle me les a prêtées, et maintenant elles sont fichues.

Il ne semble pas inquiet plus que ça.

— Ce ne sont que des pompes. Au pire, rachète-lui une paire.

J'ai envie de hurler. Il ne comprend pas !

— Ces chaussures coûtent huit cents dollars. Il me faudrait au moins six semaines pour gagner une somme pareille. J'économise plutôt pour acheter une voiture.

La frustration me nouant la gorge, je frappe l'eau.

— Tout le monde n'est pas aussi riche que toi.

Concrètement, même avant l'incarcération de mon père, nous n'avions pas du tout le même niveau de vie que la famille de Jace.

Une fraction de seconde, la compassion adoucit son regard. Puis il s'endurcit aussitôt.

— Je serai dans le pavillon des invités, dit-il en s'enfonçant sur le sentier menant à la maisonnette en pierre et brique. Sens-toi libre de prolonger ton bain de minuit.

— Jace ?

Je bats des cils quand il se retourne.

— Tu m'aides à sortir ?

Il a un sourire railleur.

— Pour que tu me tires dans l'eau ? Non merci.

Ce qu'il m'énerve ! C'est précisément ce que je projetais de faire.

Dans un soupir, je traverse le grand bain et grimpe à l'échelle.

Une pointe de satisfaction me transperce quand, les paupières lourdes, il déglutit visiblement.

Comme c'est la première semaine de novembre, les nuits sont fraîches. Vu que je ne porte pas de soutien-gorge sous ma robe, il jouit sans doute d'une vue imprenable.

Redressant le dos, je bombe ma poitrine et le dépasse.

— Tu apprécies la vue ?

Les muscles de son dos frémissent, puis il soupire avant de me rejoindre dans la maisonnette.

Le temps qu'il déverrouille la porte et entre, il évite tout contact visuel avec moi.

Tout est tel que dans mes souvenirs, hormis quelques rénovations mineures.

— Je t'apporte une serviette, marmonne Jace avant de disparaître dans l'unique chambre.

Je flâne dans l'étroit salon ouvrant sur la cuisine.

Jace, qui a mis fin à ma soirée de façon prématurée, me doit un bon moment.

Malheureusement, je ne trouve rien de plus exaltant qu'une bouteille de vin entamée et quelques bières.

— Les bières sont à Cole, dit Jace derrière moi. Et elles sont fades.

J'opte pour le vin.

— Il est encore buvable ?

— Je ne peux pas te dire. Une fille l'a laissé là il y a quelques jours.

Mon estomac se révulse. Je n'avais pas envisagé qu'il ait pu rencontrer quelqu'un après Britney.

Après *moi.*

— Alors, c'est vrai ce qu'on raconte ? dis-je en cherchant un verre dans le placard. Britney sort avec Cole ?

Il va s'asseoir sur le canapé.

— Je sais pas. J'en ai rien à foutre.

Je réfléchis en avalant une rasade.

— Mais ça ne t'ennuie pas ? C'est ton frère et elle… je ne sais pas quoi.

— Tu essayes de m'énerver ?

Je ne sais pas ce qui lui prend mais à en juger par son regard assassin, Britney déclenche clairement sa colère.

— Pardon, je ne prononcerai plus son nom.

J'avale une petite gorgée en prenant conscience de ma cruauté. Peut-être qu'il ne veut pas d'elle, mais cela le touche obligatoirement.

— Pour ce que ça vaut, tu trouveras facilement mieux qu'elle.

Il m'observe pendant ce qui semble une éternité avant de riposter.

— Je ne parviens pas à décider si tu le penses, ou si tu es une comédienne talentueuse qui maîtrise son rôle.

— Comment je suis censée le prendre ?

Je suis franchement froissée qu'il me croie capable de faux-semblants avec lui.

— Rien. Oublie.

Il s'empare de la télécommande.

Je vide mon verre et le remplis. Je commence à renouer avec la sensation d'être détendue et un peu sonnée, ce qui est exactement l'effet recherché.

— Pourquoi m'as-tu amenée ici, Jace ?

Il ne répond pas. *Pour changer.*

Ma main au feu que je sais, mais je veux une confirmation.

Pas seulement. *J'en ai besoin.*

Et quelque chose me dit qu'il n'y a qu'un seul moyen de l'obtenir.

Après une dernière gorgée pour me donner du courage, je marche vers le canapé et me plante devant lui.

Il regarde un truc barbant sur les jeux vidéo. Je m'approprie la télécommande et éteins la télé.

Il me regarde de travers.

— Tu permets ?

J'aiguise mon regard.

— Non. Pourquoi m'as-tu amenée ici ?

— Parce que tu es soûle.

— Je fêtais mon anniversaire.

Oakley veillait sur moi. Cole aussi, d'ailleurs.

Jace n'avait pas de raison d'interférer… et aucune de suffisamment valable pour m'emmener de force.

À moins qu'il ne soit jaloux.

Et il ne serait pas jaloux s'il n'avait pas de sentiments pour moi.

Des sentiments qu'il refuse de reconnaître.

— J'attends toujours ma serviette, je lui rappelle timidement.

Il commence à se lever mais je me place à califourchon sur ses genoux, pressée contre lui, trempant ses vêtements.

— On dirait que je n'en ai plus besoin.

Ses mains trouvent mes hanches.

— Qu'est-ce que tu fais ?

— Ils proposaient de monter dans une chambre, déclaré-je, puis je m'écarte un peu pour le regarder dans les yeux. Tous les deux.

Son regard s'obscurcit.

— Une partouze, dit-il.

— Il ne faut pas quatre garçons au minimum pour ça ? fais-je avec un sourire sulfureux. Sûrement qu'ils auraient rameuté des potes… de quoi prendre du bon temps.

— Dylan, gronde-t-il, ses doigts pressant mes hanches.

J'humecte ma lèvre inférieure de manière aguichante.

— Ils ont promis de bien s'occuper de moi.

Il ricane.

— Si tu les as crus, c'est que tu es naïve.

Je retrace le contour de son oreille avec mes lèvres.

— Je me demande s'ils m'auraient aussi bien dévorée que toi l'autre soir ?

Je le sens durcir sous son jean, et ses yeux se plissent en deux minuscules fentes. Je sème des baisers le long de sa joue, avant de porter le coup de grâce.

— Je te défie de me les faire oublier.

Un grondement bestial dans le fond de la gorge, il referme l'étroite distance entre nous. Son baiser est à moitié désespéré, à moitié vorace – comme s'il ne serait jamais assouvi.

Puis il s'écarte.

— Je ne couche pas avec des filles ivres.

— Je suis pompette. Cela fait une différence de taille.

Il me menace du regard.

— Pas pour moi.

— Je peux marcher en ligne droite si tu tiens à me tester.

— Ce que tu voudras, pourvu que tu ne restes pas sur mes genoux.

Plissant les yeux, je me balance sur son érection. Si la bosse ferme qui pulse sous son jean est une indication valable, il a autant envie de moi que j'ai envie de lui.

Nos souffles se mêlent, et nous nous observons.

— Tu aimes m'avoir sur tes genoux.

Alors qu'il ondule ses hanches contre un point qui stimule mon rythme cardiaque, ma peau picote d'anticipation. Il ferme les yeux.

— Je le répète, je ne touche pas aux femmes alcoolisées.

Je déteste qu'il me colle une étiquette. Comme si j'étais une fille banale, en quête de sexe, qu'il devait repousser.

— Et je le redis, je ne suis pas ivre.

Devant son air sceptique, je capitule.

— OK. Ne me touche pas. Laisse-moi faire.

Tête baissée, je presse des baisers dans son cou, inhalant son parfum frais si familier. Il émet un geignement rauque alors que je m'agenouille. Impossible de savoir s'il exprime le plaisir de mon contact, ou l'agacement. Probablement les deux.

Mes mains glissent sous sa chemise et je me repais de la souplesse de sa peau dorée et de ses muscles saillants.

— Tu n'avais pas ces abdos quand nous étions plus jeunes.

Il laisse échapper un rire.

— C'est parce que je n'allais pas au club de sport cinq jours par semaine.

Assurément, son assiduité est payante. J'embrasse son torse avec un petit sourire.

— Je te dirais bien que tu es hyper sexy mais je pense que tu le sais déjà.

Au passage de ma langue sur une bande de muscle abdominal, il inspire brusquement.

— Quelqu'un n'est pas avare de compliments ce soir.

Je salive d'admiration devant le tracé en pointe de ses obliques.

— Un commentaire sur ma générosité ?

Ses narines frémissent.

— Tu me tues.

Je relève les yeux sur lui.

— Tu n'as encore rien vu.

Son pouce caresse le contour de ma joue.

— Peut-être que tu devrais t'abstenir.

— Parfait. Si c'est vraiment ce que tu veux. (Mon ongle longe sa braguette et l'ouvre.) Ça t'ennuie si je jette d'abord un œil à ce que tu caches sous le capot ? Histoire de savoir ce que je vais louper à cause de ton entêtement.

Il ouvre la bouche et la referme.

— Fais-toi plaisir, lâche-t-il finalement.

En proie à l'anticipation, je déboutonne son jean et l'abaisse. Je le contemple, impressionnée, en toute honnêteté, par la massive érection qui tend son boxer noir, implorant d'être libérée.

Quand je vois bouger les tendons de son cou pendant que je descends son boxer, je ne peux retenir un petit sourire.

L'air quitte d'un coup mes poumons lorsque sa queue frappe mon nombril.

Elle est longue, épaisse et veineuse. Parfaite en tout point.

Son sourire suffisant me dit qu'il en a conscience.

Mais je n'ai pas encore fini de le chauffer. Je veux qu'il perde le contrôle.

Je me rapproche au mieux sans pour autant créer de contact.

— Tu n'imagines pas à quel point j'ai envie de poser ma bouche dessus.

Son membre frémit, et une petite goutte de fluide luit sur son extrémité.

Grognant, il saisit la base à pleine main et se caresse lentement.

— Vraiment ?

Dans un hochement de tête, je lèche le long de son pouce.

— Malheureusement, quelqu'un trouve que c'est une mauvaise idée... alors je ne peux pas.

Il marmonne un juron.

— Tu t'es bien fait comprendre.

Marrant comme les rôles s'inversent.

Une seconde goutte de liquide s'amasse sur son gland, et coule cette fois sur son ventre.

— Tu es sûr ?

— À toi de me le dire, répond-il d'une voix indolente et éraillée.

Mon pouls crève le plafond quand ma langue recueille la gouttelette nacrée.

— Ton goût me dit que tu es sûr.

Lèvres entrouvertes, il me regarde fixement.

— Dylan.

La volupté et le désir qui enveloppent mon nom embrasent ma peau.

Mes doigts escaladent le long de sa cuisse.

— Tu as oublié de me demander ce que je voulais pour mon anniversaire.

Son regard s'embrase.

— Que veux-tu pour ton anniversaire ?

Baissant la tête, je réponds à l'aide de ma langue qui contourne son gland. Sa respiration devient laborieuse.

— Bon sang.

La main encerclant sa base, j'étire mes lèvres au-dessus de son sommet.

Il m'observe avec une intensité remplie d'urgence.

— Bordel.

Son visage se contracte dès que je le ressors dans un bruit humide.

— Continue.

Le regard enfiévré, sa main s'emmêle dans mes cheveux pour me retenir là où il me veut.

— J'ai besoin de plus.

La sensualité qui teinte ses mots touche directement mon centre. Alors ma bouche le retrouve, l'aspire plus profondément.

Le front plissé, il grogne.

— Ouais, bébé, juste comme ça.

Il y a quelque chose de tellement excitant dans sa facilité à me guider, à m'informer de ce qu'il aime précisément.

Encouragée, je le lèche et le suce aussi loin que possible.

Son corps frissonne et la main dans mes cheveux se contracte.

— Putain.

Je m'apprête à réitérer ce geste quand il se penche pour me remonter sur ses genoux.

— Mais…

Ses lèvres capturent les miennes et sa main derrière ma nuque m'immobilise, pendant qu'il m'embrasse avec une telle avidité que je fonds contre lui.

— Je m'amusais bien, lui dis-je quand il bascule ma tête en arrière pour lécher ma gorge.

— Moi aussi. Trop, même.

Il tire sur le décolleté de ma robe afin d'exposer ma poitrine.

— Je voulais les voir avant que ce soit fini.

La convoitise m'électrise de part en part quand il incline la tête et prodigue des caresses à mon mamelon avec son piercing.

— Putain, ce que ça en valait la peine.

Je reste désarmée, dans tous mes états pendant qu'il suçote, selon des mouvements calculés et affamés.

— Jace.

Ses mains brutales agrippent mes fesses, me plaquent contre sa bouche.

— J'adore ta façon de prononcer mon nom.

Il tire de nouveau sur l'encolure de ma robe, cette fois pour dénuder mon autre sein.

— Et tes seins.

Mon corps tressaille lorsqu'il refait ce truc avec sa langue.

— Surtout leurs petites pointes tendues.

Oh ! mon Dieu.

Je ne pense pas me lasser un jour de sa bouche licencieuse.

Je gémis quand ses lèvres trouvent le creux de ma gorge.

Il a un petit rire, conscient de mon extrême sensibilité.

— Je parie que tu es hyper trempée pour moi. (Ses mains s'aventurent sous ma robe.) Vérifions si je me trompe.

Je siffle quand ses doigts dessinent le contour de la dentelle de ma culotte.

— Tu l'as mise pour moi ?

— Non, pour moi.

— Elle est mouillée, note-t-il en la faisant claquer sur ma peau.

Il immisce une main entre nous pour agiter sa queue de manière tentatrice.

— Je sais. Tu m'as lancée dans une piscine, tu te souviens.

— Petite maligne, marmonne-t-il avant que ses dents mordent ma chair, me faisant fermer les yeux.

— Et ça ?

Un grand sourire suffisant aux lèvres, il écarte ma culotte sur le côté et tient ma chatte dans sa paume.

— C'est pour moi ?

— Pour cette nuit.

Son regard se rembrunit.

Ma respiration s'accélère alors qu'il entreprend de dessiner des cercles paresseux du bout des doigts autour de mon ouverture.

— Retire cette robe. Elle gâche la vue.

Je m'exécute.

— Autre chose ?

Sa main libre enveloppant ma nuque, il me tire vers lui comme pour me confier un secret.

— En fait, oui.

Il suce le lobe de mon oreille entre ses dents et introduit deux doigts en moi.

— Donne-toi du plaisir sur ma main.

Les bras noués autour de son cou pour garder l'équilibre, je commence à chevaucher sa main. Un son choqué et fébrile m'échappe quand il les recourbe à l'intérieur.

— Enfin, voilà…

Dans un râle approbateur, il les retire avant de sucer ses doigts.

— Un régal.

Le voir lécher ses doigts déclenche en moi un violent tremblement. C'est tellement excitant que j'ai peur de me consumer.

— Oh mon Dieu.

Content de lui, il les renfonce encore plus loin.

— Touche ma queue.

Je le caresse sur toute sa longueur pendant que ses doigts me torturent, plongeant fébrilement dans mon intimité.

— Ça ne marche pas, déclare-t-il.

Mon corps proteste en silence de la perte de son contact.

— Quoi ? Pourquoi ?

Il cramponne mes hanches afin de nous allonger sur le canapé.

— Assieds-toi ailleurs.

— Où ça ?

Il se tapote le menton, tout sourire. Un éclair traverse ses yeux pendant qu'il retire ma culotte.

— Juste ici.

Comme je me déplace, il secoue la tête.

— Retourne-toi. Je veux que tu termines ce que tu as commencé pendant que je déguste ta chatte.

Alors que je modifie ma position, il me frappe la fesse.

— Crois-moi, ce ne sera pas long.

La chaleur inonde mes veines à la façon d'une drogue puissante tandis qu'il me guide sur sa bouche.

— Pour toi comme pour moi.

Des frissons déferlent sur ma peau dès qu'il me suce, le métal titillant mes points hypersensibles.

L'afflux d'excitation perturbe ma vision. Je l'avale le plus profondément et le plus rapidement possible, déterminée à provoquer ces rugissements bestiaux que j'adore.

Mon corps vibre de tension et mes cuisses se mettent à trembler pendant qu'il étire et lèche ma chair. Pile au moment où je pense atteindre un pic de sensations, il ajoute un doigt, titillant mon clitoris comme il jouerait de son instrument préféré.

Une chaleur incandescente crépite le long de mon échine, et de mon côté, je redouble de vigueur. Son sexe pulse dans ma bouche, et il soulève ses hanches. C'est l'unique avertissement que je reçois avant que, dans un gémissement, il se déverse dans ma gorge. Ce faisant, du liquide s'échappe sur ses testicules que je lèche, raffolant de ses tremblements sous moi.

Ses mains massent mes fesses, il m'aguiche avec une fougue renouvelée. Peu après, le plaisir contracte mon intimité dans un tourbillon, et je m'agite sur sa bouche, criant son nom durant l'orgasme.

D'infimes frissons sillonnent mon dos quand il plante un doux baiser sur mon sexe, avant de m'allonger sur le canapé et de se lever.

Sans un mot, il se rajuste dans son jean et ramasse ma robe humide sur le carrelage.

Je suis saisie d'effroi quand il la pose sur mes mains sans me regarder.

Je pourrais prétendre qu'il est encore un peu déconnecté, mais ce serait se leurrer. Je peux sentir sa tristesse éroder mon âme aussi formellement que si c'était la mienne.

Jace arbore un air coupable, de dégoût de soi au point que

j'en ai la nausée, tandis que je remets ma robe et rassemble mes escarpins.

Je suis aux prises avec le trouble et la répulsion. De son côté, il tapote l'écran de son téléphone comme s'il avait hâte que je disparaisse pour pouvoir passer à d'autres projets avec quelqu'un de mieux.

Quelqu'un qui ne le rebute pas, contrairement à moi.

Le cœur gros, je cille pour ravaler des larmes que je refuse de verser.

Je ne comprends pas pourquoi ce moment se termine sur une telle réaction.

Une seconde, il vénère mon corps, la suivante tout porte à croire que ma présence le dérange, et qu'il préférerait s'arracher les yeux que passer une minute de plus avec moi dans cette pièce.

— Jace, je murmure, ma voix à deux doigts de craquer.

— Oakley sera là dans quelques heures, m'indique-t-il. Tu peux l'attendre ici.

Il ne peut même pas se résoudre à partager une voiture avec moi, pendant la dizaine de minutes que cela prendrait de me déposer ?

Rempochant son téléphone, il se dirige vers la porte.

— Jace, dis-je d'une voix étranglée, fendillée comme du verre.

Parle-moi. Dis-moi ce que j'ai fait.

Pourquoi tu me hais autant, moi qui n'ai jamais cessé de t'aimer ?

Il marque une pause, sa respiration suspendue.

— Nous ne pouvons pas recommencer.

J'aurais une tonne de choses à dire, mais aussi de questions à poser.

Au lieu de quoi je passe devant lui pour sortir.

Mon amour-propre m'interdit de le laisser me rabaisser. Cette fois, je serai celle qui part.

— Dis-lui que je suis rentrée à pied, déclaré-je sans me retourner.

À chaque pas, mon cœur se révolte un peu plus dans ma poitrine.

Je veux qu'il me poursuive, admette qu'il a fait une erreur et qu'il ne me laissera plus filer… mais il a été très clair, *je suis* l'unique erreur qu'il ait commise ce soir.

36

Dylan

— Pourquoi on se les gèle ? peste Sawyer dans les marches des tribunes.

Je compatis. Normalement, les températures ne tombent pas en dessous de dix-huit degrés en novembre, mais ce soir, il fait à peine dix. Bien trop froid pour notre sang de la côte ouest.

— Je ne sais pas, mais je ne suis pas fâchée que ce soit mon premier et dernier match de football américain de la saison.

Derrière nous, Oakley grommelle.

— Vous arrêtez de pleurnicher, toutes les deux ? Vous envoyez de l'énergie négative dans l'univers juste avant le match de mon pote.

— On s'en fiche, espèce de hippie, je taquine alors que nous trouvons des sièges disponibles pour nos postérieurs.

— Rappelle-moi ce que nous foutons ici ? dit Sawyer en claquant des dents. Mon cerveau est gelé, je crois.

J'indique mon cousin assis entre nous.

— Demande-lui.

Oakley lève les yeux au ciel.

— Je vous l'ai dit, Cole m'a interdit d'assister à ses matchs, il pense que je porte la poisse.

Sawyer fronce les sourcils.

— Donc tu es là parce que…

— C'est la dernière rencontre à domicile de la saison, se défend-il avec de grands yeux. Ce qu'il ignore ne peut pas lui nuire. Après tout, la chance n'existe que là-dedans, dit-il en se tapotant la tête avant de poursuivre à voix basse : Sans compter que je devrais cinq cents dollars si les Vikings ne battent pas les Knights.

Sawyer et moi nous regardons.

— Tu veux dire, si les Knights ne battent pas les Vikings.

Oakley prend un air contrit.

— Si tu veux.

Sawyer lui frappe le bras.

— Tu as parié *contre* les Knights ?

Je lui tape l'autre bras.

— Qu'est-ce qui ne va pas chez toi ? Cole n'est pas ton ami ?

Oakley regarde autour de lui.

— Parlez doucement. (Il dénoue ses épaules.) Cole est mon super pote, mais tout le monde à Royal Manor mise sur la victoire des Knights.

— Tout le monde sauf toi, souligne Sawyer.

— Baisse d'un ton, petite joueuse. (Il devient pensif.) Je le répète, tout le monde parie sur la qualification des Knights aux championnats nationaux… ce qui signifie qu'il y a carrément plus d'argent en jeu pour le petit veinard qui gagnera si les Vikings l'emportent.

— Il m'a pourtant semblé comprendre que tu ne crois pas à la chance ?

— Mais oui, se moque Sawyer en indiquant sa tête. Je croyais que la chance n'existait que là-dedans.

Il fait la grimace.

— Lâchez-moi. (Il vérifie son téléphone.) Discutez entre vous jusqu'au début du match… ensuite…

Il mime une bouche fermée par un zip avant de reporter son attention sur son téléphone.

— Parfait, dit Sawyer avant de se concentrer sur moi. As-tu décidé de ce que tu allais faire ?

— Je ne suis pas sûre qu'il y ait quelque chose à faire. J'ai donné les chaussures à ma tante. Elle était un peu perplexe, vu qu'elle m'a dit de ne pas me tracasser pour ça. Mais elle était quand même reconnaissante.

Elle n'était pas la seule.

Deux jours plus tôt, dans mon casier, j'ai trouvé une boîte contenant une paire de Louboutin identique à celle que je portais la nuit où j'ai malencontreusement piqué une tête dans la piscine de Jace. Dire que j'étais sous le choc est un doux euphémisme. Mais Oakley a laissé entendre que quelques heures après la soirée désastreuse, Jace lui a demandé de s'informer sur la pointure de ma tante pour lui commander une paire neuve.

Évidemment, à l'approche des fêtes, elles étaient en rupture de stock mais il a réussi à mettre la main sur une paire cette semaine.

L'idée que Jace Covington redouble d'efforts pour remplacer la paire de ma tante me rend dingue.

D'autant plus que nous n'avons pas échangé un seul mot.

— Je préconiserais un SMS, mais bon, il t'a quand même crac-boum-merci et ciao m'dame...

— Stop. Trop de mots de meuf, déclare Oakley.

Sawyer lève son regard au-dessus de sa tête.

— Ils servent des chocolats chauds à la buvette ce soir. Ça te tente ?

Ce sera la plus onéreuse tasse d'eau à la poudre de cacao que j'aie jamais achetée, mais avec ce froid polaire, je suis partante.

— Bonne idée. Tu en veux un ? demandé-je à mon cousin.

Il commence à répondre mais Sawyer l'interrompt.

— Dylan, c'est un traître. Laisse-le se débrouiller seul.

Je la soupçonne d'être une admiratrice pas si secrète des Knights.

Ou peut-être juste de Cole. Même si elle jure ses grands dieux qu'il ne lui plaît pas et qu'il l'insupporte... alors peut-être pas.

— Désolée, couz. C'est réservé aux fans des Knights, dis-je avant de descendre les marches.

— Tu penses aller chez Christian ce soir ? demande Sawyer tandis que nous faisons la queue.

— Sans doute pas. Je suis claquée.

Elle fronce les sourcils.

— C'est vrai que tu as bossé pour Thanksgiving. (Elle secoue la tête.) Même mon patron n'est pas aussi insensible, ce qui n'est pas peu dire.

Le manager de Sawyer au Cluck You, un restaurant de poulet, fait passer la mienne pour une sainte.

— Ce n'était pas si dur. Je n'ai bossé qu'une demi-journée hier. Bon, c'est vrai qu'on n'a pas arrêté.

À tel point que Mme Dickinson a laissé chacun commander ce qu'il voulait, sans contester.

— Demain, tu travailles ?

Je travaille d'habitude le samedi, mais pas demain. J'ai prévu plus démoralisant.

Rendre visite à mon père en prison.

Ma tante affirme qu'il lui demande fréquemment de m'inciter à aller le voir.

D'abord réfractaire, je me suis souvenue de la supposition de Jace, à savoir que ma relation avec mon père s'améliorerait maintenant que Savannah ne fait plus barrage entre nous.

Manifestement, ça ne s'est pas arrangé, mais cela continue de faire vibrer une corde sensible en moi.

Je n'ai jamais envisagé son incarcération comme une opportunité de renouer avec lui, mais avec le temps, j'ai bon espoir de pouvoir sauver notre relation.

Ce serait top que quelque chose de positif ressorte de ce cataclysme.

Sawyer agite la main.

— Y a quelqu'un ?

Oh ! merde.

— Je suis de repos demain.

Elle hausse un sourcil.

— Tu te sens bien ?

Je mordille ma lèvre inférieure, à la recherche des mots justes. Sawyer connaît tout du drame paternel, mais je ne veux pas qu'elle se laisse aller à ce qu'elle fait systématiquement… s'inquiéter.

Sinon, elle finira par me préparer des cookies, proposer de me conduire à la prison, à deux heures de route, mettra mes chansons préférées dans la voiture, et m'offrira son épaule pour pleurer dans l'intervalle.

Cela fait d'elle une amie en or, mais je ne veux pas qu'elle ait l'impression d'avoir failli si je manque de réactivité.

Depuis le jour où j'ai trouvé le corps de ma mère sur le sol de la cuisine, j'ai appris à rassembler toutes mes émotions et mes sentiments relatifs à sa mort, et tout ce qui m'afflige, dans une boîte profondément enfouie.

D'après la psy que mon père m'a obligée à consulter quand j'étais enfant, c'était ma façon de gérer un événement trop lourd pour mon âge.

D'un autre côté, elle a également averti mon père que ce n'était qu'une question de temps avant que je craque, ce qui reste encore à prouver. Alors on l'emmerde.

— Je, euh… rends visite à mon père, je murmure pour que personne ne m'entende.

Elle écarquille les yeux.

— Quoi ? Vraiment ? Waouh… énorme.

Je sais.

— Ouais, mais n'en faisons pas tout un plat.

Elle me scrute avec suspicion.

— Tu as peur de te débiner ?

Je commence à détester sa perspicacité.

— J'avoue.

— Je suis là en cas de besoin, m'assure-t-elle me pressant doucement la main.

Je sais.

Par chance, notre tour arrive.

Nous commandons nos chocolats chauds, plus un pour Oakley parce que nous sommes deux cœurs tendres, et regagnons les gradins.

Du moins, c'était le plan. Perturbée à la perspective de revoir mon père, je me cogne contre quelqu'un sans faire exprès. Du chocolat chaud déborde de ma tasse, mais je suis trop canalisée sur Jace pour m'en soucier.

Ses lèvres pleines et ses pommettes sculpturales sont rosies par le froid, et ses mains enfoncées dans les poches de son sweat noir.

Comme toujours, il est si splendide que ma respiration se bloque.

L'enfoiré.

— Regarde où tu mets les pieds.

Et il n'est pas seul.

Casey, la suppléante de Britney, qui est pressentie pour lui succéder au poste de capitaine des pom-pom girls l'an prochain, se trouve à côté de lui.

Je ne peux m'empêcher de remarquer que la veste des Knights dépliée sur ses épaules est trois fois trop grande pour sa petite carrure, et couvre pratiquement son uniforme.

Manifestement, cette veste ne lui appartient pas.

Mon cœur se serre amèrement.

Jace saisit une serviette en papier sur une table à proximité et me la tend, mais je m'écarte.

Je ne veux rien de lui… plus jamais.

Tout ce qu'il fait me meurtrit.

L'espace d'un instant, son regard s'adoucit.

— Dyl…

— Viens, Jace. Je dois regagner le terrain dans deux minutes, dit sèchement Casey.

Comme il ne dit rien, elle souffle.

— OK, je vais me chercher ma bouteille d'eau. (Elle ôte sa veste et lui lance.) Rends sa veste à ton frère après le match. (Elle lance un regard appuyé à Sawyer.) Je ne veux pas que mon mec me prenne la tête.

À côté de moi, Sawyer se raidit.

Le bruit court que Cole et Casey sortent ensemble, mais la rumeur sur Britney étant invalidée, j'ai présumé que celle-ci aussi était infondée.

L'air sidéré de Sawyer me dit que je ne suis pas la seule.

Visiblement satisfaite, Casey fait voleter ses doigts dans un délicat salut, avant de s'éclipser vers la buvette.

Le regard de Jace passe entre nous comme s'il voulait dire quelque chose, mais ça ne m'intéresse pas.

Je jette un de mes chocolats chauds à la poubelle et attrape la main de Sawyer, parce que même si elle ne le dit pas, je sais qu'elle a besoin de soutien.

Pour une raison étrange, elle croit en son âme et conscience que Cole est quelqu'un de bien sous ses airs exubérants de dragueur.

Mais elle se trompe. Aucun d'eux n'est bon.

Le seul Covington bienveillant est mort.

— Respire, je murmure quand nous le dépassons. Ça va aller.

Même si je ne sais pas qui j'essaye de réconforter. Elle ou moi.

— Sans déconner ! C'était notre seul espoir ! râle Oakley quand le botteur des Vikings rate son tir.

Sawyer et moi échangeons un regard peu convaincu.

Nous sommes au quatrième quart-temps et le score est de vingt-trois à trois en faveur des Knights.

Même si le buteur avait marqué, ce ne serait pas suffisant pour que les Vikings prennent le dessus.

Des gradins, je vois le numéro seize, que Sawyer a indiqué comme étant Tommy, se frapper la paume du poing de frustration.

Difficile de le lui reprocher. Ils se prennent une raclée aujourd'hui.

Sawyer se frotte les mains et souffle dessus.

— Plus qu'une minute avant la fin du match.

C'est adorable de la voir se prendre au jeu, bien que le numéro sept – alias Cole – soit une triple andouille.

Saisis par une excitation contagieuse, nous observons les Knights se mettre en formation. En raison du brouhaha des supporters, Cole annonce d'une voix peu audible la tactique et déclenche les actions des deux équipes. Il prend son élan avant de lancer le ballon au bout du terrain, incitant le public à se lever.

Je suis focalisée sur le joueur qui rattrape le ballon quand Sawyer hurle le nom de Cole. Mon regard se déplace pile au moment où il est soulevé de terre par-derrière et plaqué sur le gazon. L'effroi me noue le ventre lorsque sa tête cogne le sol à un angle artificiel, et qu'il retombe sur la nuque et les épaules.

— C'est quoi, ça ? mugit Oakley.

— Il l'a attaqué trop tard. Cole ne l'a pas vu venir, explique Sawyer d'une voix tremblante.

Scandalisée et furieuse à la fois, j'identifie le coupable.

— C'était Tommy.

L'arbitre se précipite sur le terrain en brandissant un mouchoir jaune, pendant que le numéro seize se détache de Cole et lève les mains en l'air, aussi fier qu'à l'issue d'une belle passe.

Le connard se réjouit… devant Cole qui gît immobile.

— Oh mon Dieu. Il ne bouge pas, énonce Sawyer d'une voix brisée, sa main volant sur son visage. Cole ne bouge plus.

À côté de moi, Oakley se pétrifie.

— C'est quoi, cette connerie ? Cole avait déjà tiré, Tommy n'avait aucune raison de l'attaquer.

Je connais mal les rouages du jeu, ou qui n'est pas censé faire quoi, mais je sais que ce coup était d'une brutalité sans nom. Adversaire ou pas, Tommy ne devrait pas se réjouir.

À moins qu'il ne l'ait agressé intentionnellement, comme l'insinue Oakley.

La main sur l'estomac, je regarde les secouristes accourir sur le terrain.

— Est-ce qu'il va…

Mon cœur saute dans ma gorge quand Jace enjambe à vive allure la clôture grillagée.

— Merde.

Aussi vite que possible, je suis Oakley qui s'engouffre dans les marches. Dans les rangs, le public commence à crier, alors que Jace file droit vers Tommy, mais je ne l'écoute pas.

Oakley et moi accélérons le pas, nous dépêchant de franchir les portails, mais c'est trop tard. Tommy est déjà à terre, Jace au-dessus de lui, vrillant sa jambe à un angle inquiétant. Tommy se débat pour s'échapper mais Jace le retient d'une main de fer.

À peine sommes-nous sur le terrain que j'entends le craquement d'un os, puis les hurlements de souffrance de Tommy.

Peu après, des hommes en maillot des Vikings affluent autour d'eux, nous bouchant la vue, mais pas avant que Tommy pousse un autre cri.

— Vous deux, hors du terrain, nous aboie quelqu'un pendant qu'ils évacuent Cole en ambulance.

— Lâchez-moi, rugit Jace aux joueurs qui le retiennent.

Sa bouche écume pratiquement comme un animal enragé. Ses yeux noirs sont verrouillés sur Tommy qui se tortille sur la pelouse, crachant des paroles incohérentes à propos de sa jambe et de son poignet.

— Je n'en ai pas fini avec lui.

La lueur sadique dans son regard provoque des vagues de frissons le long de mon dos.

— La police prend le relais, annonce quelqu'un avant que l'équipe médicale se précipite vers Tommy.

Au même instant, les sirènes hurlent au loin.

— Merde.

Oakley s'empare de son téléphone pendant qu'un agent de la sécurité nous escorte hors du terrain.

— Qui appelles-tu ?

Mon cœur bat à tout rompre. Tout ce que je veux, c'est m'empresser de protéger Jace, mais deux agents lui passent les menottes et l'embarquent.

— Salut, papa, dit Oakley au téléphone. J'aurais besoin que tu me retrouves au commissariat. *ASAP.*

37

Dylan

Je regarde par la vitre d'un car Greyhound quand mon téléphone vibre.

Je réponds à la première sonnerie, en priant silencieusement pour qu'il s'agisse d'une bonne nouvelle. Selon les dernières infos transmises par Oakley, ils gardaient Cole pour la nuit.

Quant à la gravité de ses blessures, ils ne pouvaient pas se prononcer. Il devait subir de nouvelles batteries de tests.

— Salut, du nouveau ? dis-je.

— Ouais. Commotion… sérieuse. Mais ils le laissent sortir dans la journée.

Je relâche un soupir de soulagement et note dans un coin de ma tête de tenir Sawyer au courant dans la foulée. La pauvre a prié une bonne partie de la nuit.

— Dieu merci.

— Je sais. Je ne peux pas en dire autant de l'autre con, ricane-t-il. Il paraît que Jace l'a tellement tabassé qu'il va passer les deux prochaines semaines à l'hôpital… au mieux.

— Bien fait pour lui.

Une pensée horrifiante me frappe. Après que Jace a défoncé Tommy pour venger son frère, il a été traîné hors du stade, menottes au poing. Nul doute que la gravité des blessures de Tommy alourdira la plainte déposée contre Jace.

— Et Jace ?

— Tu le sais, mon père s'en occupe. C'est un vrai con, parfois, mais il est connu comme le meilleur avocat de la région. Jace a été relâché tard dans la soirée. Il est à l'hôpital, si tu veux passer le voir.

— Je ne peux pas, dis-je alors que le car freine devant mon arrêt. Je… j'ai un truc à faire.

— Quel genre de truc ?

— Rien d'important. Je te raconterai ce soir.

— Bon… d'accord, dit Oakley gêné. Appelle, en cas de besoin.

— Sans faute. Et merci de m'avoir donné des nouvelles de Cole. Je suis super contente qu'il aille bien.

— Moi aussi. Il m'a fait une sacrée peur. Je peux dire sans trop m'avancer que je n'assisterai plus à ses matchs.

— Tu n'as rien à te reprocher. C'était la faute de Tommy.

Hier soir, il n'a pas seulement dépassé les bornes, il les a saccagées. J'ai honte d'avoir un jour eu un faible pour lui.

— Ouais, eh bien, ce n'est pas pour rien si je n'ai jamais apprécié cet enfoiré, crache Oakley avant de s'éclaircir la voix. Oh merde, je dois te laisser. Les infirmières me regardent de travers et veulent savoir si je suis de la famille.

Je remonte mon sac sur l'épaule et descends du bus.

— À ce soir.

— Faut pas s'énerver, ma petite dame. Cole est mon frère d'une autre mère, j'entends Oakley crier avant de couper la communication.

À l'ouverture de la porte, j'essuie mes paumes moites sur mon jean quand le gardien de prison escorte mon père dans la pièce.

Tout compte fait, il n'a pas trop mauvaise mine. Il a les yeux cernés, sa corpulence déjà élancée s'est amincie et la combinaison orange ne lui va pas du tout, mais quand il me voit, une lueur d'espoir anime son regard.

Je lui offre une moue triste alors qu'il prend un siège de son côté du plexiglas et décroche le combiné.

Je prends l'appareil de mon côté.

— Tu as bonne mine.

Son sourire n'altère pas tout à fait son regard.

— J'allais te dire la même chose. Où est passé le bleu ?

— Prohibé par le code vestimentaire de RHA. Je m'en suis débarrassée.

Il fait un mouvement de tête compréhensif.

— Comment ça se passe pour toi ? Crystal dit que tu n'obtiens que des A, et que tu t'es fait une copine.

— Sawyer. Une fille formidable. J'ai de la chance de l'avoir.

Le coin de ses yeux se ride.

— Tu as remarqué, vous avez toutes les deux des noms de garçons.

Je ne peux pas me retenir de rire. La seule et unique chose que mes parents avaient en commun, en plus de l'amour, était leurs goûts musicaux. Plus spécifiquement, leur artiste préféré, Bob Dylan.

Garçon ou fille, mon père voulait m'appeler Bob, mais heureusement pour moi, ma mère s'est accrochée à Dylan.

— En effet.

Je regarde autour de nous. Les visiteurs ne sont pas nombreux.

— Tu tiens le coup ?

— Je fais aller. La nourriture est abominable et je ne suis autorisé à prendre l'air qu'une heure par jour, mais ça pourrait être pire. (Il baisse les yeux vers ses pieds.) Je me sens seul par moments.

Quelque chose se dénoue dans ma poitrine, au point que je m'apprête à lui promettre de venir plus régulièrement… jusqu'à ce qu'il reprenne la parole.

— Savannah vient souvent me voir ces derniers temps… elle me remonte le moral.

Cela me fait l'effet d'une douche froide.

— Elle n'a pas demandé le divorce ?

Un sourire authentique éclaire son visage.

— Non, nous avons surmonté nos différends.

— Tu es certain que c'est une bonne idée ? (Redressant le dos sur ma chaise, je me rapproche de la vitre.) Papa, c'est à cause d'elle que tu es en prison.

La tristesse voile son visage.

— Non, ma puce. Je ne peux en vouloir qu'à moi-même.

Je suis à fond pour que chacun endosse la responsabilité de ses actions, mais Savannah a sans aucun doute possible contribué à ces dérapages.

— J'étais là, tu te souviens ? Elle se plaignait à tort et à travers de la médiocrité de ton salaire, pendant qu'elle dépensait tout ton argent sans rien faire de ses journées. Elle t'a mis trop de pression sur les épaules… elle t'a fait te sentir minable.

Je pose la main sur la paroi, espérant la traverser pour le toucher.

— Elle avait tort, papa. Tu en vaux la peine, et tu n'as pas besoin d'elle.

Nous n'avons pas besoin d'elle.

— Savannah a bon fond, commence-t-il. Elle…

— Elle n'arrive pas à la cheville de maman, dis-je parce que quelqu'un doit lui ouvrir les yeux. Maman ne t'aurait jamais poussé pour des raisons matérielles, comme Savannah l'a fait. *Jamais* elle ne t'aurait dénigré. Maman t'aimait. Savannah te *manipule*. Énorme différence.

J'aperçois brièvement la tristesse traverser ses yeux avant qu'il courbe l'échine.

— À ce que je sais, ta mère ne reviendra pas de la tombe où nous l'avons enterrée voilà dix ans. (Il relève les yeux vers moi.) Je sais que vous êtes différentes, Savannah et toi, mais vous devez trouver un terrain d'entente.

Pas question. Je ne m'entendrai jamais avec cette garce manipulatrice. Elle peut toujours courir.

— Non…

Son regard scintille.

— Elle est enceinte. Tu vas enfin devenir une grande sœur, puce. C'est pour ça que je tenais à te voir… pour te l'annoncer en personne.

Je me presse la poitrine. Je n'arrive plus à respirer. Je ne peux pas…

— Comment ? (La pièce tournoie.) Comment est-ce possible ? On est bientôt en décembre. Tu es enfermé depuis le mois d'août.

— Elle arrive à la fin de son quatrième mois, prononce-t-il lentement, comme si j'étais bouchée.

En admettant que je le sois, mon petit doigt me laisse penser qu'il y a quelque chose de louche là-dessous. Ils sont mariés depuis des années, mais Savannah tombe enceinte précisément quand son mari est envoyé derrière les barreaux.

Tout porte à croire qu'elle s'est fait engrosser par le premier type qu'elle a rencontré après l'arrestation de mon père, lequel s'est défilé.

— Tu ne devrais pas la croire sur parole, dis-je en le regardant dans les yeux. Rends-nous service à tous les deux, exige un test de paternité avant d'assumer les responsabilités de ce bébé.

L'indignation déforme son visage.

— C'est ma femme.

La frustration croît en moi.

— Et je suis ta fille. Ce que tu as tendance à oublier, je rétorque avec un regard mauvais.

— Qu'est-ce que tu racontes ? Toutes ces années, je n'ai rien fait d'autre que subvenir à tes besoins.

Casquer pour son enfant ne fait pas de quelqu'un un parent… juste un donneur.

Un vrai parent construit une relation avec son enfant.

Un vrai parent prend le temps d'élever son enfant, d'apprendre quelle personne il est.

Un vrai parent ne laisse pas son enfant se sentir délaissé et non désiré un seul jour, encore moins des années.

— Contrairement à ta femme, je n'ai jamais couru après ton argent. Tout ce que j'ai toujours voulu, c'est toi. (Je hausse les épaules, impuissante.) Mais tu n'étais pas là.

Il cligne des yeux.

— J'ai du mal à comprendre ce que tu insinues exactement.

Comme toujours, il ne capte rien. Il est trop sous la coupe de Savannah.

— J'essaye de te dire que je n'ai eu qu'un seul parent… ma mère, et qu'elle n'est plus là.

— Ce n'est pas vrai, proteste-t-il. J'ai été là toute ta vie.

— À la façon d'un fantôme. Nous ne discutons jamais. Tu ne connais pas mes espoirs, mes rêves, mes peurs. Mince, tu ne connais même pas ma couleur préférée.

— Si, je la connais. C'est le rose.

— Le bleu ! je hurle. Le rose, c'était la couleur préférée de maman.

Il se frotte le visage et soupire.

— Dylan, je ne sais pas ce que tu veux que je te dise.

Rien.

Je me lève.

— Absolument rien. Continue comme ces dix dernières années.

Je ne devrais pas avoir à m'escrimer pour gagner son amour.

Je ne devrais pas avoir à me battre aussi âprement pour lui faire comprendre qu'il me blesse.

— Reste assise.

Je pointe le doigt sur la vitre.

— Non, j'ai fini. Tu veux continuer à faire l'autruche pendant que Savannah te mène par le bout du nez ? Fais-toi plaisir. Mais dans ce cas, oublie-moi. (Je m'empare de mon sac sur la tablette.) Félicitations pour le bébé. J'espère que celui-là, tu ne le négligeras pas, et que tu seras un père moins merdique qu'avec moi.

Sur ce, je prends la direction de la sortie.
Sa femme, je n'en ai rien à foutre.
Son bébé, je n'en ai rien à foutre.
Lui, je n'en ai rien à foutre.

38

Dylan

Mon téléphone sonne pour la troisième fois en quatre heures.

C'est le nom de Sawyer sur l'écran, mais une fois de plus, je refuse l'appel.

À peine rentrée, j'ai dit à ma tante que je ne me sentais pas bien, et que je ne souhaitais pas évoquer mon entrevue avec mon père. Jamais.

Depuis, je reste barricadée dans ma chambre. *À deux doigts de craquer.*

Mon téléphone me signale l'arrivée d'un nouveau SMS.

Sawyer : Tu n'es pas obligée de parler. Je veux juste que tu saches que je suis là si tu as besoin de moi.

La culpabilité me vrille la poitrine. Ce n'est pas la faute de Sawyer si mon père est une ordure.

Téléphone à l'oreille, je la rappelle.

Elle répond tout de suite.

— Coucou.

— Coucou, je murmure. Je ne t'ignore pas. Mais… je suis dans un état d'esprit plutôt macabre.

Un petit coup de coude, et je bascule dans le vide.

— Je suis désolée.

Je décèle l'hésitation dans sa voix avant qu'elle se lance.

— Je pars pour un fast-food de minuit si ça te tente.

Je regarde mon réveil sur la table de nuit. Il n'est que onze heures moins le quart.

— Il n'est pas encore minuit.

Elle pouffe.

— Je sais, mais j'ai essayé un nouveau régime cette semaine et sérieusement, je vais m'arracher les cheveux si je n'ingurgite pas un cheeseburger dans l'heure.

C'est mon tour de rire.

— Pour le bien de ta splendide chevelure, je crois que je suis obligée de te soutenir. N'est-ce pas ?

— Oui. Crois-moi, la forme de mon crâne ne se prête pas à la calvitie.

Puis elle reprend avec douceur.

— Nous n'avons pas besoin de parler d'aujourd'hui si tu n'en as pas envie. Nous pouvons juste nous balader en voiture, nous gaver de burgers bien gras et écouter tes morceaux rock préférés.

— Le plan idéal, approuvé-je en me levant de mon lit. Ça t'ennuie si je propose à Oakley de nous retrouver ? Pendant que je rentrais de prison, il m'a appris par SMS qu'il avait rompu pour de bon avec Hayley. Il a sûrement besoin d'un remontant, lui aussi.

— Eh bien… c'est… Même un aveugle l'aurait vu venir, mais bien sûr. Invite-le. Je passe te chercher dans vingt minutes.

— Super. À tout', dis-je avant de raccrocher et de rédiger un texto pour Oakley.

Après avoir enfilé mes Converse et vérifié mon téléphone, je traverse le couloir en direction de la chambre d'Oakley. Je frappe à quatre reprises, sans réponse. J'opte pour la cuisine, sa seconde pièce préférée de la maison. La première étant le sous-sol.

Aucune trace de lui.

Je m'apprête à demander à ma tante et à mon oncle s'ils l'ont vu quand je me souviens que ma tante a mentionné qu'ils participaient à une sorte de gala de charité ce soir.

J'essaye sur son portable. Je suis trop fainéante pour risquer de descendre au sous-sol et remonter pour rien. Après quelques sonneries, je suis renvoyée sur sa messagerie.

Bon…

Tenaillée par un étrange pressentiment, je tourne la poignée du sous-sol. *Pourvu qu'il n'ait pas fait une crise.*

Je descends lentement et pile en percevant des voix.

— Tu me manques, prononce péniblement Oakley.

Je lève les yeux au ciel. *Encore ça.* Un autre tour sur le manège Hayley.

Je commence à rebrousser chemin quand la voix qui retentit ensuite me pétrifie.

— Je te l'ai dit, c'est fini. Nous ne pouvons pas continuer.

Je secoue la tête, certaine de me tromper.

— Mais ça me ronge, geint Oakley d'une voix chargée d'émotion. Je ne le supporte plus.

Les mêmes mots que le soir où je l'ai trouvé ivre dans une chambre, chez Christian.

Oh ! mon Dieu. Oakley ne m'a pas vraiment embrassée. Il m'a confondu avec *elle.*

— Je suis vraiment désolée de t'avoir fait de la peine, dit ma tante. Mais j'aime mon mari.

La bile reflue dans ma gorge. *Non.* C'est impossible.

— Toi et moi savons que c'est faux, s'irrite Oakley. Tu as juste peur de perdre ton distributeur de billets.

— Comment oses-tu ? Tu sais que je ne suis pas ce genre de femmes.

— Alors prouve-le, lance Oakley avec défi. Enfuis-toi avec moi. Comme on avait dit.

Je dois me couvrir la bouche pour ne pas crier.

— Tu as perdu la tête.

— Non, objecte-t-il. Pour la première fois, j'ai enfin les idées claires.

Je n'entends plus que des souffles haletants, puis :

— Dépêchons-nous. Wayne doit rentrer d'une minute à l'autre.

— Bien. Je veux qu'il voie comment je baise sa femme quand il s'absente.

Ma tante gémit, le claquement de leurs peaux l'une contre l'autre agresse mes oreilles.

— Montre-lui à quel point elle aime la queue de son fils.

La pièce chavire autour de moi, si vite que je dois me retenir à la rampe pour ne pas basculer.

Il y a forcément un malentendu. Je connais ma tante. Elle ne ferait jamais ce genre de choses. C'est quelqu'un de bien. Elle ne tromperait pas son mari, elle n'utiliserait pas son beau-fils pour s'envoyer en l'air.

Non. Je ne peux pas le croire. Je le refuse. Secouant la tête, je remonte sur la pointe des pieds.

Je suis victime d'une blague sinistre.

Absurde, malsaine…

Mon estomac se retourne quand Oakley pénètre ma tante qui gémit son nom, penchée sur le canapé.

Leur fougue est telle qu'ils ne me voient pas.

Mon esprit veut rejeter la scène entière alors que je grimpe l'escalier et referme la porte. *Mais je ne peux pas.* C'est trop réel. Trop cru. Trop…

— Salut, Dylan, me lance Wayne en apparaissant dans l'entrée. Ta tante est en haut ?

— Ma tante ? fais-je d'une voix suraiguë.

— Oui, j'ai essayé de la joindre en revenant de la vente pour voir si je devais rapporter quelque chose mais elle ne répond pas.

— Oh ?

C'est comme si mon cerveau ne parvenait pas à former une pensée cohérente pour me sauver la mise.

— La dernière fois que je lui ai parlé, elle se sentait vaseuse. (Il sourit.) Entre nous, je pense qu'elle a des nausées matinales.

Mon cœur s'arrête.

— Des nausées matinales ?

Il hausse les épaules.

— Nous ne l'avons pas encore confirmé officiellement, mais elle est patraque depuis une petite semaine.

Oh… patraque, le mot est faible.

Et moi aussi, je me sens mal. La nausée me cueille avec une telle force qu'elle me coupe le souffle. *Elle détruit toute sa famille… exactement comme mon père.*

— Waouh, petite, tu te sens bien ?

Pas du tout.

Je titube vers l'entrée comme si j'étais ivre.

— Je… J'ai besoin de prendre l'air.

À l'instant où mes pieds foulent le paillasson, de vilaines larmes déferlent sur mes joues, reflétant l'averse qui s'abat dehors.

Elle est la personne à qui je demande conseil. Le seul adulte qui me restait pour veiller sur moi.

L'ultime héritage de ma mère.

Je suis toute seule à présent. Je n'ai plus de famille. Je n'ai pas…

Quelque chose en moi lâche soudain, et je m'élance comme si ma vie en dépendait… accourant vers la seule personne au monde capable de me comprendre.

La seule personne susceptible de me faire du bien.

La seule qui soit en mesure de m'aider à retrouver mon calme.

39

Jace

Je m'arrête en croisant Cole dans l'escalier. Il a enfilé sa veste, et tient ses clés de voiture.

— Où vas-tu ?

Il hausse les épaules.

— C'est samedi soir.

Ce soir, s'il veut s'imbiber d'alcool chez Christian, il devra d'abord me passer sur le corps. Il ne devrait même pas prendre le volant avant plusieurs heures. Surtout avec ce temps pourri. Les orages sont rares dans la région, mais c'est le deuxième en un mois.

— Tu es sorti de l'hôpital depuis à peine trois heures. Reste à la maison.

Il me regarde dans les yeux.

— Papa m'a donné son feu vert.

Pas étonnant. Dès qu'il a su que les blessures de Cole n'étaient pas sérieuses, il est retourné au bureau et n'en est pas encore ressorti.

En plus, je parie que Cole ne l'a même pas consulté, qu'il essaye juste de m'exaspérer.

— Comme tu voudras. La prochaine fois que tu auras besoin d'un truc, adresse-toi à ton donneur de sperme.

Je le frôle en passant devant lui mais il me bloque.

— Je reste à la maison.

J'approuve d'un bref hochement de tête.

— Excellent choix.

Il se presse la nuque.

— Écoute, je sais que nous n'en avons pas parlé à l'hôpital mais ce que tu as fait…

— Je n'ai pas besoin d'un merci.

C'est mon petit frère. Poursuivre son assaillant, en particulier ce fils de pute, était plus instinctif que réfléchi.

Si les Vikings ne m'avaient pas détaché de lui, je serais resté en prison… pour les vingt prochaines années.

Embarrassé, Cole fouille dans ses poches.

— Ce que j'essaye de te dire… j'aurais fait la même chose pour toi.

Je hausse un sourcil.

— Vraiment ?

Mon frère assume généralement son égocentrisme. Je suis toujours prêt à le défendre, mais cela ne signifie pas que je m'attends à ce que la réciproque soit vraie.

Je suis capable de le faire seul.

— Je ne sais pas, possible. (Avec un grand sourire, il hausse les épaules.) C'est l'intention qui compte, pas vrai ?

Mes lèvres s'étirent en un sourire.

— Salopard.

— Jamais prétendu le contraire, admet-il avant de prendre un air grave. Je sais que nous ne le disons jamais… Mais…

Sa voix s'éteint. Cette conversation est officiellement embarrassante, mais je reçois le message.

— OK. *Idem*.

Si Cole ou Bianca doutent que j'aille au bout du monde pour les protéger, ils se trompent carrément.

Il soupire longuement.

— Maintenant qu'on est clairs, tu veux jouer à *Black Ops* ?

— Waouh, tu m'aimes vraiment pour me proposer de jouer…

Un soudain claquement contre la maison me coupe en pleine phrase.

— C'était quoi ?

Il hausse une épaule.

— J'sais pas. Sans doute l'orage.

— Ouais, tu as probablement…

Un autre bruit, beaucoup plus assourdissant, nous incite à grimper les marches quatre à quatre.

— Bianca ?

Elle émerge de sa chambre à l'instant où nous surgissons dans le couloir.

— Quoi ?

— Tout va bien ?

Elle me regarde avec perplexité.

— Pourquoi ça n'irait pas ?

— Tu n'as rien entendu ? demande Cole.

Elle fait la grimace.

— Si, mais j'ai cru que tu avais fait tomber un truc. (Elle montre sa porte.) Je peux ret…

Au son d'une vitre qui vole en éclats, nous nous précipitons dans le couloir.

Sans trop réfléchir, je saisis le bras de Bianca et la tire en arrière.

— Reste ici.

— Sérieux ?

Clairement, l'unique objectif de cette fille dans la vie est de me provoquer une crise cardiaque avant mes vingt ans.

Le regard que je lui renvoie la dissuade de m'agacer, puisqu'elle obtempère.

— Jace, c'est ta fenêtre, crie Cole.

Je marmonne un juron à l'entrée de ma chambre, découvrant le verre sur le sol, le caillou massif et la fenêtre éclatée. *Merde*, c'est le mot approprié.

Cole se gratte le menton.

— Tu penses que c'était Tommy ?

— J'en doute.

Non seulement le crevard n'a plus de voiture, mais il a perdu l'usage de ses jambes.

Du moins de l'une d'elles.

Cole rattrape le caillou qui vole à travers ma vitre explosée.

— Qui que ce soit, il est toujours là. Et il a de la force, ajoute-t-il en remuant sa main douloureuse.

Alors qu'il esquisse un pas, je le retiens par la manche de son T-shirt.

— N'avance pas.

La dernière chose dont il ait besoin, c'est un caillou qui lui heurte le crâne et une nouvelle commotion.

Je traverse ma chambre jusqu'à la fenêtre, manquant de peu le caillou suivant.

— Espèce de…

Je me fige en apercevant Dylan. Bien que j'aie du mal à croire qu'il s'agisse effectivement d'elle étant donné qu'elle est… dans tous ses états.

Je peux compter sur les doigts d'une seule main le nombre de fois où je l'ai vue pleurer. *Parce qu'elle ne pleure pas.*

— Putain.

Sans réfléchir, je sors en trombe de ma chambre.

Le temps que je descende, Dylan est pliée en deux sur ma pelouse, sous une pluie torrentielle, arrachant des poignées d'herbe, secouée par des haut-le-cœur.

Quelque chose se débloque dans ma poitrine. Je veux savoir qui est responsable, et lui faire la peau. *Non, pire.*

Tellement pire.

— Qu'est-ce…

— … qui se passe ? crie Cole derrière moi, m'ôtant les mots de la bouche.

— Que fout-elle ici ? lance Bianca quand ses yeux tombent sur Dylan. Tu ne pouvais pas frapper à la porte comme tout le monde, connasse ?

Je pivote vers eux.

— Retournez à l'intérieur. Tous les deux.

Ils ne bougent pas.

— Immédiatement.

Bianca veut protester, comme à son habitude, mais Cole saisit son avant-bras et l'entraîne à l'intérieur.

Je reporte mon attention sur Dylan.

— Eh.

Je m'approche d'elle aussi prudemment que d'une bombe.

— Qu'est-ce qui t'arrive ?

Elle ne répond pas. Elle ne peut pas.

Elle est tellement dévastée que son petit corps tremble sous la violence de ses sanglots.

Je n'ai jamais vu quelqu'un d'aussi bouleversé.

Pas depuis…

Ravalant ma boule de chagrin, je pose la main dans le creux de ses reins. Ses vêtements sont trempés.

Il fait à peine dix degrés et il souffle un vent de folie. Si elle reste là, elle attrapera une pneumonie avant d'avoir pu me raconter ses problèmes.

Un bras autour de sa taille, je la soulève dans mes bras.

Elle blottit sa tête contre mon torse, cramponnant mon T-shirt comme si sa vie en dépendait.

— Respire, bébé. Je suis là.

Le cœur lourd, je la porte jusque chez moi.

Depuis quatre ans, j'espère une opportunité de détruire sa vie pour la voir s'effondrer.

Qui aurait cru que le succès aurait un goût aussi amer ?

Quand je regagne ma chambre, ma fenêtre est bouchée par un grand morceau de carton, et Cole rassemble les débris de verre dans une pelle.

— Merci.

Il continue de balayer.

— Je te devais bien ça. C'est le moins que je puisse faire.

Je tente d'allonger Dylan sur le lit mais elle resserre ses bras autour de mon cou et noue ses jambes autour de ma taille.

— Je dois te trouver des vêtements secs, lui dis-je, ce qui ne l'incite qu'à renforcer davantage son étreinte.

— Je peux demander à Bianca de lui en prêter, suggère Cole.

Peu de chances qu'elle accepte.

— Laisse, je m'en occupe.

Portant une Dylan désemparée, je me dirige vers ma commode. Je sors un sweat-shirt et un pantalon de pyjama.

Elle va flotter dedans, mais je n'ai rien à sa taille.

Une main glissée entre nous, j'entreprends de déboutonner son jean mais mes yeux tombent sur Cole.

— Un peu d'intimité ?

Il hausse les sourcils.

— Je vois ce que tu veux dire, frangin.

C'est sûr qu'une fille instable émotionnellement m'excite à fond...

La porte refermée dans un clic, je nous installe sur mon lit.

Elle continue de pleurer et de trembler, si bien que je me sens mal de devoir détacher ses bras joints autour de mon cou, mais je n'ai pas le choix. Il faut absolument que je change ses vêtements.

Ses dents se mettent à claquer quand j'enlève son T-shirt.

— Je sais, dis-je en le remplaçant par un sec. Nous allons vite t'installer au chaud, sous les couvertures.

Bon sang. Je ne reconnais pas ce gars qui prend soin de la fille qu'il est censé détester, comme si elle était ce qu'il avait de plus précieux sur la terre…

En fait, je sais qui il est.

C'est moi… il y a environ quatre ans.

À l'époque où la fille en larmes dans mes bras était ma meilleure amie.

Elle était tout pour moi.

Interdisant toute réaction à mon sexe, je la tiens debout et baisse son jean sur ses hanches. Puis je lui mets le pantalon de pyjama et noue fermement le cordon.

— Tu vas me dire ce qui s'est passé ?

À qui je dois botter le cul ?

Quelle vie je vais anéantir ?

Le sang de qui sera sur mes mains, parce qu'il aura eu la bêtise de te nuire ?

— Mon père, répond-elle d'une voix cassée.

— Je croyais…

— Savannah… le bébé.

Oh ! merde.

Je commence à me faire une vague idée du problème, jusqu'à ce qu'elle lâche d'une voix étranglée :

— Oakley… ma tante Crystal… toi.

Le son guttural qu'elle émet me transperce comme une balle.

— C'est le bordel. Je ne peux pas… *je ne peux pas…*

Les muscles dans mon torse se tendent. Nos démons sont presque identiques, et il est évident que les siens causent des ravages ce soir.

Pour une fois, Dylan ne parvient pas à les combattre seule.

L'enveloppant dans mes bras, je la serre plus près de moi.

— Ne t'inquiète pas. Tu n'es pas obligée.

Je mènerai ce combat pour toi.

40

Dylan

Je suis réveillée en sursaut par le grondement du tonnerre, mais des bras vigoureux m'enlacent.

Jace.

Je reconnaîtrais son contact entre mille.

Son étreinte est comme une couverture chaude enveloppée autour de moi, au cœur d'une tempête de neige. *Qui me tient chaud, en sécurité.*

— C'est juste l'orage, murmure-t-il contre ma tempe.

Dans le lit, je me tourne face à lui.

— J'ai dormi longtemps ?

— Trois heures et dix-sept minutes.

— Voilà qui est… *précis.*

Il caresse ma joue avec son pouce.

— Comment te sens-tu ?

Il m'observe avec tant d'inquiétude que j'ai peur que mon cœur perfore ma cage thoracique.

— Mieux.

Grâce à lui.

Après que j'ai accouru ici comme une folle en pleine crise psychotique, Jace a pris soin de moi.

Non, plus que ça.

Sans me juger, il m'a écoutée déverser tout ce que je gardais enfoui.

Mes problèmes. Mes peurs. Ma *douleur.*

Puis il m'a tenue dans ses bras pendant que je laissais couler mes larmes jusqu'à ce que je m'endorme.

Ses yeux me sondent.

— Dors encore un peu.

Je suis près de céder, l'épuisement qui affaiblit mon corps me donne l'impression que je pourrais dormir des semaines entières sans pour autant me reposer, mais je percute. Me redresse.

— Oh non, Sawyer. Nous étions…

— Détends-toi, dit-il en montrant mon téléphone sur la table de chevet. Il sonnait non-stop, alors j'ai répondu. J'ai dit à Sawyer qu'il t'arrivait un coup dur, que tu dormais chez moi.

Oh.

— Et elle a bien réagi ?

L'amusement adoucit ses traits.

— Après avoir exigé des preuves photos que tu étais hors de danger, elle a menacé de découper à la tronçonneuse mes couilles et celles de mon frère si je ne te ramenais pas en un seul morceau.

C'est bien ma pote, ça.

— Je l'appellerai dans la matinée. Il faudrait aussi que je prévienne mon infidèle de tante qui prend ses amants au berceau que je suis ici.

Un bras autour de ma taille, il me rallonge sur son lit.

— Pas la peine. J'ai dit à Oakley de lui faire croire que tu passais la nuit chez Sawyer.

— Oh.

Ça me démange de lui demander s'il a rapporté à Oakley que je les avais surpris, mais je n'y parviens pas sans que la bile remonte dans mon œsophage.

— Je… euh…

Ma voix tremble sous la menace des larmes.

— Je ne comprends pas pourquoi j'en fais tout un drame. C'est juste…

— Quelqu'un que tu aimais a fait une erreur.

Je sens les muscles se nouer dans tout son corps.

— Une erreur qui changera définitivement ta perception de cette personne.

C'est *exactement* ça.

— Je ne sais pas comment le surmonter. Entre elle et mon père…

— Je sais, je comprends.

Il s'appuie sur un coude et m'observe.

— Du moins, je le croyais.

Levant la main, je suis du bout des doigts la courbe de son sourcil.

— C'est-à-dire ?

— Peut-être que tout n'est pas aussi absolu, tu sais. (Il exhale longuement.) Avant, je pensais que tout était noir ou blanc… bien ou mal. Mais maintenant, je commence à croire que les gens ne sont pas forcément la somme de leurs exploits… ou de leurs plus grosses erreurs. (Il déglutit.) Quelqu'un pourrait commettre l'acte le plus horrible que l'on puisse imaginer… mais d'une façon ou d'une autre… demeurer une bonne personne au fond.

Je réfléchis un instant avant de tomber d'accord avec lui. Ma tante a fait quelque chose d'abominable mais elle n'en reste pas moins ma tante.

Elle est toujours celle qui a conduit des heures pour me soutenir la première fois que j'ai eu mes règles, puis qui m'a emmenée à mon premier concert pour marquer le coup. Celle qui m'a conviée à une virée shopping pour m'offrir mon premier soutien-gorge. La personne qui n'a pas hésité un seul instant à me recueillir quand mon père a été jeté en prison.

— Le mauvais n'efface pas systématiquement le bon, je murmure.

Il plonge ses yeux dans les miens.

— Non. Je pense que tout se mélange.

Comme le ciel, en quelque sorte. Les nuages ont beau le traverser, le bleu ne perd pas de son éclat.

Pour autant, le concept de Jace ne s'applique pas à tout le monde.

— Je réussirai peut-être à restaurer ma relation avec ma tante, mais avec mon père, c'est une autre histoire. Trop douloureux.

Les larmes qui me montent aux yeux se répandent sur mon visage.

— Il ne veut pas de moi, Jace. Il a arrêté de m'aimer le jour où elle est morte.

Je me force à respirer et à essayer de me calmer. Peine perdue. J'ai déterré la face cachée de la bête.

Prendre conscience que *la* personne censée vous aimer ne vous aime pas est le pire sentiment du monde.

Ma poitrine se soulève, de telle façon que respirer devient un combat.

— Parfois, je ne suis pas sûre que *qui que ce soit* m'aime…

Sa bouche s'empare de la mienne à une telle vitesse qu'elle me coupe le souffle.

La possessivité de son baiser est totale… comme pour me démontrer quelque chose.

Et mon cœur en lambeaux est tellement en manque de son affection que, pareille à une éponge, j'absorbe tout. Les bras autour de son cou, je l'attire contre moi.

J'écarte les cuisses afin de le laisser se positionner entre elles. Instantanément, la sensation dans ma poitrine monte d'un cran, passant de « léger et en demande » à « urgent et effréné ».

J'ai besoin de ça… *de lui*, si fort que je n'hésiterais pas à me replacer dans la ligne de mire.

Soulevant mes hanches, je me frotte contre lui et il gémit. Je peux sentir l'ampleur de son désir, et je le désire tout autant, sinon plus.

Nous nous contemplons, haletants, avant que nos lèvres se retrouvent. Notre baiser, fougueux à présent, est aussi incandescent qu'une roquette avant sa mise à feu.

Mes mains tirent sur son T-shirt, il y a trop de tissu entre nous à mon goût.

— J'ai besoin que tu l'enlèves.

Il interrompt le baiser pour le passer au-dessus de sa tête.

Mais ce n'est pas satisfaisant. Il me faut plus.

Ses lèvres descendent, longent mon cou, mais sans mordre. Elles attisent, mordillent et lèchent ma chair jusqu'à ce que je griffe ses épaules.

— Encore.

C'est l'unique mot dont je sois capable à présent.

Il retire mon sweat-shirt et le lance dans la chambre. Mon soutien-gorge le suit de peu.

Ses yeux aux paupières alourdies contemplent mes seins, et mon ventre s'embrase quand sa bouche plonge puis survole mon mamelon. Son souffle chatouille ma peau puis, enfin, ses lèvres me sucent avidement.

Je caresse son cou quand il procure à mon autre sein la même attention.

— C'est tellement bon…

— Prépare-toi à encore meilleur, promet-il d'une voix rauque en s'abaissant sur mon corps.

Il embrasse la peau sous mon nombril, déclenchant une vague de chaleur en moi, puis il dénoue le cordon de mon pantalon.

Je lève les hanches pour l'aider à le retirer en même temps que ma culotte.

Un sourire faussement intimidé aux lèvres, il fixe son regard sur l'endroit où je suis mouillée et en demande, comme s'il savait que ce qu'il s'apprête à faire allait me rendre folle.

Je pousse un cri étouffé au moment où sa tête disparaît entre mes cuisses et qu'il couvre de baisers à pleine bouche, chauds et langoureux, toute la longueur de mes lèvres.

Les orteils recroquevillés, je me contorsionne tant le désir m'assaille.

— Jace, s'il te plaît, j'implore, impatiente.

Il relève la tête, et, un doigt sur mes lèvres, il me signale de ne pas faire de bruit, son frère et sa sœur se trouvant au bout du couloir.

Mince. Je ne vois pas comment rester silencieuse alors que…

Je plaque une main sur ma bouche au moment où ses doigts longilignes m'ouvrent largement, et que sa langue m'explore avec une fougue implacable.

Baissant les yeux, je m'aperçois qu'il m'observe. La passion qui tourbillonne dans ses iris incendie ma peau, pendant qu'il suce mon clito, un doigt en moi.

Me tordant en tous sens, je me mords la main alors que, si près de jouir, je ne dois pas faire le moindre bruit.

Je porte mes hanches vers sa bouche, le laissant me procurer sans répit tout le plaisir dont il est capable, jusqu'à ce que je tremble et me contracte.

À peine ai-je repris mon souffle qu'il grimpe sur moi et attaque mes lèvres.

Le désir me submerge sous ses frottements intimes qui stimulent tous les endroits appropriés. Cambrée, je l'implore en silence de poursuivre.

Les doigts sur ma joue, il examine mon visage dans l'attente de mon consentement.

Je hoche la tête. Déjà maître de mon cœur, s'il veut mon corps et tous mes fragments déglingués en prime, je les lui livre volontiers.

Dieu sait que je veux tous les morceaux brisés de Jace Covington qu'il est possible d'avoir. *Peu importe qu'ils soient acérés et produisent de profondes entailles.*

La tête inclinée, il couvre ma gorge de baisers tout en attrapant un préservatif dans la table de chevet.

— Écarte les jambes pour moi, bébé.

Je m'exécute, sans la moindre hésitation.

Agenouillé dans l'espace qui s'offre à lui, il abaisse son pantalon de jogging. L'anticipation afflue dans mes veines quand son sexe se dresse librement. Long et épais, il pulse pendant que Jace déchire l'emballage.

Un grognement étranglé lui échappe quand je saisis son érection, l'effleurant doucement. *Chaque partie de lui est parfaite.* Mon pouls martelant mes tympans, j'étale avec mon pouce le liquide qui perle sur son gland avant de m'emparer du préservatif et de le dérouler.

Ses narines frémissent sur une inspiration, il s'ajuste entre mes cuisses ouvertes, devant mon entrée.

Le sang fouetté, je pose la main sur son cœur. Il bat aussi fort que le mien.

L'espace entre nous se réduit, nos regards se verrouillent. En douceur, il soulève mes fesses et oriente ses hanches de façon à guider lascivement son sexe en moi.

Il est si massif que c'est avec une pointe de douleur que je m'étire pour m'adapter à lui.

Un gémissement vibre dans ma gorge quand, d'une poussée, il m'emplit entièrement. J'ai eu quelques rapports sexuels avant lui, mais *ça*, c'est sans commune mesure avec mes expériences.

Les yeux fermés et le dos tendu, il se retire et replonge.

— Bon sang, grogne-t-il d'une voix sourde. Tu es serrée, dit-il avec effort. Je peux te pénétrer plus lentement.

J'écarte encore les cuisses.

— Surtout pas, je murmure.

Je réprime un geignement sitôt qu'il accélère la cadence. Me baise avec des mouvements accélérés et réguliers.

Sa bouche trouve la mienne pour un baiser langoureux.

— Tu es tellement bonne.

Moi ? Tout vient de *lui*. Chaque fois qu'il bouge, un frisson de plaisir me parcourt.

J'ignorais totalement que le sexe pouvait provoquer de telles sensations. Dorénavant, je veux coucher avec Jace Covington à chaque seconde de chaque jour de ma vie.

Un son incohérent m'échappe à la prochaine pénétration, la plus fougueuse.

— Oh mon Dieu, n'arrête pas.

Le désespoir s'entend dans la faiblesse de ma voix.

Saisissant la tête de lit d'une main, il accélère, me besognant si bien que je dois mordre son épaule pour me retenir de hurler.

Quand son regard capture le mien, quelque chose passe dans ses yeux. C'est comme s'il mémorisait chaque seconde. *Il n'est pas le seul.*

Alors que la tension dans mon bas-ventre culmine et que ma respiration devient superficielle, il surenchérit en massant mon clito.

L'intensité des sensations fait vibrer mon corps entier.

— Je…

Je ne peux pas parler. Bon sang, je ne peux même pas bouger. Je plane trop.

La pression escalade et le plaisir me submerge si brutalement que je vois réellement des étoiles.

Il enfouit son visage dans le creux de mon cou dès que je me contracte, le comprimant.

— C'est ça, bébé.

Frémissant, il redouble de vigueur pour accompagner mon orgasme.

— Bon sang.

Jambes tremblantes, je m'accroche à ses épaules pour surfer sur l'ultime vague qui secoue mon corps.

La main derrière ma nuque, il me tient immobile pour me pilonner brutalement une dernière fois.

— Putain.

Sa queue pulse et un grommellement étranglé lui échappe juste avant qu'une salve de secousses le parcoure.

Je caresse paresseusement son dos le temps que nous reprenions notre souffle.

La gorge nouée par l'émotion, j'avise son air peiné et la tempête qui gronde dans ses yeux.

Oh ! non. Il regrette. Comme la dernière fois.

Je commence à m'écarter mais il m'arrête.

— Reste.

Ma vulnérabilité ne doit pas lui échapper, parce qu'il se décale et me prend dans ses bras.

Je me blottis contre lui, la joue sur son torse. Ses doigts suivent les reliefs de mon dos.

— Je t'aime, je murmure.

Depuis toujours. Et pour toujours.

Quand je relève la tête vers lui, ses yeux sont fermés. Le bruit régulier de son souffle me dit qu'il s'est endormi.

Je me tords le cou pour laisser un petit baiser tendre sur son torse.

Bien vite, bercée par le son des battements de son cœur, je succombe au sommeil.

41

Jace

Passé

Il faut que je lui dise la vérité.

Plus j'attends, plus ce sera difficile.

Plus il finira par me haïr.

Je fais craquer mes phalanges et j'inhale un coup.

Je dois m'arracher de ce placard et en finir. Arracher d'un coup sec, comme un pansement, afin de pouvoir trouver une solution et passer à autre chose.

Ma décision prise, je tourne la poignée et sors.

Dylan a dit qu'il était allé voir Heather, alors peut-être…

Non. Loupé.

Liam est tombé amoureux de Dylan au premier regard.

Je jure que je n'ai jamais rien vu d'aussi fulgurant. Il a bien failli nous rejouer une scène de dessin animé, avec une ronde de petits oiseaux volant autour de sa tête.

Sur le moment, je n'ai pas fait attention. Dylan était ma meilleure amie, et je persistais à penser que la plupart des filles étaient pénibles et avaient des poux.

Mais alors le même insecte qui l'a mordu est revenu disséminer son venin dans mes veines.

Dès lors, tout a changé.

Dylan Taylor n'était plus destinée à être ma meilleure amie… mais à être *tout* pour moi.

Le hic, c'était que Liam l'avait déjà revendiquée.

Ce n'était pas si grave que, techniquement, elle soit mienne en premier.

Je me disais que son petit faible pour elle s'étiolerait, qu'il tournerait la page, mais ce n'est jamais arrivé. Dans les faits, ses sentiments pour elle n'ont jamais cessé de grandir.

Comme les miens.

Pourtant, j'ai souvent tenté de lui dire, mais les mots refusent de sortir.

Peut-être que si Liam était un petit con comme Cole ou moi, cela m'aurait facilité la tâche.

Mais non. Il est sensible et empathique. Prêt à donner sa chemise à qui en a besoin.

Le destin a déjà jalonné sa vie de malheurs, entre son bégaiement causé par l'anxiété et l'accident qui a tué notre mère, des cicatrices au visage gardées de l'accident et les phases dépressives qu'il s'applique à dissimuler à tout le monde…

Comme notre mère.

Mais dès qu'il voyait Dylan, il disait que c'était comme si le soleil brillait enfin pour lui.

Étant son frère et son ami, je refusais d'être celui qui le priverait de son soleil.

J'avais beau la vouloir d'une force pas possible, je ne pouvais pas lui faire ce coup-là.

Pendant des années, j'ai nié mes sentiments et prétendu qu'ils n'existaient pas.

Jusqu'au jour où elle m'a défié de l'embrasser.

Cela a confirmé mon plus grand désir ainsi que ma peur la plus profonde.

Elle a des sentiments pour moi.

J'espère juste de tout mon cœur que Liam comprendra, parce que ce truc entre nous… c'est trop énorme pour être ignoré.

Je sens le changement à l'instant où je retourne dans le gymnase.

Quelque chose cloche.

Des collégiens me regardent, d'autres chuchotent… d'autres encore se tordent de rire.

Aucun signe de Liam.

Je repère Cole dans ma vision périphérique et le rattrape.

— Où est Liam ?

— Tu me prends pour son gardien ?

Pas lui. Mais moi, l'aîné, je suis son gardien. Et pour l'instant, une brique a remplacé mon estomac.

— Cole, je prononce les dents serrées.

— Il a pris ses jambes à son cou en pleurnichant comme une nana.

— Pourquoi ?

Une pointe d'affection traverse ses yeux.

— Je ne sais pas trop. Tommy et Liam sont sortis quelques minutes. À leur retour, Liam pleurait et Tommy souriait jusqu'aux oreilles.

— Merde.

— Attends la suite. (Il grimace.) Tommy s'est mis à le montrer du doigt en se tordant de rire. Il le traitait de chochotte et de pleurnicheuse. Tout le monde s'est empressé de suivre son exemple. (Il détourne le regard.) Liam a voulu se défendre mais il était tellement chamboulé qu'il…

— … a fait un blocage sur le premier mot.

Il a un petit rire.

— Plutôt la première lettre. C'était assez violent, même moi j'ai eu mal pour lui.

Pas assez pour t'interposer et y remédier.

Mais je n'ai pas le temps de déplorer la nullité de la relation qu'entretiennent mes frères. Des choses plus importantes m'appellent.

Bouillonnant de rage, je cherche Tommy du regard.

— Où est passé ce fils de pute ?

Je vais lui faire avaler mon poing, et lui arracher sa putain de langue pour qu'il ne puisse plus jamais humilier Liam.

— J'sais pas. Je l'ai vu sortir quelques minutes après Liam.

Je consulte l'horloge.

— Papa ne sera pas là avant une demi-heure.

S'il vient, évidemment. La plupart du temps, comme il s'attarde au bureau, il est plus simple de rentrer à pied, ce qui ne prend que vingt minutes, que d'attendre qu'il se souvienne de ses gosses.

— Je rentre.

Cole opine.

— Amuse-toi bien. Je vais chercher Hay…

J'attrape sa veste.

— T'as pas intérêt.

L'agacement froisse ses traits.

— Ce n'est pas mon problème. Pourquoi faudrait-il que je…

— Parce que tu es son frère aussi. (Je le pousse.) Apprends à agir en conséquence, débile.

— Très bien, si tu veux. (Jetant un regard vers Hayley, il soupire.) Rentrons.

Quinze minutes plus tard, nous arrivons chez nous.

Bianca squatte le canapé, où elle se vernit les ongles. Comme rien n'indique la présence de Mme Garcia, la baby-sitter à laquelle mon père fait appel les rares occasions où mes frères ou moi sommes absents, je présume que Liam est à la maison.

— Liam est vert de rage contre toi, lance Bianca quand elle nous voit.

J'échange un regard avec Cole.

— Ce n'est pas ma faute s'il s'est enfui de la soirée en pleurant, rétorque Cole, renfrogné. Accuse plutôt Tommy DaSilva.

Considérant que Cole ne l'a pas défendu ce soir, la colère de Liam paraît légitime.

— Pas toi. (Elle me regarde.) Toi.

Mais ça n'a aucun sens.

— Moi ? Tu sais pourquoi ?

Elle réfléchit un instant.

— Nan.

Avec un sourire affecté, elle lève les yeux au plafond.

— Par contre, il m'a demandé où était rangée la batte.

Pile à cet instant, un bruit de chute se répercute bruyamment à l'étage.

Cole siffle.

— Je dirais que tu as indiqué le bon endroit.

Bianca souffle sur ses ongles.

— Ah, ah.

— Merci infiniment.

Je grimpe les marches à toute allure.

Cole est sur mes talons.

— Qu'est-ce que t'as fait ?

— Aucune idée.

— Je ne l'avais jamais vu aussi furieux qu'aujourd'hui, crie Bianca d'une voix forte.

Cole et moi nous retournons.

— Descends.

Avec une moue boudeuse, elle se laisse glisser dans l'escalier.

— J'espère que Liam va vous éclater les couilles avec la batte.

Super. Après mon frère, c'est ma sœur que j'ai réussi à me mettre à dos ce soir.

Une explosion de verre agresse nos oreilles à l'instant où j'ouvre la porte de ma chambre.

Mon estomac s'affaisse devant mon moniteur en miettes.

— Qu'est-ce qui te prend ?

Batte en main, ses yeux verts enragés basculent vers moi.

— Je-je t'enlève quelque chose que tu aimes.

Un autre coup, à ma tour cette fois.

— Peut-être que maintenant, tu sauras ce que ça fait.

— Je ne sais pas de quoi tu parles. Je ne t'ai rien pris…

— Dylan, vocifère-t-il en se positionnant devant ma Xbox.

Un tas de morceaux de plastique et de métal vole en travers de la chambre.

— Je vous ai vus vous embrasser dans la réserve.

Merde. Par quoi je commence mon explication ?

Facile… je ne peux pas.

— Il était plus que temps, commente Cole, ce qui n'arrange en rien la situation.

— Ta g-g-gueule, mugit Liam, sa voix se fêlant.

Cole lève les deux mains.

— Frérot, fais pas ton psychopathe. Pose cette batte.

— Non.

Il dégomme la pile de mes jeux vidéo les plus précieux.

— Tu savais à quel point je l'aimais.

C'est vrai. Je savais.

Ma cage thoracique pèse comme du plomb.

— Comment l'as-tu appris ?

Dylan m'a dit qu'il dansait avec Heather, il n'avait aucun moyen de savoir où nous nous trouvions.

— Je te l'ai dit, connard. J'ai vu…

— Comment savais-tu que nous étions dans la remise ?

Les mots prononcés plus tôt par Cole explosent dans ma tête. *Tommy.*

— Bordel de merde.

Il saccage ensuite ma télévision.

— Tommy m'a d-d-dit que tu faisais ton coup en douce. Je ne l'ai pas cru, mais il a dit qu'il pouvait le prouver.

Comment savait-il ?

Peu importe. Tout ce qui compte dans l'immédiat, c'est que Liam est persuadé que je l'ai trahi.

— Je suis tellement…

La sonnerie de mon téléphone m'interrompt.

Elle indique que Dylan cherche à me joindre, mais il n'est pas question que je réponde devant lui.

Comme s'il sentait ma lutte intérieure, Liam se concentre sur moi.

— C'est elle ?

J'éteins mon téléphone dans ma poche.

— C'est sans importance.

Secouant la tête, il pose mon ordinateur portable flambant neuf sur mon bureau.

Je fais un pas vers lui.

— Liam, arrête !

Liam fouette l'air entre nous avant d'ouvrir le clapet et d'entreprendre d'atomiser l'écran et le clavier.

— Lui as-tu dit que je l'aimais ? (Un nouveau coup, sa voix se brise.) Vous vous êtes bien marrés, tous les deux ?

— Non.

Liam m'a fait promettre de ne jamais le dire à Dylan avant qu'il soit prêt. Je me suis engagé à emporter son secret dans la tombe.

— Je t'ai promis de ne jamais lui révéler.

— Ah, comme si je pouvais te faire confiance, hurle-t-il. Tu n'es qu'un menteur.

— Bordel de merde, ressaisis-toi, s'insurge Cole. Arrête de te comporter comme un taré et de détruire les affaires de Jace.

Liam regarde son jumeau d'un air mauvais.

— Il a embrassé Dy…

— Ouais, je sais. Mais Dylan n'a jamais été ta meuf, mec. (Il ricane.) Tu penses sérieusement avoir ta chance avec elle ?

Il se balance sur ses talons.

— Même un aveugle aurait remarqué qu'elle craque pour Jace depuis un petit moment. De toute façon, elle ne serait jamais sortie avec un gars comme toi.

Je serre les poings.

— Cole.

Il ne lâche pas, malgré mon intonation et les larmes de Liam.

— Personne ne t'apprécie, Liam. Même pas ta famille. (Le dégoût tord ses traits.) Tu es embarrassant. Toujours à rechercher l'attention avec tes pleurnicheries et ton bégaiement…

— Assez, je gronde en m'apprêtant à frapper. Un mot de plus, et je t'éclate la gueule.

— Je m'en fous. J'en ai ma claque. Allez vous faire foutre. (Il nous adresse un doigt d'honneur.) Démerdez-vous avec vos problèmes. (Il sort, se retourne devant la porte.) J'aurais préféré que ce soit l'un de vous qui perde la vie à la place de maman. Peut-être qu'alors, cette famille ne serait pas une telle calamité.

Sur ce, il disparaît dans un claquement de porte.

Moins trois frères. Reste zéro. *Génial.*

Après avoir dégagé un coin, je m'assois sur mon lit.

— Je suis désolé, Liam. Je sais que tu es hors de toi. C'est normal. Mais sache que je ne voulais pas te faire de peine. Dylan et moi…

— Si ! Autrement, tu ne l'aurais pas fait. (Les larmes embuent son regard.) Tu sais à quel point je l'aime. Elle était l'unique point positif de ma vie. (Les sanglots secouent son corps.) Je l'ai perdue. Comme maman.

Je me sens tellement impuissant que je ne suis pas loin de hurler. Mon intention n'était pas de le priver de Dylan ni de le bouleverser.

Pour une fois, je voulais juste être heureux… ce qui est exactement ce que je ressens auprès de Dylan.

Mais comme toujours, je n'ai pas droit à ce privilège. Liam est mon petit frère, je me dois de rétablir la paix entre nous.

C'est ce que maman voudrait.

D'une main, je me frotte le visage.

— Dis-moi comment réparer mes torts. Que dois-je faire pour que tu me pardonnes ?

Ma mère nous disait toujours que rien n'était irréparable. Avec la bonne dose de détermination, tout peut se réparer et se rétablir.

Pourtant, l'air inconsolable de Liam invalide sa théorie.

— Tu ne peux pas, connard.

Des ondes de colère irradiant de lui, il se remet à bousiller mes affaires.

— Je ne te pardonnerai jamais. Tu m'as poignardé dans le dos. Le frère le plus déloyal de la terre. Va crever.

Putain. J'ai essayé de rester calme et compréhensif mais la coupe est pleine. Au point où en sont les choses, je pourrais me mettre tête à l'envers et rouler sur chaque morceau de verre de cette pièce, ça ne changerait rien. Il est déterminé à me faire souffrir.

Pourquoi devrais-je me soucier de lui alors qu'il se contrefout manifestement de moi ou de mon bonheur ?

Je me lève, un doigt vers la porte.

— Dehors. Je ne suis pas ton défouloir.

Il serre les mâchoires.

— Non. Je te déteste.

Il détruit le cadre affichant une photo de moi avec notre mère, sur la table de nuit. Si je ne tenais plus qu'à un fil, à présent, il claque.

— Très bien. Mais me détester et bousiller mes affaires ne te ramèneront pas Dylan. (Me ruant sur lui, je m'empare de la batte.) Dégage de ma chambre, pleurnichard.

Les yeux écarquillés, il se fige, mais le mal est fait. Il m'a poussé à bout. Jusqu'au point de non-retour.

Saisissant son bras, je me mets à le pousser vers la sortie. Comme il se débat, j'empoigne ses cheveux et le tire en travers de la pièce comme un animal. Puisque c'est ainsi qu'il se comporte.

— Bravo, tu viens de perdre ton unique ami.

Ouvrant la porte, je le pousse dans le couloir.

— Ou plutôt, deux amis. Sois sûr que je lui raconterai *tout,* quand elle viendra, tout à l'heure.

— Jace…

Sans le laisser s'exprimer, je le repousse si rudement qu'il tombe.

— Ferme-la, j'en ai marre de t'écouter. (Je pose mon poing sur mon torse.) Je refuse de culpabiliser parce que tu vas mal. Dylan me rend heureux et je la rends heureuse. (Ma gorge se serre douloureusement.) Ce que tu ne pourras jamais accomplir.

Sur ce, je lui claque la porte au nez.

Peu après, je m'agenouille devant le cadre brisé de la photo de moi avec ma mère, et me prends la tête entre les mains.

J'aimerais tant qu'elle soit là pour m'aider à ramasser les fragments de ma vie.

Mais une petite partie de moi est reconnaissante qu'elle ne le soit pas… au moins, elle ne peut pas voir le bordel dont je suis à l'origine.

Le soleil qui darde à travers les rideaux me transperce le crâne. En râlant, je roule sur le ventre et appuie mon oreiller sur ma tête pour bloquer la luminosité.

Les événements de la soirée rejaillissent avec la violence d'un tsunami.

Dylan.

Liam.

La chambre que mon frère a ravagée et qu'il m'a fallu quatre heures et sept sacs-poubelle pour nettoyer.

Sur un coup de tête, j'attrape mon téléphone sur ma table de nuit.

Éteint.

Je jette un coup d'œil vers la fenêtre, sur le côté.

Celle que j'ai fermée hier soir.

Ma main sur le téléphone frémit du besoin de lui expliquer.

Pas maintenant.

Pas avant que j'aie mis les choses au clair avec Liam.

La famille d'abord.

Qu'importe qu'ils m'exaspèrent, tous les trois, les protéger est de ma responsabilité depuis que ma mère a disparu et que mon père est un fantôme.

Qu'importe à quel point j'ai envie de jeter l'éponge, de tout plaquer certains jours, je ne peux pas.

Je suis tout ce qui leur reste.

Ma dispute de la veille avec Liam était moche, mais elle n'est pas irréparable.

Maman aimait à me dire que chaque lever de soleil apporte un jour neuf et une nouvelle chance de repartir de zéro.

Je repousse ma couette, enfile un T-shirt et un pantalon large.

C'est le week-end, ce qui signifie que tout le monde est à la maison, excepté le donneur de sperme. Quand ils se réveilleront, ils auront faim.

J'envisage de frapper à la porte de Liam en passant devant sa chambre mais me ravise. Comme ma sœur Bianca, il aime dormir aussi longtemps que possible le week-end.

Puisqu'il est à peine 7 heures, je descends à la cuisine en trottinant.

Déjà attablé, Cole engloutit ses céréales. Je ne suis pas surpris de le trouver là, nous sommes les lève-tôt de la famille. C'est l'une des rares caractéristiques non physiques que nous partageons avec notre crétin de paternel.

— Salut.

Il répond par un son guttural avant de lever le bol à sa bouche pour boire les dernières gouttes de lait.

— Si t'as encore faim, je prépare le petit déj.

Je sors le beurre, le lait et une boîte d'œufs du frigo. Puis j'ouvre le placard en quête de la préparation pour pancakes.

Les pancakes et les œufs sont le menu préféré de Liam, alors j'espère le convaincre de discuter avec moi grâce à ce rameau d'olivier.

Cole examine avec amertume les ingrédients sur l'îlot.

— Je déteste les pancakes.

— Je sais.

Il plisse les yeux.

— Liam en raffole.

Je serre les dents. Cole doit à tout prix cesser de se mettre en compétition avec Liam.

— Je sais.

Je casse deux œufs dans une poêle et mélange avec du lait.

— Je te prépare des œufs brouillés à la place.

— Je n'aime pas les œufs brouillés.

Dieu tout-puissant. Déjà que j'ai commencé la journée avec une faible dose de patience, il l'use en moins de deux.

— Tu les aimais la semaine dernière.

Bras croisés, il s'adosse à sa chaise.

— Conneries. Dis-moi un peu, Jace, qu'est-ce que j'aime prendre au petit déjeuner ?

— Insiste encore, et ce sera ta tête poêlée au jaune d'œuf.

Je casse trois œufs supplémentaires, que j'assaisonne.

— Tu as toujours aimé les œufs brouillés.

— Ouais, les œufs brouillés de maman.

Désolé, pauvre con. *La dernière fois que j'ai vérifié, le paradis ne livrait pas.*

— Qu'est-ce qui te fait envie, Cole ?

— Mon p'tit dej préféré.

Cette conversation prend la tournure d'un examen voué à l'échec.

— Bien. Si ce ne sont plus les œufs brouillés, qu'aimes-tu maintenant ?

Avec suffisance, il repousse son bol sur le côté.

— *Frittatas* et crème brûlée.

Il se contentera des œufs brouillés.

— Tu n'as jamais goûté une *frittata* de ta vie. En plus, la crème brûlée ne se mange pas le matin mais en dessert. Et pour que tout soit clair, je ne suis pas cuistot. Alors tu manges ce que je prépare ou rien.

— Pourquoi ça gueule *encore* ? geint Bianca en se laissant tomber sur la chaise à côté de Cole.

— Parce que Jace aime plus Liam que moi.

— Ce n'est pas vrai.

Elle choisit une pomme dans la corbeille.

— *Ben si*. Tout le monde préfère Liam.

Il se renfrogne.

— Pas maman. J'étais son chouchou.

Bianca éclate de rire.

— Non…

Je lui lance un regard d'avertissement.

— Bianca, lâche-le.

Si Cole veut croire qu'il était le préféré de maman, je ne le détromperai pas.

En fait, elle dorlotait nettement plus Liam. Mais c'est uniquement parce que Liam était ce qu'elle qualifiait de « pas facile à vivre », et qu'il nécessitait un surplus d'attention.

À l'époque où Cole s'est mis à faire l'idiot, sans doute pour détourner l'intérêt de Liam, elle donnait naissance à Bianca et avait enfin sa petite fille tant attendue. Ce qui a d'autant plus divisé son attention.

Je suppose que je sais pourquoi Cole le jalouse.

Je dois tuer le conflit dans l'œuf avant que ça dégénère.

— Et si on passait la journée ensemble, toi, moi et Liam, aujourd'hui ?

Bianca fronce le nez.

— Et moi ?

— *Ben oui*, fais-je pour reprendre sa nouvelle réplique de prédilection. Je peux demander à Mme Garcia de nous conduire au centre commercial. (Je dépose les œufs dans un plat.) Sinon on se fait un ciné.

— Tu proposes tout ce que Liam aime faire, bougonne Cole.

Je me pince l'arête du nez en soupirant.

— Avant de partir, on se fera des passes dans le jardin.

Si Liam exècre le sport, Cole ne s'en lasse pas. En particulier le football américain. Son lancer est exceptionnel.

Il me gratifie enfin d'un sourire.

— Ça marche. (Il regarde Bianca.) Tu penses que Liam fondra en larmes comme la dernière fois ?

— Seulement si tu lui lances le ballon en pleine figure.

Cole prend un air pensif.

— Bonne idée.

— Vous arrêtez un peu ?

Je lance la poêle sale dans l'évier et la troque contre une propre.

— Une seule journée ensemble sans toutes ces conneries, c'est trop demandé ?

Bianca pousse Cole du coude.

— C'est quoi son problème ? Il râle plus que d'habitude.

Je verse le mélange pour pancakes dans un saladier.

— Je vous entends, vous savez.

M'ignorant, Cole se penche vers elle.

— Jace et Dylan sont sortis ensemble hier soir, à la fête, et Liam a pété un câble.

— Pourquoi ? Jace et Dylan se font les yeux doux depuis des mois.

Elle détache des grains de raisin dans la corbeille puis reprend.

— Je n'en reviens pas que Liam ait sérieusement cru qu'il avait sa chance.

Là, je suis à deux doigts de vider la pâte sur leurs têtes.

— Écoutez ma super idée : et si on ne parlait *pas* de ça ?

Bianca imite des bruits de bisous.

— Mais toi et Dylan êtes *amoureux*.

Remue le couteau dans la plaie, petite.

— Pas du tout. (Je m'éclaircis la voix.) Nous sommes… nous faisons un *break*. (Je mélange plus vigoureusement.) Jusqu'à ce que Liam… vous savez.

Ne me déteste plus parce que je lui ai piqué sa copine.

— T'accorde sa permission ? hasarde Bianca.

— Plus ou moins, je marmonne.

— C'est ridicule, affirme Cole. Liam doit apprendre à ravaler sa fierté. Le monde ne tourne pas autour de lui.

Je commence à soupçonner Cole d'avoir pris ma défense hier soir parce que Liam l'agace, pas pour m'aider.

— Peut-être que tu pourrais voir Dylan en secret, suggère Bianca. J'ai vu un film dans lequel le mari part au travail, et le garçon qui entretient la piscine entre en douce juste après. La femme était tellement contente de le voir qu'elle est tombée à genoux…

— Quoi ? je hurle en même temps que Cole.

— Comment tu as… Où est-ce que…

Je ne peux pas formuler la question car mon cerveau refuse l'idée que ma petite sœur ait mis les mains sur un porno.

Bianca croque dans une poire.

— Je suis allée chercher le vernis à ongles de maman dans la chambre de papa la semaine dernière. J'avais la flemme de redescendre pour me vernir les ongles, alors j'ai allumé la télé et ce film était diffusé. (Elle fait la moue.) Je n'ai pas vu la fin. J'ai renversé le vernis sur la moquette pile au moment où la dame s'est mise à prier.

Cole et moi échangeons un regard.

— À prier ? répète Cole.

Bianca hausse innocemment les épaules.

— Ouais. Sinon, pourquoi se serait-elle agenouillée ?

— Pour a…

Je foudroie Cole du regard.

— Pour prier, tousse-t-il. Je parie qu'elle priait hyper bien.

Je me force à respirer. Avec pas moins de trois grands frères, il y a des chances pour que Bianca ne se mette pas à *prier* avant ses quatre-vingt-cinq ans.

J'y veillerai.

Je retourne les pancakes et jette un coup d'œil à la pendule. Il n'est que 8 heures, mais je sais que Liam préfère les deux premiers pancakes de la pile. D'après lui, les autres ne sont pas aussi moelleux et savoureux.

— L'un de vous peut monter chercher Liam ? Le petit déjeuner est presque prêt.

— Pas moi, disent Cole et Bianca en même temps.

J'aurais dû m'y attendre.

— J'ai compris…

La suite de ma phrase passe à la trappe quand j'entends la porte d'entrée s'ouvrir. Dès que mon père fait son apparition dans la cuisine, la tension est à couper au couteau. Sa mallette déposée sur une chaise, il balaye la pièce du regard en souriant.

— Épatant. C'est quoi, tout ça ?

Comme si je ne préparais pas le petit déjeuner pour ses enfants presque tous les matins.

— À ton avis ?

— Oui, bon, je vois. En tout cas, ça sent délicieusement bon.

Détournant le regard, il ébouriffe les cheveux de Bianca pour détendre l'ambiance.

— Merci, Jace.

Je n'ai pas besoin qu'il me remercie de m'acquitter de *ses* tâches. Soit il me laisse le champ libre, soit il assume ses responsabilités de père.

— Pas de quoi. Je monte réveiller Liam.

Je lance la spatule sur le plan de travail, à côté du réchaud.

Dans l'escalier, j'entends ses pitoyables tentatives de faire la conversation avec Bianca et Cole. D'après ce que je capte, eux aussi se lassent de son petit numéro.

Tant mieux. Dieu sait que j'ai baissé les bras depuis des années.

Je frappe plus fort que nécessaire à la porte de Liam.

— C'est l'heure de se lever.

En l'absence de réponse, je change de tactique.

— Je sais que tu es furieux contre moi. Mets ça de côté pour l'instant, je t'ai préparé ton petit déjeuner préféré.

Aucune réaction.

Je ne suis pas assez naïf pour penser que des pancakes régleront nos différends. Cela dit, il pourrait au moins dire quelque chose.

— C'est bon, maintenant, dis-je en cognant plus fort à la porte. Putain, tu pourrais quand même répondre.

Me hurler dessus. Me redire que je suis le frère le plus minable du monde.

Quelque chose.

Rien.

Je me rends au bout du couloir pour jeter un coup d'œil aux toilettes. *Personne.*

Un sentiment désagréable s'infiltre dans mes entrailles, et je tambourine de nouveau à sa porte.

— Liam !

Cette fois, face au silence, je tourne la poignée.

Le mauvais pressentiment serpente le long de mon échine quand j'aperçois son lit vide, impeccablement fait.

Il s'est sans doute levé avant moi. *Merde.*

Mon cerveau tente d'énumérer tous ses refuges potentiels jusqu'à ce que mon regard tombe sur la porte de sa penderie.

Il me faut une seconde pour assimiler ce que je vois.

Une corde.

Mon regard suit la corde, enroulée autour de la poignée puis coincée entre l'encadrement et la porte.

Pourquoi Liam aurait noué une corde…

L'évidence me frappe avec une telle violence que mes genoux flanchent.

Non. Non. Non. Non.

Un son rauque déchirant ma gorge, je me rue vers le placard.

— Papa ! Papa, j'ai besoin de toi. Il y a un problème avec Liam !

Ma voix est tellement laminée par l'émotion que je la reconnais à peine.

Seigneur, faites que je me trompe.

Dites-moi qu'il n'a pas fait ce que je crois.

Dites-moi que mon petit frère est…

Mes peurs les plus abominables sont confirmées lorsque je tourne la poignée, et le peu qui reste de mon cœur depuis la disparition de ma mère… explose en un millier de minuscules fragments.

Ma mère se trompait.

Certaines choses sont irréparables.

Chaque matin ne s'accompagne pas d'une nouvelle chance.

Certains n'apportent que de la douleur et un excès de chagrin.

Liam s'était éteint depuis plusieurs heures quand je l'ai trouvé, mais je n'avais pas besoin des secours pour le savoir.

Ses lèvres étaient bleues. Sa peau était bleue. L'extrémité de ses doigts crispés autour de la corde était bleue.

Même le panier qu'il a repoussé du pied était bleu.

Tout était bleu.

Ironique, qu'une teinte qui évoque la beauté du monde – le ciel, l'océan, les iris de Dylan – symbolise également l'horreur.

Ma couleur préférée d'autrefois… me donnait désormais la nausée.

Presque autant que le fait que mon frère, ma sœur et moi étions réunis en bas, discutant et vivant comme si de rien n'était… pendant que notre frère se balançait au bout d'une corde.

Tout seul dans un placard. Abandonné comme un pull-over de Noël hideux.

Les muscles de mes pectoraux comprimés au possible, j'appuie un oreiller sur ma bouche et hurle si fort que mes oreilles se bouchent.

Tout est ma faute.

Je l'ai tué.

Je l'aimais.

Je l'ai tué à cause de mon amour pour elle.

Je pousse un autre cri, plus fort, mais comme Liam… mes appels à l'aide sont muets.

La vérité crue des dernières quarante-huit heures s'infiltre dans mes os, semblable à une toxine agressive contaminant ma réalité.

Il est parti et ne reviendra pas.

Il ne m'a pas laissé une seule chance de réparer mes torts.

Il ne m'a pas laissé une seule chance de m'excuser.

Il ne m'a pas laissé une seule chance de prouver que je pouvais être un bon frère.

Il ne m'a pas laissé une seule chance de lui dire que je ferais n'importe quoi pour lui.

Y compris renoncer à elle.

Poings serrés, je me frappe le crâne.

Je suis son frère aîné, il aurait dû me consulter.

J'aurais dû l'aider à trouver une solution différente de celle qu'il a choisie.

Au lieu de quoi, j'ai été celui qui lui a causé la peine qui a mis fin à sa vie.

J'abats mes poings sur mon crâne. Si violemment que je suis pris de vertiges.

Si je ne l'avais pas viré de ma chambre.

Si j'étais passé le voir avant de me coucher.

Si je n'étais pas tombé amoureux de la fille à qui il avait donné son cœur.

J'aurais dû. J'aurais pu. Si j'avais su.

La liste est si longue que je me noie dedans.

Mais aucun regret ne me rendra Liam.

Rien n'y fera.

La mort est une cicatrice permanente que ceux qui restent se voient contraints de porter.

Et le suicide est un fardeau que l'on trimballe à tout jamais.

La sonnerie de mon téléphone bourdonne dans le fond, et je l'attrape sur mon lit.

Dylan.

C'est toujours Dylan qui appelle.

Je devrais lui annoncer ce qui s'est passé… lui rapporter ce que j'ai fait, mais je ne peux pas.

Liam est mort à cause de mon égoïsme. Parler avec elle équivaudrait à cracher sur la tombe dans laquelle nous l'enterrerons demain.

Elle me manque.

La coque métallique cisaille le bout de mes doigts pendant que je serre mon portable, aux prises avec le besoin de lui parler.

Je ne peux pas.

Peut-être quand ce sera moins le chaos, que je pourrai respirer sans que me submerge la peine qui me torture comme une lame, nous pourrons de nouveau être amis.

Je lance le téléphone contre le mur et regarde l'écran se fissurer.

Si je ne l'avais pas embrassée à la soirée, Liam serait toujours parmi nous.

Les cheveux derrière ma nuque se hérissent.

Si Liam ne nous avait pas vus, j'aurais pu lui expliquer la situation. *Il n'aurait pas été pris en traître et troublé.*

Mais cela ne s'est pas produit… parce que quelqu'un m'a privé de cette opportunité. Puis il a saupoudré la plaie de sel en riant et en montrant du doigt Liam qui pleurait.

Ils se sont tous moqués de lui.

Je me lève, électrisé par l'adrénaline.

L'heure, sur mon réveil, indique que les cours se terminent dans vingt-cinq minutes.

Je ne peux pas ressusciter Liam. Je ne peux pas réécrire le rôle que j'ai joué dans l'histoire de son décès.

Mais il y a quelque chose que je peux faire.

Quelque chose qui atténuera le chagrin… et donnera à quelqu'un une leçon qu'il n'est pas près d'oublier.

— Où vas-tu ? interroge Cole en me voyant débouler au bas de l'escalier.

Dans l'entrée, je sors la batte du placard, la même que Liam a utilisée ce fameux soir.

— Lui faire payer.

La soif de vengeance bat dans mon thorax à chacun des pas qui me rapproche de l'immeuble.

Je ne suis pas suffisamment idiot pour entrer le tabasser. Il y aurait trop de témoins.

Mais il se trouve que je sais que sa mère travaille sans relâche, et qu'il rentre à pied du collège au lieu de prendre le bus.

Je regarde ma montre. La cloche de la sortie devrait sonner d'un instant à l'autre.

À point nommé, des nuées d'élèves émergent de l'école.

La plupart rient et sourient… sans doute ravis qu'il ne reste qu'un ultime jour de classe en perspective.

Demain, pendant qu'ils célébreront la fin de l'année, j'enterrerai mon petit frère.

À cause de ce fils de pute juste devant mes yeux.

Une fureur pure pulse dans mes veines, tandis que je le regarde dire au revoir à quelques personnes avant de s'engager sur le trottoir en toute insouciance.

C'est sûrement sympa d'avoir des amis.

Hormis moi et Dylan, Liam n'en avait aucun.

Par sa faute.

Histoire. Le surnom dont Tommy a affublé Liam brûle ma gorge comme de l'acide.

Liam ne demandait qu'à s'intégrer, se sentir à sa place… raison pour laquelle il a pardonné à Tommy et sympathisé avec lui, en dépit de mes mises en garde.

Malheureusement pour Tommy, je ne suis pas du genre à pardonner.

J'accélère le pas dès qu'il atteint le carrefour. Une zone boisée s'étend au-delà. Donc impossible pour lui de s'enfuir ou de se cacher.

Tic, tac, connard. Ton heure a sonné.

Je compte lui infliger des tourments plus effroyables que dans ses pires cauchemars.

L'euphorie me gagne quand il colle son téléphone contre son oreille.

Une distraction. *Parfait*.

Sans prévenir, j'assène un coup de batte dans son dos. Amusé, je le vois simultanément trébucher sur une fissure du trottoir et s'affaler comme un tas de briques.

Je profite de l'opportunité pour le traîner dans les bois, ventre à terre.

— Qu'est-ce qui te prend ? À l'aide ! braille-t-il en griffant l'humus et les branchages.

Désolé, mec. Pas de pitié pour les merdes dans ton genre.

Je m'arrête au premier coin propice. À califourchon sur lui, j'enfonce son visage dans la terre.

— Au secours !

Il a beau se débattre sous moi, je frotte plus fermement son visage dans la poussière.

Si je l'étouffe trop rapidement, je me prive de tout l'amusement.

— Pourquoi tu fais ça ? il s'étrangle. Qui es-tu ?

Je me baisse et murmure.

— Laisse-moi te donner un indice.

Son corps se contracte.

— Jace ?

Il s'efforce de se lever mais nous luttons dans la terre. Au bout d'une minute, je lui cède juste assez de latitude pour pouvoir se retourner. Après quoi je le prends à la gorge et écrase mon front sur son nez.

Je décèle de la confusion sous le sang qui teinte son visage.

— Mais pourquoi ? Pour… pourquoi tu fais ça ?

Je lui crache dessus.

— C'est toi qui bégayes, maintenant, connard.

Avant qu'il puisse répondre, je place le bout de la batte entre ses jambes et appuie de tout mon poids en me relevant, lui écrasant les testicules.

Je ris de l'entendre hurler de douleur.

— Arrête !

— D'accord. Mais si j'arrête, ma batte risque de s'enfoncer ailleurs. Dans un endroit plus *étroit*.

Je peux sentir la peur irradier de lui.

— Je suis désolé pour ce que j'ai fait à Liam à la fête. (Il inspire en tremblant.) Je lui présenterai mes excuses quand je le verrai. Je le jure sur ma vie.

Un nouvel éclair de rage me traverse.

— Tu ne peux pas, pauvre con.

— Si, je p…

— Il est mort.

J'applique plus de pression et me délecte de le voir trembler de douleur.

— Il s'est donné la mort… à cause de toi.

Et de moi.

— Putain !

Je ne sais pas si son emportement émane de la souffrance ou du choc de la nouvelle.

— Je suis désolé.

Quand je m'appuie sur la batte, il beugle.

— J'espère. T'en fais pas, la fin est proche.

Je montre les crocs dans un sourire forcé.

— Ou pas.

Les yeux vers le ciel, il lâche une tonne de jurons.

— Je n'aurais jamais dû l'écouter.

Je n'ai aucune idée de ce qu'il raconte.

— Écouter qui ?

— Dylan.

De toute évidence, j'ai toujours un cœur puisqu'il s'emballe à la mention de son nom.

— Pourquoi tu parles d'elle ?

— C'était son plan, dit-il, la voix cassée. Elle m'a eu. Elle nous a tous eus, Jace.

Je ne sais pas trop où il veut en venir mais Dylan est ma meilleure amie, si bien qu'instinctivement, le besoin de la défendre l'emporte sur sa révélation, quoi que ce soit.

J'écrase mon pied sur sa jambe.

— Dylan n'a eu personne, espèce de con.

— Mais si.

Son cri perçant résonne quand je fais tourner la batte.

— Putain, je n'ai pas de raison de te mentir. J'ai aussi un petit frère. Je connais le topo. Si Liam s'est suicidé à cause de quelque chose que j'aurais fait, je sais que je n'ai aucune chance de sortir vivant de ce bois. (Sa respiration le laisse haletant.) Mais tu voudras sûrement connaître la vérité avant de me défoncer le crâne.

Cet abruti n'a pas tort. Je relâche la pression juste un peu.

— Raconte.

La culpabilité altère son expression.

— Dylan me plaît depuis la cinquième.

Je l'arrête déjà. La dernière chose dont j'ai besoin, c'est qu'il déblatère contre sa passion pour elle.

— Je ne suis pas intéressé par ton…

— C'est important, insiste-t-il. C'est pour cette raison que les choses ont pris cette tournure à la soirée.

Je suis paumé.

— Quel est le rapport entre ton faible pour Dylan, et le fait que tu aies dirigé Liam vers la remise et que tu le ridiculises devant toute l'école ?

— C'était le plan.

Il frappe la terre de sa paume.

— Elle cherchait un moyen de se venger de toi parce que tu avais invité Britney à la soirée. (Il inhale péniblement.) Faut que je reprenne à zéro. Je l'ai abordée dans la remise de la salle de musique, après que j'ai appris que tu avais invité Britney à la soirée. Je savais que Dylan serait contrariée, je comptais m'en servir à mon avantage.

J'appuie sur la batte.

— Bordel, Jace, laisse-moi finir.

— Alors je te suggère d'abréger, je crache. Parce que chaque mot qui sort de ta bouche me donne envie de t'arracher les couilles et de te les fourrer dans la gorge.

Il blêmit.

— Elle m'a dit qu'elle était dégoûtée. J'ai suggéré qu'elle te rende la pareille en se pointant à la fête avec moi. (Il hausse les épaules.) À ce moment-là, j'avais passé un peu de temps avec elle, après les cours, dans la salle de répétition, à plusieurs reprises et nos conversations… je pensais avoir enfin ma chance, comme tu étais hors circuit.

Mon esprit s'échappe vers le jour où Dylan a mentionné qu'elle avait discuté avec Tommy, à la fin des cours.

J'ignore le curieux sentiment qui me prend aux tripes. Les gens suspects ne sont pas francs avec leurs meilleurs amis.

En plus, elle m'a défié de l'embrasser, ce même jour.

— D'accord. Ensuite ?

— Elle a refusé. Elle a prétexté qu'elle serait avec quelqu'un d'autre, ce qui t'agacerait plus sûrement. Quand j'ai demandé qui… elle a admis qu'il s'agissait de Liam.

Il raconte de la merde.

— Dylan ne ferait pas ça.

— Je n'ai pas de raison de te mentir. Pas maintenant. (Il déglutit durement.) Je peux te poser une question ?

J'accepte à contrecœur.

— Quoi ?

— Dylan a-t-elle jamais fait ou dit quoi que ce soit qui laisse penser que Liam lui plaisait ?

Mon visage exprime probablement ma réponse, considérant ce qu'il dit.

— Je ne cherche pas à l'accabler, mais pour quelle autre raison y serait-elle allée avec lui ?

Cette pensée tord douloureusement mon estomac. Je déteste l'admettre, mais une petite partie de moi se demande brièvement si elle a invité Liam pour me faire chier.

Je prends rapidement conscience de la bêtise de cette version. Peu importe qu'elle ait une dent contre moi, Dylan ne ferait jamais de Liam son pion.

Je pensais que Liam était enfin passé à l'action, qu'elle commençait à changer d'avis sur lui.

Ce qui faisait de moi, qui l'avait embrassée, un frère encore plus abominable.

Les regrets et les remords lacèrent mon torse.

Je m'étais persuadé que j'allais la confronter afin de protéger Liam, mais la voir si proche de Tommy m'avait mis en rage.

Après cela, je n'ai pas pensé une seule fois à mon petit frère.

Pas avant que Dylan exprime son envie de passer la soirée chez moi.

Tommy continue de parler, et moi de garder le silence.

— Elle m'a dit qu'elle me laisserait ma chance si je concevais un plan encore plus diabolique pour se venger de toi. (Il semble désolé.) Alors je l'ai fait.

Je sens un caillou se loger dans ma gorge.

— C'était quoi, ce plan ?

J'ai besoin d'entendre tous les détails. Chaque maillon de la chaîne tordue qu'ils ont fabriquée et qui a abouti à la mort de mon petit frère.

— Comme elle devait s'y rendre avec Liam, j'ai promis de trouver une diversion pendant la fête. Pour nous permettre de filer en douce. Par un coup de chance, Cole nous a fourni l'occasion idéale en plantant sa copine.

Le caillou dans ma gorge devient un rocher, siphonnant ma réserve en oxygène à chaque mot qu'il prononce.

— *Mon* plan, en ce qui te concerne, était que tu nous surprennes enlacés dans le hall, une fois que tu aurais remarqué qu'elle n'était pas avec Liam, mais elle l'a estimé trop léger. Elle voulait que je te provoque, assez pour déclencher une bagarre.

Incapable de formuler des mots, je l'invite à poursuivre d'un geste.

— Liam était censé tomber sur nous dans le couloir, pendant qu'on s'empoignait pour elle. L'objectif était de creuser une brèche entre toi et ton frère, parce qu'elle savait que cela te ferait de la peine.

— Liam a dit qu'il nous avait vus dans la remise, pas dans le couloir.

Faute de mieux, je me raccroche aux branches.

Je refuse de croire que Dylan soit capable d'actes aussi malveillants et vindicatifs.

Tommy hoche la tête.

— Dylan a dévié du plan quand elle m'a dit de rentrer. J'étais tellement vexé que j'ai décidé de tout révéler à Liam…

Sa voix s'éteint mais j'ai besoin d'entendre la suite.

J'appuie sur la batte.

— Continue.

Il crache un gros mot.

— Liam ne m'a pas cru, alors j'ai dit que je pouvais le prouver. (Son visage se tord de douleur.) Je l'ai emmené dans le couloir mais vous n'étiez pas là. J'ai tout de suite pensé au bon endroit, parce que c'est là que *nous* allions. Mais je ne m'attendais pas à… ce que ça n'ait pas l'air simulé.

Les sensations non plus n'étaient pas simulées.

Une douleur chauffée à blanc me déchire la poitrine. Je déteste que la version des faits de Tommy concorde impeccablement avec le déroulé de la soirée.

Il se rembrunit.

— J'étais hors de moi. Je pensais que Dylan m'était destinée. Liam s'est emballé aussi… encore plus que moi. (Il lève les mains.) J'ai fait le con, Jace. J'ai eu tort de le harceler. Mais j'enrageais tellement contre elle. Comme un idiot, une partie de moi s'entêtait à se raccrocher à chaque espoir, mais quand j'ai su qu'elle avait déménagé, ça a fait tilt. La chienne s'est servie de moi.

Quoi ?

— Elle n'a pas déménagé.

— Si. Un prof l'a confirmé aujourd'hui. Elle est partie, mec. (Son regard se connecte au mien.) Apparemment, son père a appris qu'il avait décroché un boulot il y a deux semaines. (Sa mâchoire vibre.) On dirait qu'elle voulait couper les ponts avant de dire adieu à Royal Manor.

Putain de merde.

Les poumons comprimés, je vois rouge.

C'est comme découvrir une seconde fois Liam pendu dans la penderie… en plus dur, en un sens.

Car la personne en qui j'avais le plus confiance au monde m'a *trahi.*

L'intention de Dylan n'était peut-être pas que Liam se suicide, mais elle l'a tout de même exploité.

Non, pire. La salope l'a intentionnellement blessé, alors qu'il était totalement innocent.

La tension verrouille ma mâchoire, s'empare de ma nuque. Liam n'a jamais rien fait qui justifie qu'il se retrouve dans ces conneries.

Putain, jamais il n'aurait eu l'*idée* de nuire à Dylan. *Il aurait préféré mourir.*

Liam n'a rien mérité de tout cela.

Un rugissement monte en moi, alors que, un pied sur le ventre de Tommy, je saisis la batte, et provoque une tache humide sur le devant de son pantalon.

Je vais le tuer. Je le sens dans mes os.

Je souffre trop, et Liam n'est pas là pour me servir de conscience et me rappeler toutes ces devises optimistes que maman débitait.

— Bordel de merde, pose cette batte, Jace.

Mes poumons se pétrifient quand je vois Liam se frayer un passage entre les arbres.

— Liam ?

Il est indemne. Tout va bien. Je peux réparer mon erreur. Je peux…

Mon cœur chute quand Liam marche vers moi et que je réalise qu'il ne s'agit pas de Liam… mais de Cole.

Tout ne va pas bien. Plus jamais ça n'ira bien.

— Il a fait du mal à Liam.

Un truc mouillé goutte sur mon visage, embrouillant ma vision, alors que je brandis la batte.

— Dylan a fait du mal à Liam.

J'ai fait du mal à Liam.

Tout le monde à l'école a fait du mal à Liam.

Pourquoi fallait-il qu'ils rient tous et le malmènent ?

Pourquoi ne voyaient-ils pas en lui la personne remarquable et authentique qu'il était ?

Pourquoi ne suis-je pas tombé amoureux d'une fille comme Britney plutôt que d'*elle* ?

Mon esprit tourne dans tous les sens, incontrôlable. Je ne peux rien apaiser.

Tout ce que je sais, c'est que je veux retrouver mon petit frère au point que j'échangerais volontiers ma vie contre la sienne.

Et Tommy doit mourir, parce que ce n'est pas juste qu'il soit autorisé à continuer de respirer quand Liam n'en a plus la possibilité.

Cole me presse l'épaule.

— Je sais que c'est dur. (Il me prend la batte.) Mais supprimer Tommy ne rendra pas les choses plus faciles.

On parie que si.

Alors que Tommy commence à s'éclipser, Cole le rattrape par le T-shirt.

— Que ce soit bien clair. Si je le retiens de te démolir, ce n'est pas pour toi. (Il écrase son front contre celui de Tommy.) Si je croyais toujours en Dieu ou en ce genre de conneries, je l'implorerais personnellement de t'envoyer direct en enfer, à ta place. (Il resserre sa prise.) Sur la tête de ta famille, je te garantis que si jamais tu dis un seul mot sur ce qui s'est produit dans ce bois, je te…

Son regard apeuré passe entre nous.

— Je ne dirai pas un mot. Si ma mère remarque quoi que ce soit, j'accuserai quelqu'un d'autre.

Je me rapproche de son visage.

— Ne t'imagine pas un seul instant que cela signifie que nous sommes quittes. Si tu me vois passer dans la rue, t'as intérêt à changer de trottoir et à prier l'instance supérieure en laquelle tu crois que je ne te remarque pas en premier, saloperie.

— Pigé.

Il s'assoit et regarde autour de lui, comme s'il attendait qu'on l'arrête.

— Dégage avant que je change d'avis ! je crie si fort que je suis certain que mes cordes vocales ont claqué.

Se repoussant du sol, il s'enfuit des bois aussi vite que ses jambes de bouffon peuvent le porter.

— Tu m'expliques ? Tu allais vraiment le buter, fulmine Cole une fois qu'il est parti.

— Ça fait mal. (Je tombe accroupi.) Trop mal.

Il me rejoint par terre.

— Tu ne peux pas nous faire ça, Jace. Tu nous as toujours, Bianca et moi. Nous avons besoin de toi.

Il a raison. Ce serait difficile de prendre soin d'eux depuis une cellule.

— Il me manque.

Ses sourires et ses plaisanteries me manquent. Sa compassion envers les autres, sa compréhension envers ceux qui ne le méritent pas me manquent.

Je ne sais pas comment je suis censé accepter que plus jamais je ne connaîtrai cela.

Il rendait ce monde meilleur.

Cole acquiesce.

— À moi aussi. Je… (Il presse ses paupières fermées.) Je me sens différent. (Il se frappe le torse.) Quelque chose là-dedans… ça ne semble plus tout à fait normal. (Sa voix se fend.) Je me sens sans substance, creux. Comme s'il manquait un gros bout de je ne sais quoi.

— Il nous manque vraiment quelque chose.

J'appuie mes paumes sur mes yeux pour endiguer ces gouttes emmerdantes.

— Je ne suis pas prêt à lui dire au revoir. (Les mots s'enlisent dans ma gorge.) Je ne veux pas lui dire au revoir.

Je veux juste ne plus jamais rien ressentir.

42

Dylan

De doux baisers derrière mes oreilles me font ouvrir les paupières dans un battement.

Nous avons sûrement permuté dans notre sommeil car mon dos est pressé contre le torse de Jace, et il tient mes seins dans ses mains.

— Bonjour, dit-il d'une voix rauque.

Mes tétons se tendent en réaction au balancement de ses hanches, et à sa queue contre mes fesses.

Bonjour, en effet.

La main dans mon dos, je caresse son début d'érection. D'un seul petit mouvement, il me pénétrerait… comme j'en ai envie.

Ses dents effleurent mon épaule.

— Continue et tu auras ma bite à la place des œufs pour le petit déjeuner.

Même si l'idée que Jace me serve le petit déjeuner m'enchante et tout ça, l'autre option m'attire davantage.

— Promis ?

Ses doigts pressent mes hanches.

— Je bande ferme depuis une heure.

Mon cœur repart au quart de tour sitôt que sa paume saisit mon entrejambe.

— Alors ce sera rapide. Et obscène, je miaule quand il m'écarte pour me titiller du bout du doigt.

Il aguiche un instant mon clitoris.

— J'adore que tu mouilles pour moi.

Son index, introduit en moi, provoque des vagues de frissons jusque dans le creux de mon ventre.

— Cela promet un instant de pur bonheur quand tu me feras jouir sous toi.

La respiration entrecoupée, j'attrape une capote dans le tiroir de la table de nuit.

À peine est-il prêt qu'il s'allonge sur le dos, son membre dans la main. L'avidité qui approfondit son regard posé sur moi est sans équivoque.

Je veux conserver cette image de lui dans ma mémoire à tout jamais. En toute franchise, je n'ai jamais rien vu de plus sexy.

Le regard houleux, il m'amène sur lui.

— Tu traînes un peu trop. (Sa phalange effleure mon sein.) Je n'ai aucune patience avec toi.

Pour le faire saliver, je m'enfonce sur lui avec une lenteur infinie.

Cramponné à mes hanches, il soulève son bassin, afin de m'emplir d'un coup.

— Tu me tues.

Me servant de la tête de lit pour faire levier, je remue sur lui.

— Mieux ?

Ses lèvres s'entrouvrent dans un grognement alors que j'adopte un rythme qui lui convient.

— Ouais, juste comme ça. Putain, tu es sublime.

Ses yeux sombres dévorent chaque parcelle de ma peau. *Euh… il s'est regardé dans le miroir dernièrement ?*

Une vague de chaleur me traverse à la seconde où son pouce retrouve mon clito.

Je le regarde d'un œil noir. Je tente de me concentrer sur *son* plaisir, pour le pousser à son comble, et il me complique la tâche.

Arborant un sourire plein de morgue, il recommence mais en me massant par petits cercles, ce qui accentue les poussées.

— Jace, je siffle pendant que ses massages humides tracent des cercles rapides.

Ses petits bruits stimulants emplissent la chambre.

Sous sa lente torture, sa respiration se fait haletante. La friction s'accumule et je tremble.

— Oh mon Dieu… enfoiré.

Je voulais le baiser jusqu'à ce qu'il se liquéfie comme de la gelée, mais sans surprise, il inverse les rôles et prend le contrôle.

Le plaisir rend sa voix rocailleuse.

— Un enfoiré qui va te faire jouir sur sa queue.

Une main dans le bas de mon dos, il pince mon clito entre ses doigts et entreprend de frotter son érection sur un point qui me fait décoller.

Bon, tant pis.

Les premières ondes de l'orgasme surviennent brusquement, si bien que je réprime un hurlement et perds l'équilibre.

Ses mains brutales saisissent mes fesses et nous ajustent en position assise. Nos mouvements se déchaînent et s'enfièvrent.

Je me retiens à ses épaules, crispée autour de sa queue au moment où je me disloque.

— Putain, fait-il dans le creux de mon cou, juste avant de jouir avec moi.

Ce que j'aime ses gémissements orgasmiques. Bestiaux et sauvages, comme s'il mourait et ressuscitait en même temps.

En attendant que nous reprenions nos souffles, je caresse son dos du bout des ongles, tandis qu'il m'inhale, le nez enfoui dans le creux de mon épaule.

— Tu embaumes le sexe et le bonbon.

— Quelqu'un a écrit une chanson là-dessus, tu sais.

Son petit rire sexy vibre dans mes cheveux.

— Putain, ce que tu m'as manqué.

Mon cœur s'emballe dans ma cage thoracique. J'ai envie de me pincer : il nous a fallu quatre longues années pour en arriver là, mais enfin, nous y sommes.

Plus rien ne peut nous séparer à présent. Il est chevillé à mon âme.

Et j'espère de toutes mes forces que le sentiment est mutuel.

— Hé, tout est clair entre nous maintenant, n'est-ce pas ?

Ma main trouve sa joue.

Ses traits se durcissent et le chagrin voile de nouveau ses yeux. Lentement, il dénoue nos membres et ramasse son pantalon sur la moquette.

— Je vais chercher une bouteille d'eau. Tu en veux une ? Ou un truc à manger ?

Je m'en fous, des rafraîchissements. Ce que je veux, c'est savoir *pourquoi* être avec moi le remplit de culpabilité.

Quand la pensée ignoble s'infiltre dans mon cerveau, je me serre la poitrine.

— Tu t'es remis avec Britney ?

C'est la seule explication logique qui me vienne.

Il me regarde d'un air stupéfait.

— Quoi ? Sûrement pas.

C'est déjà un soulagement.

Tandis que je rassemble le drap autour de moi, il bondit vers la porte comme si une urgence l'appelait.

— Je reviens.

La frustration me noue la gorge.

Je commence à croire que je devrai l'attacher, la prochaine fois que j'aborderai le sujet. De cette façon, il ne pourra pas s'enfuir.

— Tu te fous de ma gueule ? explose la voix de Jace dans le couloir. Tu l'as amenée ici ? (Un fort claquement me fait sursauter.) Dans la chambre de ma mère ?

Oh ! merde.

Je me dépêche de me rhabiller pour voir de quoi il retourne.

Je découvre la scène d'un regard ahuri. Jace, torse nu, aux prises avec une folie furieuse.

De son côté, son père semble… honteux et excessivement mal à l'aise. La femme magnifique quoique timide qui se tient derrière lui n'a pas l'air plus détendu.

Un instant, je me demande si M. Covington couche avec un membre de la famille de sa femme défunte. On ne peut pas nier son étrange ressemblance avec la mère de Jace… ou avec Bianca, en tout cas.

Oh ! merde.

J'avance d'un pas.

— Ja…

— C'est quoi ce raffut ? questionne Cole qui émerge de sa chambre.

Confus, il regarde Jace puis son père.

Je peux identifier le moment précis où il a un déclic, à ses yeux qui se plissent.

— Sérieux ? Tu ne pouvais pas emmener ta pute à l'hôtel ?

Avant que son père ait pu répondre, la porte de la chambre de Bianca s'ouvre et elle apparaît.

— Qu'est-ce qui vous prend ? râle-t-elle en bâillant et en frottant ses yeux endormis. Pourquoi vous cri…

Son attention se focalise sur la femme recroquevillée derrière son père.

— Qui est-ce ?

Les yeux pleins d'espoir, elle se tourne vers Jace.

— Est-ce quelqu'un de la famille venue d'Inde pour nous rendre visite ?

— Non. Notre donneur de sperme a son type de femmes, crache Jace, ses yeux lançant des éclairs. Pas vrai, 'pa ?

Se raclant la gorge, M. Covington tente de parler mais Bianca s'interpose.

— Une minute… tu as passé la nuit avec elle ? Dans le lit de maman ? (Sa lèvre inférieure tremble.) Comment as-tu pu faire une chose pareille ?

De manière compréhensible, son amie semble totalement mortifiée.

Pour être honnête, je me sens mal pour elle. Elle a sans le savoir pénétré en terrain miné.

Et l'air sinistre de Jace me dit que la guerre ne fait que commencer.

M. Covington exhale longuement.

— Je sais que vous êtes contrariés, mais nous avons besoin de recouvrer notre…

— Je t'emmerde, hurle Jace. Tu ne sais rien des besoins de cette famille. (Il a un rire dénué d'amusement.) Bon sang, tu n'as pas de temps pour tes enfants, mais tu en as pour elle ?

Son père se hérisse.

— Pardon…

— Non.

Jace lui assène un regard menaçant.

— Tu n'as pas dit un mot en plus de sept ans, pourquoi commencer maintenant ? (Son regard glisse vers la femme derrière lui.) Laisse-moi quand même te dire un truc : j'adorerais m'entretenir avec ta copine. Tout lui dire au sujet de l'homme avec qui elle couche.

Tremblante et intimidée, elle cache son visage derrière l'épaule de son amant.

— Ça suffit, aboie M. Covington. Ne mêle pas Nadia à ça.

Perdant le peu de retenue qu'il lui restait, Jace avance vers son père.

— Le moment est mal choisi pour retrouver ta hardiesse, Jason. (Il le pousse.) C'est moi qui dis quand ça suffit.

Avec un sourire qui expose ses dents, il recourbe l'index pour faire signe à Nadia d'approcher.

— N'aie pas peur, trésor. Je ne mords pas.

Elle se tasse un peu plus.

Difficile de la blâmer. Jace se conduit comme un malade mental.

Il est vrai que le volcan grondait depuis un bail. *Tôt ou tard, ils entrent tous en éruption.*

Jace presse l'épaule de son père.

— Je ne trompe pas ma femme et je ne néglige pas mes enfants, contrairement à lui.

Déjà pâle, M. Covington devient blanc comme un linge.

— Tu m'as dit que tu avais perdu ton épouse, murmure la femme.

Les deux frères et la sœur la lorgnent, mais c'est Jace qui prend la parole.

— C'est le cas, ne t'en fais pas.

Le regard qu'il décoche à son père me glace le sang.

— Ce n'est pas avec toi qu'il a trompé ma mère mais avec une autre pute.

Mon ventre se noue violemment en apercevant Cole et Bianca encaisser l'information.

— Tu as trompé maman ? balbutie Cole.

— Ce n'est pas vrai. Comment as-tu pu ? fait Bianca à son père.

— Je n'ai pas trompé votre mère ! s'écrie M. Covington.

Ses yeux réduits à deux petites fentes, Jace se place devant le visage de son père.

— Menteur, ton nez s'allonge.

M. Covington secoue vigoureusement la tête.

— Non.

— Maman m'a parlé de ta secrétaire, raille Jace. Ne t'avise pas de la traiter de menteuse.

Son père inhale d'un coup sec, réalisant sans doute que, pris dans une impasse, il doit redoubler de prudence.

— J'ai commis beaucoup d'erreurs dans ma vie, mais tromper votre mère n'en fait pas partie. (Il considère chacun de ses trois enfants.) Je l'aimais plus que tout.

Encore plus que ses propres enfants.

Son regard se reporte sur Jace.

— J'aimais ta mère de tout mon cœur, mais elle avait son lot de problèmes. Parfois, ses phases maniaco-dépressives étaient si intenses qu'elle se convainquait de la véracité de certaines choses…

Je pousse un cri choqué quand le poing de Jace atterrit sur le nez de son père.

— Ferme ta gueule. Maman n'était pas une menteuse.

Titubant, M. Covington recule en se tenant la mâchoire.

— Jace, je…

Ce dernier montre les crocs.

— Boucle-la. (Il reporte son attention sur Nadia.) Tu veux savoir quel genre d'homme est *réellement* Jason Covington ?

Sans la laisser s'exprimer, il ouvre grand les bras.

— Il est le genre d'homme qui t'épousera, puis t'emmènera à l'étranger pour commencer une nouvelle vie. Ensuite, il ne t'autorisera plus jamais à revoir ta famille. Même si tu es triste ou qu'elle te manque.

Je l'entends claquer des dents.

— Il est le genre d'homme qui néglige ses enfants pendant des années. Le genre d'homme qui ne s'embarrasse pas avec la chair de sa chair à tel point que c'est moi qui ai dû les élever.

Il hausse les épaules avant de reprendre.

— Je n'ai pas trop mal bossé, hein ? C'est vrai, il n'y en a qu'un de mort sur les quatre, dit-il avec un rire cruel et déchirant. Qui sait ? Peut-être, seulement peut-être que Liam serait toujours en vie si tu avais été plus présent. Peut-être que si tu avais accordé un peu d'attention à ton fils, il ne serait pas mort. L'idée ne t'a pas effleuré, *papa* ?

Mon cœur se brise. Considérant que sa société fabrique le médicament responsable de son décès, c'est le plus bas des coups bas.

Les yeux verts de M. Covington se remplissent de tristesse.

— Ja…

— Non, dit Jace avec une note sombre dans la voix que je n'ai jamais entendue auparavant. Bien sûr que non, tu n'y as pas pensé.

Son visage exprime une douleur absolue, du genre qui me tord les entrailles et fait se dresser les poils sur mes bras, puis il attrape son père par le col et le regarde dans les yeux.

— Après tout, tu es l'homme qui m'a fait détacher mon petit frère de la porte de sa penderie et trancher la corde autour de son cou parce que tu en étais incapable.

Un tourbillon d'émotions forme un nœud géant dans mon estomac.

Je secoue la tête comme si ce seul mouvement avait le pouvoir d'effacer les révélations horribles de Jace.

— Quoi ? Liam… s'est suicidé ? dis-je en m'efforçant en vain d'emplir mes poumons d'air.

Ils me regardent comme une démente, et j'espère de toute mon âme que je le suis. Je ne vois pas d'autre sens à attribuer à leur échange. Quelque chose passe dans le regard de Jace, avant qu'il ouvre la bouche pour parler, aussitôt coupé par Bianca.

— Inutile de faire comme si tu l'ignorais.

Une pression écrase mes côtes. Évidemment que je ne le savais pas. J'ai la tête qui tourne.

— Tommy m'a…

— Te fatigue pas, enrage-t-elle. On est déjà au courant pour toi et Tommy. (Avec un rictus méprisant, elle avance d'un pas.) On sait surtout que tu t'es servie de Liam pour te venger de Jace qui préférait Britney à toi.

L'implication me frappe durement. Liam et moi étions amis. Je ne l'aurais jamais utilisé pour choquer Jace. Je ne me serais jamais servie de Liam, point barre.

Je secoue la tête.

— Je ne…

— Bianca, gronde Jace.

Elle lui décoche un regard furibond.

— *Tu* as promis à Liam de ne jamais dire à Dylan qu'il était amoureux d'elle, pas moi.

De nouveau, elle braque son regard furieux sur moi.

— Et puis ce n'est pas comme si la salope n'était pas au courant. Rappelle-toi, ça faisait partie de son vaste plan. Emmener Liam au bal, lui donner l'illusion qu'il avait une chance avec elle… et puis boum… vous écraser tous les deux, comme de vulgaires insectes. (Son regard se voile). Comment fais-tu pour te supporter ? Comment fais-tu pour te réveiller tous les matins avec l'idée que tu es responsable de la perte de quelqu'un de formidable ?

J'essaye d'insuffler de l'air dans mes poumons douloureux, mais la douleur m'en empêche.

— Je ne… je suis tellement désolée, dis-je d'une voix étranglée, les jambes en coton.

Je n'ai pas intentionnellement blessé Liam, mais peu importe.

Il est mort à cause de moi.

Un flot d'émotions me pulvérise le cœur, me saisit à la gorge.

Oh non, j'ai tué mon ami.

Elle me crache au visage.

— Tes excuses, tu peux te les mettre où je pense.

Elle bondit sur moi, mais Cole et Jace s'interposent.

— Tu as déjà causé la mort d'un de mes frères. Je ne te laisserai pas recommencer sans rien faire. Ne t'approche plus de Jace, sinon je te jure que je t'anéantirai.

Elle se débat entre les bras de Jace qui la soulève.

— Fiche le camp avant que j'enroule une corde autour de *ton* cou !

Elle commence à sangloter si fort qu'elle tremble.

— Je te hais ! hurle-t-elle, avec un bruit guttural qui me perfore comme du verre. Il me manque tellement.

Jace noue ses bras autour de son corps menu.

— Je sais, dit-il, les yeux fermés. Il me manque aussi.

M. Covington semble aussi impuissant que je le suis quand son regard atterrit sur moi.

— Il faut que tu partes.

Il a raison.

J'ai déjà détruit sa famille. Le moins que je puisse faire, c'est de les laisser tranquilles.

43

Dylan

— Dylan ?

Je ne sais pas comment Sawyer savait où me trouver mais peu importe.

Je ne me confierai quand même pas.

La pierre tombale devant laquelle je me tiens est un rappel criant que je suis l'amie la plus lamentable du monde.

Je nuis aux êtres qui tiennent à moi. *Exactement comme mon père.*

Mieux vaut que je garde mes distances avec Sawyer, Jace et tous ceux que j'aime. Pour de bon.

Sawyer ne semble pas avoir compris mon attitude passive-agressive, puisqu'elle s'agenouille à côté de moi.

— Tu es absente en classe depuis trois jours. J'ai essayé de t'appeler et de t'envoyer des SMS, tu ne réponds pas.

Parce que je t'aime, et je ne veux pas que tu finisses sous terre comme Liam.

S'éclaircissant la gorge, elle change d'approche.

— J'ai discuté avec Cole et Oakley… ils m'ont tout raconté. Bon, surtout Cole. Oak n'en savait pas plus que moi.

Elle essaye de me prendre la main mais je l'écarte.

— Dylan, ce qui s'est produit n'était pas ta faute.

— Si tu le crois sincèrement, c'est que Cole ne t'a pas tout dit, je chuchote, ramenant mes genoux contre ma poitrine.

— Il l'a fait, réplique-t-elle avec un petit sourire. Pour cela, j'ai dû menacer de crever les pneus de sa voiture neuve.

Ses doigts effleurent la pierre tombale en marbre.

— J'ignorais que Cole avait un jumeau.

Je ferme les yeux. *Avait.*

— C'est à cause de moi s'il n'est plus là.

Elle fronce les sourcils.

— Ce n'est pas…

— Stop.

Je ne veux pas qu'elle défende mes actions ou déverse un flot de conneries pour me remonter le moral.

Je ne mérite pas sa compassion.

Liam est mort parce que je lui ai fait de la peine. Rien ne changera jamais cela.

— Sa couleur préférée était le vert, je lui indique. Il aimait les films de zombies, et il était tellement brillant qu'il serait sûrement devenu médecin ou scientifique.

Pour peu qu'il en ait eu la possibilité.

Je ne fais aucun effort pour sécher les larmes qui trempent mes joues.

— Il était doux et gentil… même avec ceux qui ne l'étaient pas. (Je la regarde.) Tu sais, quand une personne meurt, sa famille et ses amis affirment qu'elle était un vrai rayon de soleil, la plus généreuse personne au monde ?

Elle hoche la tête.

— Ce sont des conneries. Peu de gens illuminent la vie des autres, et l'altruisme et la compassion ne viennent pas naturellement… ou pas comme pour Liam. (Je reporte mon regard sur sa tombe.) Liam ne répandait pas juste le bonheur, il illuminait le monde entier… jusqu'à ce que je lui brise le cœur.

Et maintenant tout est gris.

— Ce n'est…

— Il adorait plus que tout la pizza à l'ananas. Il détestait la glace, parce qu'il ne supportait pas le froid. Il aimait prendre des pancakes le matin… mais uniquement les deux premiers de la pile. Jace le chambrait avec ça, mais je comprenais. Les autres pancakes ne sont pas aussi…

— Dylan, pourquoi…

— Il ne s'agit pas uniquement de moi.

Il est question de Liam. Et si elle veut me faire parler, *il* sera question de lui.

— Tu ne peux pas continuer à t'infliger ça. (Sa tête trouve mon épaule.) Ce n'est pas juste de te punir parce que tu ne l'aimais pas en retour. On ne choisit pas de qui on tombe amoureux.

Une vague de chagrin me secoue.

— Je ne savais pas ce qu'il ressentait… nous étions amis. (J'essuie mes larmes avec ma manche.) Je n'arrête pas de repenser au bonheur qu'il a dû éprouver quand j'ai accepté de l'accompagner à la fête… ensuite…

Il s'est aperçu que j'étais amoureuse de son frère.

Et il s'est donné la mort.

Parce qu'il pensait que je le manipulais.

— D'après Cole, Liam a fait promettre à Jace de garder le secret tant qu'il n'était pas prêt. Tu n'avais aucun moyen de le savoir.

— Quelle différence cela fait, que je l'aie su ou pas ? Le résultat est identique.

Il n'est plus là… et ne reviendra *jamais.*

— Mais si, ça compte, conteste-t-elle d'une voix radoucie. Je n'ai pas connu Liam mais toi, je te connais. Tu n'es pas quelqu'un qui fait délibérément de la peine ou qui manipule les autres. (Elle serre ma main.) Ce qui est arrivé à Liam est une tragédie horrible. Mais fie-toi à l'avis d'une victime de harcèlement, qui a été rejetée par une flopée de garçons sur qui elle craquait. La mort de Liam n'est pas la croix que tu dois porter.

Elle repousse une mèche de cheveux derrière mon oreille.

— Ce n'était pas son seul problème, renchérit-elle avec tristesse. Cole prétend que Liam souffrait de dépression, et qu'à l'école, on le harcelait depuis des années.

Se tournant vers la pierre tombale, elle effleure l'ange gravé à côté de son nom.

— Liam refusait de suivre une thérapie, et son père n'a pas pris son trouble en charge. Je ne suis pas psychiatre mais je suis certaine que cela a joué une énorme part dans ce qui est arrivé. (Puis elle murmure.) Il avait besoin d'aide, ce qu'aucun adulte ne lui a procuré.

Mon ventre se noue.

— Je ne le savais pas.

Pour le harcèlement, je l'avais remarqué, mais Liam n'a jamais montré que cela l'affectait.

Pas devant moi, en tout cas.

Sans alléger mon sentiment de culpabilité ou mon implication dans sa disparition, cela remet les choses en perspective.

— Certains le dissimulent mieux que d'autres. (Elle me prend par les épaules.) Bon, si tu ne veux pas m'écouter, écoute Liam.

— Comment ? Il est…

— Certes, mais il t'aimait néanmoins. Alors il savait que tu étais quelqu'un de bien.

Ses yeux marron s'attendrissent.

— Tu es quelqu'un de bien.

— Tu le penses pour de vrai ?

Parce que, clairement, je n'ai plus cette vision de moi.

— Je le *sais*.

Souriant, elle m'enlace avec affection.

— Crois-moi, tu n'auras aucune difficulté à accéder aux portes du paradis. Et ce jour-là, Liam t'accueillera à bras ouverts.

Le poids dans ma poitrine gagne en légèreté. *Je l'espère tellement…*

Je donnerais n'importe quoi pour effacer le passé.

Une pensée surgit quand nous nous écartons.

— Bianca a mentionné je ne sais quoi, à propos de Tommy et moi… ça n'avait aucun sens sur le moment, et franchement, ce n'est pas plus clair à présent.

Je me frotte les mains sur mon jean. Je ne sais pas vraiment si Tommy m'a sciemment menti, à propos du décès de Liam, ou s'il a rapporté une rumeur, mais un curieux sentiment me tenaille.

— Aurais-tu un moyen de demander à Cole ce que Bianca voulait dire ? Je m'en serais chargée, mais je ne veux pas les embêter…

— Personne ne t'a dit ?

— Dit quoi ?

Elle se redresse, mécontente.

— La moitié des problèmes de ce monde serait résolue si les gens apprenaient à communiquer…

— Sawyer, je l'interromps avant qu'elle dérive. Dis-moi ce que tu sais.

Elle hoche la tête.

— Bien. Alors… bon… en bref, Tommy t'a piégée dans le but de te faire endosser la responsabilité de son coup tordu. Du moins, c'est mon interprétation.

Elle se met à faire les cent pas.

— À ce que j'ai compris, Tommy a entraîné Liam vers la réserve, au milieu de la fête… pour qu'il te voie embrasser Jace. Après quoi, quand Liam est retourné dans le gymnase en larmes… il a commencé à se moquer de lui devant tout le monde.

Je me redresse brusquement.

— Quoi ?

Ce n'est pas une simple mauvaise blague, c'est carrément démoniaque.

Elle grimace.

— Il y a pire.

Mon estomac se noue.

— Pire, à quel point ?

Elle s'immobilise.

— Naturellement, quand Jace a confronté Tommy à ce sujet quelques jours après le décès de Liam, Tommy a répliqué que tu avais eu l'idée de te servir de Liam pour faire payer à Jace d'avoir invité Britney à la soirée.

Scandalisée, je suis figée sur place.

— Quel sale menteur.

Je suis allée à la fête avec Liam parce qu'il était mon ami, pas pour énerver Jace. Une chose est sûre, je n'aurais jamais élaboré un *plan* pour offenser l'un ou l'autre.

— Cole affirme que Tommy s'est montré très convaincant. Même lui, il l'a cru… jusqu'à récemment.

Sawyer se tord les mains.

— J'imagine que c'était une période difficile pour la famille. Le chagrin n'aide pas à prendre du recul.

Ça, j'en sais quelque chose.

— Cela explique probablement pourquoi Jace me hait autant.

Ma proximité lui donne l'impression qu'on lui arrache des morceaux de son cœur, encore et toujours.

Pas étonnant qu'il affiche cet air coupable après nos…

D'un coup, respirer me fait mal.

— Ils pensent tous que je… (L'impuissance me serre la gorge.) Je n'ai pas consciemment blessé Liam.

— Je sais.

— Toi peut-être, mais pas *eux*. Et je ne vois pas comment leur prouver alors qu'ils croient tous à la version de Tommy, et que je n'étais pas là pour me défendre.

La résolution lui donne un coup de fouet.

— Qui a dit que tu ne pouvais pas te défendre maintenant ?

— Après tout ce temps, je ne vois pas comment ce serait possible.

— Je te suis, pourtant…

Je vois tourner les rouages de son cerveau.

— Une minute… Tommy ne sait pas que tu connais la vérité. On est d'accord ?

Étant donné qu'il m'a manifestement menti au sujet de la mort de Liam, je penche pour la négative.

— Non. Pas à ma connaissance.

Elle se mordille la lèvre.

— Et la dernière fois que vous vous êtes vus, au port, quand tu as rompu avec lui ?

Même si je ne sais pas où elle veut en venir, je lui fais confiance et suis la vague.

— Techniquement, c'était au match de football, quand Jace l'a bastonné, mais je ne pense pas qu'il m'ait vue.

— C'est parfait.

Elle se remet à faire les cent pas.

— Euh… Sawyer. Tu m'éclaires ?

Elle lève un doigt.

— Une seconde.

Peu après, elle s'arrête en soupirant.

Je ne sais pas quoi penser de son expression quand elle me regarde.

— Je ne vais pas te mentir. Mon idée est dingue, voire dégueu et contestable à plus d'un plan, mais elle t'apportera une preuve tangible.

Le suspense me tue.

— Je suis tout ouïe. Dis-moi ce que je dois faire.

— Va à l'hôpital séduire Tommy.

Ouaip, c'est officiel. Elle est déphasée.

— Répète un peu ?

— Tommy fait une fixette sur toi. Je parie que si tu vas le voir et que tu uses de ta magie… tu obtiendras ses aveux, que tu enregistreras avec ton téléphone.

Je ne sais pas du tout à quelle magie elle fait référence, mais je suis disposée à faire le nécessaire. Ça vaut le coup d'essayer.

Je récupère mon sac à terre.

— Tu penses vraiment que ce sera aussi simple ?

— Tu veux rire ? Je t'ai vue à l'œuvre. Tu peux me croire, tu y arriveras sans mal. (Elle me tire par le bras.) Dépêchons-nous, il ne faut pas louper les heures de visite.

— Une seconde.

Je me penche pour caresser du pouce le nom de Liam.

Pardon de t'avoir blessé.

Alors que je m'apprête à pivoter, un papillon bleu se pose brièvement sur mon nez.

Sawyer sourit.

— Ma grand-mère me disait que les papillons apparaissent quand les anges sont à proximité.

La gorge serrée par l'émotion, je vois le papillon battre des ailes en direction de la pierre tombale de Liam.

Sa grand-mère avait raison.

44

Dylan

— À en juger par le temps que tu as passé avec lui, je dirais que ça a fonctionné, se risque Sawyer aussitôt que je passe la sortie.

Je frissonne.

— Ouaip.

Comme elle l'avait prédit, je n'ai eu aucune difficulté à faire cracher le morceau à Tommy, après l'avoir persuadé que je détestais Jace et enclenché mon… charme.

En plus, j'ai pu compter sur les analgésiques qui le mettent complètement dans les vapes.

Sans oublier qu'il est restreint dans ses mouvements, l'une de ses jambes étant en traction et son bras plâtré.

Sawyer m'examine avec attention.

— Prête ?

Je réprime un frisson et rempoche mon téléphone dans mon jean.

— Comme jamais.

Maintenant que je détiens ma preuve, il ne me reste plus qu'à la transmettre à Jace.

Quoique…

Je marque une pause.

— Ça ne t'ennuie pas de me déposer à la pâtisserie ?

— Si tu veux. Tu travailles ce soir ?

— Je suis de repos. Mais j'ai un service à demander à Mme Dickinson.

Grâce à Mme Dickinson qui a insisté pour m'initier à l'art de la pâtisserie ces cinq dernières heures, il est presque minuit quand j'arrive chez Jace.

Le cœur battant à tout rompre dans ma poitrine, je dépose la clé USB et le petit panier de *kachori* sur son perron.

Il n'y a rien que je puisse dire ou faire pour effacer sa peine, et je sais que nous ne pourrons jamais être ensemble étant donné tout ce qui a été révélé au grand jour.

Mais je tiens à ce que Jace sache que la fille avec qui il partageait ses *kachori* sur le terrain de jeux, à l'âge de onze ans…

L'aimera éternellement.

De toutes les fibres de son cœur laminé.

45

Jace

— Ça fait deux jours que tu contemples ce panier de *kachori* en faisant la gueule, observe Cole en déboulant dans ma chambre.

Je le regarde de travers.

— Personne ne t'a appris à frapper...

— Admirez ça, il est vivant ! s'écrie Oakley.

Bordel, je ne suis pas d'humeur pour leurs conneries.

Je fais pivoter ma chaise de bureau face à eux.

— Dehors. Tous les deux.

D'abord blessé, Oakley plisse les yeux.

— Je t'emmerde, connard. Tu zappes mes coups de fil, et tu n'es pas venu en cours de la semaine.

Il lève un doigt menaçant.

— J'exige une explication.

J'arque un sourcil.

— Aux dernières nouvelles, ma mère est morte.

Majeur dressé, je retourne ma chaise côté bureau.

— À moins que tu me nourrisses ou me baises, je te dois que dalle.

Derrière moi, Cole ricane.

— Je crois qu'il sous-entend qu'on devrait lui ramener Dylan.

Les petits cheveux sur ma nuque se dressent à la mention de son nom.

— Dégagez.

Concentré sur mon écran, je tape une ligne de code.

Soudain, l'écran devient noir… Oakley a débranché le câble du moniteur.

— T'es malade ? J'étais…

— Rien à foutre. (Sourcils froncés, il indique Cole.) On se fait du souci pour toi, gros.

— Je vais bien.

— Je vois bien que non.

Il se passe la main sur le visage et s'assoit au bord de mon lit.

— Je pensais qu'avec Dylan, vous surmonteriez l'obstacle, mais ça tarde un peu trop.

— Finement observé, capitaine Rien-ne-m'échappe.

Avec Dylan, nous sommes dans une impasse.

Il y a eu trop d'embrouilles pour les démêler.

— Pour ce que ça vaut, elle broie du noir de son côté, m'indique-t-il. Elle n'a repris les cours qu'hier, et encore, c'est parce que mon père a piqué une crise, et que Crystal l'a forcée à y retourner.

Il a un air abattu.

— Elle refuse de me parler… en tout cas, pas comme avant. Elle partage son temps entre son taf et la tombe de Liam.

Je suis sur le point de rappeler à Oak que son manque d'envie de discuter découle davantage de la liaison de celui-ci avec sa tante, mais la fin de sa phrase résonne sous mon crâne.

— Elle va sur la tombe de Liam ?

Je n'arrive même pas à me résoudre à m'y rendre plus de deux fois par an.

Cole prend un siège à côté d'Oakley.

— D'après Sawyer, elle y est allée chaque jour de la semaine… elle présente ses excuses.

Il fronce les sourcils.

— Depuis ta soirée d'anniversaire, je sentais bien que quelque chose ne collait pas, mais quand Bianca s'est déchaînée sur elle… je le savais, putain. (Il soutient mon regard.) Ce n'était pas de la culpabilité, Jace… mais du chagrin. Je me contrefous de ce que Tommy raconte, cette fille n'a rien fait de mal à Liam.

Ses mots sont comme des balles qui me touchent en plein cœur.

Je sais qu'elle ne lui a rien fait.

L'angoisse dans ses yeux… c'était comme revoir Liam dans cette penderie.

Je soupire profondément.

— Je sais.

Voilà pourquoi j'ai séché les cours toute la semaine.

La voir me mettrait en lambeaux. Plus précisément, la voir aussi bouleversée sans pouvoir y remédier.

Parce que je ne peux pas l'aider. *Pas sans trahir Liam.*

Je déteste l'admettre, mais c'était plus simple d'accuser Dylan, même à tort.

Au moins, ainsi, je pouvais bénéficier de petits bouts d'elle tout en m'évertuant à me convaincre que je restais dans les clous, parce que je défendais l'honneur de mon petit frère.

À présent, je recommence à me sentir vide et coupable.

Tout ce que je mérite.

Je me lève et rebranche mon moniteur.

— J'ai du boulot.

Cole et Oakley se regardent.

— Mec, sérieux ?

— Sérieux, quoi ? J'ai du travail.

La société qui a acquis *Z.I.* m'a proposé de développer une suite. La rémunération me fera tenir un moment, après mes examens. Faudrait être dingue pour refuser.

— Tu plaisantes ? enrage Cole. L'innocence de Dylan ne signifie rien pour toi ?

— Si, cela signifie que c'est quelqu'un de bien qui n'a pas mérité mes représailles, mais…

Mieux vaut que j'avale la fin de ma phrase.

— Mais ? Tu attends quoi pour revenir à la raison ? Qu'un autre type l'emballe et pose ses jalons ?

Je ne peux m'empêcher de tiquer.

— Pardon ?

— Je ne sais pas, répond-il en écartant les bras. J'essaye juste de comprendre pourquoi tu te morfonds alors que tu sais que Dylan n'a rien fait de mal.

— Parce que ça ne change rien, je riposte.

Je ne peux pas l'avoir.

Il me regarde comme si j'étais fou.

— Mais bien sûr que si.

Oakley se dirige en soupirant vers ma fenêtre et l'ouvre.

— Je suis d'accord avec Cole. Maintenant que la vérité a éclaté, il est temps que tu te bouges. Ta meuf t'attend.

Qu'est-ce que ce duo de cons ne comprend pas ?

— Ce n'est pas ma meuf.

Oakley prend un joint derrière son oreille et l'allume.

— Pas encore.

Il tousse et me le passe.

— Appelle-la, règle ça.

— Bien sûr. Tu veux aussi que je ressuscite Liam, tant que j'y suis ? Car ce serait l'unique moyen de *régler* quoi que ce soit.

La confusion s'affiche sur ses traits.

— Je croyais que tout était clair. Dylan n'a pas piégé ton frère.

Je porte le joint à mes lèvres et inhale profondément.

— Je sais.

Il s'empare du joint.

— Finie la beuh, fumer t'a visiblement cramé les neurones.

Je le fusille du regard.

— Je ne suis pas idiot. Je…

— Tu t'acharnes à te laisser dominer par ta culpabilité pour la mort de Liam, assène Cole dans un lourd soupir. M'en doutais.

— Tu dis ça comme si je n'avais pas de raison de m'en vouloir.

— Tu n'en as pas.

— Bah, à moins que tu ne te lances dans le spiritisme pour lui poser directement la question, je ne vois pas ce qui te permet de l'affirmer.

Cole était là cette fameuse nuit. Il sait ce que j'ai fait.

Liam serait toujours de ce monde si je n'étais pas un égoïste incurable.

Il lève les yeux au plafond.

— Je sais que Liam avait des sentiments pour Dylan, mais il ne détient pas pour autant les clés de ton bonheur éternel.

— Je l'ai trahi.

En conséquence de quoi je mérite de souffrir, comme lui souffrait. *Ce n'est que justice.*

— Pas du tout, proteste Cole. Tu es tombé amoureux de ta meilleure amie. À ce que je sais, ce n'est pas un crime.

Cole ne comprend pas. Cela dit, sa définition de la loyauté est biaisée.

— C'est pour cela que je ne peux pas être amoureux d'elle. J'ai brisé les règles.

Et j'en payerai éternellement le prix.

Il se lève, en jurant à mi-voix.

— Il n'y a pas de règles, Jace. Dylan ne lui appartenait pas.

J'ouvre la bouche pour protester mais cela ne fait que l'énerver.

— Cette fille te regarde avec des yeux d'amoureuse depuis la première fois que tu l'as invitée à la maison, crétin.

Il appuie son index sur mon torse.

— Liam n'a jamais eu la moindre chance parce que le cœur de Dylan était déjà pris.

— Je sais.

L'animosité inonde mes entrailles. *Je l'aimais en premier.*

Putain, je l'aimais avant même de savoir comment elle s'appelait.

Quand elle s'asseyait toute seule dans l'aire de jeux, avec ses écouteurs… coupée du monde.

Je voulais la rejoindre dans ce monde qu'elle s'était construit.

Puis un jour elle m'a accosté… et j'ai eu ma chance.

Mais Liam a déclaré qu'elle était pour lui, et tout est parti en fumée.

Maintenant il est mort, Dylan a l'âme en peine… et je reste là, à m'étouffer avec les cendres du carnage que j'ai provoqué.

Tout cela parce que je ne savais pas que le sentiment dans ma poitrine, la première fois que je l'ai vue, c'était de l'amour.

Mais Liam l'a su… alors, il a gagné la fille à pile ou face.

En fait, non.

La honte déclenche une vague de frissons le long de mon échine.

— Je ne peux pas être avec Dylan et pleurer Liam en même temps.

La mâchoire crispée, j'ai du mal à articuler.

— Je ne peux pas vraiment me racheter si…

— Écoute-moi et ouvre grand tes oreilles, fulmine Cole, le doigt pointé vers mon visage. Tu n'es *pas* responsable de la mort de Liam.

— Qui l'est, si je ne le suis pas ?

Si le sujet n'était pas aussi tragique, la détermination de Cole serait risible.

— Non seulement je l'ai trahi, mais si je lui ai dit des trucs horribles, ce soir-là. J'étais son grand frère et son meilleur ami, j'aurais dû l'épauler… mais j'ai merdé. Je n'ai répondu à aucun de ses besoins, au moment où cela aurait eu un impact décisif.

Et je ne peux pas faire machine arrière.

Il plante ses yeux dans les miens.

— N'empêche que ce n'était pas ta faute, dit-il en se rasseyant sur le lit. Liam, et Liam seul, a choisi une solution permanente à un problème temporaire.

— Un problème que *j'ai* créé pour lui.

— En quoi aimer Dylan posait un problème ? intervient Oak dans un haussement d'épaules. Je sais que Liam craquait pour Dylan et tout, mais sans vouloir chercher la petite bête, Liam et Dylan ne sont jamais sortis ensemble. D'ailleurs, ils n'ont même pas flirté. D'après ce que Cole a dit, c'est évident qu'elle était amoureuse de toi depuis le tout début, et réciproquement. Du coup, je ne vois pas en quoi tu serais responsable de sa mort. Pas plus toi qu'un autre, en fait… excepté ces connards qui le tyrannisaient à l'école. (Il balaye la pièce du regard.) Ou allons-nous continuer de laisser le harcèlement de côté ?

— Le harcèlement n'est pas la cause de sa mort.

— Comment peux-tu l'affirmer ? rétorque Cole. Étais-tu avec lui dans la penderie, le soir fatidique ?

— Bien sûr que non, mais Liam s'est pendu des heures après notre dispute, quand je l'ai trahi.

— Et des heures après que Tommy et ses enfoirés l'ont humilié à la fête de l'école. (Il bondit sur ses pieds.) Tu sais qu'il avait des problèmes, Jace. Toi et papa pouvez faire l'autruche autant que vous voulez, mais Liam était bipolaire… comme maman. Tous les signes étaient là. Un instant, il était heureux… et deux semaines plus tard, il passait le week-end au lit, irascible et déprimé.

Un sursaut de colère me prend.

— Les bipolaires ne sont pas malveillants.

— Exact… cela fait d'eux des humains. Je sais qu'à tes yeux, Liam était un saint mais s'il était avec nous dans cette pièce, il nierait. Il ajouterait que maman lui manquait, que l'absence de papa lui pesait. Et qu'il vivait très mal d'être harcelé à l'école, que cela l'affectait durement.

La honte submerge son visage.

— Il te dirait que ce qui lui est arrivé n'est pas ta faute. Parce que tu étais le meilleur frère qu'il n'aurait jamais pu demander. Tu le protégeais et tu l'aimais… tout le monde ne peut pas en dire autant.

Merde.

— Cole, ne…

Il se frappe le torse.

— J'étais son frère jumeau, Jace. Je le connaissais mieux que quiconque. À ton avis, pourquoi j'avais autant de facilité à lui faire de la peine ? Si quelqu'un est responsable de ce drame, c'est moi. (Il a un rire sombre.) Les potes du collège, ce n'était rien. Celui qui le rabaissait le plus vivait sous le même toit que lui.

Putain. Que répondre à ça ? Cole et Liam entretenaient une relation conflictuelle. Mais il n'est pas question que Cole écope de ce fardeau.

Je ne veux pas perdre le seul frère qui me reste.

Je me passe la main sur le crâne.

— Tu ne peux pas t'en vouloir.

— Ouais bah, toi non plus. (Bras croisés, il me toise.) Si tu veux que Bianca et moi soyons heureux, donne-nous l'exemple. Montre-nous que de bonnes choses peuvent encore arriver, parce que ces temps-ci, notre famille bancale est vouée à accumuler les tragédies.

Il prend le joint à Oakley et le coince entre ses lèvres.

— Je ne sais pas comment tu le sens, frangin, mais j'en ai plus qu'assez.

Je valide entièrement.

— *Idem.*

— Alors prouve-le.

Il exhale un nuage de fumée puis tend le menton vers la fenêtre.

— Dylan te rend heureux, mec. Et si tu nous aimes, Bianca et moi…

— Et moi, glisse Oak.

Comme je le regarde, il hausse les épaules.

— Quoi ? Je commence à me sentir exclu.

Cole a un sourire narquois.

— Et Oakley. Tu te bouges le cul, comme il dit, et tu vas retrouver ta meuf.

Soit Cole m'a gravement manipulé, soit il me connaît mieux que je ne le pensais.

Dans tous les cas, ça marche.

Il m'est impossible d'être heureux sans Dylan.

Elle est celle qui fait battre ce truc déboussolé dans ma poitrine, celle dont il se languit.

J'en ai assez de vivre sans l'autre moitié de mon âme.

Assez que ma meilleure amie me manque.

Assez de me réveiller chaque matin sans rien, alors que celle qui est *tout* pour moi se trouve à ma portée.

La détermination déferle dans mes veines.

— Où est-elle ?

Oakley allume un nouveau pétard.

— À la maison.

Il cligne des yeux.

— Une seconde… bah non. Elle est partie.

Je me lève brusquement.

— Comment ça, partie ?

— Crystal voulait se faire pardonner pour le pétage de plombs de Wayne. Il a même menacé de la jeter à la rue hier matin. Alors elle lui a offert des places pour un concert rock, qui a lieu ce soir.

Après une courte latte, il recrache la fumée.

— Sawyer devait l'accompagner mais sa chef ne lui a pas donné sa soirée. Elle m'a proposé, mais je préfère me planter une fourchette dans l'œil qu'écouter cette daube.

Je ne sais pas ce qui me retient de l'étrangler.

— Tu l'as laissée assister seule à un concert de rock ?

Il regarde Cole.

— J'ai fait quelque chose de mal ?

Cole grimace.

— Possible, à en juger le regard meurtrier de Jace.

Ses yeux glissent vers moi.

— Au temps pour moi. Je pensais…

— Quel concert ?

— Merde, je n'en sais rien. Un truc comme Jimmy Eating… quelque chose. Attends, peut-être que c'était Lenny. Ah non, plutôt Ben… c'est sûr.

Je n'entends pas la suite de la phrase d'Oakley parce que je me hâte de retrouver ma meuf.

46

Jace

— Je dois contrôler votre billet.

Je tape un tas de billets de cent dollars dans sa paume.

— Voilà qui devrait suffire.

— Je peux vous placer au second rang ou debout dans la fosse. Que préférez-vous ?

— La fosse, c'est parfait.

Là où sera Dylan.

Il me tend un badge frappé des lettres VIP.

— Avez-vous besoin d'un poncho ?

— Non.

J'ai seulement besoin de Dylan.

Il soulève le cordon.

— Bon spectacle.

Après avoir traversé un tunnel à n'en plus finir, je pénètre dans l'amphithéâtre à ciel ouvert.

Malgré la pluie et les grondements du tonnerre dans le lointain, il y a foule.

Remontant ma capuche, je longe le chemin qui débouche dans la fosse… et m'arrête dès que je l'aperçois.

Les yeux fermés, une main en l'air, Dylan chante les paroles de *The Middle* de Jimmy Eat World dans le soleil couchant, en se laissant bercer au rythme de la musique.

À la voir aussi sublime et insouciante, ma respiration s'arrête.

Contrairement au public dans la fosse qui s'agace de l'orage qui menace d'éclater, Dylan n'en a rien à battre.

C'est l'une des choses que j'aime le plus chez elle.

Le ciel se déchire et des trombes d'eau s'abattent, trempent ses cheveux et ses vêtements… mais ma meuf continue de chanter et de danser, sans manquer une note.

Je m'avance, motivé par l'opiniâtreté puis par l'irritation, quand un gars se glisse derrière elle et pose ses mains sur ses hanches.

La vue voilée par une brume rougeâtre, je me fraye un chemin dans la foule, les poings serrés.

Ce type est un homme mort. Je vais broyer chacun des os de ce salopard et…

Dylan envoie voler son poing sur sa joue deux secondes avant que je parvienne à sa hauteur.

L'intrus titube avant de détaler sans demander son reste.

Coup dur, mec.

— Tu as gâché mon grand élan chevaleresque.

Quand elle me voit, ses yeux s'écarquillent sous le choc.

— Que fais-tu là ?

En tout cas, je pense que c'est ce qu'elle dit. Pas facile de l'entendre avec la musique.

— Je ne suis qu'un connard.

Pas la meilleure intro, mais elle est indéniable.

Le front de son joli visage plissé, elle indique son oreille.

— Pardon ?

Évidemment, elle ne m'entend pas davantage.

Je referme la distance entre nous et pose sa main sur mon torse, précisément sur l'organe qui lui appartient.

Puis je répète les mots prononcés dans la réserve, ce jour décisif, reprenant là où j'ai mis sur pause.

— La fosse des Mariannes est moins profonde que mes sentiments pour toi.

Au besoin, je m'écorcherai volontiers le cœur pour le lui prouver.

Elle indique son oreille de sa main libre, signalant qu'elle n'a pas capté un mot.

Oh ! et puis merde.

Je connais un moyen imparable de communiquer.

Je cueille son visage entre mes mains et écrase ma bouche sur la sienne.

47

Dylan

Jace m'embrasse comme si j'étais l'oxygène indispensable à sa survie, au beau milieu d'un concert de rock… sous des trombes d'eau.

J'aimerais me pincer pour m'assurer que l'instant est réel, parce qu'il est en tout point fait de la même étoffe que mes rêves les plus fous.

J'ai le tournis et le cœur battant pendant qu'il me taquine avec ses petits jeux de langue qui m'incitent à succomber.

Dès que je m'abandonne, le semblant de retenue qui demeurait se dissipe et le baiser, plus éperdu, devient dévorant. Ses doigts pressent mes hanches, et il laisse échapper un grondement rauque qui suscite en moi des pulsations de besoin.

Je ne veux plus jamais redescendre de mon petit nuage.

Par malheur, ce moment de pure magie s'accompagnera bientôt d'un goût doux-amer et d'une note méchamment salée.

Parce qu'à la seconde où Jace s'écartera, sa culpabilité le dévorera et il me regardera comme si j'étais une erreur. *Encore.*

Je ne veux pas de ça pour lui… ni pour moi.

Se tenir aussi près de moi le déchire, et je l'aime trop pour l'autoriser à se torturer.

Je m'aime trop pour continuer à tournoyer sur ce manège.

Aussi malsain pour lui que pour moi.

La main sur son torse, je le repousse.

Je ferais n'importe quoi pour Jace Covington.

Y compris renoncer à mon bonheur pour lui épargner du chagrin et de la culpabilité.

— Je ne peux pas.

Sa perplexité me fend le cœur.

Il tente de me reprendre dans ses bras, mais j'échappe à son contact.

Nous ne pouvons pas être ensemble… alors mieux vaut rester éloignés.

Avant qu'il ait pu m'en empêcher, je fends la foule et m'élance en courant dans l'objectif de placer autant de distance que possible entre nous.

Sur le parking, je me dirige vers la rangée de taxis et de Uber.

— Où allons-nous, mademoiselle ? demande le chauffeur quand je monte dans sa voiture.

Je fournis rapidement l'adresse du restaurant où travaille Sawyer, et il démarre.

Si quelqu'un peut m'assurer que je fais bien de m'éloigner de Jace, c'est elle.

Je prépare un SMS pour l'avertir quand le chauffeur s'énerve.

— Arrête de me coller.

Je lève les yeux.

— Un problème ?

— Désolé, miss. Cette fichue voiture se colle à mon pare-chocs depuis la sortie du parking.

Je jette un regard par le pare-brise arrière. Sans surprise, une Lexus bleu roi tente de nous dépasser.

Le chauffeur klaxonne.

— Il est malade !

Mon cœur saute dans ma gorge quand la voiture de Jace se déporte sur la voie de gauche, évitant de peu un véhicule qui vient en sens inverse, avant de nous faire une queue-de-poisson.

Peu après, sa Lexus n'est plus qu'une tache bleue dans le soleil couchant.

Le chauffeur a un rire ironique.

— Vous avez vu ce chauffard ? Il y a vraiment des gens qui… Quoi ? Il bloque la route !

La mâchoire m'en tombe quand nous freinons sèchement.

Il a complètement perdu l'esprit.

L'exaspération recouvre ma peau alors que j'ouvre la portière et sors la tête jusqu'à l'épaule.

— À quoi tu joues ?

Mon cœur s'immobilise puis repart, martelant mes côtes à mesure que Jace vient vers moi.

Lèvre retroussée, mâchoire crispée, ses yeux noirs scintillent d'une ardeur de prédateur.

— Tu m'as planté, siffle-t-il.

Il n'est pas sérieux. Considérant toutes les fois où il m'a laissée en plan, son hostilité n'est pas légitime.

— Nous nous faisons du mal.

Sa désapprobation se lit dans ses yeux.

— N'importe quoi.

Je m'efforce d'écouter la voix du bon sens.

— Jace…

— Dis-moi comment t'atteindre ? Dis ce que tu veux, je m'exécuterai.

Non. Il n'est pas autorisé à se battre aussi fort pour moi… pas maintenant.

Pas quand il est destiné à me repousser.

— Tu ne peux pas.

La frustration me gagne quand il ouvre la bouche pour protester.

— Bon sang, tu ne comprends pas ? Dès qu'on se touche, tu me regardes comme si j'étais une erreur. Je te fais du mal et tu m'en fais aussi.

Il accuse le coup.

— Je suis désolé.

Je n'aurais jamais cru entendre Jace Covington s'excuser un jour. Pour une fois, ce n'est pas sa faute.

— Pour quelle raison ? Tu n'y peux rien…

Je marque une pause, de peur de mal formuler ma pensée.

— Ni toi ni moi ne pouvons modifier le passé.

Un souffle court s'échappe de sa bouche.

— Non… nous ne pouvons pas.

Au moins, nous nous rejoignons sur un point.

Je caresse sa joue.

— Tu étais la meilleure chose qui me soit arrivée, Jace Covington.

Quand je retire ma main, des larmes irritent le fond de ma gorge.

— Je regrette profondément d'être devenue ce qu'il y a de pire pour toi.

Je peux sentir physiquement mon cœur se briser à l'instant où je fais volte-face.

La tragédie nous a conduits l'un vers l'autre… et finalement, c'est ce qui nous a détruits.

— Ce n'est pas vrai. (Il me prend le poignet pour m'obliger à me retourner.) Je t'aime, Dylan.

Les veines en saillie sur ses avant-bras, il se tape le thorax.

— Je ne peux pas réécrire le passé, mais je peux influer sur le futur… et le mien t'inclut.

Estomaquée, je suis clouée sur place.

— Je…

— Non. Putain !

Mon cœur bat comme un dératé au contact de sa main sur ma nuque.

— Lutte contre ce qu'il y a entre nous, aussi fort que tu voudras… une chose est sûre, tu ne gagneras pas.

Ses narines frémissent sur une inspiration.

— Je t'ai perdue une fois… je réduirais le monde en cendres plutôt que de refaire la même connerie.

Les larmes voilent mon regard et mon cœur se serre. Chaque mot qu'il profère fendille ma carapace.

— Jace…

Ses dents frôlent le contour de mon oreille.

— Je te *défie* d'essayer de m'échapper une seconde fois, mon trésor.

J'en ai perdu l'envie. Forcément, il vient de m'exposer son cœur.

L'émotion encombre ma gorge.

— Je ne peux pas. Je t'aime beaucoup trop.

— Bien.

D'un mouvement habile, il me soulève dans ses bras.

— Parce qu'il est hors de question que je parte sans toi.

Je noue mes jambes autour de sa taille, et suis gratifiée d'un baiser torride qui me fait oublier de respirer.

Des picotements parcourent mon dos alors que je dégringole dans son abysse, prise du besoin d'en avoir toujours plus…

— Dégagez votre véhicule ou j'appelle les flics, aboie le chauffeur en klaxonnant. Vous provoquez un embouteillage.

Oh ! merde. La tête inclinée, je découvre une file de voitures à l'arrêt.

Jace lève son majeur.

— On en a rien à foutre, vieux.

— Tu es un sacré enfoiré, je marmonne pendant qu'il nous entraîne vers sa voiture.

Il esquisse un sourire narquois.

— Certes, mais je suis ton enfoiré.

Oui, il l'est.

48

Dylan

Six mois plus tard

Vibrante d'excitation, je contemple la tenue d'étudiante suspendue à la porte de mon armoire.

Dans pile deux heures, je serai officiellement bachelière.

J'ai un pincement au cœur pour Oakley, qui ne compte pas parmi les diplômés.

Il a appris voilà deux jours qu'il était recalé et devrait redoubler.

Dire que mon oncle était furieux serait un euphémisme.

Même si je partage sa déception, je ne peux pas dire que cela me surprenne.

Oakley est sur une mauvaise pente depuis des mois. À tel point qu'il a été plus souvent absent que présent en classe.

J'envisageais de confronter ma tante au fait que leur relation le fout en l'air et compromet son avenir mais Oakley m'a implorée de m'abstenir, au motif qu'il ne se passerait plus rien entre eux.

Ma tante a annoncé qu'elle était enceinte de trois mois durant le dîner de célébration de remise des diplômes, hier soir, alors j'espère qu'Oak disait la vérité.

Le cœur gros, je quitte ma chambre et frappe à sa porte.

Bien qu'il ne réponde pas, je perçois de l'agitation.

— C'est moi. Je peux te dire un mot ?

— Ouais, entre.

À l'intérieur, je le découvre en train de jeter des vêtements dans un sac de sport.

— Tu pars en voyage ?

J'essaye de garder un ton léger, mais j'échoue lamentablement.

— Cole a demandé à son père s'il m'autorisait à passer l'été dans le pavillon de la piscine. Il a accepté.

Oh. Je l'ignorais.

— Tu déménages ?

Il sourit en coin.

— Ne fais pas comme si tu n'allais pas continuer à me voir tous les jours, quand tu rendras visite à ton mec.

Argument tout à fait valable.

Jace et moi sommes pratiquement attachés par la hanche, ces temps-ci. Et je mentirais si je disais que je ne me délecte pas de chaque seconde à ses côtés.

En particulier, toutes ces minutes qu'il passe avec la tête entre mes…

Stop ! Concentre-toi, Dylan.

— Je sais. Mais ce ne sera pas marrant ici, sans toi.

Surtout avec ma tante en cloque.

Même si je veux me réjouir pour elle, j'ai du mal à dissocier la tante formidable que j'aime de l'infidèle que je méprise.

Cela me demande d'exécuter un numéro de jonglerie la plupart du temps.

Point positif, elle assistera à ma remise de diplôme… ce qui est plus que je ne peux en dire de mon père qui est sorti de prison depuis une semaine et ne m'a pas contactée à ce jour.

Je commence à comprendre que la famille, ce n'est pas systématiquement une question de sang. Ce sont les personnes qui sont là pour nous quand les autres abandonnent.

Pour moi, ces personnes sont Jace, Sawyer et Oakley.

Il ouvre la valise sur son lit et entreprend de la remplir de vêtements.

— Je ne peux pas rester ici, Dylan.

Je le conçois. Mon oncle n'est pas toujours… facile à vivre.

Dans son esprit, il a toujours raison et quiconque n'est pas d'accord ou pense différemment a tort sur toute la ligne.

Il est même impossible d'avoir une conversation de plus de cinq minutes avec lui sans avoir une hausse de tension.

C'est pourquoi j'ai choisi d'intégrer à la rentrée l'internat de l'université de Duke's Heart pourtant située à un quart d'heure de route.

Je me tords les doigts, cherchant comment formuler la question qui me brûle la langue depuis hier soir.

Je mise sur la version simple et directe.

— Il y a une chance pour que le bébé soit de toi ?

Dis non, s'il te plaît.

Il soupire.

— Non.

— Tu es sûr ?

— Certain. La dernière fois qu'on a couché ensemble, c'est le soir où tu nous as vus.

La tristesse dans ses yeux est manifeste.

— Elle ne m'aime pas… c'est lui qu'elle aime.

— Je suis désolée.

Il ricane.

— Non, tu ne l'es pas.

Bon d'accord. Je désapprouve que ma tante ait pris du bon temps avec son beau-fils.

D'un autre côté, je suis désolée que cela lui fasse de la peine.

— Tu es mieux sans elle.

Il se frotte le torse.

— Ce n'est pas ce que je ressens, dit-il avant d'allumer un joint qu'il prend derrière son oreille. J'espérais lui faire entendre raison, qu'elle me choisisse moi plutôt que lui, mais on peut dire sans trop s'avancer que cela ne se produira pas.

Je ne suis pas douée pour ce genre de choses, mais je lui dis ce que je tiens pour vrai.

— Une personne t'est destinée, Oak. Et quand tu la trouveras, je te garantis que tu ne seras pas son second choix. Tu seras son premier et unique choix.

— Pas pour moi. Je me suis pris une grosse claque, ça m'a suffi, dit-il en rejetant un nuage de fumée. Mais assez parlé de moi. C'est ton grand jour.

Je grimace. J'ai du mal à sauter de joie alors qu'il redouble.

— Sawyer propose de te donner des cours de soutien.

Il hoche la tête d'un coup sec.

— Ce serait sage d'accepter.

— Je peux aussi t'aider, tu sais. Tu n'as qu'un mot à dire.

Un autre hochement de tête.

— Ouaip.

Je sens l'élastique qui le fait tenir sur le point de claquer.

— Oakley ?

— Quoi ?

Je m'avance pour le serrer dans mes bras.

— Ça va aller.

Il retient son souffle et blottit son visage dans mon cou.

— J'ai merdé, Dylan.

— Tu vas remonter la pente.

— Pas sûr, s'étrangle-t-il. Je l'ai fait pour l'agacer et maintenant… tout est trop compliqué.

Oh ! il fait référence à *ce* faux pas.

J'encadre son visage à deux mains.

— Il faut être deux pour ça, tu sais ? C'était elle, l'adulte. Par conséquent, *elle* a fait le mauvais choix.

— Crois-moi, je suis adulte aussi. Je peux me montrer très convaincant quand je veux. (Il se frotte le visage.) Je ne sais pas… j'ai juste besoin de m'éloigner de lui… d'elle… de tout.

Je lui donne un petit coup dans les côtes.

— Eh bien, tu ne peux pas t'éloigner de moi. Je ferai un détour par le pavillon tous les jours, cet été, juste pour t'embêter.

Il rit.

— Est-ce une promesse ou une menace ?

Je me dresse sur la pointe des pieds pour poser un baiser sur sa joue.

— Une promesse.

Il me regarde de haut en bas.

— File te préparer.

Mince, il a raison. Je suis toujours en pyjama.

— Tu m'envoies un SMS dans la journée ?

— Promis, mais je te verrai à la cérémonie.

Je cille.

— Tu as envie d'y assister ?

Il me regarde avec effarement.

— Aux dernières nouvelles, toi et Jace allez recevoir vos diplômes. Compte sur moi pour être présent.

Je l'enlace pour la seconde fois.

— Tu es le meilleur cousin du monde. Tu le sais ?

Il a un petit rire.

— J'excelle au moins dans un domaine.

— Tu as d'autres talents, Oak. Essaye de croire un peu plus en toi.

Jace : Tu sais que tu es hyper sexy avec cette robe et cette toque ?

Je ne parviens pas à l'apercevoir, était donné qu'il est assis à des millions de rangées de moi, muni de son diplôme.

Je secoue la tête en riant.

Dylan : Tu sais que tu portes la même tenue ?

Jace : Elle te va mieux qu'à moi.

Un second SMS le suit.

Jace : Tu seras encore mieux sans.

Dylan : Pervers.

Jace : Tu adores ça.

Dylan : Exact. Genre, éperdument.

Dylan : Alors... ça fait quoi d'avoir son bac ?

Jace : Tu m'expliqueras. On vient de t'appeler, ma chérie.

Prise de panique, je réalise que ma rangée s'est avancée et que je suis restée sur la touche. *Mince.*

Voilà ce qui arrive, quand on flirte avec Jace pendant la répétition de la cérémonie au lieu d'être attentive.

L'animatrice s'éclaircit la voix et scrute le public.

— Dylan Taylor.

— Présente !

Sous les rires de l'assemblée, je me précipite sur l'estrade, aussi rapidement que mes jambes peuvent me porter.

— Hip hip hip ! Yo, c'est ma cousine ! j'entends Oakley s'exclamer à l'instant où je reçois mon diplôme.

Mais malgré le tonnerre d'applaudissements et les hourras d'Oakley, je distingue les acclamations d'une personne en particulier.

Jace.

Debout sur sa chaise, il tape dans ses mains et scande mon nom avec tant de vigueur qu'il n'aura plus de voix à la sortie.

Quand nos regards se croisent, il n'y a rien d'autre qu'une fierté absolue dans ses yeux. Puis sa bouche articule :

— Je t'aime.

Ma gorge se noue. Je n'aurais pas cru possible de me sentir aussi heureuse... aussi entière.

Mais voilà ce que ça fait de tomber amoureuse de son meilleur ami.

Le monde pourrait s'arrêter de tourner dès à présent, je sais que je m'en sortirai… tant que Jace se trouvera à mes côtés.

Je souris à en avoir mal aux joues.

— Je t'aime.

Faisant fi de toutes les règles, je m'empresse de descendre du podium pour aller l'embrasser.

Parce qu'il m'appartient, et que je lui appartiens.

Et je veux passer chaque jour de ma vie à créer des souvenirs inoubliables avec lui.

Épilogue

Dylan

Deux mois plus tard

Je m'empare de mon téléphone. Si quelqu'un peut me réconforter en l'absence de Jace, c'est Sawyer.

— Quelque chose cloche, je bredouille aussitôt.

— Que se passe-t-il ?

Je déroule une bande d'adhésif en travers du carton.

— Jace est bizarre depuis deux jours.

— Bizarre, comment ? Bizarre-pathologique ou bizarre-morose ?

— Je ne sais pas… bizarre-bizarre.

Je déplace un tas de vêtements pliés dans un carton.

— Je pense que mon départ pour Duke's Heart le tracasse.

— Pourquoi ?

— Parce qu'il reste ici. Parce que je serai interne. Je ne sais pas. Je sens juste qu'il y a un hic.

— Bon. Et as-tu essayé de le questionner ?

— Pas besoin. Il m'a envoyé un SMS ce matin.

— Et ?

Je déglutis.

— Il a dit qu'il fallait qu'on parle.

— Oh. (Elle observe un silence.) Tu sais, ce n'est pas nécessairement mauvais signe. La communication est essentielle dans un couple.

— Sawyer, combien de couples sont toujours ensemble à la fin d'une conversation qui commence par « Il faut qu'on parle » ?

Elle soupire.

— Je vois. Mais ce n'est pas la fin du monde. Jace et toi, vous êtes des âmes sœurs.

Exactement. Raison pour laquelle je suis paumée.

Tout se déroulait au mieux il y a encore deux jours.

Puis j'ai mentionné que je serais moins disponible parce que je devais empaqueter mes affaires en vue de mon départ pour l'université… et soudain, une discussion s'impose.

Je me lève en grommelant.

— J'ai rendez-vous avec lui dans un quart d'heure.

— Chez toi ou chez lui ?

— Ni l'un ni l'autre.

Me frayant un passage jusqu'au miroir, je m'examine prestement.

— Il veut qu'on se retrouve devant notre ancienne école primaire.

— Vraiment ? Pourquoi ?

— Aucune idée. La seule idée qui me vienne, c'est qu'il veut rompre là où tout a commencé.

Je l'entends soupirer.

— Ouh là. Penses-tu réellement que Jace puisse se montrer aussi cruel ? En fait, ne réponds pas. Pense positif, recommande-t-elle avant de raccrocher.

Le sombre pressentiment s'aggrave à chacun des pas qui me rapprochent du majestueux séquoia.

Il lève les yeux à mon arrivée.

— Salut.

Pas de baiser. Pas d'étreinte. Juste « Salut ».

— Salut.

Ce regard, je ne l'ai jamais vu auparavant.

Il m'indique un endroit où m'asseoir à côté de lui.

— Assieds-toi.

Je m'exécute de mauvais gré.

Son sourire est emprunté, comme s'il n'avait pas plus envie de cet échange que moi.

— Comment vas-tu ?

Comment je vais ? S'il avait pris la peine de discuter avec moi plus de deux secondes au cours des dernières quarante-huit heures, il saurait que je suis en panique.

— Super.

Ses yeux scrutent mon visage.

Je serre les dents. Cet air absolument attirant devrait être prohibé à quiconque entreprend de briser un cœur.

Il me prend la main.

— Tu sais que je t'aime, n'est-ce pas ?

Mon cœur se serre. Au secours. Ça va me tomber dessus.

— Ouaip, fait ma voix cassée.

Il fait une drôle de tête.

— Tu te sens bien ?

— Super, je réplique nerveusement.

— Vraiment ? Tu n'as pas…

— Bon sang, abrège.

Quitte-moi afin que je puisse te péter la mâchoire et te remettre les idées en place.

— Je n'avais pas compris que tu étais pressée. (Je sens son regard me transpercer.) Tu étais habillée d'une robe bleue à rayures blanches. Tu avais remonté tes cheveux, et tu portais des écouteurs rouges.

Son doigt se promène sur mon avant-bras.

— Tu fermais les yeux et tu chantais ta chanson préférée.

Visiblement amusé, il secoue la tête une fois.

— Tu chantais comme une casserole… mais tu paraissais heureuse dans ta bulle. Je n'arrivais pas à détacher mes yeux de toi.

J'ignore totalement de quoi il parle.

— Quand ?

Il déglutit péniblement.

— La première fois que je t'ai vue.

Vraiment ? Il ressuscite ce souvenir juste avant de réduire mon cœur en miettes ? Il ne peut même pas faire ça correctement.

— Le jour de notre rencontre, je portais une salopette, pas une robe bleue. Mes cheveux étaient détachés… et j'avais mon casque. Le chat de la baby-sitter a déchiqueté ces écouteurs rouges la semaine précédente.

Il a un rictus.

— Je parle de la première fois que je t'ai vue, pas la première fois que nous nous sommes parlé.

Oh. J'ai toujours pensé que je l'avais remarqué en premier.

Son air embarrassé resurgit.

— J'ai pas mal réfléchi ces derniers jours.

Je me prépare à l'impact.

— À propos de quoi ?

Il passe son pouce sur ma phalange.

— De nous. De l'avenir.

— Très bien.

— Tu te souviens des défis qu'on s'échangeait sur des bouts de papier ?

Bien sûr que oui.

— Clairement. Il fallait les relever avant la fin de la semaine suivante, sinon on avait perdu. Je n'ai jamais perdu, soit dit en passant, dis-je avec un sourire fier.

Il sort une feuille repliée de sa poche et me la remet.

— Je sais. J'espère perpétuer ta série de victoires.

Confuse, je déplie le papier.

Mon cœur se comprime en lisant ce qu'il a inscrit.

Je te défie de vivre avec moi.

— Pour de vrai ? Chez toi, tu veux dire ?

Il sourit largement.

— Non, dans un appartement… notre appart'. J'en ai sélectionné trois susceptibles de te plaire, à moins de cinq minutes de Duke. Je me suis entretenu avec les propri…

— Répète ? Tu as visité des appartements ?

Il acquiesce de la tête.

— Je n'ai fait que ça depuis deux jours, souffle-t-il. Je sais que tu prévoyais de t'installer à l'internat, et je ne voulais pas te priver de cette expérience, mais je ne suis qu'un sale égoïste. (Il croise les bras.) Je veux être le premier à te voir le matin. Pas une imbécile de coloc… eh, qu'est-ce qui t'arrive ? Pourquoi pleures-tu ?

— Je croyais que tu voulais rompre, dis-je d'une voix entrecoupée, essuyant mes larmes avec ma manche.

Il fait la moue.

— Rompre ? D'où ça sort ? Bébé, pour quel motif voudrais-je renoncer à toi ?

— Je ne sais pas, imbécile. Tu as dit qu'il fallait qu'on parle. Après quoi tu m'as quasiment fuie pendant deux jours.

— Je ne t'ai pas fuie. Tu as dit que tu étais occupée.

— Jamais trop pour toi, dis-je en enroulant un brin d'herbe autour de mon doigt. J'avais juste besoin de me préparer avant mon premier semestre à la fac. C'est une étape majeure, tu sais ?

Il sort un second bout de papier de sa poche.

— Je sais. Je te croiserai sur le campus.

J'en reste bouche bée.

— Je croyais que tu ne souhaitais pas poursuivre tes études ?

Il hausse les épaules.

— C'était le cas, mais tout bien réfléchi, décrocher une licence en sciences informatiques ne peut pas me faire de mal. Je me suis inscrit à un cursus à temps partiel, ce qui me laissera du temps pour développer des jeux vidéo. (Il relève mon menton.) Et pour toi.

Le bonheur se remet à pétiller dans ma poitrine.

— Je t'aime.

Il plonge la tête pour embrasser le creux de ma gorge.

— Est-ce un oui ?

— Tu plaisantes ? Un oui en majuscules. Bien sûr que je veux vivre avec toi.

Le soulagement sur son visage est flagrant.

— Ouf. J'ai fixé des rendez-vous avec les bailleurs cet après-midi.

Mon estomac s'évide comme du sable mouvant.

— Je ne peux pas louer un logement avec toi.

Il pâlit.

— Tu ne peux pas ? Et pourquoi ?

C'est presque risible que j'aie oublié que je suis fauchée comme les blés.

— Je n'ai pas un rond. Je n'ai obtenu qu'une bourse partielle à Duke. Le reste vient d'empr…

— Tu n'as pas besoin de débourser un centime.

Il m'embrasse langoureusement, si bien que mon cœur descend en piqué vers mes orteils.

— Je suis là pour toi. En toutes circonstances.

— Je ne veux pas vivre à tes crochets.

— C'est sûr que non. Mais tu es ma meuf. (Son pouce retrace le contour de ma joue.) Et je veille sur les miens et… Qu'est-ce qu'il fait là ?

Estomaquée, je regarde un papillon bleu se poser sur le nez de Jace.

Mais Jace ne semble pas partager mon émerveillement. Comme il tente de le chasser, je l'arrête.

— Dylan, il y a un papillon… sur mon visage.

La gorge nouée, je me souviens de ce que Sawyer m'a dit au cimetière.

— Jace.

J'attends d'avoir son attention pour murmurer :

— Les papillons apparaissent quand les anges sont à proximité.

Remerciements

Avec la meilleure volonté du monde, il me serait impossible de remercier chacune d'entre vous. Vous êtes toutes exceptionnelles et je n'accomplirais rien de tout cela sans vous. J'espère n'oublier personne d'essentiel, parce que ça, ce serait franchement embêtant.

Ces temps-ci, on dirait que j'aime prendre des risques et cette histoire confirme la règle. Il m'a fallu du temps pour mettre au point la série Royal Hearts Academy. Ce n'est qu'au cours de l'hiver 2018 que j'ai rassemblé le courage d'annoncer à quelques amis proches que je développais un projet. Cependant, j'avais envie d'écrire cette série depuis des années… mais j'avais des appréhensions. Je craignais qu'elle ne reçoive un mauvais accueil. D'ailleurs, je ne sais toujours pas comment elle sera reçue. Mais ces personnages ont consumé mon cœur et mon âme et chacun d'eux est constitué de petits bouts de moi.

Cela dit, rien n'aurait été possible sans un groupe de personnes vraiment uniques.

Kristy : Je ne te remercierai jamais assez. Merci de m'avoir aidée à m'extraire de ma spirale créative et laissée te rebattre les oreilles avec mes intrigues, et démêler mes nœuds au cerveau quand je devenais folle. Je suis sûre que sans toi, je serais encore assise derrière mon bureau, sujette à une crise de panique, à me demander si j'ai les épaules suffisamment larges pour écrire cette histoire. Je sais que j'ai déjà dit tout cela la dernière fois, mais c'est toujours vrai. Je t'aime. Si j'en avais le talent, je rédigerais des paroles de chansons rock et te les chanterais. Merci d'être toi et d'être aussi extraordinairement géniale. Je ne pourrais pas y arriver sans toi… ou alors, ce serait nettement plus stressant, et je serais toujours en train de me bercer dans un coin.

Kris et Brandi : Toutes les deux, vous me faites tenir comme personne au monde. Vous gérez mon équipe de rue. Vous prenez soin de mon emploi du temps de dingue. Vous êtes toujours là pour me soutenir, m'encourager et me faire rire quand je panique, et pour lire mes mots quand l'inspiration me vient. Je ne sais foutrement pas ce que j'ai fait pour vous mériter, mais vous êtes coincées avec moi pour toujours. Vous, les filles, vous êtes spéciales, et je suis une putain de chanceuse de vous connaître. Je ne pourrai jamais assez vous remercier pour tout ce que vous faites.

Stephanie : Hahaha. Je ne sais pas si je dois me confondre en excuses ou ne jamais arrêter de te remercier. Je suis certaine que tu ne t'attendais pas à toute cette… euh, excitation quand tu as accepté d'être mon agent. Merci de rester à mes côtés et d'être aussi incroyable dans tout ce que tu fais.

Candi : Je pense que tu mérites deux trophées. Le premier pour être si organisée. Et l'autre, pour ta *patience*. Merci d'être là pour moi, de lire mes mots, et de t'assurer que je garde la tête sur les épaules.

Ellie : Je t'adore. Je te garde. Merci pour tout. Je sais que ce n'est pas facile de composer avec mon emploi du temps et je sais que je te rends probablement folle (même si tu m'assures que non), mais je ne sais pas combien d'éditeurs feraient ce que tu fais pour moi, et je t'en suis si reconnaissante. Tu es l'une des seules personnes à qui je confierais tous mes secrets pour construire une intrigue, et peu importe ce qui arrive (même quand je suis une emmerdeuse stressée)… ouais, je te garde et tu restes avec moi. #SorryNotSorry

Vickie, Jackie, Crystal, Mary, Dee, Stacy :

Vous avez toutes été *vitales* au processus. Merci de m'avoir fait confiance et donné votre avis. Merci d'être là à toute heure du matin (ou de la nuit) et d'être prêtes à tout laisser de côté pour lire ce que j'écris. Merci pour votre soutien indéfectible et d'être mes pom-pom girls. <3

Stacy Garcia : Je t'aime. Tu es une dame magnifique et bourrée de talents ! !

Lori : Merci (encore et toujours) pour cette sublime couverture et d'avoir concrétisé ma vision ! Tu débordes de talent !

Mon équipe de rue qui déchire ! Je ne peux pas vous remercier assez, les miss ! J'aime notre petite famille et même si elle est petite, elle est courageuse !

Mon groupe de lectrices : J'ai les meilleurs *Angry Girls* de la planète. Je vous aime toutes tellement. Merci à toutes de me soutenir et de m'offrir un endroit où je peux être moi et me connecter à vous toutes. Vous êtes fabuleuses !

Mike : (Hammie) Je t'aime. Tu es ma force, ma faiblesse… mon tout. <3

Et enfin, et non des moindres, à tous mes camarades opprimés du monde. On va y arriver. Ne baissez pas les bras. <3

Composé et édité par HarperCollins France.

Achevé d'imprimer en août 2021.

FIRMIN-DIDOT

à Mesnil-sur-l'Estrée (Eure)

Dépôt légal : septembre 2021.

Pour limiter l'empreinte environnementale de ses livres, HarperCollins France s'engage à n'utiliser que du papier fabriqué à partir de bois provenant de forêts gérées durablement et de manière responsable.

Imprimé en France